DE MATCH

Harlan Coben bij Boekerij:

Vals spel
Tegenwerking
Vermist
Ontwricht
Schijnbeweging
Schaduwleven
Laatste kans
Niemand vertellen
Spoorloos
Geen tweede kans
Momentopname
De onschuldigen
Eens beloofd
Geleende tijd
Houvast
Verloren
Verzoeking
Levenslijn
Blijf dichtbij
Schuilplaats (jeugdthriller)
Zes jaar
Nu of nooit (jeugdthriller)
Ik mis je
Gevonden (jeugdthriller)
De vreemde
De verbeelding
Naar huis
Laat niet los
De ontdekking
Wild
Win
De match

boekerij.nl

HARLAN COBEN

DE MATCH

ZAL WILDE HET MYSTERIE RONDOM
ZIJN VERLEDEN EINDELIJK OPLOSSEN?

BOEKERIJ

ISBN 978-90-225-9371-4
ISBN 978-94-023-1857-9 (e-book)
ISBN 978-94-023-9589-3 (audio)
NUR 330

Oorspronkelijke titel: *The Match*
Vertaling: Jan Pott
Omslagontwerp: DPS Design & Prepress Studio, Amsterdam
Omslagbeeld: © Trevillion Images
Zetwerk: Mat-Zet bv, Huizen

Published by arrangement with Lennart Sane Agency AB.

Ter nagedachtenis van Penny Hubbard
1966-2021

1

Toen hij ergens tussen de veertig en tweeënveertig jaar oud was – hij wist het niet precies – vond Wilde eindelijk zijn vader.

Wilde had zijn vader nooit gekend. Zijn moeder evenmin, noch enig ander familielid. Hij wist hun naam niet, hij wist niet waar hij was geboren, hij wist niet wanneer, en hij wist niet hoe hij als klein kind terecht was gekomen in de bossen van de Ramapo Mountains, waar hij zichzelf maar had moeten redden. Nu, iets meer dan een dertigtal jaren nadat hij als kleine jongen was 'gered' – EEN ONGETEMD WOLFSKIND luidde een van de krantenkoppen, EEN HEDENDAAGSE MOWGLI schetterde een andere krant – scheidden niet meer dan twintig meter hem van een bloedverwant en de oplossing van het raadsel van zijn jeugd.

Hij wist sinds kort dat zijn vader Daniel Carter heette. Carter was eenenzestig jaar oud. Hij was getrouwd met een vrouw die Sofia heette. Ze hadden drie volwassen dochters – Wilde nam aan dat zij zijn halfzussen waren – Cheri, Alena en Rosa. Carter woonde in een vrijstaand huis met vijf kamers aan Sundew Avenue in Henderson, in de staat Nevada. Hij had een aannemersbedrijf, DC Dream House Construction.

Vijfendertig jaar geleden, toen ze het jochie Wilde in de bossen vonden en erachter kwamen dat hij daar in zijn eentje het hoofd boven water hield, schatten artsen zijn leeftijd in tussen de zes en acht jaar oud. Hij had geen enkele herinnering aan ouders of andere verzorgenden en kon zich geen ander leven indenken dan het in zijn eentje bij elkaar scharrelen van zijn kostje in die bergen. Het jochie hield zich in leven door in te breken in leegstaande zomerhuisjes en recreatiewoningen, waar hij koelkasten en provisiekasten plunderde. Soms sliep hij in die leegstaande huizen of in tenten die hij uit garages jatte, maar meestal, als het weer meewerkte, sliep de kleine Wilde in de openlucht onder de sterren.

Dat deed hij nog steeds het liefst.

Toen ze hem hadden gevonden en 'gered' van zijn onbeschaafde leven, plaatste Jeugdzorg het jochie tijdelijk in een pleeggezin. Met alle aandacht die het geval in de media kreeg, redeneerde men, kon het niet lang duren voordat iemand zich zou melden om de 'kleine Tarzan' te claimen, maar dagen werden weken, en de weken werden maanden, de maanden werden jaren. Na meer dan dertig jaar bleef het mysterie onopgelost.

Meer dan dertig jaar.

Niemand meldde zich.

Er waren natuurlijk geruchten. Er waren mensen die zeiden dat Wilde een kind was van een ietwat schimmig bergvolk, dat hij was weggelopen of was verwaarloosd, dat hij was verdwaald en dat de stam nu bang was om hem op te eisen. Anderen beweerden dat er iets mankeerde aan de herinneringen van de jongen, dat hij onmogelijk zo alleen al die jaren in die onherbergzame bossen had kunnen overleven, dat hij verbaal veel te ontwikkeld was en veel te intelligent voor een kind dat zonder ouders was opgegroeid. Er was kleine Wilde iets vreselijks overkomen, zeiden ze, iets zo traumatisch dat het overlevingsinstinct elke herinnering eraan had geblokkeerd.

Wilde wist wel beter, maar toe maar.

Zijn enige herinneringen aan zijn vroegste jeugd kwamen in de vorm van geheugenflitsen en dromen: een rode balustrade, een donker huis, het portret van een man met een snor, en soms gegil van een vrouw. Dat laatste alleen als de dromen hadden besloten een geluidsband af te spelen bij de beelden.

Wilde – zijn pleegvader was met die toepasselijke naam op de proppen gekomen – ontwikkelde zich min of meer tot een eenentwintigste-eeuwse legende. Hij was de lokale boeman, die alleen in de bossen rondzwierf. Als ouders in de streek rond Mahwah er zeker van wilden zijn dat de kinderen bij zonsondergang thuis waren – als ze hun kinderen wilden ontmoedigen om in die eindeloze wildernis van bossen te gaan spelen – wezen ze erop dat het wolfskind uit zijn hol kwam als de duisternis was gevallen, en dat hij woest en bloeddorstig was.

Er waren meer dan dertig jaar voorbijgegaan en al die tijd had niemand ook maar een flauw idee waar Wilde vandaan was gekomen.

Tot nu.

Zittend in zijn gehuurde auto, geparkeerd aan de overkant van de straat, keek Wilde naar Daniel Carter, die de voordeur van zijn huis opendeed, naar buiten kwam en naar zijn pick-up liep. Hij zoomde met zijn iPhone in op het gezicht van zijn vader en drukte een paar keer af. Hij wist dat Daniel Carter de bouw van twaalf woningen onder handen had, stuk voor stuk met vier kamers, tweeënhalve badkamer en volgens de website een keuken in 'steenkoolrepro'. Op de pagina 'Over ons' op de website van DC Dream Construction stond: 'Al vijfentwintig jaar heeft DC Dream Construction huizen van topkwaliteit ontworpen, gebouwd en verkocht, stuk voor stuk tot op de laatste spijker aangepast aan uw wensen en dromen.'

Wilde stuurde drie foto's naar Hester Crimstein, een vermaard jurist in New York. Zij kwam voor hem het dichtst in de buurt van wat je een moederfiguur zou kunnen noemen. Hij wilde van Hester horen of ze van mening was dat er enige gelijkenis bestond tussen hem en de man die werd verondersteld zijn biologische vader te zijn.

Vijf seconden nadat hij de foto's had verstuurd, werd hij door Hester gebeld.

Wilde nam op en zei: 'Nou?'

'Wauw.'

'"Wauw" in de zin van: hij lijkt op mij?'

'Als hij nog meer op jou zou lijken, Wilde, zou ik denken dat je die foto's door een verouderingsprogramma hebt gehaald.'

'Dus jij denkt...'

'Dat is jouw vader, Wilde.'

Wilde was even niet in staat iets anders te doen dan de telefoon bij zijn oor te houden.

'Gaat het?' vroeg Hester.

'Ja.'

'Hoelang houd je hem al in de gaten?'

'Vier dagen.'

'En wat ga je nu doen?'

Wilde dacht na. 'Ik kan het net zo goed laten rusten.'

'Neu...'

Wilde zei niets.

'Wilde?'

'Ja?'

'Je bent een watje,' zei Hester.

'Watje?'

'Een mooi woord voor iemand die uitdagingen uit de weg gaat.'

'Zoveel had ik al begrepen.'

'Ga met hem praten. Vraag hem waarom hij een klein jongetje alleen in de wildernis heeft achtergelaten. O, en dan moet je mij daarna meteen terugbellen, want ik ben vreselijk nieuwsgierig.'

Hester verbrak de verbinding.

Daniel Carter had wit haar, zijn huid was zonverbrand, zijn onderarmen waren gespierd, waarschijnlijk als gevolg van een leven lang werken met zijn handen. Wilde had de indruk dat de familiebanden erg hecht waren. Op dat moment stond Carters vrouw Sofia haar man glimlachend uit te zwaaien op de drempel. De zondag ervoor hadden Daniel en Sofia gebarbecued in de achtertuin. De dochters Cheri en Alena waren er met hun gezin ook bij geweest. Daniel stond bij de barbecue. Hij droeg een koksmuts en een schort met TOPKOK DANIEL. Sofia had sangria en huzarensalade geserveerd. Toen de zon laag aan de hemel stond, had Daniel de vuurkorf aangestoken en hadden ze zowaar met zijn allen marshmallows geroosterd en bordspelletjes gedaan. Het was net een schilderij van Norman Rockwell. Wilde had verwacht dat hij zou worden overvallen door verdriet en weemoed toen hij ernaar keek, maar eerlijk gezegd had het hem eigenlijk niets gedaan.

Hun leven was niet beter dan het zijne.

Misschien wilde hij wel het liefst naar de luchthaven rijden en aan boord gaan van een vliegtuig terug naar huis. Het afgelopen half jaar had hij een in vrijwel alle opzichten normaal huiselijk leven geleid in Costa Rica, met een moeder en haar dochter, maar nu was het tijd om terug te keren naar zijn afgelegen Ecocapsule diep in de bossen van de Ramapo Mountains. Daar hoorde hij. Dat was zijn thuis.

Alleen. In de bossen.

Hester Crimstein en eigenlijk iedereen rond Wilde mocht dan 'vreselijk nieuwsgierig' zijn naar de achtergrond van het 'wolfskind', het wolfskind zelf was dat helemaal niet. Hij was er nooit nieuwsgierig naar geweest. Hij was van mening dat zijn ouders dood waren of hem in de steek hadden gelaten. Wat maakte het nu uit wie zij waren of wat hun beweegredenen waren geweest? Het zou er niet anders van worden als je het wist, in ieder geval niet beter.

Wilde had het naar zijn zin, hartelijk dank. Hij had geen behoefte aan onnodige ophef in zijn leven.

Daniel Carter draaide de sleutel om in het contactslot van de pick-up. Hij reed Sundew Avenue uit en sloeg links af, Sandhill Sage Street in. Wilde volgde hem. Een paar maanden geleden had Wilde toegegeven aan de verleiding en zijn DNA opgestuurd naar zo'n online genealogiedatabase. Die dingen waren een hype tegenwoordig. Het was volstrekt onbelangrijk, had hij zichzelf wijsgemaakt. Als er een match zou blijken te zijn, kon hij die altijd nog negeren als hij dat zou willen. Het was een eerste stap die hem tot niets verplichtte, meer niet.

Toen de resultaten binnenkwamen, zat er niets wereldschokkends bij. De match met het hoogste percentage was iemand met de initialen PB, door de site aangeduid als een achterneef of achternicht. Nou en? PB had contact gezocht. Wilde had op het punt gestaan om te reageren, maar zijn leven had een verrassende wending genomen. Het had zelfs Wilde verbaasd dat hij ineens de bossen die hij altijd zijn thuis had genoemd, had verlaten om een zeer ongebruikelijk avontuur als huisvader aan te gaan in Costa Rica.

Dat was niet gelopen zoals de bedoeling was.

Twee weken eerder, toen hij bezig was zijn koffers te pakken om weer uit Costa Rica te vertrekken, had de genealogiesite hem een e-mail gestuurd met het onderwerp: BELANGRIJKE UPDATE! Ze hadden een match gevonden met 'een bloedverwant met wie hij veel meer DNA deelde dan met alle andere bloedverwanten'. Het account van die bloedverwant was gekoppeld aan de initialen DC. Onder de e-mail stond een link: MEER INFO! Geheel tegen beter weten in had hij op die link geklikt.

DC was, afgaand op zijn leeftijd, geslacht en matchpercentage, Wilde's vader.

Wilde was niet in staat geweest iets anders te doen dan naar het scherm te staren.

Wat nu? Hij stond voor de deur naar zijn verleden. Hij hoefde hem slechts open te doen. Maar toch aarzelde Wilde. Want werkte die idiote, intuïtieve website niet net zo goed de andere kant op? Als Wilde een melding had gekregen dat zijn vader een account had op de site, was het toch logisch dat zijn vader ook een melding had gekregen dat zijn zoon er naar bloedverwanten zocht?

Waarom nam DC geen contact op met hem?

Twee dagen lang liet Wilde het lopen. Op een gegeven moment stond hij zelfs op het punt zijn profiel helemaal te verwijderen van de genealogiesite. Het zou allemaal tot niets leiden. Dat wist hij. Hij had in de loop van de jaren alle scenario's de revue laten passeren die konden verklaren hoe een klein jongetje in de bossen terecht was gekomen, daar jarenlang alleen had geleefd, maar daar was achtergelaten om – laten we eerlijk zijn – te sterven.

Toen hij Hester had gebeld om haar te vertellen dat er een DNA-match met zijn vader was, en dat hij aarzelde om daar een vervolg aan te geven, had ze gereageerd met: 'Wil je weten wat ik ervan vind?'

'Natuurlijk.'

'Je bent een idioot.'

'Dat helpt.'

'Luister eens goed naar me, Wilde.'

'Oké.'

'Ik ben een stuk ouder dan jij.'

'Feit.'

'Hou je mond. Luister naar mijn wijze woorden.'

'Heb je dat soms uit de musical *Hamilton*?'

'Ja.'

Hij wreef in zijn ogen. 'Ga door.'

'De vreselijkste waarheid is beter dan de mooiste leugen.'

Wilde fronste zijn wenkbrauwen. 'Komt dat uit een fortune cookie?'

'Niet zo bijdehand. Je kunt dit niet negeren, dat weet je. Je moet de waarheid onder ogen zien.'

Natuurlijk had Hester gelijk. Misschien had hij geen zin die deur open te doen, maar hij kon er ook moeilijk de rest van zijn leven naar blijven staren terwijl hij dichtzat. Uiteindelijk meldde hij zich weer aan op de site en schreef hij een bericht voor DC. Hij hield het kort en eenvoudig:

Misschien ben ik je zoon. Kunnen we met elkaar praten?

Meteen nadat hij het bericht had verzonden, kreeg hij een automatisch verzonden antwoord. Volgens de website stond DC niet langer in de database. Dat was zowel verdacht als vreemd – het feit dat zijn vader besloten had zijn account te verwijderen – maar het sterkte Wilde plotseling in zijn voornemen antwoorden op zijn vragen te krijgen. Hoezo, een deur opendoen. Het werd tijd om die deur ín te trappen. Hij belde Hester een tweede keer.

Het is overigens mogelijk dat de naam Hester u bekend voorkomt: ze is een legendarische tv-persoonlijkheid, gastvrouw in haar eigen tv-show *Crimstein & Criminelen*. Ze belde een paar mensen op, maakte gebruik van haar netwerk. Wilde zelf raadpleegde een paar andere bronnen uit de tijd dat hij werkzaam was in wat wordt aangeduid met de dubieuze term 'freelance beveiliging'. Ze hadden er tien dagen voor nodig, maar uiteindelijk haalden ze een naam boven water: Daniel Carter, eenenzestig jaar oud, woonachtig in Henderson, Nevada.

Vier dagen geleden vloog Wilde van Liberia in Costa Rica naar Las Vegas. Nu zat hij in een gehuurde blauwe Nissan Altima en volgde hij de Dodge RAM-pick-up van Daniel Carter naar een bouwplaats. Hij had lang genoeg getreuzeld. Toen Daniel Carter het terrein van de bouw op reed, parkeerde Wilde aan de overkant. Het lawaai van de bouw was oorverdovend. Wilde stond op het punt om Carter aan te spreken toen hij zag dat twee bouwvakkers Carters aandacht claimden. Wilde wachtte. Een van de twee bouwvakkers gaf Carter een helm, de ander gaf hem gehoorbescherming. Carter zette de helm op, propte pluggen in zijn oren en liep voor de bouwvakkers uit, verder het terrein op. Onder hun zware werkschoenen kolkten stofwolken omhoog. Ze verdwenen er bijna in. Wilde keek toe en wachtte af. Op een paar stevige balkjes was een bord getimmerd waarop met een veel te barokke letter werd aangekondigd dat de VISTA MEWS – schuilhutten met uitzicht, hoe verzonnen ze het – luxe vierkamerwoningen werden vanaf 299.000 dollar. Dwars eroverheen lag een bloedrode balk met BINNENKORT BESCHIKBAAR!

Daniel Carter mocht dan de voorman zijn, of de uitvoerder of hoe je de baas van het hele spul ook maar moest noemen, hij was absoluut niet bang om de handen uit de mouwen te steken. Wilde keek toe terwijl hij leidinggaf aan zijn ploeg. Hij spijkerde een balk vast. Hij zette een stofbril op en ging met een sloophamer aan de slag. Hij inspecteerde het werk, knikte de arbeiders toe als hij tevreden was en wees op onvolkomenheden als het hem niet beviel wat hij zag. Zijn personeel had respect voor hem. Dat kon Wilde zien, alhoewel, misschien was dat wel projectie. Moeilijk te zeggen.

Twee keer zag Wilde Daniel Carter even alleen staan en wilde hij hem aanspreken, maar beide keren was iemand anders hem voor. De bouwplaats was een hectisch, luidruchtig gebeuren waar het werk nooit stilviel. Wilde had een hekel aan lawaai. Hij had altijd al een hekel gehad aan lawaai. Hij besloot te wachten en zijn vader op te vangen als hij weer thuiskwam.

Om vijf uur vertrokken de bouwvakkers naar huis. Daniel Carter was een van de laatsten. Hij zwaaide ten afscheid en klom in zijn pick-up. Wilde volgde hem terug naar het huis aan Sundew Avenue.

Toen Daniel Carter de motor uitschakelde en uitstapte, zette Wilde zijn huurauto stil voor het huis. Carter kreeg Wilde in het oog en bleef staan. De voordeur van de woning ging open. Zijn Sofia begroette hem met een bijna hemelse glimlach.

Wilde stapte uit de auto en zei: ‘Daniel Carter?’

Zijn vader bleef bij het open portier van de pick-up staan, bijna alsof hij zich afvroeg of hij weer moest instappen en wegrijden. Hij bekeek de man die zo bruut zijn huiselijk geluk verstoorde met nauwelijks verholen achterdocht. Wilde wist niet zo goed wat hij nu moest zeggen, dus hield hij het maar eenvoudig.

'Ik zou graag even met u willen praten.'

Daniel Carter keek even zijn vrouw aan. Die uitwisseling van blikken, dacht Wilde, was een vorm van communicatie waar geen woord aan te pas kwam en die alleen stellen beheersen die elkaar al dertig jaar kennen. Zij deed een stap achteruit en sloot de voordeur weer.

'Wie ben jij?' vroeg Carter.

'Ik heet Wilde,' zei Wilde. Hij deed een paar stappen naar Carter toe zodat hij zonder stemverheffing kon praten. 'Ik denk dat jij mijn vader bent.'

2

Daniel Carter zei niet veel.

Hij luisterde kalm toen Wilde over zijn verleden vertelde, over de genealogiesite, het DNA, over de argumenten die ervoor pleitten dat zij waarschijnlijk vader en zoon waren. Al die tijd verraadde Carters gezicht niets. Hij knikte soms en kneep soms zijn handen samen. Hij verbleekte zo nu en dan iets. Zijn stoïcijnse gedrag maakte indruk op Wilde en deed hem vreemd genoeg aan zichzelf denken.

Ze stonden met z'n tweeën nog steeds op de oprit. Met de regelmaat van de klok wierp Carter een steelse blik naar het huis. Uiteindelijk zei hij: 'Laten we een eindje gaan rijden.'

Ze stapten in de pick-up en reden zwijgend weg. Geen van beiden had kennelijk behoefte op dat moment iets te zeggen. Wilde ging ervan uit dat zijn woorden Carter met stomheid hadden geslagen, dat Carter de autorit gebruikte zoals een bokser zijn acht tellen rust gebruikt. Misschien was dat niet zo, het was moeilijk te achterhalen wat er in mensen omging. Misschien was hij met stomheid geslagen, misschien was zijn zwijgen een kwestie van geslepenheid.

Tien minuten later namen ze plaats in een zitje bij Mustang Sally's, een jarenzestigdiner in een Ford-dealer. De bekleding van de bankjes waarop ze zaten was van rood vinyl en deed haar uiterste best nostalgisch over te komen, maar voor iemand die uit New Jersey kwam, vallen nepdiners meteen door de mand.

'Wil je geld?' vroeg Carter.

'Nee.'

'Dat dacht ik al.' Hij zuchtte diep. 'Volgens mij zou ik kunnen beginnen met alles te ontkennen.'

'Dat kan.'

'We zouden een vaderschapstest kunnen doen.'

'Dat kan ook.'

'Maar ik zie er de noodzaak niet van in. Er zijn genoeg overeenkomsten tussen ons.'

Wilde zei niets.

Carter streek met zijn hand door zijn witte bos haar. 'Man, dit is gek. Ik heb drie dochters. Wist je dat?'

Wilde knikte.

'Het mooiste wat me in mijn leven is overkomen, die meiden.' Hij schudde zijn hoofd. 'Je moet me even de tijd geven om hieraan te wennen, oké?'

'Oké.'

'Ik wed dat je een hele waslijst met vragen hebt. Ik ook.'

Een jonge serveerster liep naar hun tafel en zei: 'Hé, mr. C.'

Daniel Carter schonk haar een warme glimlach. 'Hé, Nancy.'

'Hoe gaat het met Rosa?'

'Uitstekend.'

'Doe haar de groeten.'

'Dat zal ik doen.'

'Wat kan ik voor de heren betekenen?'

Daniel Carter bestelde een club sandwich met friet. Hij maakte een gebaar naar Wilde, die hetzelfde bestelde. Nancy vroeg of ze iets wilden drinken. Beide mannen schudden bijna gelijktijdig het hoofd. Nancy pakte de menu's op en liep weg in de richting van de keuken.

'Nancy Urban zat bij mijn jongste dochter in de klas op de highschool,' zei Carter toen ze buiten gehoorsafstand was. 'Prima meid.'

'Uhuh.'

'Ze zaten in hetzelfde volleybalteam.'

'Uhuh.'

Carter boog iets naar voren. 'Ik begrijp er niets van.'

'Dat geldt ook voor mij.'

'Ik kan het gewoon niet geloven wat je me vertelt. Ben jij echt dat jochie dat ze jaren geleden in de bossen hebben gevonden?'

'Dat ben ik,' zei Wilde.

'Ik kan me de verhalen in het nieuws nog wel herinneren. Ze noemden je Kleine Tarzan of zo. Je was gezien door wandelaars, toch?'

'Ja.'

'In de Appalachen?'

Wilde knikte. 'De Ramapo Mountains.'

'Waar is dat?'

'New Jersey.'

'Echt? Lopen de Appalachen tot in New Jersey?'

'Ja.'

'Dat wist ik niet.' Carter schudde opnieuw zijn hoofd. 'Ik ben nooit in New Jersey geweest.'

Mooie boel. Zijn biologische vader was nog nooit in de staat geweest die Wilde al zijn hele leven zijn thuis had genoemd. Hij wist niet zo goed wat hij daarmee aan moest.

'Bergen zijn niet het eerste waar je aan denkt als New Jersey ter sprake komt,' zei Carter, die kennelijk wanhopig zocht naar een onschuldig onderwerp om over te praten. 'Ik denk dan meer aan overbevolking en milieuverontreiniging en Springsteen en *The Sopranos*.'

'Het is een gecompliceerde staat,' zei Wilde.

'Nevada ook. Je wilt niet geloven hoeveel er hier is veranderd.'

'Hoelang is Nevada al jouw thuisstaat?' vroeg Wilde, een voorzichtige poging het gesprek te sturen.

'Ik ben hier vlakbij geboren, in een stadje dat Searchlight heet. Ooit van gehoord?'

'Nee.'

'Het ligt een minuut of veertig rijden naar het zuiden.' Hij wees met zijn vinger, alsof dat iets duidelijk moest maken, keek toen naar zijn vinger, schudde maar weer eens zijn hoofd en legde zijn hand vlak op het tafeltje. 'Ik zit maar wat te kletsen zonder dat het ergens goed voor is. Het spijt me.'

'Het is oké,' zei Wilde.

'Het is gewoon... Een zoon.' Misschien begonnen zijn ogen een beetje te glanzen. 'Het kost me moeite om dat een plekje in mijn hoofd te geven.'

Wilde zei niets.

'Laat ik je één ding meteen vertellen, want dat vraag je je vast af.' Hij ging zachter praten. 'Ik wist niets van je bestaan. Ik wist niet dat ik een zoon had.'

'Als je zegt "ik wist niet..."'

'Ik bedoel nooit. Niet tot dit moment. Het is een enorme schok voor me.'

Wilde voelde iets kouds door zijn lichaam stromen. Hij had zijn hele leven op antwoorden zoals dit gewacht. Hij had blokkades opgeworpen, gepretendeerd dat het onbelangrijk was, en in veel opzichten was dat ook zo, in veel opzichten was het onbelangrijk, maar de nieuwsgierigheid bleef. Er was een moment gekomen dat hij had besloten dat hij zich niet zou laten leiden door het onbekende. Hij was in de bossen achtergelaten om te sterven en op de een of andere manier had hij het overleefd. Zoiets maakt natuurlijk een ander mens van je. Het had hem gevormd. Het was deel geworden van alles wat hij deed, van heel zijn bestaan.

'Zoals ik al zei, heb ik drie dochters. Dat ik er na al die jaren achter moet komen dat ik al een zoon had voordat de eerste zelfs maar was geboren...' Hij schudde opnieuw zijn hoofd en knipperde met zijn oogleden. 'O, man, ik moet hieraan wennen. Geef me even de tijd om op adem te komen.'

'Neem alle tijd die je nodig hebt.'

'Je zei dat ze je Wilde hadden genoemd?'

'Ja.'

'Wie was dat?'

'Mijn pleegvader.'

'Trouwens,' zei Carter. 'Zorgde hij goed voor je? Je pleegvader?'

Wilde vond dat hij niet degene was die vragen moest beantwoorden, maar hij zei niettemin: 'Ja', en liet het daarbij.

Carter droeg nog steeds het shirt dat hij tijdens het werk had gedragen. Het was stoffig. Hij tastte in een borstzak en haalde er een pen en een leesbril uit. 'Vertel nog eens wanneer ze je hebben gevonden.'

'In april 1986.'

Carter schreef het op de papieren placemat. 'En hoe oud dachten ze toen dat je was?'

'Zes, zeven jaar oud.'

Carter schreef dat ook op de placemat. 'Dat betekent dus dat je ongeveer in 1980 geboren bent.'

'Ja,' zei Wilde.

Daniel Carter knikte, de ogen gericht op wat hij had opgeschreven. 'Als je het mij vraagt, ben jij in de zomer van 1980 verwekt en negen maanden later geboren, dat wil zeggen tussen maart en mei van 1981.'

Iets bracht een trilling teweeg in het tafelblad. Carter pakte zijn telefoon en tuurde naar het scherm. 'Sofia,' zei hij hardop. 'Mijn vrouw. Die kan ik beter even aannemen.'

'Hé schat... Ja, ik zit bij Mustang Sally's.' Terwijl hij luisterde, gleed zijn ingekeerde blik over Wilde. 'Een leverancier. Hij wil het pvc-buiswerk leveren. Ja, precies. Ik vertel het later wel.' Na een tweede pauze sloot hij af met een zeer welgemeend: 'Ik hou van je.'

Hij verbrak de verbinding en legde de telefoon terug op het tafeltje. Hij zat er lang naar te staren.

'Die vrouw is het beste wat me ooit is overkomen,' zei hij. Nog altijd starend naar zijn telefoon voegde hij eraan toe: 'Het moet moeilijk voor jou zijn geweest, Wilde. Dat je niets over je verleden wist. Dat spijt me.'

Wilde zei niets.

'Kan ik je vertrouwen?' vroeg Carter. Nog voordat Wilde kon reageren, wuifde Carter de vraag weg. 'Domme vraag. Beledigend zelfs. Ik heb het recht niet iets van jou te verlangen. Bovendien houdt een man zich aan zijn woord, of hij doet het niet. Hem de vraag stellen verandert daar niets aan. De grootste leugenaars die ik ooit ben tegengekomen, keken je recht in de ogen terwijl ze je bedonderden.'

Carter vouwde zijn handen en legde ze op tafel. 'Je wilt natuurlijk antwoorden.'

Wilde vertrouwde zijn stem niet, dus hij knikte alleen maar.

'Ik zal je vertellen wat ik je kan vertellen, oké? Ik weet alleen niet zo goed waar ik moet beginnen. Ik denk...' Hij keek naar het plafond, knipperde met zijn ogen en stak van wal. 'Sofia en ik zijn begonnen met daten toen we in het laatste jaar van de highschool zaten. We vielen als een blok voor elkaar. Maar we kwamen natuurlijk nog maar net kijken. Je weet hoe het gaat. Hoe dan ook, Sofia is veel slimmer dan ik. Na de highschool ging zij studeren, de stad uit. In Utah. Ze was de eerste bij haar thuis die ging studeren. Ik heb me aangemeld voor de luchtmacht. Ben jij in dienst geweest?'

'Ja.'

'Welk onderdeel?'

'De landmacht.'

'Heb je gevochten?'

Daar praatte Wilde niet graag over. 'Ja.'

'Ik niet. Ik heb mazzel gehad met mijn leeftijd. Na Vietnam, ik bedoel in de jaren zeventig, hadden we het gevoel dat er nooit meer oorlog zou komen, tot Reagan in 1986 Libië bombardeerde. Ik weet hoe raar dat nu klinkt, maar het is waar. Dat was het effect dat de ellende in Vietnam op ons had. We hielden er een nationaal PTSS-trauma aan over. Misschien was dat helemaal niet verkeerd. Ik ben vooral in Nellis gelegerd geweest, dat is hier een half uurtje vandaan, maar ze hebben me ook nog een tijdje naar het buitenland gestuurd. Ramstein in Duitsland en Middenhall in Engeland. Ik heb zelf niet gevlogen of zo. Ik deed facilitair werk. Landingsbanen, hangars, eigenlijk het bouwen van bases. Daar heb ik de wereld van de bouw leren kennen.'

Nancy onderbrak hem. 'De friet was klaar, dus die breng ik maar alvast. Ze zijn het lekkerst zo uit de frituur.'

Carter toverde de brede, charmante glimlach op zijn gezicht. 'Kijk, dat is heel attent van je. Dank je, Nancy.'

Nancy Urban zette de grote mand met friet tussen beide mannen en zette voor beiden een klein bordje. Er stond al ketchup op tafel, maar Nancy schoof het flesje naar het midden van de tafel alsof ze hen wilde helpen herinneren dat er ook ketchup was.

Toen ze vertrokken was, pakte Carter een enkel frietje. 'Pal voordat ik naar Ramstein werd overgeplaatst hebben Sofia en ik ons verloofd. We waren nog erg jong en ik maakte me zorgen dat ik haar kwijt zou raken. Zij kwam met allerlei coole mensen in aanraking op de universiteit. Alle stelletjes die ik kende van de highschool waren allang weer uit elkaar. Of het was een moetje geworden omdat zij zwanger was. Hoe dan ook, ik kocht nota bene een verlovingsring bij de pandjesbaas.' Hij kneep zijn ogen tot spleetjes. 'Heb jij problemen met alcohol, Wilde?'

'Nee.'

'Drugs? Verslaafd aan wat dan ook?'

Wilde ging verzitten. 'Nee.'

Carter glimlachte. 'Ik ben blij dat te horen. Ik heb een tijdje geworsteld met alcohol, maar ik drink al achtentwintig jaar niet meer.

Maar dat kan ik moeilijk als verontschuldiging aanvoeren. Niet echt. Lang verhaal kort? Die zomer in Europa was pure waanzin. Ik dacht dat het mijn laatste kans was als vrijgezel om de bloemetjes buiten te zetten, of hoe mannen dat ook maar mogen noemen als ze zichzelf te buiten gaan. Die zomer was de enige keer dat ik Sofia bedrogen heb, en zelfs na al die jaren voel ik me soms schuldig als ik naar haar kijk terwijl ze naast me ligt te slapen. Maar ik heb het gedaan. Onenightstands noemden we dat. Verdorie, volgens mij noemen ze dat nog steeds zo, toch?'

Hij keek Wilde aan alsof hij van hem een antwoord verwachtte.

'Vast,' zei Wilde om het gesprek gaande te houden.

'Juist. Ben jij getrouwd, Wilde?'

'Nee.'

'Het gaat mij niets aan, sorry.'

'Het is oké.'

'Hoe dan ook, ik heb die zomer met acht meisjes geslapen. Yep, ik weet precies hoeveel het er waren. Vind je dat niet zielig? Dat zijn de enige vrouwen, afgezien van Sofia, met wie ik in mijn hele leven seks heb gehad. En dus moet de voor de hand liggende conclusie zijn dat een van die acht jouw moeder is.'

Verwekt tijdens een onenightstand, dacht Wilde. Maakte dat enig verschil? Wilde kon er niets bij bedenken. Misschien schuilde er enige ironie in het feit dat Wilde zich het prettigst voelde in situaties zonder toekomstperspectief, met andere woorden onenightstands. Er waren in zijn leven vriendinnen, vrouwen geweest, met wie hij had geprobeerd een band te smeden, maar op de een of andere manier was het nooit gelukt.

'Die acht vrouwen,' zei hij.

'Wat is daarmee?'

'Heb je hun namen of adressen?'

'Nee.' Carter wreef over zijn kin en staarde naar het plafond. 'Het enige wat ik nog weet zijn een paar voornamen. Het spijt me.'

‘Heeft er nooit een geprobeerd contact te leggen?’

‘Naderhand, bedoel je? Nee, ik heb nooit meer iets van ze gehoord. Je moet niet vergeten dat dit in 1980 was. We hadden nog geen mobiele telefoons en geen e-mail. Ik wist hun achternaam niet en zij die van mij niet. Ken je Bob Seger en The Silver Bullet Band?’

‘Niet echt.’

Om Carters lippen speelde een weemoedige glimlach. ‘Man, dan heb je wat gemist. Maar je hebt vast nummers als “Night Moves” of “Turn the Page” wel eens gehoord. Hoe dan ook, in “Night Moves” zingt hij: *“I used her, she used me, neither one cared.”* Zo was het voor mij ook die zomer.’

‘Dus het waren allemaal onenightstands?’

‘Nou ja, een van die meisjes duurde een heel weekend. In Barcelona. Dus dat zijn drie nachten geweest.’

‘En ze kenden jou alleen als Daniel,’ zei Wilde.

‘Meestal word ik Danny genoemd, maar, ja, dat klopt.’

‘Geen achternamen, geen adressen.’

‘Precies.’

‘Vertelde je ze dat je soldaat was of waar je gelegerd was?’

Daniel dacht na. ‘Misschien.’

‘Maar zelfs als je dat hebt gedaan,’ ging Wilde verder, ‘is Ramstein enorm. Meer dan vijftigduizend Amerikanen.’

‘Ben je er geweest?’

Wilde knikte. Hij was er drie weken geweest om te trainen voor een geheime missie in Noord-Irak. ‘Dus als een jonge vrouw zwanger raakte en op zoek ging naar de vader en naar de basis kwam met niet meer dan de naam Daniel of Danny…’

‘Stop,’ zei Carter. ‘Denk je dat je moeder naar mij op zoek ging?’

‘Ik weet het niet. Het is 1980. Ze is zwanger. Misschien, misschien niet. Misschien was het voor haar ook alleen maar een onenightstand. Misschien dook ze met de ene na de andere man voor een nachtje in bed en had ze geen idee wie de vader was. Misschien kon het haar ook niets schelen. Ik weet het niet.'

'Maar je hebt gelijk,' zei Carter, bij wie alle kleur uit zijn gezicht leek weg te trekken. 'Zelfs als ze heeft geprobeerd me te vinden, was haar dat nooit gelukt op de basis. Bovendien ben ik daar maar acht weken geweest. Misschien was ik lang en breed terug in de VS toen zij ontdekte dat ze zwanger was.'

Nancy bracht de sandwiches. Ze zette de ene neer voor Carter, de andere voor Wilde. Haar ogen schoten van de een naar de ander. Kennelijk voelde ze de gespannen sfeer aan, want ze haastte zich terug naar de keuken.

'Acht vrouwen,' zei Wilde. 'Hoeveel van die vrouwen waren Amerikaans?'

'Wat maakt dat uit? O, ja natuurlijk, ik snap het. Jij bent achtergelaten in de bossen in New Jersey. Het is niet zo gek om te veronderstellen dat je moeder een Amerikaanse was.'

Wilde wachtte.

'Eentje maar. Meestal ontmoette ik de meisjes in Spanje. Het voelde voor heel veel Europeanen aan als een soort voorjaarsvakantie.'

Wilde deed zijn uiterste best beheerst te blijven ademen. 'Wat kun je je nog van haar herinneren?'

Carter pakte een frietje uit de mand en hield het tussen duim en wijsvinger. Hij staarde ernaar alsof dat frietje hem antwoord kon geven. 'Ik geloof dat ze Susan heette.'

'Oké,' zei Wilde. 'Waar heb je Susan ontmoet?'

'In een discotheek in Fuengirola. Dat is een stad aan de Costa del Sol. Ik kan me herinneren dat ik hallo tegen haar zei en verrast werd door haar accent, omdat er maar heel weinig Amerikanen waren die daar op vakantie gingen.'

'Dus je bent in die disco,' ging Wilde verder. 'Probeer het je eens voor de geest te halen. Met wie was je daar?'

'Een paar jongens van mijn regiment, denk ik. Dat herinner ik me niet meer. Het spijt me. Misschien waren we met meer. Meestal maakten we een tocht langs al die disco's.'

'Heeft Susan je verteld waar ze vandaan kwam?'

Carter schudde zijn hoofd. 'Eigenlijk weet ik niet eens zeker of ze wel een Amerikaanse was, omdat we daar maar zo weinig jonge Amerikaanse vrouwen zagen. Het was niet de plek waar die in 1980 naartoe gingen. Maar haar accent was wel heel duidelijk Amerikaans, daarom denk ik dat ze hiervandaan kwam. Ik had ook veel gedronken. Ik kan me nog herinneren dat ik met haar heb gedanst. Dat deed je nu eenmaal. Je sloofde je uit op de dansvloer tot je vreselijk zweette en dan vertrok je.'

'Waar gingen jullie met z'n tweeën naartoe?'

'We hadden met een paar man geld bij elkaar gelegd voor een hotelkamer.'

'Kun je je de naam van dat hotel nog herinneren?'

'Nee, maar het was vlak bij de nachtclub. Een toren. Ik weet nog dat hij rond was.'

'Rond?'

'Ja... Een ronde toren. Opvallend. Onze kamer had een balkon. Vraag me niet hoe het kan dat ik me dat herinner, maar het is zo. Als ik online foto's zou bekijken van hotels, zou ik het misschien herkennen. Als het er nog staat.'

Alsof dat enig verschil zou maken, dacht Wilde. Alsof hij naar Spanje zou kunnen vliegen, een hotel opzoeken en vragen of daar in 1980 een jonge Amerikaanse een onenightstand had gehad.

'Kun je je nog herinneren wanneer dit precies is gebeurd?'

'Bedoel je een datum?'

'Zoiets, ja.'

'Ik denk dat ik er al een tijdje was, dat zij de zesde of de zevende was, dus dat betekent waarschijnlijk augustus. Maar dat is een gok.'

'Had zij ook een kamer in die toren?'

Carter trok een grimas. 'Dat weet ik niet. Ik betwijfel het.'

'Met wie was zij op reis?'

'Geen idee.'

'Was er iemand bij haar toen je haar aansprak?'

Carter schudde langzaam zijn hoofd. 'Het spijt me, Wilde. Ik kan het me niet herinneren.'

'Hoe zag ze eruit?'

'Donkerblond haar. Mooi, maar...' Hij haalde zijn schouders op en zei opnieuw dat het hem speet.

Ze overwogen nog andere mogelijkheden. Ene Ingrid uit Amsterdam. Rachel of Racquel uit Manchester. Anna uit Berlijn. Er ging een uur voorbij. En nog een uur. Uiteindelijk aten ze hun sandwich op en de koud geworden friet. De telefoon van Daniel Carter zoemde ettelijke keren, maar hij negeerde het. Ze praatten, al was Carter het grootste deel van de tijd aan het woord. Wilde gaf zich niet zo graag bloot.

Toen de telefoon voor de zoveelste keer begon te zoemen, maakte Carter een gebaar naar Nancy dat hij wilde afrekenen. Wilde bood aan te betalen, maar daar wilde Carter niets van weten. 'Ik zou willen zeggen dat dit het minste is wat ik kan doen, maar dat zou wel heel beledigend zijn.'

Ze stapten weer in de pick-up en reden terug naar het huis aan Sundew Avenue. Het zwijgen van beide mannen bouwde een muur van stilte tussen hen op die je bijna kon aanraken. Wilde keek door de voorruit naar de nachtlucht. Hij had zijn hele leven naar de sterren gekeken, maar de kleur van de hemel net na de schemering had iets bijzonders, een turquoise tint die je nergens anders op de wereld kon zien dan in het zuidwesten van de Verenigde Staten.

'Waar slaap je vannacht?'

'De Holiday Inn Express.'

'Mooi.'

'Ja...'

'Ik moet je iets vragen, Wilde.'

Wilde keek opzij naar het profiel van zijn vader. De gelijkenis met zijn eigen gezicht was onmiskenbaar. Carter staarde door de voorruit. Zijn verweerde handen hielden het stuur in een perfecte tien-voor-tweegreep vast.

'Ik luister,' zei Wilde.

'Ik heb een heel fijn gezin,' zei zijn vader. 'Een lieve vrouw, schatten van dochters, en zelfs kleinkinderen.'

Wilde zei niets.

'Wij zijn eenvoudige mensen. We werken hard. We proberen te doen wat we moeten doen. Ik heb al heel lang mijn eigen bedrijf. Ik bedrieg nooit iemand. Ik bied mijn klanten waar voor hun geld. Twee keer per jaar gaan Sofia en ik met een Airstream naar een van de nationale parken. De meisjes gingen altijd mee, maar tegenwoordig hebben die een eigen gezin.'

Carter keek zorgvuldig in de spiegels en sloeg hand over hand het stuur draaiend de bocht om. Toen keek hij Wilde aan.

'Ik wil geen bom onder hun leven leggen,' zei hij. 'Ik hoop dat je dat kunt begrijpen.'

Wilde knikte. 'Ja,' zei hij.

'Toen ik die zomer weer thuiskwam, haalde Sofia me op van de basis. Ze vroeg me wat ik daar had gedaan. Ik keek haar recht in de ogen en ik loog. Het mag al heel lang geleden lijken – en dat is het ook, begrijp me goed – maar als Sofia nu te horen krijgt dat ons huwelijk op die leugen is gebouwd...'

'Ik begrijp het,' zei Wilde.

'Ik moet... Kan ik een beetje tijd krijgen? Om erover na te denken?'

'Waarover moet je nadenken?'

'Over dat ik het ze moet vertellen. Ik weet dat het moet, maar ik weet niet hoe.'

Wilde dacht na. Hij wist niet zo zeker of hij dat eigenlijk allemaal wilde. Had hij behoefte aan drie nieuwe zussen? Nee. Had hij behoefte aan een vader. Sterker: had hij die nodig? Nee, hij was een einzelgänger. Hij koos ervoor om in isolement in de bossen te wonen. Zonder banden voelde hij zich op zijn best. De enige voor wie hij echt voelde verantwoordelijk te zijn was zijn petekind Matthew, eerstejaars student – en de enige reden daarvoor was dat Matthews vader David was verongelukt omdat Wilde niet goed had opgelet. Hij was het de jongen schuldig. Hij zou het hem altijd schuldig zijn.

Meer mensen speelden een rol in zijn leven. Niemand, zelfs Wilde niet, was een eiland in de oceaan.

Maar had hij dit nodig in zijn leven?

Toen ze Sundew Avenue in draaiden, voelde Wilde dat zijn vader verstijfde. Sofia en zijn dochter Alena stonden op de stoep voor het huis.

'Wat zeg je hiervan,' begon Carter. 'We zien elkaar morgenvroeg om acht uur voor een ontbijt in de Holiday Inn Express. Dan praten we er verder over en maken we een plan.'

Wilde knikte. Carter reed de oprit op. Beide mannen stapten uit. Sofia haastte zich naar haar man. Die begon voor de tweede keer aan zijn verhaal over pvc, maar afgaande op de manier waarop Sofia hem aankeek, was Wilde er niet van overtuigd dat Sofia het voor zoete koek slikte. Haar ogen lieten Wilde geen moment los.

Toen het niet al te onbeschoft meer was, maakte Wilde een toneelstukje van het raadplegen van zijn horloge om te constateren dat hij moest vertrekken. Hij haastte zich naar zijn huurauto. Hij keek niet om, maar voelde hun ogen in zijn rug. Hij ging achter het stuur zitten en reed weg. Niet één keer keek hij om. Terug bij de Holiday Inn Express pakte hij zijn reistas in, een fluitje van een cent. Hij checkte uit, reed naar de luchthaven en leverde de huurauto in.

Met de laatste vlucht van de dag keerde hij van Las Vegas terug naar New Jersey.

Hij zat bij het raam en liet het gesprek door zijn hoofd gaan. Hij wilde geen bom onder hun leven leggen. Hij wilde geen bom onder zijn eigen leven leggen.

Het is voorbij, dacht hij.

Maar dat was niet zo.

3

Chris Taylor, voorheen bekend als De Vreemde, zei: 'Het woord is aan Giraffe.'

Giraffe schraapte hun keel. 'Ik wil niet melodramatisch doen...'

'Je doet altijd melodramatisch.' Dat was Panter. Iedereen grinnikte.

'Oké, maar deze keer... ik bedoel, deze kerel verdient een berg van pijn.'

'Een orkaan van categorie vijf aan pijn,' beaamde Alpaca.

'Een zwarte pest van pijn,' voegde Kitten toe.

'Als er iemand is die het ergste verdient wat wij kunnen uitdelen,' zei Panter, 'dan is hij het.'

Chris Taylor leunde achterover en keek naar de gezichten op de reusachtige monitor die de hele wand in beslag nam. Bij een buitenstaander zou dit overkomen als een Zoom-meeting in een dierentuin, maar dit videogesprek vond plaats in een beveiligde omgeving die Chris zelf had ontwikkeld. Er waren zes deelnemers te zien op het scherm. Drie op de bovenste rij, drie eronder. Hun ware identiteit ging schuil achter levensgrote *animoji* van, niet zo moeilijk te raden, een giraffe, een panter, een alpaca, een ijsbeer en het masker van De Vreemde zelf, leider van de groep, een leeuw. Chris, die zich nu in het openbaar verscholen hield in een luxe loft met uitzicht op de Tribeca Grill in Manhattan, had de leeuw niet willen zijn. Hij had het gevoel dat het stempel leeuw hem te veel in een leidende rol duwde, dat hij er te veel door werd gescheiden van de groep.

'Laten we niet te hard van stapel lopen,' zei Chris. 'Neem de case eens met ons door, Giraffe.'

'De aanmelding kwam van een alleenstaande moeder die Francine Courter heet,' begon Giraffe. De giraffe-animoji deed Chris altijd denken aan de speelgoedzaak uit zijn jeugd. Geoffrey de Giraffe was de mascotte van de keten Toys"R"Us. Chris herinnerde zich dat zijn ouders hem alleen bij heel speciale gelegenheden meenamen naar de winkel, dat hij door de schitterende, magische uitstraling van al dat speelgoed met stomheid geslagen over de drempel stapte. Het was een fijne herinnering en hij had zich al vaak afgevraagd of Giraffe, wie hen (het genderneutrale voornaamwoord dat de groep gebruikte) ook mocht zijn, deze animoji speciaal om die reden had gekozen.

'Het enige kind van Francine – haar zoon Corey – was een van de slachtoffers van de schietpartij op die school in Northbridge in april. Corey was vijftien, hij zat in de tweede klas van de highschool. Hield van drama, talent voor muziek. Hij was bij een repetitie voor het voorjaarsconcert toen de schutter naar binnen stormde en hem door het hoofd schoot. Misschien weten jullie nog dat bij dat bloedbad achttien scholieren werden neergeschoten, van wie er twaalf zijn overleden.' Giraffe haalde diep adem. 'Leeuw?'

'Ja?'

'Moet ik nog gedetailleerder ingaan op die schietpartij?'

'Ik denk het niet, Giraffe,' zei Chris/Leeuw. 'We kennen het verhaal allemaal uit het nieuws. Tenzij iemand daar anders over denkt?'

Niemand tekende bezwaar aan.

'Oké, dan ga ik door,' zei Giraffe. Dwars door de app waarmee het stemgeluid werd vervormd, kon Chris de trilling horen in de stem van Giraffe. Ze maakten allemaal gebruik van een programma voor stemvervorming. Dat was een deel van de maatregelen die ze namen om de anonimiteit en veiligheid te waarborgen. De animoji dekten niet alleen de gezichten af, maar de hele verschijningsvorm.

'Na de begrafenis van haar zoon werd Francine overmand door een geweldige droefheid. Dat kunnen jullie je wel voorstellen. Ze probeerde haar gevoelens de baas te worden door ze te kanaliseren, door iets te doen waarmee ze kon voorkomen dat andere ouders hetzelfde moesten doormaken als zij. Ze wierp zich op als fel voorstander van wapenbeheersingswetten.'

'Giraffe?'

Dat was IJsbeer.

'Ja, Beer?'

'Misschien moet ik er niet over beginnen, maar ik sta achter het Tweede Amendement. Als iemand het niet eens is met het standpunt van deze moeder, ook al is ze in de rouw...'

Giraffe onderbrak IJsbeer kortaf. 'Daar gaat dit niet om.'

'Oké, ik wil alleen niet dat we hier politiek bedrijven.'

Chris nam het woord. 'Daar hebben we allemaal mee ingestemd. Onze missie is het straffen van wreedheid en grof wangedrag. We houden de politiek erbuiten.'

'Dit gaat niet om politiek,' hield Giraffe vol. 'Iemand met een werkelijk misdadig karakter valt Francine Courter lastig.'

'Ga door,' zei Chris.

'Waar was ik gebleven... O ja, ze zet zich in voor wapenbeheersing. Natuurlijk waren er mensen, zoals Beer zei, die het niet met haar eens waren. Ze had niet anders verwacht. Maar wat begon als een felle discussie, ontwikkelde zich al snel tot een doelgerichte terreurcampagne tegen haar. Francine kreeg doodsbedreigingen. Ze werd online voortdurend geplaagd en lastiggevallen door bots. Haar adres werd op internet gezet. Ze moest bij haar broer intrekken. Maar uiteindelijk was dat allemaal niets vergeleken bij wat het in een stroomversnelling bracht.'

'En dat was?'

'Een complotdenker zette een video online waarin wordt beweerd dat de schietpartij nooit heeft plaatsgevonden.'

'Echt?' vroeg Kitten.

'Beelden van bewakingscamera's waarop te zien is hoe die kinderen worden afgeslacht, zijn blijkbaar niet doorslaggevend,' zei Panter.

'Het was nep,' zei Giraffe. 'Dat werd in die video beweerd. Allemaal in touw gezet door voorstanders van wapenbeheersing die je je wapens willen afpakken. Francine Courter was een "crisisacteur", wat dat ook maar mag betekenen, en – en nu komt het ergste – in de video werd beweerd dat haar zoon Corey nooit heeft bestaan.'

'Mijn god, hoe kunnen ze...'

'Voor het merendeel waren het domweg verzinsels. En ze manipuleerden het verhaal tot op de grens van het geloofwaardige. Ze vonden bijvoorbeeld nog een Francine Courter, die in Canada woont en zichzelf online presenteert als vrouw zonder kinderen. Ze hebben dus geluidsopnamen gemaakt van een met haar gevoerd telefoongesprek, waarin "Francine Courter" zegt dat ze nooit een zoon Corey heeft gehad, en dat er dus natuurlijk geen kind van haar is doodgeschoten. Conclusie: het is allemaal nep.'

'Wat een rampzalig volk,' zei Alpaca.

'Het is al erg genoeg als je een kind verliest,' zei Kitten, die een Brits accent had, al moest je dat misschien toeschrijven aan de stemvervormingstechniek. 'Maar om dan ook nog eens te worden gemarteld door die gekken...'

'Wie is nu zo dom dat hij zoiets gelooft?' vroeg IJsbeer.

'Je zult versteld staan,' zei Giraffe. 'Of misschien ook niet.'

'Wat was er nog meer te zien in die complotvideo?' vroeg Chris.

'Niets wat ergens op slaat. Ze stellen rare suggestieve vragen zoals:

"Waarom zijn de videobeelden soms alleen zwart-wit, terwijl andere videobeelden full colour zijn?" Alsof dat een bewijs kan zijn dat het allemaal nep is. Ze knoeien met foto's om ze als bewijsmateriaal te kunnen gebruiken. Een bot heeft bijvoorbeeld – en dit is echt heel smerig – een foto online gezet van iemand die een beetje op Corey lijkt, op de tribunes bij een wedstrijd van de Mets ná de schietpartij, met het onderschrift: "Dit is de acteur die Corey Courter speelde in de schietpartij op Northbridge Highschool bij een basketbalwedstrijd vorige week." Anderen reageren daar weer op met: "Wauw, zie je wel dat het allemaal in scène is gezet? Hem mankeert niets. Het is allemaal nep, sukkels, hou nou eens op te geloven wat ze op tv en in de kranten allemaal beweren. Ga zelf op zoek naar de waarheid. Francine Courter is een verraadster." Dat soort dingen.'

'Hoe vreselijk het ook klinkt,' zei IJsbeer, 'het lijkt me dat er te veel mensen bij betrokken zijn om op een zinvolle manier te kunnen optreden.'

'Daar was ik ook bang voor,' zei Giraffe. 'Totdat ik me op de tweede video stortte.'

'Tweede video?'

'De eerste video op YouTube waarin werd beweerd dat de hele schietpartij nep was, was afkomstig van een account dat Bitter Truth heet. Na verloop van tijd is de video verwijderd, maar zoals altijd met dit soort dingen, was dat veel te laat. Op dat moment was hij drie miljoen keer bekeken. Hij was gekopieerd en verder verspreid. Je weet hoe dat gaat. Toen kwam er een tweede video online van een account dat Truth de Bitter heette.'

'Beetje slap pseudoniem,' zei Chris.

'Helemaal geen pseudoniem, hij wilde gewoon laten weten dat hij het was.'

'Je zei "hij",' zei Panter.

'Ja.'

'Het is dus een man.'

Geen van allen was verbaasd. Zeker, vrouwen gedragen zich ook als een trol online, maar niet zoals mannen. Dat is geen seksisme, dat is een feit.

'De tweede video...' Giraffe stokte, overmand door emoties.

Het bleef doodstil.

Panter was degene die de stilte doorbrak. 'Gaat het, Giraffe?' klonk het zacht.

'Doe maar kalm aan,' zei Chris.

'Ja... Even een moment. Het was gewoon verschrikkelijk om naar te kijken. Ik heb de link in mijn rapport gezet, maar in het kort komt het erop neer dat de man naar het graf van Corey gaat. Naar de grafsteen van een vijftien jaar oude jongen. Hij heeft zich helemaal in het zwart verkleed als ninja en hij draagt een masker, dus hij is onherkenbaar. Hoe dan ook, hij heeft een apparaat bij zich dat eruitziet als zo'n metaaldetector waarmee je mensen door weilanden en over akkers ziet struinen. Shit, waarschijnlijk was het gewoon echt een metaaldetector. Hij noemt het een SOD, een "stoffelijk overschot detector". Hij demonstreert de werking ervan bij andere graven. Als hij het boven het graf heen en weer zwaait, slaat de meter uit en klinkt er een statisch gekraak. Daarmee geeft het apparaat aan, zegt hij, dat er daadwerkelijk iemand in zo'n graf ligt. Dan gaat hij naar het graf van Corey, en wat denk je dat er gebeurt?'

'O, mijn god,' zei Alpaca.

'Precies. Hij beweert dat het apparaat niets registreert en dat er dus niemand begraven ligt.'

'En dat geloven mensen?'

'Het past in hun verhaal,' zei Chris. 'Mensen willen alles geloven. Dat weten we allemaal.'

'Helaas ben ik nog niet klaar,' zei Giraffe. Hen zuchtte diep. 'Aan het einde van de video urineert de man op Coreys graf.'

Stilte.

'Daarna zet hij de video op elke pagina die met Francine Courter te maken heeft.'

Stilte.

Chris is de eerste die weer iets zegt. 'Hoe heet hij?' vraagt hij met op elkaar geklemde kaken.

'Kenton Frauling. Het heeft me wel een tijdje beziggehouden, maar ik heb minstens tien van de bots die actief waren kunnen herleiden naar hetzelfde account als Bitter Truth en Truth de Bitter.'

'Hoe heb je dat gedaan?'

'Ik heb een e-mail gestuurd waarin ik het deed voorkomen of ik voor de media werkte en geloof hechtte aan zijn verhaal. Hij klikte op de link, en – nou ja, de rest weet je wel.'

'Dus die Frauling heeft niet alleen die afschuwelijke video's gemaakt...'

'Hij was ook verantwoordelijk voor het grootste deel van de reacties. Hij voerde nepgesprekken met zichzelf. Maar altijd met z'n allen in de aanval. Hij heeft ook een botfarm in het buitenland ingehuurd om hem te helpen constant smerigheid naar Francine Courter te gooien. Niet alleen zet hij aan de lopende band berichten op Twitter en Facebook, hij belt haar dag en nacht op haar mobiele telefoon. Hij stuurt haar brieven met suggestieve plaatjes waarin Corey de hoofdrol speelt. Hij heeft zelfs flyers achter de ruitenwissers van haar auto gestopt.'

'En wie is die Frauling?'

'Hij is een salesmanager voor een grote verzekeringsmaatschappij. Een salaris met vijf nullen.'

Chris voelde dat hij zijn vuisten balde. Dit deel, het feit dat Kenton Frauling een privéleven had, zou een schok moeten zijn, maar dat was het niet. De meeste mensen denken dat het merendeel van al die destructieve trollen die mensen lastigvallen, werkloze losers zijn die bij mammie thuis in de kelder het internet vervuilen, maar in werkelijkheid waren het vaak goed opgeleide mensen met een baan en een goed inkomen. Wat ze wel gemeenschappelijk hadden was een vermeend onrecht, een soort ingebeelde misstand, een niet gerechtvaardigd slachtoffergevoel.

'Frauling heeft twee kinderen. Hij is onlangs gescheiden. Dat is de case in grote lijnen. Ik heb jullie een bestand gestuurd met de video's en de online posts.'

'Namens alle leden van Boomerang wil ik Giraffe danken voor hun toewijding bij deze case.'

Instemmend gemompel.

'Tijd om te stemmen,' zei Chris. 'Iedereen voor actie tegen Kenton Frauling?'

Eenstemmig klonk het 'ja' van alle kanten. Dit was de zesde en tevens de laatste case die de Boomerangs was gepresenteerd. De regel was dat een trol met rust werd gelaten als twee leden van de groep tegenstemden. Van de zes cases vandaag waren er vijf geaccepteerd. De enige zaak die was weggestemd was die van een mooie jongen uit de wereld van de reality-tv die online het leven zuur werd gemaakt. Panter had de zaak gepresenteerd, maar de realityster was een nogal onaangenaam mens, en ze hadden dus besloten hun energie te steken in mensen die het meer waard waren.

Het motto van de Boomerangs lag voor de hand: karma is net een boemerang, alles wat van jou uitgaat, zal ook bij jou terugkeren. De groep selecteerde steeds heel zorgvuldig een doelwit, na een grondig onderzoek en een strenge beoordeling. In zijn vorige vermomming als De Vreemde had Chris door schade en schande geleerd dat het streven naar recht slechts mag plaatsvinden als er geen enkele twijfel bestaat dat degene die het betreft het heeft verdiend. Om dat heel erg zeker vast te stellen zou Chris nu met een vlooienkammetje door het bestand van Giraffe gaan. Er mocht geen detail schuren met de presentatie die Giraffe had gegeven. Het leed echter geen twijfel dat hij niets zou vinden. Niemand in de groep ging zo grondig te werk als Giraffe.

'Oké,' zei Chris. 'Aan de orde is de respons. Giraffe, welke categorie orkaan stel jij voor?'

Giraffe aarzelde niet. 'Als er ooit een monster is geweest waarvoor categorie vijf...'

'Mijn mening ook,' zei Panter. 'Categorie vijf.'

De rest stemde zonder aarzelen in.

De Boomerangs haalden categorie vijf niet vaak van stal. De meeste trollen vielen in categorie twee of drie. In dat geval bestond de straf uit het beschadigen van de kredietwaardigheid, het leeghalen van een bankrekening, of misschien chantage, iets waarmee de trol een lesje geleerd kon worden, maar niet het vel over de oren werd getrokken.

Categorie vijf daarentegen was wereldschokkend. Categorie vijf had niet zozeer met beschadigen te maken als wel met totale vernietiging.

God mocht vergiffenis schenken voor zonden, de Boomerangs dachten er anders over.

4

Vier maanden later

Hester Crimstein, excellent strafpleiter, bekend van radio en tv, keek toe hoe haar tegenstander, officier van justitie Paul Hickory, zijn stropdas rechttrok en aan zijn requisitoir begon.

'Dames en heren van de jury, dit is niet alleen de meest voor de hand liggende en van elke vorm van twijfel ontdane moordzaak die ik ooit aan een jury heb mogen voorleggen, het is ook de meest voor de hand liggende en van elke vorm van twijfel ontdane moordzaak die het Openbaar Ministerie waar ik werk ooit onder ogen heeft gehad.'

Hester weerstond de opwelling om met haar ogen te rollen. Daarvoor was het nog te vroeg.

Gun hem maar even zijn moment van glorie.

Hickory pakte met een zwierig gebaar de afstandsbediening, richtte hem op de tv, en drukte met zijn duim op de aan-uitknop. Het scherm kwam tot leven. Natuurlijk hadden de beelden allang op de tv kunnen staan, maar nee, Paul Hickory hield wel van een beetje show. Hester zette een verveeld gezicht op, zodat, mocht een van de leden van de jury een blik in haar richting werpen, ze zou laten zien dat ze volstrekt niet onder de indruk was.

Naast Hester zat haar cliënt Richard Levine, de verdachte in dit moordproces. Ze had uit-en-te-na met Richard doorgenomen hoe hij zich diende te gedragen, wat hij moest uitstralen, hoe hij moest reageren (en nog veel belangrijker, hoe hij niet moest reageren) onder het oog van de jury. Op dit moment zat haar cliënt – die, als Hickory zijn zin kreeg, de rest van zijn leven achter tralies zou doorbrengen – naast haar, zijn gevouwen handen op tafel, een kalme blik in de ogen.

Goed zo, knul.

Op het scherm was een samenklontering te zien van een man of tien bij de beroemde Triomfboog in Washington Square Park. Paul Hickory wist zelfs met zwier op de knop AFSPELEN te drukken. Hester spande zich in om gecontroleerd te blijven ademen toen de beelden begonnen te bewegen.

Niets laten zien, zei ze tegen zichzelf.

Paul Hickory had deze video natuurlijk eerder afgespeeld. Meerdere keren. Maar hij had het, heel verstandig, niet overdreven. Hij had de video niet zo vaak laten zien dat de jury was afgestompt en niet langer gevoelig was voor de onverholen gewelddadigheid die hun werd voorgeschoteld.

Hij wilde het nog steeds gebruiken als een genadeslag. Het moest hun fysiek pijn doen.

In de video droeg Richard Levine, Hesters cliënt, een blauw pak zonder stropdas en zwarte loafers van het merk Cole Haan. Hij liep af op een man die Lars Corbett heette, bracht een hand waarin hij een pistool hield omhoog en vuurde zonder enige aarzeling twee kogels in het hoofd van Corbett.

Gegil.

Lars Corbett zakte in elkaar. Hij was dood voordat hij de grond raakte.

Paul Hickory drukte op de knop PAUZE en spreidde zijn armen. ‘Moet ik hier nog meer aan toevoegen?’

Hij gaf die retorische vraag genoeg tijd om in de rechtszaal weg te sterven en liep langs de juryleden, waarbij hij iedereen diep in de ogen probeerde te kijken die naar hem keek.

'Dames en heren, dat was een executie. Een moord begaan in koelen bloede midden op straat in onze stad, midden in een van onze meest geliefde parken. Punt uit. Niemand bestrijdt deze feiten. Daar ligt het slachtoffer, Lars Corbett.' Hij wees naar de man op het scherm die doodstil in een plas bloed lag. 'En hier zit de verdachte Richard Levine, de man die een Glock 19 afvuurde, het wapen waarvan bij ballistisch onderzoek is komen vast te staan dat het om het moordwapen gaat. Richard Levine kocht het wapen slechts twee weken ervoor bij een wapenhandel in Paramus, in New Jersey. We hebben veertien mensen gehoord die getuige waren van de moord en stuk voor stuk Richard Levine aanwezen als de dader. We hebben nog twee video's laten zien, uit van elkaar onafhankelijke bronnen, met beelden van de moord, steeds vanuit een ander perspectief.'

Hickory schudde zijn hoofd. 'Ik bedoel maar, mijn god, wat hebt u nog meer aan bewijsmateriaal nodig?'

Hij zuchtte iets te melodramatisch, vond Hester. Paul Hickory was jong, ongeveer halverwege de dertig. Hester had rechten gestudeerd met Pauls vader, een flamboyante strafpleiter die Flair heette – Flair Hickory, serieus – en tegenwoordig een van de belangrijkste concurrenten was van Hester. Zijn zoon had talent en zou groeien – de appel valt niet ver van de boom – maar hij was nog niet de evenknie van zijn vader.

'Niemand, zelfs mevrouw Crimstein niet, betwist deze feiten. Niemand is opgestaan om te beweren dat dit niet Richard Levine is.' Hij strekte zijn arm en priemde een wijsvinger naar het videobeeld. 'Niemand is opgestaan om Richard Levine een alibi te verschaffen of op welke manier ook te beargumenteren dat Richard Levine Lars Corbett niet op een afschuwelijke manier heeft vermoord.'

Hij viel even stil en ging dichter bij de bank met de juryleden staan. 'Verder. Telt. Niets.'

Zo zei hij het, als drie aparte zinnen. Hester kon de verleiding niet weerstaan. Ze keek een van de juryleden aan – een vrouw die Marti Vandevoort heette en die op Hester een kwetsbare indruk maakte – en rolde heel subtiel even met haar ogen.

Alsof hij wist wat Hester uitspookte, draaide Hickory om zijn as naar Hester. 'Mevrouw Crimstein zal alles doen wat in haar vermogen ligt om verwarring te zaaien in deze eenvoudige zaak. Maar alstublieft, we zijn met z'n allen hier toch zeker intelligent genoeg om haar trucjes te doorzien. Het bewijs is overweldigend. Ik kan me geen zaak voorstellen waarin de feiten duidelijker op tafel liggen. Richard Levine kocht een wapen. Hij overtrad de wet toen hij het op 18 maart meenam naar Washington Square. We weten van getuigenverklaringen en door de computer gegenereerde forensische rapporten dat Richard Levine geobsedeerd werd door Lars Corbett. Hij plande de moord, stalkte het slachtoffer en executeerde hem midden op straat. Dat is een moord met voorbedachten rade volgens het boekje, dames en heren. En – ik geloof eigenlijk dat ik dit niet hoef te zeggen – moorden is niet goed. Het is tegen de wet. Zet de moordenaars achter de tralies. Dat is uw plicht als burger. Dank u.'

Paul Hickory liet zich op zijn stoel vallen.

De rechter, Hesters oude vriend David Greiner, schraapte zijn keel en keek Hester aan. 'Mevrouw Crimstein?'

'Moment, edelachtbare.' Hester wuifde zichzelf koelte toe met haar hand. 'Ik moet even op adem komen na dat overdadige en volstrekt irrelevante requisitoir van de officier.'

Paul Hickory schoot overeind. 'Ik protesteer, edelachtbare...'

'Mevrouw Crimstein,' berispte de rechter haar, met tegenzin.

Hester maakte een gebaar ter verontschuldiging en ging staan. 'De reden waarom ik zeg dat de officier een overdadig en irrelevant requisitoir heeft gehouden, dames en heren, is...' Hester onderbrak zichzelf. 'Laat ik u eerst eens hartelijk begroeten.' Dat was een onderdeel van de tactiek bij Hesters slotpleidooi. Ze plaagde de jury een beetje, ze draaide een beetje om de hete brij heen zodat de juryleden zich gingen afvragen waar ze in hemelsnaam naartoe wilde. 'Jurywerk is plechtig, belangrijk werk en de verdediging is u erkentelijk voor het feit dat u hier zit, dat u uw steentje bijdraagt, dat u toegewijd en onbevooroordeeld een uitspraak wilt doen in een zaak over een man die zo overduidelijk op onterechte gronden wordt aangeklaagd. Misschien is het u bekend dat dit niet mijn eerste zaak is...' Hester glimlachte en keek de rij met juryleden langs, constateerde dat er drie juryleden waren die terugglimlachten, inclusief Marti Vandevoort. 'Maar ik geloof niet dat ik ooit een jury heb meegemaakt die zo serieus en intelligent met een zaak omging.'

Dat was natuurlijk nonsens. Alle jury's gedragen zich zo ongeveer op dezelfde manier. Ze zijn op dezelfde manier verveeld. Ze zijn op hetzelfde moment geconcentreerd. Hesters juryexpert Samantha Reiter, die drie rijen achter haar zat, was van mening dat deze jury misschien plooibaarder was dan de meeste, maar de verdediging die Hester voerde was dan ook nogal buitenissig. Het bewijs was overweldigend, daarover had Paul Hickory geen twijfel laten bestaan. Bij de start van de wedstrijd lag Hester mijlen achter op de officier van justitie. Dat had ze goed begrepen.

'Wacht, waar was ik gebleven?' vroeg Hester.

Dit was een kleine hint waarmee Hester aangaf dat ze de jongste niet meer was. Ze voelde zich absoluut niet te goed om de rol van een lief tantetje of oud omaatje te spelen als dat nodig was – scherp, eerlijk, rechtlijnig, een beetje vergeetachtig en schattig. De meeste juryleden kenden haar van haar tv-show *Crimstein & Criminelen*. Het Openbaar Ministerie deed altijd zijn uiterste best juryleden te selecteren die niet wisten wie ze was, maar zelfs als een jurylid beweerde dat hij nooit naar haar show keek – wat vrijwel niemand beweerde – dan behoorde hij waarschijnlijk toch tot die heel grote groep mensen die haar wel eens hadden zien optreden als analist of commentator op tv. Als een potentieel jurylid zei Hester volstrekt niet te kennen, was dat vaak een leugen. Dat waren de juryleden waar Hester graag mee werkte, omdat die leugen om de een of andere reden betekende dat ze graag in haar jury wilden worden opgenomen en waarschijnlijk haar kant zouden kiezen. In de loop der jaren had het Openbaar Ministerie daar lucht van gekregen en dus vroegen ze kandidaat-juryleden niet langer of ze Hester kenden.

'O ja, dat is ook zo. Ik bestempelde het requisitoir van de officier van justitie als overdadig en irrelevant. U wilt waarschijnlijk van mij horen waarom ik dat vind.'

Ze praatte zacht. Zo begon ze altijd aan haar slotpleidooi. Ze wilde ermee bereiken dat de jury zich iets naar haar toe boog. Het bood haar bovendien meer mogelijkheden haar stem te verheffen als haar pleidooi een climax bereikte.

'De officier babbelde maar door over wat we allemaal al weten, hè? Wat betreft het bewijsmateriaal, bedoel ik. Niemand bestrijdt dat het wapen van mijn cliënt is, of al die andere zaken, dus waarom zouden we daar nog woorden aan vuilmaken?'

Ze haalde theatraal haar schouders op, maar gaf de officier van justitie geen kans erop in te gaan.

'Maar alles wat de officier verder nog beweerde… Goed, ik zal niet zover gaan dat ik het onverholen leugens noem, want dat zou onbeschaafd zijn. Maar het Openbaar Ministerie is een politiek orgaan, en helemaal in de stijl van een onbetrouwbaar politicus – en daar hebben we er tegenwoordig al genoeg van, niet? – verdraaide de officier het verhaal, zodat alleen zijn door vooroordelen gekleurde kant ervan te horen was. Man, dat komt me tot hier, hebt u dat niet? Ik word ziek van al die politici die dat doen. Ik word ziek van alle media die dat doen. Ik word ziek van iedereen op social media die dat doet – niet dat ik zelf op social media zit, dat weet ik van mijn kleinzoon Matthew, die me soms laat zien wat daar allemaal gebeurt, en ik kan niet anders zeggen dan dat het een gekkenhuis is. Toch? Blijf er uit de buurt.'

Er werd even gelachen.

Dit was een toneelstukje, bedoeld om een band op te bouwen. Iedereen heeft een hekel aan politici en de media, op dezelfde manier waarop ze een hekel hebben aan juristen. Wat Hester dus in feite deed, was zichzelf van haar voetstuk halen, zodat ze iemand werd met wie je je kunt vereenzelvigen. Er ging echter wel een boeiende paradox achter schuil. Vraag mensen wat ze van juristen vinden en ze komen woorden tekort om die beroepsgroep onderuit te halen. Vraag hun echter naar hun oordeel over hun eigen advocaat en ze zullen vol vuur over hem spreken.

'Zoals u al weet, het grootste deel van wat de officier te berde heeft gebracht, deugt niet. Dat komt omdat het leven niet, zoals de officier graag zou willen, een kwestie van zwart-wit is. Dat weten we immers allemaal, niet? Dat is de condition humaine. We denken allemaal dat we een unieke complexe persoonlijkheid hebben, dat niemand onze gedachten kan lezen, maar tegelijkertijd dat we wel de gedachten van anderen kunnen lezen. Komen zwart en wit voor in de wereld? Zeker. Daar kom ik zo meteen op terug. Maar het leven is vooral – en dat weten we allemaal – een kwestie van grijstinten.'

Zonder zich naar het scherm te keren, drukte Hester op een knop van de afstandsbediening die ze in haar hand had. Op het scherm dat de verdediging in de rechtszaal had laten plaatsen, verscheen een dia. Haar tv was met opzet groter dan die van het Openbaar Ministerie – tweeënzeventig inch tegen de magere vijftig inch van het OM – een onderhuidse hint dat ze niets te verbergen had.

'Om de een of andere reden heeft de officier van justitie besloten u dit niet te laten zien.'

Alle ogen van de jury werden natuurlijk naar het beeld op het scherm achter haar getrokken. Hester keerde zich niet om om te kijken. Ze wilde de jury laten zien dat zij wist wat er te zien was. Zij bestudeerde de gezichten van juryleden.

'Ik hou er niet van om wat iedereen ziet te benoemen, maar dit is een close-up van een hand. Iets specifieker, dit is de hand van Lars Corbett.'

Het beeld was wazig. Dat werd voor een deel veroorzaakt door de techniek – het was een extreme vergroting – maar het was ook deels opzettelijk zo. Als het in Hesters voordeel was geweest om de belichting te verbeteren of anderszins verbeteringen aan te brengen, zou ze dat hebben gedaan. Een rechtszaak is een strijd tussen twee verhalen. Het enige wat haar verhaal in dit geval echt diende was een extreme uitvergroting, een matige kwaliteit was onbelangrijk.

'Ziet u wat hij in zijn hand geklemd houdt?'

Een paar juryleden knepen de turende ogen tot spleetjes.

'Het is een beetje moeilijk te zien, ik weet het,' zei Hester. 'Maar het is goed te zien dat het zwart is, en van metaal. Let op.'

Hester drukte op AFSPELEN. De hand kwam omhoog. Omdat er zo ver ingezoomd was, leek de hand heel snel te bewegen. Alweer: met opzet. Hester wandelde naar de tafel met bewijsstukken en pakte een klein pistooltje. 'Dit is een Remington RM380 *pocket-size*. Het is zwart, het is van metaal. Weet u waarom u zo'n pistool zou willen kopen?'

Ze wachtte een paar tellen, alsof de jury haar het antwoord zou geven, wat ze natuurlijk niet deden.

'Nou ja, het ligt voor de hand, toch? Het past in een broekzak. Je kunt het meenemen. Je kunt het in je zak verstopt houden en gebruiken als het uitkomt. Is er nog meer wat we weten? Ja, we weten dat Lars Corbett eigenaar was van minstens één Remington RM380.'

Hester wees opnieuw naar het wazige beeld, dit keer iets minder lang. 'Oké, juist, we hebben nu dus gerede twijfel, of niet? Dat is genoeg om een einde te maken aan deze zaak. Ik zou nu weer kunnen gaan zitten en verder mijn mond kunnen houden, omdat uw oordeel zo duidelijk "niet schuldig" zal zijn. Maar laten we nog even doorgaan, want ik heb nog meer. Veel meer.'

Hester maakte een soort wegwerpgebaar naar de tafel van de verdediging. 'We hebben een getuigenverklaring gehoord dat de Remington RM380 van Lars Corbett was gevonden in zijn kelder.' Hester klauwde aanhalingstekens in de lucht om het woord 'gevonden'. 'Maar echt? Weten we dat zeker? Corbett had veel wapens. U hebt ze tijdens deze rechtszaak gezien. Hij was verzot op allerlei destructief wapentuig – grote, angstaanjagende aanvalswapens en automatische geweren en revolvers en de duivel mag weten wat allemaal nog meer. Hier, kijk maar even mee.'

Ze drukte op de afstandsbediening. Het Openbaar Ministerie had geprobeerd om deze foto, die op Facebook was gevonden, buiten de zaak te houden. Het was onbelangrijk, had Paul Hickory grootmoedig beweerd, hoe het slachtoffer eruitzag, wat hij aanhad of hoe hij zijn huis inrichtte. Bij de voorbereiding van het proces had Hickory aan rechter Greiner gevraagd: 'Zou u mevrouw Crimstein hebben toegestaan foto's te tonen van het slachtoffer in sexy kleren als dit een verkrachtingszaak was? Ik dacht dat we dat wel achter ons gelaten hadden.' Maar Hester had tegengeworpen dat de foto belangrijk was in de zaak, omdat de kans groter was dat een man die publiekelijk liet zien dat hij een groot liefhebber van wapens was, een wapen zou trekken. Of op zijn minst dat de foto een rol zou spelen bij het verklaren van Richard Levines geestelijke gesteldheid: de angst dat Lars Corbett werkelijk een gevaar voor hem vormde.

Er was echter een veel belangrijker reden waarom Hester Crimstein de jury deze foto wilde laten zien. Ze wees naar Lars Corbett. 'Denkt u echt dat deze man zijn wapens alleen legaal kocht? Zou het niet heel goed mogelijk zijn dat hij meerdere kleine handwapens had en dat wat we in zijn hand zien, ook zo'n illegaal pistool is?' Bij dat laatste vergrootte ze de wazige zwarte vlek in Corbetts hand.

De jury hing aan haar lippen.

Hester wilde hen niet te lang naar die zwarte vlek laten kijken, dus drukte ze opnieuw op de afstandsbediening en verscheen de Facebook-foto van Corbett met een aanvalswapen weer op het scherm. Ze liep langzaam terug naar haar tafel zodat de jury wat langer naar de foto kon staren. Lars Corbett was erop te zien met gemillimeterd haar en een zelfgenoegzaam lachje. Maar de achtergrond was waar het allemaal om draaide.

Achter Corbett hing een rode vlag met een swastika in het midden.

Hester besteedde er vooralsnog geen aandacht aan. Ze probeerde haar stem gelijkmatig te houden, ontdaan van elke emotie, redelijk. 'De officier van justitie heeft beweerd, zonder daar veel bewijs voor aan te dragen, dat het zwarte voorwerp in Corbetts hand geen wapen is, maar een iPhone.' In werkelijkheid had Paul Hickory ijzersterk bewijsmateriaal aangevoerd dat het echt om een iPhone ging. Hij had tijdens het proces korte metten gemaakt met de theorie dat het een wapen was. Hij had andere foto's getoond waarop de hand te zien was en met behulp van video en getuigenverklaringen zijn bewering gestaafd dat het om een iPhone ging en dat Lars Corbett zijn hand omhoogbracht om opnamen te maken van de op hem aflopende Richard Levine. Het was voor iedereen te zien dat de iPhone op het trottoir viel nadat Corbett door Levines kogel werd getroffen.

Hickory was heel overtuigend geweest, dus bleef Hester niet al te lang bij dit punt hangen. In plaats daarvan probeerde ze de zaak een andere draai te geven.

'Welnu, misschien heeft de officier gelijk,' gaf Hester, de redelijkheid zelve, toe. 'Misschien is het een iPhone. Dat kan, maar ik weet het niet zeker. En u weet het ook niet zeker. Denk eens aan de foto van de hand die ik u heb laten zien. Veronderstel dat u zelf in die situatie in een fractie van een seconde beslissingen moet nemen. Uw hart klopt in uw keel. U vreest voor uw leven. U staat tegenover deze man, die u en uw hele gezin wil vermoorden.' Ze wees opnieuw naar de foto van de zelfgenoegzame Lars Corbett voor de nazivlag.

Ze keerde zich naar de jury. 'Zou u zo naïef zijn te veronderstellen dat het een iPhone is? Ik ook niet.'

Hester liep met trage passen tot achter de stoel waarop haar cliënt zat. Ze legde beide handen op de schouders van Richard Levine. Warm, moederlijk.

'Ik wil u mijn vriend Richard voorstellen,' zei ze met de vriendelijkste glimlach op haar gezicht waarover ze kon beschikken. 'Richard is een grootvader van drieënzestig. Hij heeft geen strafblad. Hij is nooit eerder gearresteerd. Niet één keer. Hij is nooit aangehouden voor rijden onder invloed. Niet één keer. In zijn hele leven heeft hij één keer een bekeuring gehad voor te hard rijden. Meer niet. Hij is – en ik hou niet van dergelijke etiketten, maar ik kan het niet anders zeggen – een voorbeeldige burger. Hij is de vader van drie kinderen. Twee zonen, Ruben en Max, en een dochter Julie. Hij heeft twee kleinkinderen, de tweeling Laura en Debra. Zijn vrouw Rebecca is vorig jaar overleden na een lange strijd tegen borstkanker. Richard Levine heeft langdurig onbetaald verlof van zijn werk genomen om voor zijn vrouw te zorgen. Hij heeft de afgelopen achtentwintig jaar gewerkt op het hoofdkantoor van een drogisterijketen, waar hij voor het grootste deel van die tijd leidinggaf aan de boekhouding. Richard is drie keer gekozen in de gemeenteraad van Livingston in New Jersey, waar hij woont. Hij is lid van de vrijwillige brandweer en doneert zowel tijd als geld aan allerlei goede doelen. Dames en heren van de jury, hier zit een goede man. Niemand heeft zich gemeld om iets anders te beweren. Iedereen houdt van Richard Levine.'

Hester glimlachte opnieuw, klopte Levine geruststellend op de schouders, en liep terug naar de foto van Lars Corbett. 'Corbetts ex-vrouw Delilah is van hem gescheiden omdat hij gewelddadig was. Hij sloeg haar met de regelmaat van de klok. Ze belandde drie keer in één jaar in het ziekenhuis. We mogen God dankbaar zijn dat Delilah de voogdij over hun driejarige dochter kreeg en dat Lars Corbett een straatverbod kreeg opgelegd. Lars Corbett is talloze keren gearresteerd en veroordeeld voor geweldsdelicten, verstoring van de openbare orde en – en dit laatste moet ik benadrukken – illegaal wapenbezit. Kijk nog eens naar deze foto, dames en heren. Wat ziet u? Laten we er niet omheen draaien: u ziet tuig van de richel.'

De officier van justitie liep rood aan. Hij maakte aanstalten te gaan staan, maar Hester hield hem met een handgebaar tegen.

'Misschien ziet de officier geen tuig van de richel, ik heb geen idee. Het is niet belangrijk. Richard Levine zag waarschijnlijk ook geen tuig voor zich. Hij zag iets veel ergers. De grootvader van Richard heeft de Holocaust overleefd. De Amerikanen redden hem van de dood in Auschwitz. Bijna verhongerd, bijna dood. Ze kwamen te laat om het gezin Levine te redden. Richards vader en moeder en zijn kleine zusje zijn allemaal omgebracht in Auschwitz. Vermoord. Vergast. Ik wil dat u daar even over nadenkt.'

Hester liep naar het scherm waarop nog altijd Lars Corbett te zien was. 'Ik wil graag dat u even met mij meedenkt. Veronderstel dat een man bij u inbreekt en uw hele gezin vermoordt. Iedereen. Hij vertelt u wat hij gaat doen en doet het daarna werkelijk. Hij vermoordt al uw dierbaren en belooft dat hij terug zal komen om u ook te vermoorden. Hij laat er geen twijfel over bestaan dat zijn uiteindelijke doel is u te vermoorden. Er gaan een paar jaar voorbij. U sticht een nieuw gezin. En ineens is dezelfde man terug in uw huis. Hij loopt de trap op. Hij heeft iets in zijn hand dat veel weg heeft van een pistool.'

Hester liet de beelden even inzinken. Een doodse stilte daalde neer in de rechtszaal. Toen zei ze: 'Geeft u zo'n monster het voordeel van de twijfel?'

Ze wees met een priemende vinger naar Paul Hickory. 'De officier van justitie blijft maar volhouden dat het niet om zelfverdediging ging, dat Lars Corbett geen fysieke bedreiging vormde. Is dat een grap? Heeft de officier van justitie slinkse bedoelingen of is hij, nou ja, gewoon dom? Lars Corbett was leider van een nazimilitie in dit land. Zijn boodschap vol haat had duizenden volgers op social media. Nazi's zijn niet subtiel, dames en heren. Ze hebben hun doel duidelijk gemaakt: uitmoorden. Afslachten. Bevolkingsgroepen *ausradieren*, inclusief mijn vriend Richard. Is er nog iemand zo naïef om te geloven dat het anders is? Daarom deed Lars Corbett die dag mee aan die mars, om zijn troepen aan te zetten zachtaardige mensen als Richard Levine, zijn drie kinderen en twee kleinkinderen te vergassen en uit te moorden.'

Hesters stem klonk nu luider en met een lichte trilling.

'De officier zal zeggen dat Lars Corbett het recht had,' zei Hester, met haar vingers aanhalingstekens om het woord 'recht' klauwend, 'om te praten over het uitmoorden van bevolkingsgroepen in gaskamers, over het afslachten van hele families, op dezelfde manier als Corbetts geestelijke voorvaders deden met de ouders van mijn cliënt. Maar verplaats u eens in Richard en stel uzelf dan eens de vraag wat u zou doen. Blijft u thuis op de bank zitten afwachten tot de nazi's weer aan de macht komen en hun moordpartijen hervatten? Blijft u niets doen tot u de gaskamer in wordt geduwd voordat u in verzet komt? We weten wat het doel was van Corbett. Hij en het tuig dat met hem meeloopt brengen het onomwonden onder woorden. Dus gaat u als betrokken burger, als een met empathie gezegend mens, als een liefhebbende vader, een zorgende grootvader die een voorbeeldig leven leidt, naar Washington Park om naar deze haat zaaiende moordenaars te luisteren. Natuurlijk maakt het u doodsbang. Natuurlijk klopt het hart u in de keel. En dan brengt deze man, deze incarnatie van het kwaad, deze man die heeft gezworen dat hij u zal vermoorden, deze man van wie iedereen weet dat hij een compleet wapenarsenaal heeft, zijn hand waarin hij iets zwarts, metaalachtigs vasthoudt, omhoog en…'

Hesters stem stierf weg, brak met een halve snik af. Haar ogen begonnen te glanzen. Ze boog het hoofd en sloot de ogen. 'Natuurlijk is dit zelfverdediging.'

Hester liet een enkele traan over haar wang glijden. 'Een duidelijker voorbeeld van zelfverdediging is niet denkbaar. Het vindt zijn oorsprong niet alleen in het heden maar de wortels van die verdediging gaan zeventig jaar en tot over een oceaan terug. De zelfverdediging heeft zich in Richard Levines DNA genesteld. Het zit ook in uw DNA en mijn DNA.' Hester wees opnieuw naar Lars Corbett voor de nazivlag. 'Deze mán,' ze spuugde het woord uit, 'wil u en uw geliefden vermoorden. Hij houdt iets zwarts in zijn hand. Hij heft zijn hand naar u en dat alles – dat hele vreselijke verleden, de concentratiekampen, de gaskamers, alle lelijkheid, bloed, dood en verderf die Corbett weer wil terughalen – rijst op uit het graf en reikt uit naar u en iedereen van wie u houdt.'

Hester liep terug naar de tafel van de verdediging, ging voor de tweede keer achter haar cliënt staan en legde opnieuw beide handen op zijn schouders. 'Ik vraag niet waarom Richard de trekker overhaalde.' Ze sloot haar ogen en liet opnieuw een traan over haar wang glijden. Toen deed ze haar ogen open en richtte haar blik op de juryleden. 'Ik vraag: wie zou de trekker niet hebben overgehaald?'

Toen de rechter de zitting afrondde, zag Hester haar kleinzoon Matthew achter in de rechtszaal tegen de wand geleund staan. Ze voelde haar hart een slag overslaan. Dat betekende slecht nieuws. De laatste keer dat Matthew haar tijdens haar werk met een bezoek had verrast, werd een klasgenoot vermist en had hij haar hulp ingeroepen.

Waarom was hij deze keer hier?

Matthew was eerstejaars student aan de Universiteit van Michigan. Dat was hij tenminste geweest. Hester nam aan dat het studiejaar ten einde was, nu hij hier weer terug was. Het was mei. Hield het studiejaar al op in mei? Ze wist het niet. Ze had ook niet geweten dat hij weer terug was en dat stoorde haar. Noch Matthew, noch diens moeder Laila had haar verteld dat hij weer terug was. Laila was Hesters schoondochter – of zou ze eigenlijk moeten zeggen: voormalige schoondochter?

Hoe noem je een vrouw die weduwe wordt als je jongste zoon verongelukt?

'Ik verzoek u allen te gaan staan.'

Hester en Richard Levine gingen staan om hun respect te betuigen aan de jury, die zich terugtrok om een oordeel te vellen. Richard Levine bleef recht voor zich uitkijken. 'Dank je,' fluisterde hij naar Hester.

Hester knikte. Bewakers begeleidden Levine terug naar diens cel. In dit stadium van geruchtmakende processen genoten veel juristen ervan om de zaak te analyseren voor het grote publiek, om de sterke en zwakke kanten van zowel het Openbaar Ministerie als de verdediging voor het voetlicht te brengen, om de lichaamstaal van juryleden te interpreteren en de uitkomst te voorspellen. Hesters inkomen kwam voor een deel uit dit werk op tv. Ze was er goed in. Het was bovendien leuk om te doen, een soort hersengymnastiek zonder werkelijke consequenties. Maar als het om haar eigen zaken ging, zaken zoals deze, waarin ze zo veel van haar ziel en zaligheid legde, paste ze. Jury's waren volstrekt onvoorspelbaar, eigenlijk net als het hele leven, als je er even over nadenkt. Wat denkt u van die geniale commentatoren op tv. Krijgen die ooit gelijk? Wie had voorspeld dat een man in Tunesië zichzelf in brand zou steken en de hele Arabische wereld in vuur en vlam zou zetten? Wie heeft er ooit voorspeld dat we met z'n allen de helft van ons waakzame leven naar smartphones zouden staren? Wie heeft ooit Trump en Biden voorspeld? Of COVID en alle gedoe eromheen?

Er is een oud Jiddisch spreekwoord: *Mann tracht, un Gott lacht.*

Hester had haar best gedaan. Zij had geen enkele invloed op hoe de jury uiteindelijk zou oordelen. Dat was ook zo'n wijsheid die ze zich op latere leeftijd had eigen gemaakt: maak je alleen zorgen over zaken waar je vat op hebt en laat het anders maar gaan.

Met dergelijke woorden maande zij zichzelf tot kalmte.

Ze haastte zich naar haar kleinzoon. Het wende nooit om de echo van haar verongelukte zoon David te zien in deze snel in een jongeman veranderende jongen. Matthew was achttien, langer dan David ooit was geweest, donkerder van huidskleur omdat Laila zwart was en haar kleinzoon dus biraciaal. Maar zijn gebaren, de manier waarop hij tegen die muur geleund stond, de manier waarop hij om zich heen keek en alles wat er gaande was in de rechtszaal in zich opnam, de manier waarop hij liep, de manier waarop hij even aarzelde voordat hij iets zei, de manier waarop hij naar links keek als hij het antwoord zocht op een vraag – dat was allemaal David. Hester genoot iedere keer weer van de zoete pijn die dat teweegbracht.

Toen ze bij hem stond, achter in de rechtszaal, vroeg ze: 'En, wat is er aan de hand?'

'Niets.'

Hester fronste sceptisch haar wenkbrauwen. 'Je moeder...?'

'Ze is oké, Nana. Iedereen is oké.'

Dat had hij de vorige keer ook gezegd toen hij haar op deze manier had verrast. Het was gebleken dat dat niet helemaal klopte.

'Wanneer ben je teruggekomen uit Ann Arbor?' vroeg ze.

'Vorige week.'

Ze probeerde niet te laten doorklinken dat ze teleurgesteld was. 'Zonder even te bellen?'

'We weten hoe jij bent tegen het einde van een proces,' zei Matthew.

Hester wist niet goed wat ze daartegen in moest brengen, dus sloeg ze de reprimandes maar over, vouwde ze haar armen om haar kleinzoon en drukte hem stevig tegen zich aan. Matthew was altijd een warme jongen geweest en beantwoordde haar omhelzing hartelijk. Hester sloot haar ogen en probeerde de tijd stil te zetten. Een paar tellen leek het zowaar te werken.

Met nog steeds gesloten ogen en haar hoofd tegen zijn borst gedrukt, vroeg ze opnieuw: ‘En, wat is er aan de hand?’

‘Ik maak me zorgen over Wilde.’

5

'Ik heb al een hele tijd niets meer van Wilde gehoord,' zei Matthew.

Ze zaten op de achterbank van Hesters Cadillac Escalade. Tim, sinds jaar en dag Hesters chauffeur en lijfwacht, stuurde het voertuig het onderste brugdek van de George Washington Bridge op. Ze waren op weg naar New Jersey, meer in het bijzonder naar Westville, een stadje in de heuvels waar Hester en wijlen haar echtgenoot Ira jaren geleden hun drie zoons hadden grootgebracht. Die zoons, dat waren Jeffrey, een tandarts die in Los Angeles woonde, Eric, een financieel analist die ingewikkelde dingen deed in North Carolina, en Matthews vader David, de jongste zoon, die was omgekomen bij een auto-ongeluk toen Matthew zeven jaar oud was.

'Wanneer heb je hem voor het laatst gesproken?' vroeg Hester.

'Toen hij van de luchthaven belde om te zeggen dat hij een tijdje op reis ging.'

Hester knikte. Dat moest geweest zijn toen Wilde naar Costa Rica vertrok. 'Bijna een jaar geleden dus.'

'Ja.'

'Je weet hoe Wilde is, Matthew.'

'Juist.'

'Ik weet dat hij je peetvader is.' Wilde was de beste vriend geweest van David, terwijl David waarschijnlijk Wilde's enige vriend was geweest. 'En ja, hij zou beter zijn best moeten doen om voor je te zorgen...'

'Daar gaat het niet om,' zei Matthew. 'Ik ben achttien.'

'Dus?'

'Dus ben ik nu volwassen.'

'Nou, en?'

'Wilde was er altijd toen ik opgroeide,' zei Matthew. 'Hij was er meer dan wie ook, afgezien van mama.'

Hester boog weg van Matthew. 'Afgezien van mama,' herhaalde ze. 'Wauw.'

'Ik bedoelde niet...'

'Afgezien van mama.' Hester schudde haar hoofd. 'Foute opmerking, Matthew.'

Matthew boog zijn hoofd.

'Houd dergelijke steken onder water naar je grootmoeder maar voor je. Die zijn aan mij niet besteed, oké?'

'Het spijt me.'

'Ik woon en werk in Manhattan,' ging Hester door. 'Jij en je moeder wonen in Westville. Ik kom zo vaak als ik kan.'

'Ik weet het.'

'Foute opmerking,' herhaalde ze.

'Ik weet het. Het spijt me. Het is gewoon...' Matthew keek haar aan met ogen die zo op die van David leken dat ze met moeite een huivering kon onderdrukken. 'Ik maak me zorgen. Dat is alles.'

Hester keek uit het raam. 'Oké.'

'Hij is in het buitenland, in een vreemd land, en...'

'Wilde is al maanden terug,' zei Hester.

'Hoe weet jij dat?'

'Ik heb contact met hem gehad. Ik had iemand ingeschakeld om die stalen sigaar die hij zijn thuis noemt te onderhouden.'

'Wacht, dus hij is weer terug in het bos?'

'Daar ga ik van uit.'

'Maar je hebt hem niet gesproken?'

'Niet sinds hij terug is. Maar voor vorig jaar heb ik Wilde zes jaar lang niet gesproken. Zo gaat dat tussen hem en mij.'

Matthew knikte. 'Nu maak ik me echt zorgen.'

'Waarom?'

'Omdat ik zes maanden geleden niet thuis was. Nu ben ik wel thuis. Ik ben al een week thuis.'

Hester begreep waar dit naartoe ging. Toen Wilde in de wildernis achter hun huis woonde, hield hij een oogje in het zeil, zorgde hij een beetje voor de veiligheid van Laila en Matthew, meestal ergens verscholen in die wildernis, maar soms 's nachts op een stoel in de achtertuin, en – in ieder geval gedurende een korte periode – vanuit het bed van Laila.

'Als hij weer terug in het land is en als alles goed is,' zei Matthew, 'zou hij even goedendag komen zeggen.'

'Dat weet je niet zeker.'

'Nee, niet zeker,' gaf Matthew toe.

'En hij heeft het een half jaar geleden nogal zwaar te verduren gehad.'

'Hoezo?'

Hester vroeg zich af hoeveel ze Matthew kon en mocht vertellen, maar besloot dat het eigenlijk geen kwaad kon. 'Hij had zijn biologische vader gevonden.'

Matthew zette grote ogen op. 'Wauw.'

'Ja.'

'Waar was hij? Wat gebeurde er?'

'Dat weet ik niet, en als ik het wist, zou het nog niet aan mij zijn om je dat te vertellen. Maar ik geloof niet dat het goed ging. Wilde kwam thuis, gooide het wegwerptoestel weg waarop ik hem kon bellen, en sindsdien heb ik niets meer van hem gehoord.'

Tim stuurde Route 17 Noord op. Dertig jaar lang had Hester dagelijks deze weg van en naar Manhattan genomen. Ira en zij waren hier gelukkig geweest. Ze waren er als geen ander in geslaagd om de balans te vinden tussen een carrière en een gezinsleven. Toen de jongens het huis uit waren, hadden Ira en zij het huis in Westville verkocht en iets in Manhattan gekocht. Dat was jarenlang hun doel geweest: hard werken, je kinderen zo goed mogelijk opvoeden, en tot slot je "gouden jaren" doorbrengen in de stad, samen met je levensgezel. Helaas, het had niet zo mogen zijn. Hester mocht dan een liefhebber zijn van *Mann tracht, un Gott lacht*, maar in haar geval was misschien de afgeleide variant 'Als je God aan het lachen wilt maken, moet je hem vertellen wat je plannen zijn' meer van toepassing.

'Nana?'

'Ja?'

'Hoe heb je de laatste keer contact gelegd met Wilde?'

'Je bedoelt, toen je me vroeg om te helpen Naomi te zoeken?'

Matthew knikte.

Hester zuchtte diep en vroeg zich af wat haar opties waren. 'Is je moeder thuis?'

Matthew keek op zijn telefoon hoe laat het was. 'Waarschijnlijk wel. Hoezo?'

'Ik zet jou af. Als zij het goedvindt, ben ik over een uur terug.'

'Waarom zou zij het niet goedvinden?'

'Misschien heeft ze plannen,' zei Hester. 'Je kent me. Ik ben helemaal niet nieuwsgierig.'

Matthew barstte in lachen uit.

'Mensen houden niet van wijsneuzen, Matthew.'

'Jij bent een wijsneus,' wierp Matthew tegen.

'Precies.'

Matthew glimlachte naar zijn grootmoeder, een glimlach die haar hart brak. 'Waar ga je heen als je mij hebt afgezet?'

'Ik ga op zoek naar Wilde.'

'Waarom mag ik niet mee?'

'Laten we het voorlopig maar op mijn manier doen.'

Matthew was niet bepaald gelukkig met dat antwoord, maar uit de toon waarop zijn grootmoeder het zei, maakte hij op dat verder verzet zinloos was. Ze verlieten de oude snelweg in New Jersey bij een paar autodealers en twee minuten later was het alsof ze in een andere wereld waren terechtgekomen. Tim sloeg rechts af, links af, nog twee keer rechts af. Hester kende de route maar al te goed. De prachtige vergrote blokhut wekte de indruk zo uit de Ramapo Mountains te zijn opgerezen.

Op de oprit stond een Mercedes SL-550 geparkeerd. 'Heeft je moeder een nieuwe auto?' vroeg Hester langs haar neus weg.

'Nee, die is van Darryl.'

'Wie is Darryl?'

Matthew keek haar alleen maar aan. Hester probeerde die diepe, harde pijnscheut in haar borst te negeren.

'O,' zei ze.

Tim zette de Cadillac stil achter de Mercedes van Darryl.

'Vertel je het me als je hem vindt?' vroeg Matthew.

'Dan bel ik je.'

'Je moet niet bellen,' zei Matthew. 'Kom maar gewoon terug naar ons. Ik weet dat mama hem graag aan je wil voorstellen.'

Hester knikte iets te laat instemmend. 'Wat vind jij van Darryl?'

Matthews antwoord was een kus op haar wang. Toen glipte hij uit de auto.

Hester keek haar kleinzoon na, die met dezelfde pas als zijn vader naar de voordeur liep. Samen met Ira had Hester dit huis drieënveertig jaar geleden gebouwd. Het cliché was ook hier van toepassing: het leek een eeuwigheid geleden, maar voelde alsof het gisteren was gebeurd. Ze hadden het huis verkocht aan David en Laila. Hester had ernstig getwijfeld over die beslissing. Het leek haar vreemd om je eigen gezin te stichten in het huis waar je zelf was opgegroeid. Toch viel er om allerlei redenen veel voor te zeggen. David en Laila waren gek op het huis. Ze gooiden het hele interieur overhoop en maakten er hun eigen huis van. Ira hield het huis bovendien graag in de familie en kwam er nadat ze waren verhuisd, nog steeds graag terug, zodat hij de bossen in kon trekken, en kon gaan vissen en al die outdooractiviteiten kon ondernemen waar Hester de lol niet van inzag.

Maar goed, zelfs als je niet geloofde in het vlindereffect, hoe zou het zijn gegaan als David en Laila het huis niet hadden gekocht? Je wordt knettergek als je op die manier gaat denken, en ze wist natuurlijk donders goed dat alles wat er was gebeurd niet haar schuld was, maar toch, de wereld zou er een beetje anders hebben uitgezien, of niet soms? Dan zou David niet op de bergweg hebben gereden toen het daar zo glibberig was. Dan was de auto niet over de rand van dat ravijn gedoken. Dan was Ira niet overleden aan een hartaanval – voor haar gevoel een gebroken hart – niet lang na het ongeluk.

Kampioen in het laten gaan wat je niet onder controle hebt, ja, ja.

'Ik geloof dat Laila een vriend heeft,' zei ze tegen haar chauffeur Tim.

'Laila is een mooie vrouw.'

'Ik weet het.'

'En het is al lang, heel lang geleden.'

'Ik weet het.'

'Bovendien studeert Matthew. Hij is de deur uit, ze is nu alleen. Je zou het moeten toejuichen.'

Hester trok een grimas. 'Ik heb je niet ingehuurd om je empathische inzichten in de dynamiek in mijn familie met me te delen.'

'Ik zal het niet in rekening brengen,' zei Tim. 'Waar gaan we heen?'

'Dat weet je.'

Tim knikte, keerde de Cadillac en reed de doodlopende straat weer uit. Ze hadden meer moeite om de plek terug te vinden dan ze had gedacht. Wilde camoufleerde het paadje dat van Halifax Road het bos in liep en zorgde ervoor dat het moeilijk te vinden was, maar het struikgewas had het nu zo overwoekerd, dat Tim er de Escalade met geen mogelijkheid in kon sturen. Hij zette de auto in de berm.

'Ik geloof niet dat Wilde hier nog gebruik van maakt.'

Als dat het geval was, wist Hester het niet meer. Ze kon met haar vriend Oren praten om hem zover te krijgen dat hij het hele gebied zou uitkammen met parkrangers, maar als Wilde niet gevonden wilde worden, zouden ze hem niet vinden – en als hem iets ergs was overkomen, dan was het, hoe koud dat ook mocht klinken, waarschijnlijk te laat.

'Ik ga wel lopen,' zei Hester.

'Maar niet alleen,' zei Tim, die zo razendsnel uitstapte, dat je je afvroeg hoe hij dat met zijn omvang voor elkaar kreeg. Tim was een kolossaal gebouwde man die een slecht passend pak droeg en zijn haar liet millimeteren. Hij knoopte het jasje van zijn pak dicht – hij stond erop altijd een pak te dragen – en opende het portier voor Hester.

'Jij blijft hier,' zei Hester.

Tim kneep zijn ogen tot spleetjes en speurde de omgeving af. 'Het zou best gevaarlijk kunnen zijn.'

'Jij hebt je pistool bij je, hoop ik?'

Hij klopte op zijn zij. 'Natuurlijk.'

'Prachtig, dus hou me maar vanaf hier in de gaten. Als iemand me probeert te ontvoeren, mag je hem doodschieten. Wacht, als het een lekker ding is, mag je me uitwuiven.'

'Is Wilde geen lekker ding?'

'Een lekker ding in de juiste leeftijdscategorie, Tim. En dank je wel voor je betrokkenheid.'

'Bovendien: zeggen Amerikanen nog steeds "lekker ding"?'

'Deze wel.'

Hester liep naar een opening in het struikgewas. De vorige keer dat ze hier was, was er nog genoeg ruimte om de auto het bos in te rijden. Tim was het pad op gereden en had zo de bewegingsmelders van Wilde geactiveerd. Ze hadden even moeten wachten, maar Wilde was verrassend snel komen opdagen. Zo ging dat meestal met Wilde. Hij had het leven onder de radar verheven tot een ware kunstvorm. Voor een deel was dat louter een kwestie van persoonlijke veiligheid. In de jaren dat hij eerst voor het militaire apparaat, later voor zijn pleegzus Rola allerlei illegale klussen had uitgevoerd, had hij een hele reeks vijanden gemaakt. Er waren er genoeg die hem graag zouden opsporen om een einde aan zijn leven te maken. Daar werkte hij niet aan mee.

Maar het had vooral te maken met het trauma uit Wilde's kinderjaren. Op de een of andere manier had Wilde als klein jongetje zichzelf in deze bossen in leven gehouden. Stel je dat eens voor. Volgens het jongetje zelf was het enige menselijke wezen waarmee hij in die jaren had gepraat, een andere kleine jongen geweest, ongeveer even oud als hijzelf, die hij in zijn eentje had zien spelen in een achtertuin. Wilde had hem aangesproken en de twee hadden een vreemde, geheime vriendschap gesloten. Toen de moeder van dat jongetje haar zoontje hardop hoorde praten en hem ernaar vroeg, beweerde hij dat hij met een denkbeeldig vriendje praatte. Zijn moeder, in veel opzichten naïef, geloofde hem. Pas toen Wilde was gevonden, kwam de waarheid over die vriendschap aan het licht.

Dat jongetje – pas op: spoileralert! – was Hesters jongste zoon David.

Het struikgewas was duidelijk opgerukt. Het zag er verwaarloosd uit, maar de open plek in het bos waar Tim de vorige keer de Cadillac had stilgezet was er nog steeds. Hester wist niet zo goed wat ze moest doen. Ze zocht bewegingsmelders en camera's, maar Wilde was natuurlijk wel zo professioneel dat je die niet kon vinden. Ze overwoog om te gaan roepen, maar bedacht dat het niet op die manier zou werken bij Wilde. Het was van tweeën één: alles was in orde en dan zou hij zo verschijnen, of er was iets gebeurd waardoor hij in moeilijkheden verkeerde. Het zou niet lang duren voordat ze daar, in ieder geval deels, uitsluitsel over zou krijgen.

Na een kwartier worstelde Tim zich door het struikgewas om zich bij haar te voegen. Hester las de berichten op haar telefoon. De jury in de zaak-Levine had het beraad afgebroken. Er was nog geen oordeel, wat Hester niet verraste. De beraadslagingen zouden de volgende dag worden voortgezet. Matthew stuurde haar twee keer een bericht met de vraag of er al nieuws was, en de mededeling dat ze van harte welkom was.

Er ging nog een kwartier voorbij.

Hesters stemming schommelde tussen vrees – veronderstel dat er iets aan de hand was met Wilde? – en kwaadheid – waarom had hij zijn pleegzoon in de steek gelaten als er niets aan de hand was? Aan de ene kant begreep ze het wel. Het was een diagnose volgens het boekje: Wilde was nooit over het trauma heen gekomen dat hij als kind in de steek was gelaten en dat had geleid tot bindingsangst. Dat klonk heel logisch, dacht ze, maar ze wist ook dat Wilde geen moment zou aarzelen om zijn leven te geven voor Laila of Matthew. Wilde hield met heel zijn hebben en houden van degenen om wie hij gaf – en toch kon hij niet met ze samenleven of permanent in hun buurt zijn. Het was een paradox, een tegenstrijdigheid, maar zijn de meesten van ons niet eigenlijk wandelende paradoxen, als je er even over nadenkt? We willen mensen graag als consistente, voorspelbare, eenvoudige wezens zien, maar dat zijn ze nooit.

Hester keek Tim vragend aan. Tim haalde zijn schouders op en vroeg: ‘Lang genoeg?’

‘Ja… Ik denk het wel.’

Ze worstelden zich een weg terug door het struikgewas. Een man met een baard en lang haar stond achteloos met de armen over elkaar geslagen tegen de auto geleund.

‘Vertel eens, wat is er loos?’ vroeg Wilde.

Hester en Wilde staarden elkaar een paar tellen woordeloos aan. Tim verbrak het zwijgen.

'Ik wacht in de auto,' zei hij.

Toen ze Wilde zag, gingen de sluizen wijd open. De herinneringen overspoelden Hester, de ene golf na de andere, het soort golven die je aan het strand ondersteboven gooien als je even niet oplet, gevolgd door nog een als je net je evenwicht weer hervonden denkt te hebben. Ze zag Wilde als het kleine jongetje dat ze in de bossen hadden gevonden, als tiener in haar keuken, samen met David, als uitblinker in sport op de highschool, als cadet op West Point, als bruidsjonker bij het huwelijk van David en Laila, in een smoking die hem zo vreselijk misstond (Wilde had eigenlijk misschien wel getuige moeten zijn, maar Hester had min of meer verordonneerd dat David daar zijn broers voor zou vragen), als peetvader die de baby Matthew na zijn geboorte in zijn armen hield, en als de man die haar niet kon aankijken toen hij haar vertelde dat de dood van David zijn schuld was.

'Je hebt je baard laten staan,' zei Hester.

'Vind je het mooi?'

'Nee.'

Hij was natuurlijk nog steeds een geweldige man. Toen de kleine jongen in de bossen was gevonden, hadden de kranten hem een hedendaagse Tarzan genoemd en het leek wel of hij fysiek in die rol was gegroeid. Wilde was een en al rollende spieren en hoekige kaaklijn. Hij had lichtbruin haar, ogen met gouden vlekjes, en een door de zon gebruinde huid. Hij stond doodstil, als een panter, klaar om toe te slaan, om uit te halen, wat in zijn geval nog niet zo'n rare omschrijving was.

'Is er weer iemand zoek?' vroeg Wilde.

Dat was het geval geweest toen Hester hem de vorige keer op die plek had opgezocht.

'Ja,' zei Hester. 'Jij.'

Wilde reageerde niet.

'Je mag één keer raden wie jou als vermist heeft opgegeven,' ging ze door. 'Je mag raden wie zich zo veel zorgen om je maakte dat hij mij vroeg om je te zoeken.'

Wilde knikte traag. 'Matthew.'

'Wel verdomme, Wilde.'

Hij zei niets.

'Waarom negeer je je petekind?'

'Ik negeer hem niet.'

'Hij houdt van jou. Jij bent voor hem als...' Hester liet haar stem wegsterven. Ze schakelde even over op een ander onderwerp. 'Ik heb alles gedaan wat je me had gevraagd, oké?'

'Ja,' zei Wilde. 'Dank je.'

'Dus wat gebeurde er toen je je vader had gevonden?'

'Niets.'

'Dat spijt me. Wat is je volgende stap?'

'Er is geen volgende stap.'

'Geef je het op?'

'We hebben het er eerder over gehad. Uitzoeken hoe ik in de bossen ben terechtgekomen maakt niets uit.'

'En Matthew?'

'Wat is er met Matthew?'

'Maakt dat wel iets uit? Ik weet wel dat we jouw excentrieke gedrag allemaal van ons af moeten schudden met "nou ja, je weet hoe Wilde is", maar dat is geen excuus om Matthew te negeren.'

Wilde dacht na. Toen knikte hij en zei: 'Je hebt gelijk.'

'Maar wat is dan het probleem?'

'Matthew studeert in Michigan.'

'Hij is thuis met vakantie.'

'Ja, dat weet ik.'

'Je houdt nog steeds een oogje in het zeil.'

Wilde reageerde niet.

‘Maar waarom...?’ Hester schudde haar hoofd. ‘Laat maar. Stap in de auto. We gaan er samen heen.’

‘Neu.’

‘Meen je dat?’

‘Voor vanavond zoek ik Matthew wel op,’ zei Wilde. ‘Zeg dat maar tegen hem.’

Hij draaide zich om en maakte aanstalten het bos in te lopen.

‘Wilde?’

Hij bleef staan.

Hester probeerde haar stem gelijkmatig te houden. Ze was niet van plan geweest om het aan te snijden, nog niet in ieder geval. Ze had gehoopt dat ze hem een paar keer zou zien, zodat ze het haast vanzelfsprekend ter sprake zou kunnen brengen, maar dat was niet haar stijl, en zo zat hij ook niet in elkaar, en ergens in haar achterhoofd was ze bang dat hij zich, als ze hem er nu mee confronteerde, alleen maar dieper in de wildernis zou terugtrekken. ‘Net nadat jij naar Costa Rica vertrokken was,’ zei ze, ze hoorde dat haar stem kraakte en probeerde dat te onderdrukken, ‘heb ik Oren gevraagd me mee te nemen naar die plek op Mountain Road. De rand van het ravijn.’

Wilde verroerde zich niet, draaide zich niet om en keek haar niet aan.

‘Er staat nog steeds een in elkaar geknutseld kruis aan de kant van de weg. Na al die jaren. Verweerd, maar het markeert nog steeds de plek waar Davids auto van de weg raakte. Ik denk dat jij dat weet. Dat dat kruis er nog staat. Jij gaat er zo nu en dan naartoe, is het niet?’

Wilde weigerde haar aan te kijken.

‘Ik heb naar beneden staan kijken, dat ravijn in. Dat talud waarlangs de auto omlaag is gestort. Ik zag het allemaal voor me. De ijzige weg. Het donker.’

‘Hester.’

‘Wil je me vertellen wat er echt is gebeurd, die nacht?’

‘Dat heb ik je verteld.’

Haar ogen vulden zich met tranen. ‘Je hebt altijd gezegd dat het jouw schuld was.’

‘Dat was het ook.’

‘Dat geloof ik niet meer.’

Wilde verroerde zich niet.

‘Ik bedoel, ik heb het nooit helemaal geloofd, denk ik. Ik heb een hele tijd in een toestand van shock geleefd. Ik zag geen noodzaak om te weten te komen wat er werkelijk is gebeurd. Net als jij, met je verleden. Wat maakt het uit, zeg je altijd – je blijft toch altijd dat jochie dat ze in de bossen hebben achtergelaten. Wat maakt het uit, zei ik tegen mezelf – mijn zoon blijft voor altijd dood.’

‘Alsjeblieft.’ Wilde keerde zich langzaam om en keek haar aan. ‘Het spijt me.’

‘Dat heb je eerder gezegd, maar ik heb jou nooit de schuld gegeven. Ik wil je verontschuldigingen niet.’

Wilde stond er verloren bij.

‘Wilde?’

‘Zeg tegen Matthew dat ik hem zal opzoeken,’ zei Wilde. Hij draaide zich om en verdween tussen de bomen in het struikgewas.

6

Wilde wist dat Hester gelijk had. Hij had Matthew eerder weer moeten opzoeken. Alles was veranderd, was zijn redenering geweest. Matthew was volwassen en studeerde. Maar waar het eigenlijk om draaide, was dat Laila een vriend had, de eerste man met wie ze langere tijd had opgetrokken sinds Davids ongeluk elf jaar geleden. Wilde had daar geen rechten. Hij had er niets te zoeken. Hij wilde er niets mee te maken hebben. In het verleden had Laila troost geput uit zijn aanwezigheid, hoopte hij. Toen had hij een rol gehad, nu was zijn rol uitgespeeld. Hij kon er alleen maar voor verstoring zorgen.

Dus bleef hij weg.

Natuurlijk hield hij Laila en Matthew zonder dat ze het wisten nog in de gaten vanuit het bos – zo wist hij ook dat Matthew weer thuis was – maar die waakzame nachten kwamen steeds minder vaak voor. De scheidslijn tussen goedbedoelde beschermende aanwezigheid en ongewenst, eng stalken is dun.

Maar goed, Laila was nog weer iets anders dan Matthew. Dus misschien zocht hij domweg uitvluchten. Misschien was hij zelfzuchtig geweest. In het afgelopen jaar had hij te veel risico's genomen in termen van persoonlijke betrekkingen. Dat wilde hij nu niet meer.

Hester had hem verrast toen ze het auto-ongeluk ter sprake had gebracht. Waarom? En waarom nu?

Wilde stond stil bij een bepaalde boom en groef een van zijn verborgen stalen kistjes op. Hij had zes van zulke brandveilige en waterdichte kistjes op verschillende plaatsen in het bos, elk met een valse identiteit, geld, paspoorten, wapens en wegwerptelefoons.

Met het kistje onder de arm haastte hij zich naar zijn versie van een tiny house, een geavanceerd, nergens geregistreerd onderkomen met de naam Ecocapsule, een zeer compacte caravan met niet meer dan zesenhalve vierkante meter woonruimte, genoeg voor Wilde, met een opklapbed, tafel, kasten, bergruimte, een douche en een verbrandingstoilet dat uitwerpselen tot as reduceerde. De Ecocapsule beschikte zowel over zonne-energie als windenergie. De eivorm minimaliseerde niet alleen warmteverlies, maar maakte het ook gemakkelijk om regenwater op te vangen in tanks, waar het werd gefilterd voor direct gebruik. De Ecocapsule kon gemakkelijk worden verplaatst en was door Wilde van camouflagekleuren voorzien. En omdat Wilde bovendien zelf nog de nodige geavanceerde veiligheidsvoorzieningen had getroffen, was hij praktisch onvindbaar geworden.

Hij maakte het kistje open en haalde er een wegwerptelefoon met militaire specificaties uit. De veiligheidsfuncties van het toestel zorgden ervoor dat het toestel vrijwel niet te traceren was. Maar het sleutelwoord in die opmerking was 'vrijwel'. Wat ze ook beweren, als het om technologie gaat, zijn er altijd achterdeurtjes, zijn er altijd mogelijkheden om iets of iemand te traceren en te ontmaskeren, is er uiteindelijk altijd ergens een menselijk wezen dat kan zien wat je doet – als je niet voorzichtig bent. Wilde probeerde daar een oplossing voor te vinden in de vorm van meerdere VPN's en allerlei internet maskerende technieken.

Toen hij alle beschermende protocollen had opgestart, schakelde hij het toestel in en las hij zijn e-mail en tekstberichten. Heel even vroeg Wilde zich af of zijn vader – nu bekend onder de naam Daniel Carter – had geprobeerd contact met hem te zoeken, maar dat kon helemaal niet. Wilde had hem niets aangereikt waarmee hij contact had kunnen zoeken. Toen zijn alarm was afgegaan, toen Hester zich in zijn bossen had gemeld op het overwoekerde pad, was de gedachte bij hem opgekomen dat Daniel Carter, toen Wilde spoorloos was verdwenen zonder afscheid te nemen, zelf was gaan speuren en had achterhaald waar hij Wilde moest zoeken, of dat hij contact had opgenomen met Hester, of...

Het was niet belangrijk.

Dit was de eerste keer in maanden dat hij zijn mail en berichten doornam. Er waren een paar berichten van Matthew, allemaal even kort, met de vraag waar hij was. Twee berichten van Rola, zijn pleegzus. In het eerste bericht vroeg ze waar hij was. Het tweede luidde letterlijk:

Niet doen, Wilde.

Hij moest ook haar bellen.

Niets van Ava, niets van Naomi, niets van Laila.

Toen zag hij een bericht dat hem verraste.

Het was afkomstig van PB, verzonden via de berichtenservice van DNAYourStory. De e-mail was gedateerd op 10 september, acht maanden geleden. Wilde tikte op de link naar het bericht. Daarmee opende hij de hele reeks e-mails die PB en Wilde aan elkaar hadden geschreven, in chronologische volgorde.

Het eerste bericht was een jaar geleden door PB aan Wilde gestuurd. Dat was nog voordat Wilde naar Costa Rica vertrok.

Aan: WW
Van: PB
Hoi, excuus dat ik mijn naam niet noem, maar er zijn redenen waarom ik het niet prettig vind als mensen weten wie ik werkelijk ben. Mijn verleden zit vol gaten en hectiek. Jij bent de nauwste bloedverwant die ik op deze site heb gevonden en ik

vraag me af of jij ook een verleden vol gaten en hectiek hebt. Als dat zo is, heb ik misschien antwoorden op een paar vragen.

Wilde had pas maanden later, toen hij in de vertrekhal van Liberia Airport zat te wachten op de vlucht naar Las Vegas om de confrontatie met zijn vader aan te gaan, gereageerd.

Aan: PB
Van: WW
Sorry dat ik niet eerder heb gereageerd. Ik heb mijn vader gevonden via deze website. Ik zet hier een link in naar zijn profiel. Zou je me kunnen vertellen of hij ook wordt aangemerkt als bloedverwant van jou? Daaruit zou namelijk blijken of we via de vaderskant of de moederskant verwant zijn. Dank je.

Na zijn bezoek aan Las Vegas had hij echter besloten er verder geen werk meer van te maken en dus ook zijn e-mail niet meer te lezen. Het had immers geen zin? Hij realiseerde zich dat het er wel heel veel van weg had dat hij zich in zelfmedelijden had gewenteld, maar dat was het niet. Hij kon niet zonder zijn isolement. Zo zat hij in elkaar. Het verklaren van de relatie tussen zijn vroegste jeugd en hoe hij nu in elkaar zat, was een feest geweest voor de psychiaters. Dat de eerste vijf jaren van je leven zo belangrijk zijn en wat er gebeurt als je in die tijd geen sociale contacten hebt, geen fysieke contacten, geen emotioneel contact, al die jaren alleen zonder andere mensen om je heen, dat dat alles bij elkaar hem onherstelbaar had beschadigd, allemaal smakelijke kost voor zielenknijpers.

Zou best kunnen, dacht Wilde.

Hij wist het niet en hij wist evenmin of het hem iets kon schelen. Hij was nooit echt op jacht gegaan naar zijn ware identiteit omdat hij er de zin niet van inzag. Het zou niets veranderen aan die eerste vijf jaar, en hoewel hij begreep dat hij niet 'normaal' was, was hij toch zeker niet ongelukkig zoals hij was. Of misschien ook wel en hield hij zichzelf voortdurend voor de gek. In je eentje in de wildernis wonen was geen vrijwaring van de zelfmisleiding waar de rest van de mensheid aan lijdt.

Hij peinsde te veel vandaag. Dat had vast te maken met Matthew. En Laila. Vooral Laila.

Grote rode letters nodigden hem uit de nieuwe e-mail die PB hem had gestuurd te openen. Wilde tikte op de link.

Aan: WW

Van: PB

Het profiel van je vader is geen match met het mijne, dus ik neem aan dat we aan je moederskant verwant zijn. Ik hoop dat de ontmoeting met je vader goed verloopt. Ik wil het graag van je horen.

Sinds mijn vorige e-mail aan jou, heeft mijn leven een noodlottige wending genomen. Als je ontdekt wie ik ben, zul je waarschijnlijk net zo'n hekel aan me krijgen als iedereen. Ik was gewaarschuwd dat dit zou gebeuren. Roem duurt niet eeuwig. Dat zeggen ze altijd. Hoe hoger de vlucht, des te dieper de val. Nou, ik vloog zo vrij als een vogel hoog boven de wolken, dus je kunt je voorstellen hoe diep ik ben gevallen.

Sorry, als dit nogal onsamenhangend klinkt. Ik weet niet waar ik moet beginnen. Er doen zo veel leugens over me de ronde. Geloof ze alsjeblieft niet.

Ik ben aan het einde van mijn Latijn. Ik weet niet hoe ik verder moet. Toen kwam jouw bericht als een reddingsboei voor een drenkeling. Geloof jij in het toeval? Ik heb er nooit in geloofd. Ik heb geen familieleden die ik kan vertrouwen. Alles wat ik over mezelf en mijn jeugd wist, bleek een leugen te zijn. Jij bent mijn neef. Ik weet dat dat niets betekent, maar misschien toch wel. Misschien is het vol betekenis. Misschien heeft het zo moeten zijn dat je mij op dit moment een bericht stuurde.

Ik heb me nog nooit zo alleen en verloren gevoeld. De muren komen op me af. Er is geen uitweg. Ik wil gewoon alleen slapen. Ik wil gewoon rust. Ik wil dat het allemaal weggaat. Waarschijnlijk denk je dat ik geschift ben, dat ik jou, een vreemde, zo schrijf. Misschien ben ik wel gek. Eerst hebben ze tegen me gelogen, nu liegen ze over me. Ze houden nooit meer op. Ik kan er niet meer tegen. Ik probeer ertegenin te gaan, maar dat maakt het alleen maar erger.

Zou je me willen bellen? Alsjeblieft? Ik zet mijn mobiele nummer hieronder. Hou het alsjeblieft geheim. Geef het aan niemand. Als we praten zul je begrijpen waarom.

Wilde keek door de takken van de bomen naar de lucht. De e-mail was bijna vier maanden oud. Wat voor crisis het dan ook mocht zijn geweest waarmee PB had geworsteld, het was nu ongetwijfeld verleden tijd. Maar zelfs als dat niet zo was, kon Wilde niets bedenken waarmee hij PB zou kunnen helpen. Het klonk allemaal vooral alsof PB een schouder nodig had om op te huilen, niet bepaald Wilde's sterkste kant.

Hester was nu waarschijnlijk bij Matthew thuis aangekomen. Het zou verkeerd zijn hen nog langer te laten wachten.

Aan de andere kant. Wat viel er te verliezen met het plegen van één enkel telefoontje?

Het benauwde Wilde natuurlijk. Dat hij tekst en uitleg moest geven over zichzelf. Dat hij PB moest vertellen dat hij die anonieme WW was. Dat hij zijn excuses moest aanbieden voor het feit dat hij pas na zo'n lange tijd reageerde. En dan? Waar moest het gesprek dan naartoe?

Wilde begon aan de afdaling aan de andere kant van de heuvel, in de richting van het huis van David. Hij dacht er nog altijd op die manier aan, ook al was David al elf jaar dood. Toen hij tweehonderd meter onderweg was, bleef hij staan. Hij haalde zijn telefoon tevoorschijn en koos het nummer van PB. Hij hield de telefoon bij zijn oor en hoorde het bonken van zijn hart in zijn borstkas terwijl hij luisterde naar de beltoon. Hij wist op de een of andere manier dat dit besluit – het besluit contact te zoeken met de ogenschijnlijk zo getormenteerde PB – alles zou veranderen. Hij geloofde niet in het bovennatuurlijke en dat soort dingen, maar als je tussen de dieren leeft, begin je waarde te hechten aan een bepaald soort zoemtonen in je lichaam. Het instinct waarmee je gevaar gewaarwordt, bestaat echt. Iedereen heeft het. Als je bloedlijn al zo lang bestaat, tot op de dag van vandaag alles heeft overleefd, komt dat omdat dat primitieve instinct, zonder dat je het weet, deel uitmaakt van je DNA.

En als we het toch over DNA hebben…

De telefoon van PB ging zes keer over. Toen kondigde een ingeblikte stem aan dat de eigenaar van deze mobiele telefoon geen voicemail had ingesteld. Interessant.

Wilde verbrak de verbinding. En nu?

Hij overwoog een anonieme e-mail te sturen, maar hij kon niet goed bedenken wat hij erin moest zetten. Wilde hij onthullen dat de e-mail afkomstig was van WW?

Of moest hij de zaak maar laten rusten?

Dat laatste was niet echt een optie. Niet deze keer. Nog afgezien van het feit dat verder contact naar zijn moeder zou kunnen leiden, had PB Wilde om hulp gevraagd. PB was wanhopig geweest en had niemand gehad die hem kon steunen, en Wilde had zijn noodkreet vier maanden lang genegeerd.

Hij stuurde een kort e-mailbericht.

> Dit is WW. Sorry dat het zo lang heeft geduurd, PB. Stuur me een bericht of bel me wanneer je kunt.

Hij ramde de telefoon in zijn zak en liep verder de heuvel af.

7

Een kwartier later stond Wilde tussen de laatste bomen van de Ramapo Mountains en keek hij door de achtertuin van de Crimsteins naar het huis. Hij zag iets bewegen achter het rechterraam op de eerste verdieping, de slaapkamer van Laila. Het was gek, maar wat waar is, is waar: daar had Wilde de beste nachten van zijn leven doorgebracht.

Wilde dacht terug aan de eerste keer dat hij hier aan de rand van de wildernis had gestaan, al was de herinnering vervaagd. De zes jaar oude David was aan het spelen geweest met zijn beide oudere broers. Midden in de tuin had een nogal uitgebreid speeltoestel van red cedar gestaan, met een glijbaan, een boomhut en allerlei klimtuig. Wilde wist nu, nu hij met zijn vader had gesproken, dat hij toen ook zes jaar oud was geweest. Tot aan die dag had Wilde nog nooit met een mens gepraat.

Daar had hij in ieder geval geen enkele herinnering aan.

De jonge Wilde wist niet hoe dat moest, praten. Hij had het grootste deel van die winter doorgebracht in een hut aan de rand van een meer op de grens tussen New York en New Jersey. De meeste mensen gebruiken dergelijke hutten alleen in de zomer. Wilde kon zich herinneren dat hij het gebied had doorkruist, van de ene hut naar de andere, en gefrustreerd was geraakt omdat ze allemaal waren afgesloten. Uiteindelijk had hij een klein kelderraampje ingetrapt. Hij kon er zich net door naar binnen wringen. Gelukkig was de hut uitgerust voor verblijf in de winter, en hoewel dat betekende dat er natuurlijk zomaar ineens iemand op de stoep kon staan, betekende het ook dat Wilde beschikte over stromend water en elektriciteit. De mensen van wie de hut was, hadden kinderen of kleinkinderen. Er was speelgoed, maar, en dat was veel belangrijker, er waren videobanden met opvoedkundige programma's als Sesamstraat. Wilde keek er uren naar, praatte hardop, en er mochten dan vergelijkingen zijn gemaakt met Tarzan en Mowgli, Wilde had zichzelf genoeg geleerd om te begrijpen dat er buiten de wildernis een andere wereld was, een wereld die groter was dan hijzelf en de wildernis waarin hij woonde.

Davids oudere broers werden geacht een beetje op hun jongste broer te letten, maar ze speelden een spel waarbij de boomhut moest worden veroverd. Wilde keek. Dit was niet de eerste keer dat hij aan de rand van de wildernis toekeek hoe mensen met elkaar omgingen. Hij was zelfs een paar keer betrapt door wandelaars, kampeerders en zelfs eigenaren van blokhutten, maar in al die gevallen was Wilde domweg weggerend. Soms melden mensen het voorval aan de autoriteiten, maar ja, wat konden ze zeggen? 'Ik heb een jongen gezien in het bos.' Nou, en? Het was nu ook weer niet zo dat hij daar alleen in een lendendoek rondrende. Hij stal kleren uit huizen waar hij inbrak. Dus veel meer dan dat er een jongen in zijn eentje in het bos liep, konden ze er niet van maken.

Er waren verhalen opgedoken over de 'verwilderde jongen', maar de meeste mensen schreven die toe aan zonnesteken, uitputting, drugs, dehydratie, alcohol, en noem maar op.

De oudere broers Crimstein waren aan het stoeien op het grasveld. Ze lachten, worstelden en rolden over de grond. Wilde keek gebiologeerd toe. De achterdeur ging open en hun moeder riep: 'Eten over een kwartier. Ik waarschuw geen tweede keer.'

Dat was de eerste keer geweest dat Wilde de stem van Hester Crimstein hoorde.

Wilde had nog steeds geboeid staan kijken naar de beide over de grond rollende jongens toen hij vlakbij een stem 'hallo' hoorde zeggen.

Het was een jongen van zijn eigen leeftijd.

Wilde spande zijn spieren om weg te rennen. Het was uitgesloten dat dat jochie hem bij zou kunnen houden in de doolhof van het bos, maar hetzelfde instinct dat hem aanspoorde weg te rennen, droeg hem nu op te blijven staan. Zo eenvoudig ging het.

'Hallo,' zei hij op zijn beurt.

'Ik ben David, hoe heet jij?'

'Ik heb geen naam,' zei Wilde.

En zo was hun vriendschap begonnen.

Nu was David dood. Zijn weduwe en zoon woonden in het huis.

De achterdeur ging open. Matthew kwam naar buiten en zei: 'Hé, Wilde.'

Beide mannen – inderdaad, mannen, gaf Wilde schoorvoetend toe aan zichzelf, Matthew was de puberteit ontgroeid – liepen naar elkaar toe en bleven midden op het grasveld staan. Toen Matthew zijn armen om hem heen sloeg, vroeg Wilde zich af hoelang het geleden was dat hij fysiek contact had gehad met iemand anders. Had hij iemand aangeraakt na Las Vegas?

'Het spijt me,' zei Wilde.

'Het is oké.'

'Nee, dat is het niet.'

'Je hebt gelijk, dat is het niet. Ik maak me zorgen over je, Wilde.'

Matthew leek zo veel op zijn vader dat het pijn deed. Wilde besloot het gesprek op een ander onderwerp te brengen. 'Hoe gaat de studie?'

Matthews gezicht klaarde op. 'Meer dan fantastisch.'

De achterdeur ging voor de tweede keer open. Het was Laila. Toen ze hem aankeek, voelde Wilde zijn hart overslaan. Ze droeg een witte blouse, open bij de hals, en een zwarte kokerrok. Ze was, zo stelde hij zich voor, net thuisgekomen van kantoor, had haar nette jasje van zich afgeschud, de schoenen met halfhoge hakken uitgeschopt en een paar sneakers aangetrokken. Een seconde of twee stond hij domweg naar haar te staren. Het interesseerde hem hoegenaamd niets of iemand dat zou zien.

Laila leek de treden van het trapje naar het grasveld af te zweven. Ze kuste Wilde op de wang.

'Ik ben blij je te zien,' zei ze.

'Ik ook,' zei Wilde.

Ze pakte zijn hand. Wilde voelde dat zijn wangen rood kleurden. Hij had haar gewoon in de steek gelaten. Hij had niet gebeld, geen e-mail gestuurd, geen bericht gestuurd.

Een paar seconden later stak Hester haar hoofd naar buiten. Ze riep: 'Pizza! Matthew, kom hier en help me.'

Matthew sloeg Wilde op de schouder en liep op een drafje terug naar het huis. Toen hij binnen was keerde Laila zich weer naar Wilde.

'Je hoeft je niet te verontschuldigen,' zei Laila. 'Je mag me net zo veel negeren als je maar wilt.'

'Ik...'

'Laat me uitpraten. Je bent mij niets schuldig – maar je peetzoon wel.'

Wilde knikte. 'Ik weet het. Het spijt me.'

Ze knipperde met haar ogen en keerde zich af. 'Hoelang ben je al terug?'

'Een paar maanden.'

'Dus ik neem aan dat je van het bestaan van Darryl weet?'

'Je bent mij geen verklaring schuldig,' zei Wilde.

'Als je dat maar weet.'

Ze liepen naar binnen. Met z'n vieren – Wilde, Laila, Matthew en Hester – namen ze plaats om de keukentafel. Er stonden twee pizza's van Calabria's op tafel. De eerste werd gedeeld door de drie oudste aanwezigen, de tweede werd voor het grootste deel verorberd door Matthew. Hester bestookte Wilde tussen de happen pizza door met vragen over zijn tijd in Costa Rica. Wilde ontweek de meeste vragen. Laila was stil.

Matthew stootte Wilde aan. 'De Nets spelen tegen de Knicks.'

'Hoe goed zijn ze dit jaar?'

'Man, jij hebt echt onder een steen geleefd.'

Iedereen pakte een pizzapunt en zocht een plek in de woonkamer waar het grote tv-scherm aan de wand hing. Matthew en Wilde keken ontspannen en zwijgend. Wilde was nooit een groot liefhebber geweest van het kijken naar sport. Hij speelde liever zelf. Ernaar kijken verschafte hem geen plezier. Matthews vader had zich daarmee beziggehouden, kaartjes sparen, memorabilia, samen met zijn grote broers naar wedstrijden, statistieken bijhouden en op tv tot diep in de nacht naar wedstrijden zoals deze kijken.

Laila en Hester zaten er weliswaar ook bij, maar beiden waren meer met hun telefoon bezig dan met de wedstrijd. In de rust kwam Hester overeind. 'Ik moest maar weer eens naar de stad terug.'

'Blijf je niet hier bij Oren?' vroeg Laila.

Oren Carmichael was de sheriff in ruste van Westville. Hij had ook zijn kinderen hier grootgebracht, was al sinds tijden bevriend met Hester en Ira en was zelfs softbalcoach geweest van David en een van haar andere twee zoons. Nu was Hester weduwe, Oren was gescheiden. Ze zagen elkaar regelmatig.

'Vanavond niet. Misschien is de Levine-jury morgen tot een oordeel gekomen.'

'Ik loop met je mee naar de auto,' zei Wilde.

Hester fronste haar wenkbrauwen. Toen ze buiten op de stoep stonden en buiten gehoorsafstand, vroeg ze: 'Wat is er?'

'Niets.'

'Je loopt nooit met me mee naar de auto.'
'Dat is waar,' zei Wilde.
'Dus?'
'Dus, hoe moeilijk was het om het adres van mijn vader los te peuteren bij DNAYourStory?'
'Heel moeilijk. Hoezo?'
'Ik heb de gegevens van nog een profiel van die site nodig.'
'Nog een bloedverwant?'
'Ja, een neef.'
'Kun je niet gewoon contact met ze maken en op de gebruikelijke manier iets afspreken?'
'Het is ingewikkelder,' zei Wilde.
Hester zuchtte. 'Dat is het altijd bij jou.'
Wilde wachtte.
'Oké, stuur me maar wat je al weet.'
'Je bent geweldig.'
'Ja, ja, ik ben fantastisch,' zei Hester. Ze keek over haar schouder naar het huis achter hen. 'Hoe gaat het met jou?'
'Als in?'
'Als in dat ik zie hoe je naar Laila kijkt. En ik zie ook hoe zij naar jou kijkt.'
'Er is niets tussen ons.'
'Ze gaat uit met iemand.'
'Dat weet ik.'
'Dat dacht ik al.'
'Daar kom ik niet tussen.'
Tim opende het portier voor Hester. Ze omhelsde Wilde vurig en fluisterde: 'Niet opnieuw verdwijnen, goed? Je mag in de bossen wonen en zo, en doen wat je wilt, maar zo nu en dan moet je een teken van leven geven.' Ze duwde hem van zich af en keek hem aan. 'Begrepen?'
Hij knikte. Hester stapte in. Wilde keek de auto na. Hij haalde

zijn telefoon tevoorschijn en belde zijn pleegzus. Toen ze opnam, hoorde hij de gebruikelijke kakofonie van haar chaotische gezinsleven. Rola Naser had vijf kinderen.

'Hallo?'

Hij wist dat zijn naam niet op het scherm van haar telefoon zou verschijnen omdat hij met een wegwerptoestel belde. 'Kunnen we het hoofdstuk overslaan waarin jij mij de les leest omdat ik niets van me heb laten horen?'

'Shit, nee.'

'Rola...'

'Wat is er puntje, puntje, puntje – en ik zeg alleen maar puntje, puntje, puntje omdat ik niet vloek waar de kinderen bij zijn – mís met jou, Wilde? Stop, hou je mond. Wie zou dat beter moeten weten dan ik?'

'Niemand.'

'Precies, niemand. De vorige keer heb je me beloofd dat je dit niet weer zou doen.'

'Ik weet het.'

'Het is net als Lucy die de bal voor de voeten van Charlie Brown wegschopt.'

'Lucy schopt de bal niet weg.'

'Hè?'

'Lucy houdt de bal vast en als Charlie Brown hem wil schoppen, trekt ze hem snel weg.'

'Hou je me voor de gek? Moet het echt op deze manier, Wilde?'

'Je glimlacht, Rola. Dat hoor ik aan je stem.'

'Ik ben boos.'

'Boos, maar je glimlacht.'

'Het is meer dan een jaar geleden.'

'Ik weet het. Ben je weer zwanger?'

'Nee.'

'Heb ik iets belangrijks gemist?'

'In het afgelopen jaar?' Rola zuchtte. 'Wat wil je, Wilde?'

'Je moet een mobiel nummer voor me opzoeken.'

'Lees maar voor.'

'Nu?'

'Nee, wacht eerst nóg maar een jaar.'

Wilde las het nummer voor dat hij van PB had gekregen. Tien seconden later zei Rola: 'Boeiend.'

'Wat?'

'De factuur gaat naar een brievenbusmaatschappij die PB&J heet.'

'Eigenaren? Adres?'

'Geen eigenaren, adres op de Kaaimaneilanden. Van wie is dit telefoonnummer?'

'Ik denk van mijn neef.'

'Wat zei je?'

Toen de kleine Wilde in de wildernis was gevonden, was hij ondergebracht in het hartelijke, kindvriendelijke gezin van de Brewers. Daar hadden meer dan dertig pleegkinderen een deel van hun jeugd doorgebracht en ze waren er stuk voor stuk beter van geworden. De meeste kinderen bleven maar een paar maanden, maar sommige, zoals Rola en Wilde, hadden jaren in het gezin doorgebracht.

'Het is een lang verhaal,' zei Wilde.

'Ben je op zoek naar je biologische ouders?'

'Nee. Ik bedoel, dat was ik.'

'Maar je hebt je DNA opgestuurd naar zo'n genealogiesite?'

'Ja.'

'Waarom?'

'Welk deel van het lange verhaal heb je gemist?'

'Je hebt me nog nooit een lang verhaal verteld. Volgens mij kun je dat niet. Doe de hoofdlijnen maar.'

Hij vertelde haar over de communicatie met PB. Hij verzweeg zijn vader.

'Lees dat bericht eens voor,' zei Rola toen hij klaar was met zijn verhaal.

Wilde las het voor.

'Dus die PB is beroemd?'

'Of hij denkt dat hij beroemd is,' zei Wilde.

'Ik hoop dat hij alleen maar overdreven dramatisch doet.'

'Wat bedoel je?'

'Het klinkt bijna als een afscheidsbrief, bij zelfmoord.'

De wanhoop die uit het bericht naar boven kwam was Wilde niet ontgaan. 'Wil jij proberen of je iets meer boven water kunt halen over die brievenbusmaatschappij?'

'Kom jij dan langs om je gezicht weer eens te laten zien aan mij en de kinderen?'

'Ja.'

'Dit is geen ruilhandel. Ik zoek die gegevens sowieso voor je op.'

'Ik weet het,' zei Wilde. 'Je bent een schat.'

'Ja, ik weet het. Ben je weer terug uit Costa Rica?'

'Ja.'

'Alleen?'

'Ja.'

'Verdomme.'

'Het is oké.'

'Dat weet ik,' zei Rola. 'Dat is het probleem. Ik zal eens kijken wat ik te weten kan komen over PB&J, maar ik betwijfel of het iets zal opleveren.'

Wilde verbrak de verbinding en ging naar binnen. Laila was uit de woonkamer vertrokken. Matthew volgde met één oog de tweede helft van de wedstrijd en was tegelijkertijd met iets bezig op zijn laptop. Wilde liet zich naast Matthew op de bank vallen.

'Waar is je moeder?' vroeg hij.

'Ze is boven, aan het werk. Je weet dat ze een vriend heeft?'

Wilde koos ervoor om de vraag met een vraag te beantwoorden. 'Met jouw instemming?'

'Waarom zou ik er iets op tegen hebben?'

'Ik vraag het gewoon.'

'Het is mijn zaak niet.'

'Dat is zo,' zei Wilde.

Op tv maakte reclame plaats voor beelden van de wedstrijd. Matthew sloeg zijn armen over elkaar en concentreerde zich op het scherm. 'Darryl is een beetje te gepolijst.'

Wilde reageerde met een nietszeggend: 'O.'

'Hij praat als een ouderwetse nieuwslezer. Dat irriteert me mateloos.'

Wilde zei niets.

'Zijn pyjamabroek en pyjamajasje passen keurig bij elkaar. Zwart. Het lijkt wel een pak. Hij heeft zelfs een compleet trainingspak.'

Wilde werkte verder aan het grote zwijgen.

'Vind jij daar niets van?'

'Hij klinkt als een wandelende ramp.'

'Klopt.'

'Maar we laten je moeder doen wat haar gelukkig maakt.'

'Jij zegt het.'

Er viel een gemakkelijke stilte tussen hen, zoals dat ook vaak het geval was geweest tussen Wilde en Matthews vader.

Een paar minuten later zei Matthew: 'Dit.'

'Wat?'

'Je bent met je kop ergens anders, Wilde. Of als ik Darryl was, zou ik zeggen: je aandacht is op andere zaken gericht.'

Wilde moest onwillekeurig glimlachen. 'Ik kan me voorstellen dat dat irritant is.'

'Ja toch?'

'Ik heb mijn biologische vader ontmoet.'

'Hè, wat?'

Wilde knikte. Matthew ging rechtop zitten en keerde zich naar Wilde. Zijn vader deed dat ook – een van die mensen die je het gevoel konden geven dat je de belangrijkste persoon op aarde bent.

Zijn gevoelens uiten was niet bepaald Wilde's sterkste kant, maar misschien was hij dat Matthew nu wel schuldig na die lange verdwijntruc.

'Hij woont in Las Vegas.'

'Cool. In een casino of zo?'

'Nee, hij werkt in de bouw.'

'Hoe heb je hem gevonden.'

'Op zo'n DNA-site.'

'Wauw, dus toen ben je naar Las Vegas gegaan?'

'Yep.'

Matthew spreidde zijn handen. 'En?'

'En hij wist niet dat ik bestond, en hij weet niet wie de moeder is.'

Matthew bleef stil toen Wilde de details uit de doeken deed. Toen Wilde uitgesproken was, fronste Matthew de wenkbrauwen. 'Vreemd,' zei hij.

'Wat?'

'Hij herinnert zich haar naam niet meer.'

'Waarom is dat vreemd?'

Matthew fronste opnieuw zijn wenkbrauwen. 'Oké, jij, nou ja, jij gaat naar bed met een heleboel vrouwen, dan kun je misschien niet al hun namen onthouden. Dat snap ik. Een beetje bot, Wilde, maar ik snap het.'

'Bedankt.'

'Maar jouw vader? Die Daniel Carter? Hij was eerder maar met één meisje naar bed geweest – zijn huidige vrouw. Na die acht one-nightstands ook alleen maar zijn vrouw. Je zou verwachten dat hij de namen had onthouden van die acht. Zo veel is dat nu ook weer niet.'

'Denk je dat hij tegen me gelogen heeft?'

Matthew haalde zijn schouders op. 'Ik vind het gewoon vreemd, meer niet.'

'Jij bent nog jong.'

'Net als je vader toen jij bent verwekt.'

Wilde knikte. 'Inderdaad.'

'Je zou hem moeten bellen en een beetje onder druk moeten zetten.'

Wilde reageerde niet.

'Niet gewoon opgeven, Wilde.'

'Dat doe ik ook niet, integendeel.'

'Wat bedoel je?'

'Daarom ben ik hierover begonnen. Je moet me ergens mee helpen.'

Een glimlach brak door op Matthews gezicht. 'Tuurlijk.'

'Ik kreeg op de site een e-mail van nog een andere bloedverwant. Hij laat zich PB noemen.'

Wilde liet Matthew de laatste e-mail van PB lezen. Matthew las hem twee keer en zei toen: 'Wacht, van wanneer is deze e-mail?'

'Van vier maanden geleden.'

'Heb je een precieze datum?'

'Die staat hier. Waarom?'

Matthew bleef naar de e-mail staren. 'Waarom heb je niet eerder gereageerd?'

'Ik heb hem nu pas gelezen.'

Matthew staarde nog iets langer naar de e-mail. 'Dus dat is het.'

'Dat is wat?'

'De reden waarom je zo afwezig bent.'

'Ik kan je niet volgen.'

'Je voelt je schuldig.' Matthew hield zijn ogen op de e-mail. 'Een bloedverwant richt een noodkreet aan jou en je hebt die zelfs niet eens gelezen.'

Wilde keek hem aan. 'Die is hard.'

'Maar?'

'Maar waar. Het klinkt alsof hij beroemd is, vind je ook niet?'

'Dat kan ook overdreven zijn,' zei Matthew.

'Dat kan,' beaamde Wilde.

'Ik bedoel, zo werkt dat bij social media. Een jongen bij mij op school heeft een song op YouTube gezet die vijftigduizend keer is bekeken. Nu denkt hij dat hij een tweede Drake is of zo.'

Wilde wist niet wie Drake was, dus hij hield zich stil.

'Maar er is iets...' zei Matthew.

'Wat?'

'Misschien weet Sutton het.'

'Sutton? Dat meisje op wie je in groep acht verliefd was?'

Een klein glimlachje plooide zich om Matthews lippen. 'Groep zeven, om precies te zijn.'

'Diezelfde Sutton die nu iets heeft met Crash Maynard.'

'Hád.' Matthew had de glimlach nu niet langer onder controle. 'Je bent een hele tijd weg geweest, Wilde.'

'Is dat zo?'

'Sutton en ik gaan al bijna een jaar met elkaar.'

Wilde begon ook te glimlachen. 'Leuk.'

'Ja...' Matthew begon te blozen. 'Ja... Het is fantastisch.'

'Eh, we hoeven dat ene gesprek toch niet meer te voeren, hè?'

Matthew grinnikte. 'Geen zorgen.'

'Zeker weten?'

'Yep, van a tot z helder.'

'Sorry.'

'Mama heeft het voor haar rekening genomen. Alles oké.'

Toen de wedstrijd werd onderbroken voor reclame, zei Matthew: 'Nu we het er toch over hebben...'

'Wat?'

'Ik ga even onder de douche,' zei Matthew. Hij ging staan. 'Ik weet dat het niet netjes is om er na het eten als een haas vandoor te gaan, maar ik blijf vannacht bij Sutton.'

'O,' zei Wilde. 'En je moeder vindt dat goed?'

Matthew trok een grimas. 'Meen je dat nou?'

'Je hebt gelijk. Het zijn mijn zaken niet.' Wilde kwam ook overeind. 'Ik denk dat ik ook maar weer eens vertrek.'

Matthew daverde de trap op, met iedere stap twee treden, en verdween in zijn slaapkamer. Wilde stond op het punt hem achterna te gaan naar boven om afscheid te nemen van Laila toen zijn telefoon ging. Het was Rola.

'Zeg het eens.'

'Bingo.'

'Ik luister.'

'Ik heb een adres van PB&J, maar ik vind het een beetje raar.'

8

Het postadres van PB&J was een luxe appartement op de achtenzeventigste verdieping van een glanzende wolkenkrabber met de eenvoudige naam Sky, aan Central Park South, vlak bij het Plaza Hotel. Met een hoogte van vierhonderdzesentwintig meter was het de op een na hoogste wolkenkrabber van New York voor particuliere huisvesting.

‘Niet gewoon rijk,’ zei Rola. ‘Stinkend rijk.’

‘Stinkend?’

‘Ja, stinkend… onwijs… fabelachtig.’

Wilde geloofde het wel. ‘Is dat appartement van PB&J?’

‘Weet ik niet. Op dit moment heb ik alleen een postadres.’

‘Je kunt er niet achter komen wie de eigenaar is?’

‘Geen verkoopcijfers beschikbaar, maar let op: appartementen in die wolkenkrabber beginnen bij tien miljoen.’

‘Dollars?’

‘Nee, peseta’s,’ zei Rola. ‘Natuurlijk dollars. Het penthouse heeft twee verdiepingen en staat te koop voor vijfenzeventig miljoen.’

Wilde wreef over zijn gezicht en keek hoe laat het was. ‘Ik denk dat ik daar in een uur naartoe kan rijden.’

‘Volgens Waze in zesenveertig minuten als je nu vertrekt,’ zei Rola.

'Ik zal zien of ik de auto van Laila kan lenen.'

'Oooo,' zei Rola plagerig. Ze rekte de klank zangerig uit. 'Je bent bij Laila?'

'En Matthew,' zei Wilde. 'Hester was er ook.'

'Je hoeft je niet te verdedigen.'

'Doe ik ook niet.'

'Ik vind Laila aardig,' zei Rola. 'Heel aardig.'

'Ze heeft een vriend.'

'Oké... Maar weet je wat jij misschien hebt?'

'Wat?'

'Een stinkend rijke neef die in Sky woont. Bel me als je meer weet.'

Wilde liep naar de trap en riep omhoog. Matthew denderde naar beneden, deelde Wilde een high-five uit zonder in te houden en draafde naar de voordeur. 'Later,' riep hij. De voordeur knalde achter hem dicht.

Wilde stond even onderaan de trap naar de voordeur te kijken en bij te komen. Van bovenaan de trap klonk de stem van Laila. 'Hij is volwassen.'

'Yep.'

'Waardeloos.'

'Yep.'

'Hij blijft bij zijn vriendin slapen.'

'Dat heeft hij me verteld.'

'Ik heb gezworen dat ik nooit zo'n moeder zou worden, maar...'

'Ik snap het,' zei Wilde. Hij keerde zich om naar Laila. 'Mag ik je auto lenen?'

'Natuurlijk.'

'Ik breng hem vanavond nog terug.'

'Doe geen moeite. Ik heb hem morgen pas tussen de middag nodig.'

'Oké.'

'Je weet waar de sleutel ligt.'

Wilde knikte. 'Dank je.'

'Welterusten straks, Wilde.'

'Welterusten straks, Laila.'

Ze draaide zich om en liep terug in de richting van haar thuiskantoor. Wilde pakte de sleutel uit het mandje bij de voordeur. Laila had haar BMW ingeruild voor een Mercedes-Benz SL-550, hetzelfde model waarin Darryl reed. Wilde fronste zijn wenkbrauwen toen hij dat zag, stemde de radio af op een classicrockzender en reed naar de stad. Op Washington Bridge was het verbijsterend rustig. Wilde reed over het bovenste brugdek en nam gas terug op de rechterrijstrook. Zelfs vanaf deze afstand kon hij Sky zien reiken naar de wolken.

Hij parkeerde in de garage onder het Park Lane Hotel. Sky bleek een pure, emotieloze glazen toren. In de lobby schitterden glimmend kristal, chroom en witte vlakken je tegemoet. Tijdens de rit had Wilde gepiekerd over de vraag hoe hij dit moest aanpakken, wat hij werkelijk mocht hopen te bereiken met deze onderneming. Hij liep naar binnen.

Een bewaker bekeek Wilde alsof hij de rochel was die een zwerver voor zijn voeten had gekwakt. 'Leveranciersingang achterom.'

Wilde liet hem zijn lege handen zien. 'Heb ik iets in mijn handen?'

Een goedgeklede vrouw die achter een bureau had gezeten, kwam op hen toelopen. 'Waarmee kan ik u van dienst zijn?'

Niet geschoten, altijd mis. 'Appartement achtenzeventig, alstublieft.'

De receptioniste wisselde een blik van verstandhouding met de bewaker.

'Uw naam?'

'WW.'

'Pardon?'

'Zeg maar dat WW hier is.'

Ze wierp een tweede blik in de richting van de bewaker. Wilde probeerde hun mimiek te lezen. Zo'n toren als deze werd zwaar beveiligd. Dat was geen verrassing. Zelfs als hij op een of andere manier langs deze bewaker was gekomen, was hij twee andere tegengekomen bij de lift. De uitdrukking op hun gezicht en hun lichaamstaal verraadden meer verveling, vermoeidheid en berusting dan alarm en alertheid. Het zag eruit alsof ze het allemaal al eerder hadden meegemaakt, zo vaak dat ze nu alleen nog maar net alsof deden.

De receptioniste liep terug naar haar bureau en pakte de telefoon. Ze hield de hoorn een minuut lang bij haar oor zonder iets te zeggen. Toen ze terugkwam, zei ze: 'Er is niemand thuis.'

'Dat is vreemd. PB zei dat ik langs moest komen.'

Zowel de bewaker als de receptioniste zweeg als het graf.

'PB is mijn neef,' probeerde Wilde.

'Uhuh,' zei de bewaker, alsof hij die smoes al honderd keer had gehoord. 'Ben jij hier niet een beetje te oud voor?'

'Waarvoor?'

'Frank,' zei de receptioniste.

Frank de Bewaker schudde zijn hoofd. 'Misschien is het tijd om te vertrekken...' hij rolde met zijn ogen, 'WW.'

'Kan ik een boodschap voor hem achterlaten?'

'Voor wie?'

'Voor PB.'

Beiden staarden hem zwijgend aan.

'Je moet je realiseren,' zei de receptioniste, 'dat we kunnen bevestigen noch ontkennen wie hier woont.'

Hij probeerde de uitdrukking op de gezichten te lezen. Er was iets vreemds gaande.

'Kan ik nu een boodschap achterlaten of niet?'

De receptioniste haalde pen en papier. Wilde wist niet zo goed wat hij moest schrijven. Het lag voor de hand om te schrijven dat hij WW was, van de DNA-website, en er een van de niet-traceerbare telefoonnummers bij te zetten. Maar wilde hij dat? Wilde hij zich zo in het bereik van de radar plaatsen? Nu hij er goed over nadacht, vroeg hij zich af wat hij hier eigenlijk deed. Hij kende PB niet, hij was niet verantwoordelijk voor diens daden. Wilde had tot nu een heel gerieflijk leven geleid ondanks het mysterie rond zijn verleden.

Wat deed hij hier in hemelsnaam?

'Natuurlijk,' zei de receptioniste. 'Kunt u zich legitimeren?'

Hij had een paspoort op naam van Jonathan Carlson, maar dat zou alleen maar aanleiding vormen tot het stellen van vragen over WW, en dat hij een neef was, en nou ja, waarom zou hij? Was hij bereid een waardevolle identiteit op te offeren voor dit hier?

Nee dus.

'Ik probeer hem nog wel even te bellen,' zei Wilde.

'Ja...' zei Frank. 'Doe dat.'

Wilde liep in westelijke richting weg langs Central Park South. Je zou kunnen denken dat hij zich ongemakkelijk zou voelen in Manhattan, de Jongen uit de Wildernis, maar in feite was het andersom. Hij hield van New York. Hij hield van de straten, de geluiden, het licht, de levendigheid. Was dat een tegenstrijdigheid? Misschien. Maar misschien was het ook wel de absolute tegenstelling die het voor hem aantrekkelijk maakte. Misschien was het wel net zoiets als duisternis pas kunnen waarderen als je het licht kent. Je kunt pas echt euforisch zijn als je weet wat depressiviteit is, en je kunt het leven in de bossen pas waarderen als je het stadsleven hebt meegemaakt. Of misschien was het wel dat deze stad, hoe druk en massaal alles er ook was, je met rust liet, je ongestoord liet kuieren en kijken, omringd door massa's mensen.

Misschien moest Wilde maar even een punt zetten achter al het gefilosofeer en een kop koffie met een chocoladecroissant halen bij Maison Kayser op Columbus Circle.

Onderweg pinde hij bij een geldautomaat het maximale bedrag van achthonderd dollar dat hij per dag mocht opnemen. Hij had een soort plan bedacht: hij zou wachten tot een van de werknemers, bijvoorbeeld de bewaker of de receptioniste, klaar was met zijn of haar werk, en die vervolgens met geld zover zien te krijgen dat hij of zij informatie gaf over de bewoner van het appartement. Dacht hij dat het zou werken? Nee, dat dacht hij niet. De bewaker leek hem iets gevoeliger voor omkoping dan de receptioniste, maar dat kon ook seksisme zijn.

Hij stak de straat over naar de kant bij het park en ging op het stenen muurtje zitten waar hij werknemers zou kunnen zien als ze na hun werk vertrokken. Hij dronk zijn koffie. Heerlijke koffie. Hij nam een hap van zijn croissant en vroeg zich af waarom hij niet vaker uit zijn schulp kroop en de bossen achter zich liet. Hij vroeg zich af wat PB's bedoelingen waren geweest, wat PB zo wanhopig had gemaakt, wat een man die in deze glimmende toren woonde had bewogen contact op te nemen met een volslagen vreemde, ook al deelde hij een deel van zijn DNA met die vreemde.

Toen Wilde een uur op het muurtje had gezeten ging zijn telefoon. Het was Laila.

Hij nam op. 'Hi.'

'Hi.'

Het bleef stil.

'Matthew komt vanavond niet thuis.'

'Dat weet ik.'

'Wilde?'

'Ja, Laila?'

'Kom hiernaartoe als je klaar bent met wat je moest doen.'

Dat hoefde ze hem geen tweede keer te vertellen.

Naderhand viel Wilde diep, heel diep in slaap. Iets voor zessen werd hij wakker. Laila lag naast hem te slapen. Hij keek een tijdje naar haar, rolde toen op zijn rug, vouwde zijn handen achter zijn hoofd en staarde naar het plafond. Laila hield van luxe wit beddengoed en satijnen lakens. Dat was hemeltergend duur, maar er waren momenten zoals nu, dat Wilde er geen problemen mee had.

Laila rolde zich op haar zij en legde haar hand op zijn borst. Beiden waren naakt.

'Hi,' zei ze.

'Hi.'

Laila kroop dichter tegen hem aan. Hij trok haar naar zich toe.

'Dus,' zei ze. 'Costa Rica.'

'Wat is daarmee?'

'Het ging niet?'

'Het ging heel goed,' zei Wilde. 'Het duurde alleen niet.'

Wilde hield van haar. Laila hield van hem. In het begin hadden ze geprobeerd een huiselijk leven op te bouwen, maar dat was mislukt. Dat was zijn schuld. Er waren er die de geest van David, die nog rondwaarde in het huis, de schuld gaven. In het begin had dat zeker een rol gespeeld. Of bindingsangst. Maar dat was het ook niet. Niet echt. Wilde was domweg niet gebouwd voor wat voor de meeste mensen een gewone relatie zou zijn. Laila had meer nodig. Er was een cyclus ontstaan die er als volgt uitzag. Laila knoopte een nieuwe relatie aan met een man. Wilde trok zich terug en liet haar haar gang gaan. Hij wenste ze het beste. Hij wilde dat zij gelukkig was. Na verloop van tijd begon de relatie te haperen, niet omdat Laila zich op de een of andere manier niet kon losmaken van Wilde, maar omdat ze nog steeds niet over de dood van zielsvriend en echtgenoot David heen was. Geen enkele andere relatie kon tippen aan wat ze had gehad. Dan verbrak ze die relatie weer, ze ging zich eenzaam voelen. In de bossen was er dan altijd heel handig en veilig, en wachtend, Bindingsangst-Wilde.

Terugspoelen, wissen, en opnieuw.

Wilde had in Costa Rica een laatste poging gedaan een huiselijk bestaan op te bouwen met een andere vrouw en haar dochter. Dat was verbazingwekkend goed gelukt, tot het moment dat het ophield. Aan elke relatie komt een einde, had hij zich gerealiseerd. Alleen duurden die van hem korter dan die van anderen.

'Hoe laat is het,' vroeg Laila.

'Bijna zes uur.'

'Ik denk dat Matthew niet voor de middag thuiskomt.'

'Maar ik moet er niettemin uit.'

'Ja.'

Hij wilde misschien wel naar Darryl vragen, maar eigenlijk nog liever niet. Hij glipte tussen de luxe lakens uit en voelde haar ogen op zijn rug toen hij op blote voeten naar de douche onderweg was. Het was prachtig om kampioen Ecowonen te zijn, maar er was weinig luxe die hij zo kon waarderen als de ogenschijnlijk eindeloze hoeveelheid water die met grote kracht uit de douchekop in Laila's badkamer kwam. Hij hoopte dat ze erbij kwam, maar dat gebeurde niet. Toen hij de badkamer uit kwam, zat ze in een ochtendjas op de rand van het bed.

'Alles oké?' vroeg hij.

'Ja.' Gevolgd door: 'Ik hou van je, Wilde.'

'Ik hou ook van jou, Laila.'

'Ging je ook om mij naar Costa Rica?'

Hij had nooit tegen Laila gelogen. 'Voor een deel, ja.'

'Voor mij? Of voor jezelf?'

'Ja.'

Laila glimlachte. 'Je bent een hele tijd bij haar gebleven.'

'Bij hén,' corrigeerde Wilde haar. 'Ja.'

'Het zou allemaal eenvoudiger moeten zijn, vind je ook niet?'

Wilde trok zijn kleren aan. Hij ging naast haar op de rand van het bed zitten en strikte de veters van zijn sneakers. De stilte was gemoedelijk. Er viel veel meer te zeggen, maar dat kon ook wachten. Hij ging staan. Laila ging staan. Ze omhelsden elkaar lang. Het was een slaapkamer vol geschiedenis. David was er ook. Hij was er altijd geweest. Dat ontkenden ze geen van beiden, maar evenmin was die aanwezigheid nog belangrijk voor hen. Dat ze met elkaar naar bed gingen, voelde al jaren niet meer als verraad.

Wilde zei niet dat hij haar zou bellen. Hij vroeg haar ook niet hem te bellen. Ze begrepen de situatie allebei. Het was aan Laila om de volgende stap te zetten.

Wilde liep de trap af, door de woonkamer, naar de keuken. Toen hij de keukendeur opendeed, zag hij tot zijn verrassing Matthew aan de keukentafel zitten met een kom muesli.

Matthew keek Wilde woest aan. 'Het is kennelijk genetisch.'

'Wat?'

'Buiten de deur slapen, vreemdgaan, noem maar op.'

Wilde reageerde niet. Matthews moeder zou tekst en uitleg geven voor zover ze dat nodig vond. Dat was niet aan hem. Hij liep naar de achterdeur. 'Ik zie je wel weer.'

'Wil je niet weten wat ik bedoel met "genetisch"?'

'Als jij het wilt vertellen.'

'Heel eenvoudig,' zei Matthew. 'Ik weet wie PB is.'

9

Wilde ging naast Matthew zitten. Matthew staarde naar de kom met muesli.

'Ik dacht dat het voorbij was tussen mama en jou.'

Wilde zei niets.

'Ik weet dat je altijd bleef slapen. Dacht je dat ik het niet hoorde als je weer stiekem vertrok?'

'Ik ga dit niet met jou bespreken,' zei Wilde.

'Dan wil ik misschien niet over PB praten.'

Wilde bleef zwijgen. Hij trok de doos met muesli naar zich toe en goot er wat van in zijn hand. Hij knabbelde op een paar stukjes en wachtte tot Matthew klaar was met zijn nukken.

'Ze heeft nu iemand anders,' zei Matthew. 'Dat heb ik je verteld.'

'Ik ga dit niet met jou bespreken.'

'Waarom niet, verdomme. Ik ben geen kind meer.'

'Je gedraagt je als een kind.'

'Hé, ik ben niet degene die om zes uur 's morgens stiekem vertrekt.'

Matthew schoof een lepel muesli in zijn mond en begon verwoed te kauwen.

'Wat bedoelde je met "het is kennelijk genetisch"?'

'Jij en PB.'

'Wat is er met ons?'

'Kijk je wel eens naar reality-tv?'

Wilde gaf geen enkele blijk van herkenning.

'Juist,' zei Matthew. 'Domme vraag. Maar je hebt er wel eens van gehoord, toch? Programma's als *The Bachelor* en *Survivor*?'

Wilde gaf opnieuw geen enkele blijk van herkenning.

'PB heet in het echt Peter Bennett. Hij heeft een grote realityshow gewonnen.'

'Gewonnen?'

'Ja.'

'Zoiets als een quiz?'

'Nee, niet echt. Dit is geen *Jeopardy* of zo. Heb je wel eens gehoord van *Love Is a Battlefield*?'

'Zeker,' zei Wilde. 'Pat Benatar.'

'Wie?'

'Dat is een nummer van haar.'

'Hoezo "nummer"? *Love Is a Battlefield* is een realityshow.'

'Kun je een show winnen?'

'Natuurlijk. Jezus, Wilde, waar kom jij vandaan? Het is een soort wedstrijd. De show begint met drie vrouwen en eenentwintig mannen die allemaal op zoek zijn naar de ware liefde. Maar de weg naar dat doel leidt over moeilijk begaanbare wegen, zegt de presentator altijd. Woeste wegen, zegt hij. Liefde is oorlog. Je mag drie keer raden waar ze de opnamen maken.'

'Op een slagveld?' zei Wilde. Hij probeerde er zo onnozel mogelijk bij te kijken.

'Precies.'

'Echt?'

Matthew knikte. 'Aan het einde van het liedje blijft er één vrouw over die één man uitzoekt. Die zijn voorbestemd voor elkaar. De laatste twee die overeind blijven. Ze trouwen dan en daar op de plek. Tijdens de veldslag.'

'Op een slagveld?'

'Ja, vorig jaar was het Gettysburg.'

'En die neef van me, PB...'

'Peter Bennett.'

'Juist. Die heeft gewonnen?'

'Samen met Jenn Cassidy, zijn ware liefde.'

'Jenn?'

'Precies.'

'Vertel me alsjeblieft dat je me voor de gek houdt.'

'Waarom?'

'Peter Bennett en Jenn,' zei Wilde. 'Staat daar die afkorting PB&J voor?'

'Slim gevonden, hè?'

Wilde schudde zijn hoofd. 'Misschien wil ik hem helemaal niet ontmoeten.'

Dat maakte Matthew aan het lachen. 'Ze zijn best beroemd, of dat waren ze, want het was twee jaar geleden of zo.'

'Dat hij de show won?'

'Ja.'

'Ik neem aan dat PB&J niet langer een stel vormen?' zei Wilde.

'Waarom denk je dat?'

'Omdat ik in de eerste plaats denk, maar misschien ben ik de enige die er zo over denkt, dat het geen geweldige manier is om de liefde van je leven tegen te komen. Op tv, bij een wedstrijd.'

'Ben je tegenwoordig expert op het gebied van relaties?'

'Touché,' zei Wilde.

'En in de tweede plaats?'

'In de tweede plaats was jij boos op mij en zei je dat het kennelijk genetisch was. Dus neem ik aan dat PB – poetsenbakker of wat dan ook – zijn Jenn een poets heeft gebakken.'

'Je bent scherp, Wilde.'

'Hoe ben je dit allemaal te weten gekomen?' vroeg Wilde.

'Ik heb naar een paar afleveringen gekeken, maar Sutton en haar studievriendinnen slaan geen aflevering over. Voor elke aflevering proppen ze zich vol met snoepgoed en dan lachen ze zich een ongeluk bij het kijken.'

'Maar waar is hij nu?'

'Peter Bennett?'

'Ja.'

'Dat is het punt. Dat weet niemand. Hij is spoorloos verdwenen.'

De keukendeur ging open. Laila kwam gekleed in een ochtendjas en met gefronste wenkbrauwen binnen.

'Shit,' zei ze. 'Ik dacht al dat ik stemmen hoorde.'

Matthew en Wilde keken haar aan.

Het was Matthew die de stilte verbrak. 'Zou je me willen vertellen wat er speelt?'

Laila keek hem aan. 'Moet ik nu aan jou verantwoording afleggen?'

'Misschien wel.'

'Ik denk het niet. Ik denk dat ik de moeder blijf en jij de zoon.'

'Heb je gebroken met Darryl?'

Laila's ogen schoten van Matthew naar Wilde en weer terug. 'Waarom ben jij eigenlijk thuis? Ik dacht dat je vannacht bij Sutton zou blijven.'

'Aardig geprobeerd, mam.'

'Ik hoef niet te proberen de aandacht af te leiden. Ik ben je moeder.'

'Nou, de bedoeling was dat ik bij Sutton zou blijven, maar ik moest Wilde iets vertellen, dus ben ik weer naar huis gekomen om de autosleutels te halen. En toen hoorde ik allerlei geluiden boven.'

Stilte.

Laila keek Wilde aan op een manier die hem duidelijk maakte wat hem te doen stond.

Hij stond op en liep naar de achterdeur. 'Ik laat jullie tweeën alleen.'

Zonder nog om te kijken liep hij de achterdeur uit. Buiten sloot hij zijn ogen en haalde diep adem. Even vroeg hij zich af wat hij aan moest met de vorige avond. Hij vroeg zich af wat Laila's bedoelingen waren, waarom ze hem had gebeld, wat ze nu van plan was. Misschien zou het slim zijn om weer te verdwijnen, om haar leven niet gecompliceerder te maken, maar een dergelijke gedachtegang was een belediging voor Laila's intelligentie. Ze was geen muurbloempje. Ze kon zelf heel goed bedenken wat ze wel en niet wilde zonder dat hij aan allerlei touwtjes trok.

Toen hij de eerste bomen van de wildernis passeerde, belde hij Rola. Het was nog vroeg, maar hij ging ervan uit dat ze al op zou zijn, of anders wel haar telefoon zou hebben uitgezet. Ze nam op bij de eerste beltoon. Hij hoorde op de achtergrond het kabaal van vijf kinderen tijdens het ontbijt.

'Zeg het eens,' zei Rola.

Hij vertelde haar wat Matthew over Peter Bennett te weten was gekomen.

'Als je zegt dat hij zoek is...' begon Rola.

'Ik weet het niet. Ik moet zelf nog het een en ander uitzoeken.'

'Goed, we hebben nu een naam. Dat moet genoeg zijn. Ik ga creditcards, telefoonrekeningen, enzovoort natrekken, zoals gewoonlijk. Volgens mij kan het niet zo moeilijk zijn om hem op te sporen.'

'Oké.'

'We hebben ook een nieuwe bij CRAW die goed is in familiebanden en zo. Tony heet hij.'

'Wat moet een beveiligingsbedrijf met iemand die goed is in familiebanden en zo?'

'Denk je dat jij de enige bent die op zoek is naar zijn biologische vader?'

'Kinderen van anonieme adopties?'

'Steeds minder. Wat veel gebeurt is dat mensen zich gewoon voor de lol aanmelden bij zo'n DNA-site. Vervolgens komen ze erachter dat hun vader – meestal gaat het om de vader, al is het ook wel de moeder, en soms beide ouders – niet echt de vader is. Dat blaast hele gezinnen op.'

'Dat kan ik me voorstellen.'

'Vaak weet de vader van niets. Hij heeft altijd gedacht dat hij de vader was en hij heeft het kind opgevoed. Als dat kind volwassen is, dertig, veertig jaar oud, komt de man erachter dat zijn vrouw met een ander naar bed is geweest, en dat zijn hele leven een leugen is.'

'Dat zal de sfeer niet ten goede komen.'

'Je hebt geen idee. Hoe dan ook, ik zal Tony aan het werk zetten om de stamboom van Peter Bennett uit te zoeken. Het kan zijn dat iemand daarover contact met je opneemt.'

'Dank je.'

'Ik bel je terug als ik iets weet,' zei ze. Ze verbrak de verbinding.

Wilde haalde zijn opgeladen laptop op uit de Ecocapsule en zocht een plek een paar kilometer verderop waar hij op internet kon surfen zonder het gevaar te lopen dat iemand hem zou traceren. Hij zocht naar Peter Bennett en PB&J. De hoeveelheid resultaten was overweldigend. *Love Is a Battlefield* had duizenden, zo niet miljoenen fanpagina's, hits op social media, podcasts, Reddit-boards, en noem maar op gegenereerd.

Peter Bennett.

Wilde staarde naar een paar van de talloze, talloze portretten van zijn neef online. Zag hij overeenkomsten met zijn eigen gelaatstrekken? Ja. Hij dacht tenminste dat hij die zag. Misschien was het projectie of wilde hij die overeenkomsten gewoon zien, maar de iets donkerder huidskleur, de vrij zware oogleden, de vorm van de mond, er was zeker iets. Op Instagram had Peter Bennett twee komma acht miljoen volgers. Dat leek Wilde veel. Er was meer dan drieduizend keer iets gepost. Wilde bekeek er een paar. In de meeste gevallen ging het om een glimlachende Peter Bennett met een glunderende Jenn Cassidy, zo op de foto gezet dat je kon zien dat die twee van elkaar hielden en rijk waren en voor velen de scheidslijn tussen voorbeeldfunctie en afgunstwekkend waren gepasseerd. Wilde klikte op de link van Jenn Cassidy en zag dat zij zes komma drie miljoen volgers had.

Interessant. Hebben vrouwelijke realitysterren meer fans?

Hij keerde terug naar de pagina van Peter Bennett om zich verder in diens profiel te verdiepen. Hij stond zonder shirt op zijn profielfoto. De borst ontdaan van borsthaar. Zijn buik was een gebeeldhouwd sixpack – een en al spieren voor de show, weinig kracht. Een paar jaar lang had Peter Bennett iedere dag een foto gepost. Samen met Jenn op vakantie op de Malediven, samen met Jenn bij openingen en premières, merkkleding showend, in de weer met de bereiding van extravagante gerechten, in de sportschool, dinerend in dure restaurants en dansend in nachtclubs. Maar in het laatste jaar was het minder geworden en vier maanden geleden was er een laatste foto geplaatst van een enorme rotspartij met een reusachtige waterval. Het zouden de Adiona Cliffs moeten zijn in Frans-Polynesië. Er was een onderschrift bij.

Ik wil gewoon rust.

Dat waren precies dezelfde woorden die PB had gebezigd in zijn e-mail aan Wilde. Het maakte een einde aan alle twijfel: PB was Peter Bennett.

Wilde klikte op die laatste post en las de commentaren:

Spring dan!
Bèh, toedeloe!
Hoe eerder jij dood bent hoe beter.
Ik hoop dat je op een keiharde rots terechtkomt, maar niet doodgaat, zodat het vreselijk pijn doet en dat er dan beesten komen die aan je vel beginnen te vreten en dat er dan vuurmieren in je kont kruipen en…

Wilde ging rechtop zitten. Hè?

Hij klikte terug. De foto's van de laatste maanden waren foto's waarop alleen Peter Bennett stond. Geen Jenn meer. Wilde ging nog verder terug. De laatste foto met de hashtag #PB&J waar beiden op stonden, dateerde van 18 mei. Het #Droompaar, zoals ze regelmatig werden aangeduid, zat in bij elkaar passende strandstoelen in Cancun. Allebei hadden ze een frozen margarita in de ene hand en een fles tequila van een bekend merk in de andere hand. Sponsors, dacht Wilde. Praktisch elke foto was tegelijkertijd een betaalde reclameboodschap.

Na die laatste foto van het schitterende paar, waren er drie weken lang geen nieuwe foto's op Bennetts pagina verschenen – een eeuwigheid in de wereld van de social media. Daarna alleen kale tekst.

Geloof niet meteen wat je hoort,
leugens zijn sneller dan de waarheid.

De laatste foto van hem samen met Jenn had 187.454 likes gekregen. Het nieuwe citaat 743.

Wilde zocht de twee uur daarna op internet alles op wat hij over zijn neef kon vinden. Hij las boards, social media en de beerput der beerputten: de commentaren. Het liefst was hij daarna onder de douche gegaan en dieper de wildernis in verdwenen.

Langzamerhand tekenden zich de contouren van het verhaal af. Wilde probeerde de ondermaatse, gore details zo veel mogelijk te negeren.

Peter Bennett had meegedaan aan een realityprogramma dat *Love Is a Battlefield* heette. Een knappe jongeman, charmant, aardig, beleefd en bescheiden. Hij was dan ook al snel uitgegroeid tot de publiekslieveling van het seizoen. De kijkcijfers van de laatste aflevering van dat jaar, toen Jess Cassidy Peter Bennett in de Beslissende Veldslag verkoos boven de slechterik Bob Jenkins – bijgenaamd 'Big Bobbo' – waren de hoogste van de zender in de laatste tien jaar.

Dat was drie jaar geleden.

In tegenstelling tot de meeste stellen die elkaar bij dit soort shows vinden, waren Peter en Jenn – inderdaad, PB&J – tegen alle verwachtingen in bij elkaar gebleven. Hun huwelijk – om nog maar te zwijgen van het verlovingsfeest, het vrijgezellenfeest van Peter, het vrijgezellenfeest van Jenn, het feest waarop cadeautjes gegeven moesten worden, de lunch met de bruidsmeisjes, het partijtje waarbij de bruidsjonkers dikke sigaren rookten, het welkomstfeest, een bokkenfuif, een oefendiner, de brunch op de dag na de huwelijksdag, en natuurlijk de huwelijksreis – was een uitgebreid spektakel op tv en social media geweest. Hun hele leven, zo leek het, was een commercieel publiek schouwspel, wat het gelukkige stel niet in het minst leek te storen.

Hun leven was een feest. Het enige wat eraan leek te ontbreken was een PB&J-baby. Op social media werd meer en meer gespeculeerd wanneer Jenn zwanger zou worden. Er werd gegokt en mensen plaatsten zelfs weddenschappen of de eerste een jongen of een meisje zou zijn. Maar toen er na een jaar nog geen sprake was van zwangerschap, maakten Peter en Jenn in een gezamenlijk bericht, opgesteld in veel somberder tonen dan wat Wilde tot dan toe op social media had gezien, bekend dat er een vruchtbaarheidsprobleem was, en dat ze dat tegemoet zouden treden zoals ze tot op dat moment alles in hun leven tegemoet getreden waren: eensgezind en vol liefde voor elkaar.

En in het volle licht van de schijnwerpers.

Peter en Jenn deden daarna verslag van alles wat ze in het medische circus moesten ondergaan – de injecties, de behandelingen, chirurgische ingrepen, de eicelpunctie, zelfs de masturbatie ter verkrijging van het zaad – maar de eerste drie pogingen tot ivf mislukten. Jenn werd niet zwanger.

En toen ontplofte alles.

Dat gebeurde in een videopodcast van Reality Ralph op zo ongeveer de wreedst mogelijke manier. Ralph nodigde Jenn uit, ogenschijnlijk om met haar te praten over haar problemen met zwanger worden, om anderen die met dezelfde problemen worstelden hoop en steun te bieden.

RALPH: En hoe houdt Peter zich onder al die druk?

JENN: Hij is geweldig. Ik ben zo gelukkig dat ik hem heb.

RALPH: Echt waar, Jenn?

JENN: Natuurlijk.

RALPH: Ben je echt gelukkig?

JENN: (nerveus lachje) Wat bedoel je?

RALPH: Ik zeg dat Peter Bennett misschien niet is wat wij allemaal dachten. Ik zeg dat je misschien eens hiernaar moet kijken…

Ralph laat de geschokte Jenn berichten, screenshots en zelfs dickpics zien, volgens Ralph allemaal afkomstig van Peter. Jenn grijpt met trillende hand naar haar flesje water.

RALPH: Het spijt me dat ik je dit allemaal moet laten zien.

JENN: Weet je hoe gemakkelijk het is om dit soort spul te faken?

RALPH: We hebben experts ingehuurd om het materiaal te beoordelen. Het spijt me dat ik je moet zeggen dat het van Peters telefoon en Peters computer komt. Die, eh, meer intieme foto's, zijn toch foto's van jouw echtgenoot? Of wou je zeggen van niet?

Niets dan stilte.

RALPH: Het wordt nog erger, mensen. We hebben een van de vrouwen hier bij ons.

Jenn maakt de microfoon los van haar blouse en staat kwaad op.

JENN: Ik blijf hier niet zitten om...
RALPH: Gast, je hebt het woord.
GAST/MARNIE: Jenn?

Jenn verstijft.

GAST/MARNIE: Jenn? (ze snikt) Ik vind het zo erg...

Jenn kan geen woord uit haar keel krijgen. Marnie blijkt het jongere zusje van Jenn Cassidy te zijn. Aan de hand van een deel van de berichten en screenshots vertelt zij hoe ze zonder ophouden is lastiggevallen door Peter, tot ze op een afschuwelijke avond in het bijzijn van Peter vreselijk dronken is geworden, al had hij haar misschien ook wel een *roofie* toegediend, een daterapedrug, maar dat laatste wist ze niet zeker.

GAST/MARNIE: Toen ik wakker werd... (snikken) was ik naakt en had ik pijn.

De reactie kwam snel en lag voor de hand. Bijna een week lang domineerde de hashtag #cancelpeterbennett de top tien op Twitter. Een waar leger voormalige deelnemers aan *Love Is a Battlefield* wist de diverse radio- en tv-zenders, podcasts, streamers en socialmediaplatforms te vinden om aan de wereld bekend te maken dat zij altijd al het vermoeden hadden gehad dat er iets niet in orde was met Peter Bennett. Uit een paar anonieme bronnen werd vernomen dat Peter Bennett de producer van *Love Is a Battlefield* een rad voor de ogen had gedraaid, bij hem de indruk had gewekt dat hij een aardige jongen was. Andere bronnen wisten te melden dat de producers een aardige Peter Bennett hadden gecreëerd, omdat ze wisten dat hij een sociopaat was die elke rol kon spelen die hem werd opgedragen.

Peter Bennett zelf hield bij hoog en bij laag vol dat hij onschuldig was, maar dat verzet vond bij een steeds grotere massa geen gehoor. Jenn Cassidy koos er op haar beurt voor te zwijgen, ze zonderde zich af, al wisten bronnen 'in haar directe omgeving' te melden dat ze 'geheel van streek was' en 'zich beraadde op een scheiding'. Jenn deed een verklaring het licht zien waarin ze vroeg haar privacy te respecteren tijdens deze zo pijnlijke episode in haar privéleven. Maar als je in tijden van voorspoed het geluk zo van de daken schreeuwt, gunt niemand je je privacy als tragedies je ten deel vallen.

Wilde voelde dat zijn telefoon trilde. Het was Rola.

'Slecht nieuws,' zei ze.

'Wat?'

'Ik denk dat Peter Bennett dood is.'

10

'Heb je nog naar je neef kunnen zoeken op internet?' vroeg Rola.

'Ja.'

'Dus je hebt het hele smerige verhaal over PB&J gelezen?'

'Meer ervan dan me lief is,' zei hij.

'Echt smerig, hè?'

'Ja.'

'De meeste mensen denken dat hij van die rotsen is gesprongen.'

'Dat denk jij ook?'

'Inderdaad, ja.'

'Waarom?'

'Omdat Peter Bennett dood is of heel goed in verstoppertje spelen, maar de meeste mensen kunnen zich niet zo goed verstoppen. Ik ben nog steeds in zijn gegevens aan het zoeken, maar tot nu toe valt er geen enkele activiteit te bespeuren qua creditcards, rekeningen, telefoon, pinautomaten, helemaal niets. Als je dat allemaal bij elkaar optelt en dan alles wat er op social media staat er nog eens bij voegt, dat mysterieuze e-mailtje aan jou, de al dan niet terechte pesterijen, de pijn als iedereen je cancelt en, laten we wel wezen, de haatcampagnes, en als je dat allemaal in een mixer gooit en op de PUREER-knop drukt, komt er waarschijnlijk iets uit wat heel slecht is.'

Wilde dacht na. 'Weet je al meer over zijn stamboom?'

'De vader van Peter Bennett is jaren geleden overleden. Moeder Shirley woont in een seniorencomplex in Albuquerque.'

'Een van de twee is een bloedverwant van mij.'

'Precies. Hij heeft drie zussen die ouder zijn dan hij. Volgens mij kun je het beste zijn zus Vicky Chiba benaderen. Zij is ook zijn manager of zaakwaarnemer of zo. Ze woont met haar echtgenoot Jason Chiba in West Orange.'

'Oké.'

'Wilde, weet je hoe dicht West Orange bij mij in de buurt is?'

'Dat weet ik.'

'Ik stuur je nu Vicky's adres. Misschien kun je nadat je bij haar bent geweest...?'

Rola achtte het niet nodig haar zin af te maken. West Orange was niet meer dan een half uur rijden als het niet druk was op de weg. Wilde huurde een auto bij Hertz op Route 17 en parkeerde nog voor de middag voor de deur van Vicky Chiba. Hij drukte op de bel. Vicky Chiba trok ietwat behoedzaam de voordeur open, maar liet de hordeur vooralsnog met rust.

'Kan ik iets voor u doen?' vroeg ze.

Vicky Chiba had wit haar. Verblindend wit haar. Witter dan wit. Het soort wit dat niet het resultaat van ouderdom is, maar van een goedje uit een flacon. Ze droeg het met een pony over het voorhoofd, net boven de wenkbrauwen recht afgeknipt. Rond haar armen rinkelden armbanden. Haar oorringen waren lange veren.

'Ik zoek je broer Peter.'

Vicky Chiba keek niet verbaasd. 'En wie ben jij?'

'Ik heet Wilde.'

Ze zuchtte. 'Ben je een fan?'

'Nee, ik ben je neef.'

Vicky Chiba hield de hordeur gesloten, sloeg de armen over elkaar en bekeek hem van top tot teen alsof hij iets was wat ze misschien zou willen kopen.

'Je broer Peter...' zei Wilde.

'Wat is er met hem?'

'Hij heeft zich aangemeld bij een DNA-site.'

Haar ogen schoten heel even vuur.

'Er was een match tussen hem en mij,' ging Wilde verder. 'Als neven.'

'Wacht, kom jij mij niet bekend voor?'

Wilde zei niets. Dit was hem al talloze malen overkomen. Het verhaal over de jongen uit de wildernis had meer dan dertig jaar geleden garant gestaan voor vette krantenkoppen. Vicky was toen misschien net een puber geweest, maar zo ongeveer één keer per jaar was er wel weer een tv-zender die dringend om materiaal verlegen zat en een Hoe Gaat Het Na Al Die Jaren Met... over hem in elkaar draaide, ook al werkte Wilde daar nooit aan mee.

'Dat betekent,' zei Wilde in de hoop enige goodwill te kweken, 'dat jij en ik ook neef en nicht zijn.'

'O,' zei ze onaangedaan. 'En wat wil je nu dan van mijn broer? Geld?'

'Je zei dat ik je bekend voorkwam.'

'Ja.'

'Kun je je het verhaal herinneren over de jongen uit het bos?'

Vicky knipte met haar vingers en wees naar Wilde. 'Daarvan ken ik jou.'

Wilde wachtte.

'Je bent er nooit achter gekomen hoe je in de bossen terecht bent gekomen, toch?'

'Klopt.'

'Wacht...' Een woordeloos 'O' ontsnapte aan haar lippen toen het tot haar doordrong. 'Dus wij zijn verwant?'

'Daar heeft het alle schijn van, ja.'

Vicky ontsloot de hordeur. 'Kom binnen.'

Het interieur was even bohemien als haar uiterlijk. Chaotische patronen en slordige structuren, onduidelijke laagjes, kolkende kleurenwolken, alles leek te bewegen en te zweven, ook al bewoog er niets en zweefde er niets. Op een tafeltje zag Wilde een uitstalling van een kristallen bol, tarotkaarten en boeken over numerologie. Aan een van de muren hing een enorm wandtapijt met het silhouet van iemand die in lotushouding zat, met de zeven chakrastenen van kruin tot wortel. Of was het andersom? Wilde kon het zich niet herinneren.

'Je kijkt sceptisch,' zei Vicky.

Wilde had geen zin daarop in te gaan. 'Helemaal niet,' zei hij.

'Het heeft me heel erg geholpen in mijn leven.'

'Vast.'

'Dat jij hier bent. Dat is geen toeval.'

'Ik weet het.'

'Maar ik moet wel zeggen dat ik verbaasd ben. Zei je dat mijn broer zich had aangemeld bij een DNA-site?'

'Ja.'

Vicky schudde haar hoofd, de veren bungelden tegen haar wangen. 'Zo is hij helemaal niet. En hij heeft zijn naam genoemd?'

'Nee, hij heeft alleen zijn initialen gebruikt.'

'Hij heeft niet gezegd wie hij was?'

'Nee.'

'Hoe ben jij dat dan te weten gekomen?'

Dat was een onderwerp dat Wilde wilde mijden, dus zei hij: 'Ik heb begrepen dat je broer wordt vermist?'

'Peter wordt niet vermist. Peter is dood.'

11

Vicky wilde eerst het verhaal van Wilde horen.

'Wauw,' zei ze toen hij uitverteld was. 'Even kijken of ik het goed heb begrepen: een bloedverwante van jou was in 1980 op reis in Europa en kwam daar een soldaat tegen die haar zwanger maakte. Klopt dat?'

Wilde knikte.

'Op de een of andere manier is dat kind, jij dus, achtergelaten in het bos op zo'n jonge leeftijd dat hij zich niets meer kan herinneren van de tijd daarvoor. Uiteindelijk ben je gered en opgevoed en nu, vijfendertig jaar later of zo, weet je nog stééds niet hoe je in die bossen terecht bent gekomen.' Vicky keek hem vagend aan. 'Klopt dat?'

'Ja.'

Vicky keek omhoog alsof ze diep moest nadenken. 'Je zou denken dat ik er wel iets over gehoord zou hebben als iemand nauw aan me verwant was.'

'Misschien heeft ze de zwangerschap geheim gehouden,' zei Wilde.

'Misschien,' beaamde Vicky. 'Afgaande op wat jij hebt verteld, was je moeder waarschijnlijk niet jonger dan een jaar of achttien en niet ouder dan vijfentwintig toen ze je biologische vader leerde kennen.'

'Dat moet het ongeveer zijn.'

Ze peinsde even. 'Nou, mijn vader is overleden en mijn moeder, eh, is er soms wel en dan weer niet, als je begrijpt wat ik bedoel. Maar ik kan proberen een stamboom voor je te pakken te krijgen. Een paar familieleden van mijn vaders kant doen aan genealogie. Die kunnen je waarschijnlijk wel verder helpen.'

'Dat zou ik op prijs stellen,' zei Wilde, terwijl hij in gedachten al een ander onderwerp aansneed. 'Waarom denk je dat je broer niet meer leeft?'

'Zeg eens eerlijk, ben jij een kijker?'

'Een kijker?'

'Kijk jij naar *Love Is a Battlefield* en dat soort programma's? Ben je ook daarom hier?'

'Nee,' zei Wilde. 'Tot gisteren had ik er nog nooit van gehoord.'

'Maar je hebt wel contact gezocht met Peter op die DNA-site?'

'Ik wist niet wie hij was. Hij gebruikte alleen zijn initialen – bovendien zocht Peter als eerste contact.'

'Echt?' Vicky maakte een gebaar naar Wilde's telefoon. 'Mag ik lezen wat hij geschreven heeft?'

Wilde opende het bericht op de DNA-site en gaf haar de telefoon. Toen Vicky de woorden van haar broer las, welden de tranen op in haar ogen. 'Wauw,' zei ze zacht. 'Het valt me zwaar dit te moeten lezen.'

Wilde zei niets.

'Zo veel pijn, zo veel pijn.' Ze schudde haar hoofd. Haar ogen lieten de tekst niet los. 'Heb je naar de social media van mijn broer gekeken?'

'Ja.'

'Dus je weet wat er is gebeurd?'

'Voor een deel,' zei Wilde. 'Denk jij dat hij na die laatste post van de rotsen is gesprongen?'

'Ja, natuurlijk. Jij niet?'

Wilde koos ervoor niet te antwoorden. 'Heeft Peter een afscheidsbrief achtergelaten?'

'Nee.'

'Heeft hij jou nog een bericht of zo gestuurd?'

'Nee.'

'Heeft hij iemand, misschien je moeder of Jenn Cassidy, een afscheidsbrief geschreven?'

'Niet dat ik weet.'

'En ze hebben nooit een lichaam gevonden.'

'Ze vinden zelden het lichaam van mensen die van de Adiona Cliffs springen. Dat is een deel van de lugubere aantrekkingskracht. Je springt van het einde van de wereld.'

'Ik vraag dat allemaal,' zei Wilde, 'omdat het me een beetje verbaast dat je er zo zeker van bent dat hij dood is.'

Vicky dacht even na. 'Daar zijn een paar redenen voor. In de eerste plaats, nou ja, daar zul jij moeite mee hebben omdat je het eenvoudigweg niet kunt begrijpen.'

Wilde zei niets.

'Er is een levenskracht in het universum. Ik zal niet op de details ingaan, vooral niet bij een scepticus met geblokkeerde chakra's, dat is domweg de moeite niet waard. Maar ik weet dat mijn broer dood is. Ik voelde het zelfs letterlijk toen hij deze wereld verliet.'

Wilde onderdrukte een diepe zucht. Hij bood haar zijn zwijgen als antwoord en doorbrak dat met een vraag toen het lang genoeg had geduurd. 'Je zei "een paar redenen"?'

'Ja.'

'Om te beginnen vóélde je dat Peter dood was. Wat zijn die andere redenen?'

Vicky spreidde haar armen. 'Waar zou hij anders moeten zijn?'

'Dat weet ik niet,' zei Wilde.

'Als Peter nog in leven was,' ging ze door, 'nou ja, waar zou hij dan zijn? Ik bedoel, weet jij iets wat ik niet weet?'

'Nee, maar ik zou graag naar hem op zoek gaan, als je dat goedvindt.'

'Waarom?' Maar plotseling drong het tot Vicky Chiba door. 'O, wacht, ik begrijp het.' Ze hield Wilde's telefoon omhoog voordat ze hem teruggaf. 'Je voelt je verplicht omdat je niet hebt gereageerd op deze noodkreet van Peter.'

Vicky Chiba zei het niet beschuldigend, maar haar toon pleitte hem ook niet volledig vrij. 'Ik voel mezelf ook schuldig, als je daar iets aan hebt. Ik bedoel, moet je zijn gezicht zien.'

Vicky pakte een fotolijst met een opname waarop vier mensen te zien waren – Peter, Vicky en de andere broer en zus, dacht Wilde.

'Zijn dat je broers en je zus?'

Vicky knikte. 'De vier kinderen van het gezin Bennett. Ik ben de oudste. Dat is mijn zus Kelly. Zij en ik waren twee handen op één buik. En de laatste is mijn broer Silas. Kelly en ik hebben hem vreselijk verwend tot Peter kwam. Kijk naar dat gezicht. Gewoon kijken.'

Wilde deed wat ze hem vroeg.

'Je kunt het voelen. Voel je het?'

Wilde zei niets.

'Peters onschuld, zijn naïviteit, zijn kwetsbaarheid. Wij met z'n drieën, Kelly, Silas en ik, zijn aantrekkelijk genoeg, denk ik. Maar Peter? Hij had dat ongrijpbare. Die realityshows zijn natuurlijk allemaal nep en voorgekookt, maar het publiek kijkt daar toch altijd doorheen en dan zien ze hoe je echt bent. En de echte Peter was de goedheid zelve. Ken je de uitdrukking "te goed voor deze wereld"?'

Wilde knikte. Hij overwoog te vragen hoe het te rijmen viel dat iemand die te goed was voor deze wereld zijn schoonzus had gedrogeerd, maar hij vermoedde dat Vicky Chiba dat resoluut zou ontkennen of helemaal zou dichtklappen, en beide reacties zouden contraproductief zijn. Dus zei hij: 'Je zei dat jij je schuldig voelt over er wat er is gebeurd.'

'Ja.'

'Kun je me vertellen waarom?'

'Omdat ik hem zover heb gekregen dat hij meedeed,' zei Vicky. 'Ik wist dat hij een ster zou worden, en toen las ik in de tarotkaarten dat ik actief moest optreden, niet reactief moest afwachten – dat kwam er steeds weer uit: wees actief, niet reactief, terwijl ik mijn hele leven zo reactief ben geweest – dus heb ik het aanmeldingsformulier voor de show voor Peter ingevuld. Ik had niet verwacht dat het iets zou opleveren. Of misschien wist ik het wel. Ik weet het nu niet meer. Ik had in ieder geval niet de effecten op lange termijn voor Peters psyche voorzien.'

'Op wat voor manier?' vroeg Wilde.

'Roem verandert iedereen. Ik weet dat dat klinkt als een cliché, maar het laat niemand onaangeroerd. Als de schijnwerpers van de roem aangaan, is het licht warm en weldadig en het meest verslavende wat er op de wereld bestaat. Iedere beroemdheid ontkent het – ze pretenderen dat ze erboven staan – maar voor realitysterren is het nog veel erger.'

'Waarom?'

'Geen enkele realityster blijft een ster. Ze hebben altijd een houdbaarheidsdatum. Ik heb een tijdje in Hollywood gewerkt. Daar zeiden ze altijd: "Hoe groter de ster, des te aardiger zijn ze", en zal ik je eens iets vertellen? Het klopt gewoon, de grote sterren zijn vaak heel aardig. Weet je waarom?'

Wilde schudde zijn hoofd.

'Omdat ze zich dat kunnen permitteren. Die supersterren weten dat er een oneindige voorraad aan roem voor hen op de planken ligt. Maar realitysterren? Precies het tegenovergestelde. Ze weten dat de schijnwerpers het felst zijn op het moment dat ze aangaan. Vanaf dat moment doven ze alleen maar langzaam uit.'

Wilde gebaarde naar de familiefoto, die ze nog steeds in haar hand hield. 'En dat is wat er met je broer is gebeurd?'

'Ik vond dat niemand er beter mee om kon gaan dan Peter. Ik

dacht dat hij echt een bestaan had opgebouwd met Jenn, een gelukkig bestaan, maar toen het allemaal in duigen viel...' Haar stem stierf weg. Haar ogen begonnen te glanzen. 'Denk jij echt dat Peter nog in leven is?'

'Ik weet het niet.'

'Het kan niet waar zijn,' zei ze. Ze probeerde overtuigd te klinken. 'Als Peter nog leeft, zou hij contact hebben opgenomen met mij.'

Wilde wachtte. Vicky Chiba zou vanzelf weer verdergaan.

'Maar aan de andere kant, als Peter had besloten om deze wereld te verlaten...' Vicky's stem stokte, ze knipperde tranen weg en herpakte zich, 'zou hij, denk ik, contact met mij hebben opgenomen. Om het me te laten weten. Om afscheid te nemen.'

Ze stonden even ongemakkelijk tegenover elkaar. Toen zei Wilde: 'Ik wil graag even een stukje terug. Wanneer heb je Peter voor het laatst gezien?'

'Hij logeerde hier bij mij.'

'Hier?'

'Ja.'

'Wanneer is hij vertrokken?'

'Heb je Peters socialmediaprofielen gezien?'

'Een paar,' zei Wilde.

'Hij vertrok drie dagen voor zijn laatste post op Instagram.'

'Die met de klippen?'

'Ja.'

'Hoe kwam dat zo?'

'Wat bedoel je?'

'Je zei dat hij bij jou logeerde.'

'Ja.'

'Wat deed hem besluiten te vertrekken? Wat zei hij?'

Opnieuw welden tranen op in haar ogen. 'Oppervlakkig gezien leek het beter te gaan met Peter. Hij postte een bericht dat je niet meteen alles moest geloven wat je hoorde. Heb je dat gezien?'

Wilde knikte.

'Ik dacht dat Peter misschien een keerpunt had bereikt, maar als ik erop terugkijk, zie ik dat het allemaal heel erg geforceerd was. Alsof hij probeerde zich sterk te maken voor een gevecht dat hij niet kon winnen.' Ze liep naar een computer op een bureautje in een hoek van de kamer. 'Heb je de reacties op zijn posts gelezen?'

'Ja,' zei Wilde.

'Walgelijk, hè?'

'Ja.'

'De laatste paar dagen dat hij hier was, las Peter ze allemaal. Stuk voor stuk. Ik weet niet waarom. Ik heb hem gezegd dat hij dat niet moest doen. Hij draaide door. Dus op die laatste dag hier was hij daar ook mee bezig. Met het lezen van reacties. Daarna las hij honderden DM's.'

'DM's?'

'Direct messages. Dat is net zoiets als die berichtenservice van die DNA-website. Volgers op Instagram kunnen je rechtstreeks berichten sturen. De meeste worden nooit gelezen. Op het toppunt van Peters populariteit heb ik geprobeerd ze bij te houden – voor hem was het heel belangrijk om vriendelijk over te komen bij zijn fans – maar het waren er zo veel dat het onmogelijk was. Hoe dan ook, hij kreeg één DM die echt heel afschuwelijk was. En ik weet het niet, maar dat was waarschijnlijk het zetje dat hem over de rand heeft geduwd.'

'Wanneer kreeg hij dat bericht?'

'Een dag of twee voordat hij vertrok. Een of andere giftige engerd had hem getrold, maar bij dit bericht zag ik voor het eerst iets van woede in hem. Eigenlijk was Peter de hele tijd vooral in de war en aangeslagen door alles, niet kwaad. Het was alsof de wereld hem in zijn gezicht stompte, en hij alleen maar probeerde overeind te blijven en zich afvroeg waarom ze dat toch in vredesnaam deden. Maar toen hij dat bericht gelezen had, wilde hij die man te lijf gaan.'

'De man die dat giftige bericht had geschreven?'

'Ja.'

'Wat stond erin?'

'Dat weet ik niet. Peter wilde het me niet laten lezen. Een paar dagen later pakte hij zijn koffers en vertrok hij.'

'Had hij ook gezegd dat hij zou vertrekken of waar hij naartoe zou gaan?'

Vicky schudde haar hoofd. 'Toen ik thuiskwam van mijn werk, was hij weg.'

'Ik neem aan dat je geprobeerd hebt hem te bereiken?'

'Ja, maar hij reageerde niet. Ik heb Jenn gebeld. Zij zei dat ze elkaar al weken niet meer hadden gesproken. Ik heb nog een paar andere vrienden gebeld, maar dat leverde ook niets op. Na drie dagen ben ik naar de politie gegaan.'

'Wat zeiden ze daar?'

'Wat konden ze zeggen?' Vicky haalde haar schouders op. 'Peter was een volwassen man. Ze hebben mijn aangifte opgenomen en me daarna weggestuurd.'

'Mag ik dat bericht lezen?' vroeg Wilde. 'Dat bericht dat hem zo van streek maakte?'

'Waarom?' Vicky schudde haar hoofd. 'Daar zit zo veel haat in. Het is na een tijdje moeilijk te verteren.'

'Ik wil het toch graag lezen, als je het goedvindt.'

Vicky aarzelde, maar niet lang. Ze ging naar het Instagram-account van haar broer op haar laptop. De foto met de klippen verscheen weer op het beeld, met het onderschrift.

Ik wil gewoon rust.

Vicky verplaatste de cursor naar het vorige bericht, dat met de kale tekst.

Geloof niet meteen wat je hoort,
leugens zijn sneller dan de waarheid.

'Er was een engerd met als profielnaam EkarwredDog die heel vaak reageerde,' zei Vicky. 'Het waren altijd vreselijke dreigementen als: "Je zult boeten" of: "Ik weet wie jij werkelijk bent", "Ik heb bewijzen", "Jij moet dood". Dat soort spul. Maar dit is wat hij na dat ene bericht schreef.'

Ze scrolde naar de reactie van EkarwredDog. EkarwredDogs profielfoto was een grote rode button met het woord SCHULDIG. De reactie was:

Lees je DM's.

'Dog,' zei Vicky. 'Misschien houdt die EkarwredDog van honden of zo.'

'Nee,' zei Wilde.

'Nee?'

'EkarwredDog,' zei Wilde, 'is het omgekeerde van God der Wrake.'

Ze schudde haar hoofd. 'Gestoord. Een verdomde gestoorde gek.'

'Kunnen we dat bericht voor je broer lezen?'

Vicky aarzelde. 'Kan ik eerlijk zijn?'

Wilde wachtte.

'Liever niet. Ik bedoel, ik heb liever niet dat jij het leest.'

'Waarom?'

'Er is een flow in het universum, en dit voelt als een foute kosmische verstoring.'

Wilde onderdrukte een tweede diepe zucht. 'Ik wil de kosmos evenmin verstoren, maar wat ontwricht de kosmos meer dan onbeantwoorde vragen? Zijn twijfels niet disruptief voor de levenskracht of zo?'

Daar dacht Vicky over na.

'Ik zou het niet vragen als ik niet dacht dat het belangrijk was,' voegde Wilde eraan toe.

Ze knikte en begon te typen. Een paar seconden later fronste ze haar wenkbrauwen. Haar handen zweefden besluiteloos boven de toetsen. Ze mompelde iets onverstaanbaars en typte opnieuw iets. 'Dat is gek.'

'Wat?'

'Ik kan niet meer in Peter zijn account komen.' Ze keek Wilde aan. 'Het wachtwoord wordt geweigerd.'

Wilde deed een stap dichterbij. 'Wanneer heb je voor het laatst ingelogd?'

'Dat kan ik me niet herinneren. Meestal logden we niet uit. Ik weet het niet. Ik kan niet zo goed overweg met technische dingen.'

'Deed Peter zelf zijn social media?'

'Nu wel, ja. Een tijdlang, toen Jenn en hij vijf nullen per maand omzetten, hebben ze een bedrijf ingehuurd dat alle reclame en sponsoring voor zijn rekening nam.'

'Vijf nullen per maand?'

'Makkelijk. In het jaar dat Peter de show won, zat het dichter in de buurt van de zes nullen, denk ik.'

Het kostte Wilde moeite om dat tot zich door te laten dringen. 'Per maand?'

'Yep.' Vicky deed een nieuwe poging en schudde haar hoofd. 'Misschien heeft hij zijn wachtwoord veranderd. Misschien wilde hij niet dat we deze berichten zouden zien.' Ze knipperde met haar ogen en keek weg. 'Ik weet dat je het goed bedoelt, Wilde, maar misschien moeten we dit niet doen.'

Vicky maakte aanstalten alles af te sluiten.

'Goed,' zei Wilde, 'laten we dat voor nu maar even vergeten. Kun je bij zijn e-mail komen?'

'Ja.'

'Heb je daar nog naar gekeken?'

'De laatste tijd niet. Waarom zou ik?'

'Misschien is daar iets te vinden. Als we bijvoorbeeld zouden zien dat hij de afgelopen weken nog e-mail heeft verstuurd...'

'Hij verstuurde zelden e-mail. Hij was meer een WhatsApp-man.'

'Maar het is de moeite waard om te kijken, toch? Misschien heeft hij geprobeerd iemand te bereiken. Misschien heeft iemand geprobeerd hem te bereiken.'

Vicky opende de browser opnieuw en klikte op het pictogram van het Gmail-account. Haar eigen e-mailaccount werd weergegeven, dus typte ze een ander adres, PBennett447, gevolgd door zijn wachtwoord. Ze bladerde door de e-mail in de inbox.

'Staat er iets bij wat opvalt?' vroeg Wilde.

Ze schudde haar hoofd. 'Al het nieuwe spul is reclame of afkomstig van mailinglijsten. Er is niets gelezen sinds Peter is verdwenen.'

Het viel Wilde op dat ze het woord 'verdwenen' gebruikte, niet 'dood'.

'Kijk eens in de map Verzonden,' zei Wilde, al was dat niet de echte reden waarom hij Vicky had gevraagd zich aan te melden bij het e-mailaccount van haar broer. Dit was nog slechts een afleidingsmanoeuvre. De informatie die hij bij Vicky wilde lospeuteren, had hij al binnen. 'Kijk eens of hij ook e-mail heeft verzonden.'

Ze voldeed aan zijn verzoek. 'Niets nieuws of van recente datum.'

'Is het ook bekend of hij met iemand heeft gesproken of op een andere manier heeft gecommuniceerd?'

'Ik heb op zijn telefoon gezocht. Die heeft hij niet gebruikt.'

'En je broer en je zus?'

Ze schudde haar hoofd. 'Kelly woont met haar man en drie kinderen in Florida. Ze zei dat ze al maanden geen contact meer had gehad met Peter. En Silas, nou ja, Peter en hij waren de twee jongsten, maar Silas was altijd jaloers op Peter. Je weet hoe dat gaat. Peter was knapper, populairder, beter in sport. Ik denk dat de laatste keer dat Peter en Silas met elkaar hebben gepraat, was toen we met z'n allen op tv te zien waren.'

'Zijn jullie met z'n allen in *Love Is a Battlefield* geweest?'

Vicky knikte. 'Tegen het einde van het seizoen is er een aflevering die "Het thuisfront" wordt genoemd. De finalisten introduceren Jenn bij hun familie. Dus toen deden alleen Peter en Big Bobbo nog mee. Dat was de andere finalist. Hij heette eigenlijk Bob Jenkins, maar liet zich Big Bobbo noemen. Hoe dan ook, de producers wilden de hele familie eromheen in beeld en dat moest drama opleveren. We moesten heel afhoudend zijn en Jenn vijandig ondervragen, zodat er ophef zou ontstaan. Van de producers moesten we alle drie opdraven, maar Silas had er geen zin in.'

'Maar hij heeft wel meegedaan?'

'Ja, het verdiende goed en we kregen gratis onderdak in een cool resort in Utah, dus waarschijnlijk dacht hij: waarom ook niet? Maar toen hij er eenmaal was, zat hij alleen maar te mokken. Ik geloof niet dat hij meer dan twee woorden heeft gezegd. Hij werd zelfs een best populaire meme.'

'Een meme?'

'Zo noemen ze dat, geloof ik. Er verschenen posts met foto's van Silas en dan noemden ze hem Silas de Zwijger, of Silas de Zuurpruim, en zetten ze er een reactie bij dat hij een chagrijn was, zoiets van: "Zo ben ik voor mijn eerste kop koffie." Het maakte Silas van streek, hij wilde de show aanklagen.'

'Waar is Silas nu?'

'Dat weet ik niet precies. Hij rijdt op een vrachtwagen, dus het grootste deel van het jaar is hij onderweg. Maar ik kan je zijn mobiele nummer wel geven.'

'Dat zou geweldig zijn.'

'Ik kan me echter niet voorstellen dat je veel aan Silas zult hebben.'

'En Jenn?'

'Wat is er met Jenn?'

'Hadden zij en Peter nog contact met elkaar?'

Vicky schudde haar hoofd. 'Op het laatst niet meer, nee.'

'Spreek jij Jenn vaak?'

'Vroeger wel. Ik bedoel, voor alle gedoe waren we heel close. Ze was kapot van het verraad.'

'Dus je gelooft dat Peter het heeft gedaan?'

Vicky aarzelde. 'Peter zei dat het niet waar was.'

Wilde wachtte.

'Doet het er nog iets toe?'

'Ik oordeel niet,' zei Wilde. 'Ik wil alleen...'

'Alleen wat?' vroeg Vicky met iets scherps in haar stem. 'Dit heeft allemaal niets met jou te maken. Ik heb je gezegd dat ik mijn best zou doen voor die stamboom, want daarom ben je hier. Toch? Om erachter te komen waarom ze je hebben achtergelaten in het bos?'

Wilde werd er zich plotseling weer van bewust dat hij voor de tweede keer in zijn leven – de eerste keer was een paar maanden geleden met zijn vader – met een bloedverwant in gesprek was. Hij had verwacht dat hem dat niets zou doen. Hij had zijn hele leven in de veronderstelling verkeerd dat de antwoorden niet werkelijk iets zouden afsluiten of iets zouden veranderen in zijn leven, en al helemaal na de confrontatie met zijn vader, die duidelijk niets van hem wilde weten, was hij die mening toegedaan, maar nu, oog in oog met iemand door wier aderen hetzelfde bloed stroomde, voelde hij zich toch aangetrokken.

'Vicky?'

'Ja?'

'Je praat over chakra's en gevoelens en dat soort dingen.'

'Maak me niet belachelijk.'

'Dat doe ik niet, maar er is iets wat niet klopt.'

'Ik zie nog steeds niet wat dat met jou te maken heeft.'

'Misschien niets. Maar ik ga toch dieper graven, of je dat nu leuk vindt of niet. Misschien levert het je een paar antwoorden op, en anders heb ik alleen maar een beetje van je tijd verknoeid.'

'Je verknoeit mijn tijd niet,' zei Vicky Chiba. 'Je bent onze neef. Mijn zegen heb je.'

12

'Peter Bennett is hoogstwaarschijnlijk dood,' zei Rola.

'Ik weet het.'

'Ik snap niet waarom je naar hem op zoek bent.'

Rola Naser, Wilde's pleegzus, woonde met haar gezin in een split-level uit de jaren zeventig van de vorige eeuw met een aanbouw aan de achterkant die veel weg had van een kamelenbult. Een rommelige verzameling kinderspeelgoed – fietsjes, driewielers, springstokken, fel oranje plastic honkbalknuppels, een lacrossegoaltje, poppen en vrachtwagentjes – lag verspreid door de voortuin alsof iemand het daar allemaal vanaf grote hoogte had uitgestrooid.

Ze zaten aan de keukentafel. Een van de kinderen van Rola zat op Wilde's knie. Een van de andere kinderen at een donut met jam, waarvan het meeste aan haar wangen kleefde. De twee oudste kinderen oefenden in een hoek van de keuken een TikTok-dansje, wat vereiste dat bij herhaling een deuntje moest worden afgespeeld dat de muzikale vraag '*Why you so obsessed with me?*' stelde.

Wilde liet het kind op zijn knie op en neer wippen om te voorkomen dat het zou gaan huilen. 'Je bent jaren bezig geweest om mij zover te krijgen dat ik op zoek zou gaan naar mijn biologische ouders.'

'Klopt.'

'Je zeurde maar door.'

'Klopt.'

'Dus?'

'Dus die zus van Peter Bennett, hoe heette ze ook alweer?'

'Vicky Chiba.'

'Precies, die. Zij zei dat ze een stamboom voor je zou maken. '

'Ja.'

Rola hief haar handpalmen ten hemel. 'Ze is ouder dan haar broer en kent de familie waarschijnlijk beter dan hij. Meer heb je toch niet nodig? Ik heb online het een en ander over Peter Bennett gelezen en volgens mij is hij een ongelofelijke zeikstraal. Waarom zouden we hem per se moeten helpen?'

Dat uitleggen zou veel te veel tijd kosten en hij vroeg zich bovendien af of hij het wel kón uitleggen. 'Ik wil mijn motivatie graag even uitstellen.'

'Als je dat per se wilt. Moet ik iets te eten voor je klaarmaken? En met "klaarmaken" bedoel ik: meer pizza bestellen.'

'Nee, ik hoef niets.'

'Maakt niet uit, ik heb al een extra pizza besteld. Hoe kan ik je helpen?'

Wilde maakte met zijn kin een gebaar naar de laptop. 'Mag ik die even gebruiken?'

Rola drukte op een paar toetsen en draaide de laptop toen om naar Wilde. Wilde schoof zijn hand voorzichtig langs de heup van kleine Charlie, zodat hij tegelijkertijd Charlie in evenwicht kon houden en kon typen. Hij startte Gmail.

'Wat ga je doen?'

'Ik keek toe toen Vicky Chiba het e-mailadres en wachtwoord van Peter Bennett intoetste.'

'Laat me één keer raden: je hebt het wachtwoord onthouden.'

Wilde knikte.

'Zonder dat zij het weet?'

Hij knikte nogmaals.

'Wat is het wachtwoord?'

'LoveJen447.'

Hij tikte het wachtwoord in het tekstvak, drukte op Enter en logde probleemloos in op het account van Peter Bennett. Hij begon met het doornemen van de e-mails. Het was zoals Vicky zei – niets bruikbaars, niets persoonlijks. Hij keek bij de onlangs verwijderde e-mails. Opnieuw zonder resultaat. Hij zou er later wel dieper in duiken.

'Enig idee waar die 447 voor staat?' vroeg Rola.

'Nee.'

'Vertrouw je de zus niet? Of moet ik zeggen, je nicht?'

'Daar gaat het niet om,' zei Wilde.

Hij legde uit dat Vicky een beetje overgevoelig was omgesprongen met de zaken die met privacy te maken hadden, toen ze ontdekte dat haar broer zijn wachtwoord voor Instagram had veranderd. Met hetzelfde wachtwoord LoveJenn447 probeerde Wilde in te loggen op het Instagram-account.

Het lukte niet, verkeerde wachtwoord.

Dat had Wilde verwacht, maar onder die melding stond de vraag of hij misschien zijn wachtwoord vergeten was en een nieuw wachtwoord wilde aanvragen. Hij klikte op de bijbehorende link. Het resultaat was dat Instagram net als vrijwel elke website na een verzoek om een nieuw wachtwoord, een link naar het geregistreerde e-mailadres stuurde. Dat e-mailadres was – tromgeroffel – het adres van het Gmail-account waarvan Wilde de inloggegevens had verkregen door te kijken wat Vicky Chiba intoetste.

'Slim,' zei Rola. 'Primitief, maar slim.'

'Dat wordt mijn grafschrift,' zei Wilde. Hij wachtte tot de e-mail van Instagram arriveerde. Toen het zover was, veranderde hij het wachtwoord in iets vriendelijks en logde in bij Instagram met het nieuwe wachtwoord. Hij klikte op het pictogram Berichten. Wilde moest even zoeken voor hij tussen de massa's berichten de juiste categorie vond.

De berichten van EkarwredDog stonden bovenaan.

Rola las mee over zijn schouder. 'Wat voor soort dog is dat?'

EKARWREDDOG: Als jij probeert een comeback te maken, Peter, maak ik je kapot. Ik weet wat je hebt gedaan. Ik heb de bewijzen.

PETER: Wie ben jij?

EKARWREDDOG: Jij weet wie ik ben.

PETER: Nee, dat weet ik niet.

EkarwredDog stuurde vervolgens een foto die aan duidelijkheid niets te wensen overliet en schokkender was dan wat Marnie bij de podcast op tafel had gelegd. Onder de foto stond weer een bericht.

EKARWREDDOG: Dat weet je wel.

Rola legde een hand over de ogen van de kleine Charlie. 'Wauw.'

'Ja.'

De berichten hadden geen tijdstempel, dus het was niet te zeggen wanneer Peter had gereageerd.

PETER: Ik wil met je praten. Dit is mijn nummer. Alsjeblieft.

'Mooie belichting van die dickpic,' zei Rola.

'Moet ik hem voor je afdrukken?'

'Stuur me maar een screenshot. Maar dat is het dan? Heeft Dog-Whatever nooit meer gereageerd op Peters aanbod om te praten?'

'Niet via Instagram, maar Peter heeft hem zijn nummer gegeven. Misschien hebben ze met elkaar gebeld of contact gehad via WhatsApp. Is die EkarwredDog op een of andere manier te traceren?'

Rola deed de koelkast open, pakte een appel en gooide die naar haar zoon Elijah. 'Het is te hopen dat de man – of is het een vrouw, dat weten we niet, hè? – het is te hopen dat DogWhatever Peter Bennetts telefoon heeft gebeld of er een bericht naar heeft gestuurd.'

'En als Hond dat niet heeft gedaan?'

Rola haalde haar schouders op. 'We kunnen hem traceren via dat Instagram-account, maar dat is moeilijker. We doen veel van dat soort werk tegenwoordig. Meestal voor bedrijven. Er worden heel veel nepaccounts gemaakt om te belasteren en mensen lastig te vallen. Ik bedoel, kijk maar naar het account van je neef. Mensen krijgen doodsbedreigingen. Het is waanzinnig. Waarom maken die trollen zich druk over mensen die ze helemaal niet kennen? Hoe dan ook, we hebben aan de lopende band dit soort werk, zij het voor meer concrete redenen.'

'Maar je kunt wel achter hun ware identiteit komen?'

'Soms. Ze laten altijd een digitale voetafdruk achter. Heel vaak kunnen we een tracing van metadata uitvoeren of een linkanalyse. We hebben geavanceerde zoekmachines, dat soort dingen. Als het echt om een zwaar geval gaat, bijvoorbeeld een reële doodsbedreiging, kunnen we met een gerechtelijk bevel het IP-adres opeisen van de trol. Ik neem aan dat je die DogWhatever wilt opsporen.'

'Ja.'

'Dan zal ik er mijn beste mensen op zetten.'

'Dank je.'

'Maar, Wilde?'

Hij wachtte.

'Je bent Peter Bennett niets schuldig.'

13

Wilde keek op zijn telefoon of er nieuwe berichten waren. Niets van Laila. Hij zou geduldig wachten welke kant dat op zou gaan. Hij bracht de huurauto terug en liep door de wildernis van de Ramapo Mountains naar zijn Ecocapsule. De bossen zijn sereen, ze ademen eenzaamheid, maar het is er nooit stil. Ze bruisen van het leven, vaak fluisterend, en dat getuigt van luister en magie. Terwijl hij door het bos zwierf, voelde Wilde de spieren in zijn schouders en rug losser worden. Zijn ademhaling werd dieper. Zijn pas werd langer. Hij liet zijn ontspannen brein met een soort vernieuwd perspectief naar Peter Bennett kijken.

Je bent Peter Bennett niets verschuldigd, had Rola gezegd. Misschien. Maar maakte dat enig verschil? Moet je iemand iets schuldig zijn om hem te helpen?

Hij haalde zijn telefoon uit zijn zak en koos het nummer van Silas – haar broer en Wilde's neef – dat Vicky hem had gegeven. De telefoon werd opgenomen na drie keer rinkelen.

'Met wie spreek ik?' zei een stem.

Wilde hoorde op de achtergrond het doffe ronken van verkeer en maakte daaruit op dat Silas onderweg was met zijn vrachtwagen.

'Ik heet Wilde,' zei hij. 'Ik heb je nummer van je zus Vicky gekregen.'

'Wat wil je?'

'Ik ben je neef.'

Wilde vertelde het verhaal van de DNA-test, de berichten van Peter, en dat hij nu naar hem op zoek was.

'Verdomme,' zei Silas toen Wilde was uitgesproken. 'Wat een puinhoop. Dus wij zijn op de een of andere manier aan elkaar verwant via jouw moeder?'

'Daar lijkt het wel op.'

'En ze heeft jouw vader nooit iets over jou verteld en je gewoon in de bossen achtergelaten?'

Dat was niet helemaal accuraat, maar Wilde vond het niet nodig om het beeld te corrigeren. 'Zoiets.'

'Waarom bel je mij, Wilde?'

'Ik ben op zoek naar Peter.'

'Waarom? Ben jij van de politie?'

'Nee.'

'Ben jij een Battler?'

'Een wat?'

'Zo noemen ze de groupies die dag en nacht met *Love Is a Battlefield* bezig zijn. Battlers. Ben jij een Battler?'

'Nee.'

'Want die Battlers hebben een meme van me gemaakt. Dat stomme programma. Ik kom nog steeds bijna iedere dag een of andere domme klootzak tegen die me aanschiet met: "Hé, jij bent die chagrijn!" Ik word er doodziek van, kun je je dat voorstellen?'

'Dat kan ik me voorstellen.'

'Trouwens, iedereen denkt dat Peter dood is.'

'En jij?'

'Ik weet het niet, neef.' Silas snoof. 'Neef, dat klinkt gek, hè?'

'Een beetje.'

'Luister, ik heb Peter al een hele tijd niet meer gesproken. Om je de waarheid te zeggen, konden we niet zo goed met elkaar overweg, maar dat heeft Vicky je vast al verteld. Je zei dat er een match was tussen jou en Peter op een DNA-site?'

'Ja.'

'Heb je er bezwaar tegen om me te vertellen welke?'

'Welke site? DNAYourStory.'

'O, dat verklaart het,' zei Silas.

'Dat verklaart wat?'

'Waarom er geen match was tussen jou en mij. Ik heb mijn DNA naar een site gestuurd die MeetYourFamily heet.'

'Waren er matches?'

'Eentje van drieëntwintig procent.'

'Over wat voor bloedverwant gaat het dan?'

'Kan van alles zijn, maar het meest waarschijnlijke is een halfbroer of een halfzus. Mijn ouweheer was een snoeperd. Dat moet je niet aan Vicky vertellen. Zij denkt dat Phil een geweldige vader was. Ze zou doodongelukkig worden.'

'Denk je dat zij het niet zou willen weten als ze een halfbroer of een halfzus had?'

'Wie weet? Misschien heb je gelijk. Misschien moet ik het haar vertellen. Ik weet alleen niet wat voor goeds daarvan kan komen.'

'Heb je contact opgenomen met die bloedverwant?'

'Dat heb ik geprobeerd. Ik heb een bericht verstuurd via de site van MeetYourFamily, maar ik heb nooit antwoord gekregen.'

'Mag ik die informatie van je?'

'Informatie? O, van de match? Ik weet niet zo goed wat ik je dan kan sturen, want het account is verwijderd.'

Vreemd, dacht Wilde. Net als het account van Daniel Carter. 'Heb je een naam, of initialen, of iets anders?'

'Nee, MeetYourFamily geeft alleen een identiteit vrij als beide kanten daarmee instemmen, dus ik weet helemaal niets van hem. Of haar. Of van wie dan ook. Ik weet alleen dat er een match is van drieëntwintig procent.'

'Dat moet een vreemd gevoel geven,' zei Wilde.

'Wat?' vroeg Silas.

'Ergens loopt een halfbroer of een halfzus van je rond, en jullie weten er geen van beiden ook maar iets over.'

'Ja, ik denk het. Kennelijk ontdekken een heleboel mensen allerlei rare dingen op die sites. Ik heb een vriend die erachter kwam dat zijn vader niet zijn echte vader was. Hij was er behoorlijk kapot van. Hij heeft het niet eens aan zijn moeder verteld omdat hij niet wilde dat ze zouden gaan scheiden.'

'Waren er nog andere matches?'

'Niets bijzonders. Ik zal je alles sturen wat ik heb als ik weer thuis achter mijn desktop zit. Tussen twee haakjes, neef, waar woon jij?'

'New Jersey.'

'In de buurt van Vicky?'

'Niet zo heel ver daarvandaan,' zei Wilde. 'En jij?'

'Ik heb een huis in Wyoming, maar daar ben ik nooit. Op het moment heb ik een vracht voor Yellow Freight in Kentucky.' Hij schraapte zijn keel. 'Maar ik kom regelmatig door New Jersey. Hoe nauw zijn wij aan elkaar verwant?'

'We hebben een gezamenlijke overgrootouder.'

'Dat is niet veel,' zei Silas. 'Maar het is ook niet niks.'

'Het is niet niks.'

'Vooral voor jou, denk ik. Want, eh, ik bedoel er niets mee, maar jij hebt verder niemand dan ons… Misschien is het leuk om elkaar een keer te ontmoeten? Samen een kop koffie drinken of zo.'

'Wanneer kom je weer door New Jersey?'

'Binnenkort. Meestal blijf ik bij Vicky slapen.'

'Bel me,' zei Wilde, 'als je hier de volgende keer bent.'

'Dat zal ik doen, neef. En ik zal eens diep nadenken over onze familie om te kijken of ik nog iets voor je kan betekenen.'

'Dat zou ik zeer waarderen.'

'Ga je nog steeds op zoek naar Peter?'

'Ja.'

'Succes daarmee. Ik wil niemand de schuld ergens van geven, maar het is Vicky die hem al die ellende heeft bezorgd. Waarschijnlijk had ze alleen maar goede bedoelingen, maar Peter was niet voldoende uitgerust voor die wereld. Als ik je kan helpen hem te vinden...'

'... dan laat ik je dat weten.'

Silas verbrak de verbinding. Wilde stopte de telefoon in zijn achterzak en zette zijn tocht door de bossen voort. Hij ademde diep in en vulde zijn longen met de verse lucht van de Ramapo Mountains. Hij keerde zijn gezicht naar de zon en liet zijn gedachten de vrije loop. Zijn gedachten voerden, zoals dat zo vaak gebeurde wanneer hij ze hun gang liet gaan, naar een vertrouwd, troostend, prachtig gezicht.

Het gezicht van Laila.

Hij schrok van het zoemen van zijn telefoon. Het was Hester.

'Hé,' zei Wilde. Hij deed zijn best de relaxte sfeer van zojuist in stand te houden.

'Alles goed?'

'Ja.'

'Je klinkt alsof je iets geslikt hebt of zo.'

'High van het leven. Wat valt er te melden?'

'Ik heb je bericht gelezen,' zei Hester. 'Dus je hebt die bloedverwant van de DNA-site al gevonden?'

'Ik weet wie hij is, maar ik heb hem nog niet gevonden.'

'Leg uit.'

'Heb je ooit naar een realityshow gekeken die *Love Is a Battlefield* heet?'

'Alle afleveringen,' zei Hester.

'Echt?'

'Nee, natuurlijk niet. Ik snap het format niet eens. Reality-tv? Ik kijk naar tv om de realiteit te ontvluchten. Wat is er met dat programma?'

Wilde had tijd genoeg, dus praatte hij Hester bij over het bestaan van Peter Bennett en de dramatische wendingen die zijn sterrenbestaan had genomen, uitmondend in zijn verdwijning. Toen hij uitgesproken was, zei Hester: 'Wat een puinhoop.'

'Ja.'

'Je hebt je familie gevonden – en het is net zo'n zootje als elk ander gezin.'

'Ik ben toen ik klein was achtergelaten in het bos,' zei Wilde. 'We hadden ook geen perfect plaatje verwacht.'

'Punt voor jou. Dus je gaat op zoek naar je vermiste neef?'

'Ja.'

'Misschien kom je er alleen achter dat hij zelfmoord heeft gepleegd.'

'Misschien.'

'En als dat gebeurt?'

'Dan is dat het antwoord.'

'Dan laat je het verder lopen?'

'Wat moet ik anders?'

'Dus de volgende stap,' zei Hester voortvarend als altijd. 'Het lijkt mij dat degene die je meer zou moeten kunnen vertellen, zijn vrouw, of ex-vrouw Jenn Huppeldepup is.'

'Cassidy.'

'Net als David? God, ik ben destijds nog verliefd op hem geweest.'

'Wie?'

'David Cassidy. *The Partridge Family*?'

'Juist.'

'Alle meisjes hadden het over dat haar en die glimlach van hem, maar hij had ook een lekkere kont.'

'Dat is goed om te weten,' zei Wilde. 'Hoe moeten we in contact komen met Jenn Cassidy?'

'Ik ken een heleboel zaakwaarnemers in Hollywood,' zei Hester. 'Ik kan uitzoeken of ze met een van ons wil praten.'

'Mooi.'

'Ik neem aan dat je Rola aan het werk hebt gezet om uit te zoeken wie die trol met die hondennaam is?'

'Ja.'

'Trouwens,' begon Hester. Ze probeerde haar toon nonchalant te houden en niet al te doelgericht over te komen. 'Heb je Laila gisteravond nog...?'

'Hester.'

'Ja of nee?'

'Heb jij gisteravond Oren nog...?'

'Zo vaak ik maar de kans krijg. Oren heeft een nog veel lekkerder kont dan David Cassidy.' Bij haar volgende vraag zag Wilde in gedachten voor zich hoe Hester haar hoofd scheef hield. 'Was die vraag bedoeld om te voorkomen dat ik door zou vragen over jou en mijn voormalige schoondochter?'

Wilde zweeg.

'Goed, goed. Het gaat mij niet aan. Ik zal eens een paar mensen bellen. Kijken wat ik kan bereiken. Ik spreek je wel weer.'

Wilde richtte zich een tijdje op het onderhoud aan de Ecocapsule. Sinds zijn terugkeer had het weinig geregend, dus nam hij de watertank mee naar het dichtstbijzijnde stroompje om hem te vullen. De Ecocapsule had wielen, zodat Wilde hem steeds na een paar weken op een andere plaats kon zetten om zeker te weten dat niemand hem kon opsporen. Hij zocht echter altijd een plek in de buurt van de bergstroompjes, juist om onder omstandigheden zoals nu toch zeker te zijn van water.

Toen hij klaar was, begaf hij zich naar de plek waar hij van een hoger gelegen standpunt uitzicht had op het huis van Laila, aan het einde van het doodlopende straatje. Geen auto's, niets in beweging.

Zijn telefoon zoemde opnieuw. Het was Rola.

'We hebben mazzel. Min of meer.'

'Leg uit.'

'We hebben de ISP van EkarwredDog opgespoord. Het heeft er alle schijn van dat hij een hele botfarm runt, waarmee meerdere trollen werden aangestuurd, zogenaamd allemaal verschillende mensen, die jouw neef het leven zuur maakten. Dus DogWhatever heeft niet alleen allemaal vuil gespoten in de richting van je neef, hij heeft dat nog eens versterkt door net te doen alsof heel veel mensen het ermee eens waren.'

'Niet ongebruikelijk,' zei Wilde.

'Maar nog steeds afschuwelijk. Wat mankeert die lui?'

'Heb je een naam of een adres van EkarwredDog te pakken gekregen?'

'Min of meer. Weet je hoe ISP's werken?'

'Ongeveer.'

'Wat ik heb is het factuuradres dat van die ISP gebruikmaakt. Het kan iedereen zijn die op dat adres woont.'

'Oké...'

'De rekening van de ISP gaat naar Henry en Donna McAndrews, 972 Wake Robin Lane in Harwinton. Dat is in Connecticut, twee uur rijden bij jou vandaan.'

'Ik ben al onderweg.'

Deze keer huurde Wilde geen auto. Hij had een mannetje, Ernie, van wie hij een auto kon 'lenen' met een kentekenplaat die niet te traceren was – het equivalent van een wegwerptelefoon in de wereld van voertuigen. Dat leek hem onder de omstandigheden het beste. Hij trok zwarte kleren aan, nam een bivakmuts, handschoenen en een passende, maar subtiele vermomming mee, voor het geval hij die nodig zou hebben. Wilde was er zich maar al te goed van bewust dat de lijn tussen behoedzaamheid en paranoia heel erg dun was. Misschien waren al die maatregelen wel een flirt met paranoia, maar hij achtte het verstandig zo voorzichtig mogelijk te werk te gaan.

Hij nam Route 287 in oostelijke richting en reed over wat ooit de

Tappan Zee Bridge was geweest, maar die was gesloopt om plaats te maken voor wat ze de Governor Mario M. Cuomo Bridge hadden gedoopt. Hoewel Wilde niets tegen Mario Cuomo had, vroeg hij zich toch af waarom ze zo'n prachtige en toepasselijke naam – Tappan, vanwege de oorspronkelijk inheemse stam, en Zee, van het Nederlandse woord 'zee' – hadden opgeofferd om een politicus te eren.

Met elke kilometer voerde de rit door een landelijker getint gebied. Litchfield County telde talloze verbluffend mooie bossen. Vijf jaar geleden, toen Wilde de Ramapo Mountains moest ontvluchten, maar wel in de buurt van de kust wilde blijven, had hij hier twee maanden gewoond.

Het schemerde tegen de tijd dat Wilde arriveerde in Wake Robin Lane. Het was een stille, rustige weg. Hij nam gas terug. Alle huizen stonden op een ruim perceel. Tussen het gebladerte door flonkerde links en rechts licht van huizen.

Bij 972 Wake Robin Lane brandde geen licht.

Wilde voelde die heel speciale primitieve tinteling, dat overlevingsinstinct dat de meesten van ons allang de nek hebben omgedraaid, of hebben laten verkommeren in het kader van de vooruitgang die gepaard ging met stevige huizen en degelijke sloten in een maatschappij met betrouwbare autoriteiten. Wilde reed door tot het einde van de straat en sloeg rechts af, Laurel Road in. Hij reed voorbij Wilson Pond, vond een verlaten plekje bij het Kalmia Sanctuary, dat volgens het bord dat er stond was gebouwd door een lokale Audubon Society. Wilde trok zijn handschoenen aan, zette een zwarte honkbalpet op en stak de lichtgewicht bivakmuts in zijn zak. Het was nu aardedonker, maar dat hinderde Wilde niet. Hij kende de sterrenhemel goed genoeg om die anderhalve kilometer terug door het bos niet de weg kwijt te raken. Hij had bovendien voor noodgevallen een zaklantaarn bij zich – ook al was je nog zo handig in het leven in de wildernis, dat leerde je nog steeds niet om in het donker te zien – maar de lucht was zo helder dat hij die niet nodig had.

Een kwartier later stond hij in de achtertuin van de familie McAndrews. Voordat hij vertrok had hij het adres opgezocht op Zillow, een site waar je vastgoedgegevens van huizen kon vinden. De McAndrews hadden het huis in januari 2018 voor 345.000 dollar gekocht. Het was tweehonderdeenenveertig vierkante meter groot, had drie slaapkamers, drie badkamers, was van vrij recente datum en stond op een afgelegen perceel van tachtig are.

Het was er donker en stil. Veel te stil.

Ook aan de achterkant was het donker.

Of het hele gezin McAndrews was al naar bed – al was het pas negen uur 's avonds – of er was niemand thuis. Dat laatste was waarschijnlijker. Wilde voelde zijn telefoon in zijn broekzak zoemen. In zijn linkeroor had hij een Airpod. Hij tikte erop om het gesprek aan te nemen. Hij hoefde niets te zeggen. Rola kende de routine.

'Henry McAndrews is eenenzestig jaar, zijn vrouw Donna is zestig,' zei Rola. Ze hebben drie kinderen, alle drie zonen, achtentwintig, zesentwintig en negentien jaar oud. Ik blijf graven.'

Ze verbrak de verbinding.

Wilde wist niet zo goed wat hij daarmee aan moest. Als je geloof moest hechten aan profielen, en leeftijd en geslacht in aanmerking nam, was de kans het grootst dat een van de drie zonen schuilging achter het pseudoniem EkarwredDog. De vraag was natuurlijk of er nog een zoon thuis woonde.

Hij trok de bivakmuts over zijn hoofd. Er was geen miniem stukje huid meer te zien. De meeste vrijstaande huizen zijn tegenwoordig uitgerust met beveiliging of bewakingscamera's. Niet allemaal, maar genoeg om er rekening mee te houden. Hij deed een paar stappen in de richting van het huis. Als ogen of camera's hem nu volgden, zou alleen een man te zien zijn die van top tot teen in het zwart gehuld was. Dat was alles, en Wilde wist: dat was dus helemaal niets.

Dichter bij het huis ging hij op zijn hurken in een bloembed zitten en grabbelde hij kiezelsteentjes bij elkaar. Hij gooide, nog steeds op zijn hurken gezeten, steentjes tegen het glas van de schuifpui en wachtte.

Er gebeurde niets.

Hij gooide ook steentjes tegen de ramen op de verdieping. Meer steentjes en harder. Het ouderwetse handwerk – een grove, maar o zo effectieve manier om te achterhalen of er iemand thuis is. Als het licht zou aangaan, zou hij gewoon weggaan. Niemand zou zijn spoor kunnen vinden voordat hij in de bossen verdwenen was.

Wilde gooide nog meer kiezelsteentjes, iets grotere nu, en steeds een paar tegelijkertijd. Ze maakten genoeg lawaai, wat natuurlijk ook de bedoeling was.

Geen reactie. Er begon niemand te gillen, er begon niemand te roepen. Er ging nergens licht aan. Er verschenen geen silhouetten achter de ramen van naar buiten kijkende bewoners.

Conclusie: niemand thuis.

Die conclusie was natuurlijk niet definitief. Sommige mensen waren diepe slapers, maar over die mogelijkheid maakte Wilde zich ook niet echt zorgen. Hij zou nu op zoek gaan naar een niet afgesloten deur of een raam. Als dat niets opleverde, beschikte hij over het gereedschap om in welk woonhuis dan ook in te breken. Eigenlijk grappig als je er zo over nadacht: hij was al langer dan hij zich kon herinneren inbreker geweest. Destijds gebruikte het jongetje uit de bossen natuurlijk geen speciaal gereedschap. Hij probeerde het gewoon bij deuren en ramen en als niets open kon, ging hij domweg naar een volgend huis. Het was een keer gebeurd toen hij heel erg honger had en geen verlaten, niet-afgesloten huis kon vinden, dat hij een steen door een kelderraam had gegooid en door dat raam naar binnen was gekropen. Hij zag het weer even heel scherp voor zich, de stekende honger, de angst en de wanhoop die het wonnen van de behoedzaamheid. Hij had zijn buik gesneden aan glasscherven in het kapotte raampje toen hij naar binnen kroop. Hij had er al die jaren niet meer aan gedacht, was het compleet vergeten. Wat had hij gedaan toen hij zich had gesneden? Had dat kleine jochie genoeg tegenwoordigheid van geest gehad om op zoek te gaan naar verbandspullen in de badkamer op de bovenverdieping? Had hij domweg zijn shirt tegen de wonden gedrukt? Waren het diepe of oppervlakkige wonden geweest?

Hij wist het niet meer. Hij kon zich alleen nog herinneren dat hij zich aan de glasscherven had gesneden. Zo kwamen veel herinneringen bij hem boven, als scherven en brokstukken. Zijn oudste herinneringen waren een rode balustrade, een donker huis, mahoniehouten vloeren, het portret van een man met een snor, en gegil van een vrouw. Zijn hele leven waren die herinneringen opgedoken in zijn dromen, maar hij wist nog altijd niet wat ze betekenden, als ze al iets te betekenen hadden.

Wilde probeerde eerst de ramen op de begane grond. Afgesloten. Toen de achterdeur, ook op slot. Toen de schuifpui.

Bingo.

Dat verbaasde Wilde lichtelijk. Waarom sluit iemand alle ramen en deuren af, maar niet de schuifpui? Dat kon natuurlijk een vergissing zijn, of slordigheid. Je moest er niet te veel van maken, maar toch.

De tinteling was terug.

Wilde ging op zijn hurken zitten. Hij had de schuifpui niet meer dan twee centimeter opengeschoven. Nu schoof hij hem nog twee centimeter verder open. De deur gleed soepel over de rail. Geruisloos. Wilde bleef op zijn hurken zitten en schoof de deur nog iets verder open. Heel langzaam. Misschien was al die behoedzaamheid overdreven, maar overmoed was vaak een grotere bedreiging dan welke tegenstander dan ook. Hij wachtte en luisterde.

Niets.

Toen hij de schuifpui ver genoeg had geopend, kroop hij naar binnen. Hij overwoog de schuifpui achter zich dicht te trekken, maar als hij zich overhaast zou moeten terugtrekken, zou een open schuifpui hem tijd besparen. Een hele minuut lang bleef hij doodstil staan en spitste hij zijn oren om zelfs het geringste geluid te kunnen opvangen.

Niets.

Op een bureau in de hoek van het vertrek stond een desktopcomputer.

Tweede keer bingo.

Er was niemand thuis. Daarvan was hij nu overtuigd. Toch kon hij die tinteling niet kwijtraken. Wilde was niet bijgelovig. Hij geloofde niet in zesde zintuigen en dergelijke flauwekul, maar de lucht was op de een of andere manier elektrisch geladen.

Was er iets wat aan hem voorbijging?

Hij wist het niet. Misschien was het gewoon verbeelding, dat sloot hij niet uit. Aan de andere kant kon het geen kwaad extra voorzichtig te zijn. Hij dook in elkaar en sloop naar het bureau. Dit was het doel van zijn inbraak in het huis van de McAndrews: alles downloaden van de computer wat er maar te downloaden viel om het door te spelen naar de experts van Rola voor een zo grondig mogelijke analyse. Er zou vast een moment komen dat hij de McAndrews zou willen ondervragen, maar hij betwijfelde of hem dat nieuwe inzichten zou opleveren. Wat veel belangrijker leek, was de vraag hoe de trol EkarwredDog aan die compromitterende foto's was gekomen die de ondergang van Peter Bennett hadden ingeleid.

De computer was een pc met Windows, beveiligd met een wachtwoord. Wilde haalde twee USB-sticks uit zijn zak en stak de eerste van de twee in een vrije USB-poort. Op de stick stond een complete hackerstool. Er stonden automatisch startende programma's als mailpv.exe en mapass.exe op en zodra je de stick in een USB-poort stak verzamelde hij wachtwoorden van Facebook, Outlook, bankrekeningen en noem maar op.

Dat had Wilde allemaal niet nodig.

Het enige wat hij nodig had was het wachtwoord van het besturingssysteem om de inhoud van de computer naar de tweede USB-stick te kopiëren. In een film kost dat over het algemeen vrij veel tijd. In werkelijkheid is het wachtwoord in luttele seconden gekraakt en kost het kopiëren niet veel meer dan een minuut of vijf.

Toen het wachtwoord was gekraakt, opende Wilde de webbrowser om de browsegeschiedenis te bekijken. Hij wist dat computers zo langzamerhand allang niet meer een allesomvattende bron van informatie waren. Tegenwoordig gebruikten mensen vooral hun telefoon om te surfen en dingen op te zoeken. Je kon e-mails, sms en WhatsApp doorspitten, maar wat je zocht was vaak verstopt in beveiligde programma's als Signal en Threema.

Eerste programma met een bladwijzer: Instagram.

Ongebruikelijk. Instagram werd meestal als app op de telefoon geïnstalleerd en zelden op een desktop gebruikt. Wilde klikte op de koppeling. Instagram werd gestart. Hij verwachtte de inloggegevens van EkarwredDog op het scherm te zien, maar werd in plaats daarvan geconfronteerd met NurseCaressLove24. Op de profielfoto was een jonge vrouw met Aziatische trekken afgebeeld, hooguit dertig jaar oud. Rechts stond de menuoptie om een ander profiel te kiezen. Wilde klikte op de koppeling.

Tientallen accounts verschenen op het scherm.

Het was een complete potpourri van accounts – alle gezindten, gendervariëteiten, beroepen en overtuigingen waren erin vertegenwoordigd. Wilde scrolde langs de lijst en telde ondertussen hoeveel het er waren. Hij pakte zijn telefoon en maakte foto's voor het geval de lijst niet terug te vinden zou zijn op de USB-stick. Hij had al meer dan dertig accounts geteld toen hij eindelijk op het account van EkarwredDog stuitte.

Hij klikte op het profiel en wachtte tot de pagina geladen was. EkarwredDog had zelf slechts twaalf foto's geplaatst, stuk voor stuk natuuropnamen. Hij had zesenveertig volgers, zo op het eerste oog al die andere accounts die op deze computer figureerden. Wilde klikte op het pictogram voor privéberichten. Dezelfde uitwisseling van berichten tussen EkarwredDog en Peter Bennett die hij bij Rola had gezien werd hier weergegeven, maar wat Wilde verraste, was het bericht boven die uitwisseling, het laatste bericht dat Ekarwred-Dog had ontvangen.

Het was afkomstig van iemand die zich PanterStrike88 liet noemen en de inhoud was ijzingwekkend eenvoudig:

Ik heb je beet, McAndrews. Ik zal het je betaald zetten.

Wauw, dacht Wilde. Deze Panter had McAndrews betrapt.

De USB-stick knipperde ten teken dat de data was gekopieerd. Wilde trok de stick uit de poort en stak hem in zijn zak. Hij klikte op het scherm om het profiel van PanterStrike88 op te vragen, maar dat was verwijderd. Degene die het account had gemaakt – en vervolgens die bedreiging had gestuurd – had het account ook weer verwijderd.

Wat was er in vredesnaam allemaal aan de hand?

Op dat moment hoorde Wilde voor de eerste keer tijdens de inbraak een geluid.

Een auto.

Hij stapte snel door de gang naar het raam in de kamer aan de straatkant en zag nog net de achterlichten van een auto links verdwijnen. Niets aan de hand. Een passerende auto, meer niet. De stilte keerde terug.

Maar de tinteling keerde ook terug.

Wilde liep weer naar de pc en vroeg zich af of hij nog langer moest blijven om te zoeken op de computer, of beter kon vertrekken, toen een eerste spoor van een geur zijn neus bereikte.

Hij verstijfde. Hij stond bij een deur waarachter waarschijnlijk de trap naar de kelder lag. Hij boog zich naar de deur toe en snoof de lucht op.

Nee, god, nee.

Hij wilde de deur niet opendoen. Hij wilde weg. Maar hij kon niet weg. Niet nu.

Met zijn gehandschoende hand reikte hij naar de deurkruk. Hij trok de deur op een kier open. Nier verder. Verder hoefde ook niet. De afgrijselijke stank van verrotting walste de gang in alsof hij op de deur had staan bonzen om te worden vrijgelaten.

Wilde deed het licht aan en keek langs de trap naar beneden.

Hij zag bloed.

Veel bloed.

14

Toen Wilde belde, lag Hester op haar rug in bed *post flagrante delicto* na te hijgen. Naast haar lag – was Hester te oud om hem haar 'vriendje' te noemen? – haar lief Oren Carmichael met een gelukzalige glimlach naar het plafond te staren.

'Dat,' zei Oren, pal voordat de telefoon begon te zoemen, 'was gaaf.'

Ze waren in het appartement van Hester in Manhattan. Net als Hester had Oren het huis in Westville, waar hij met zijn ex Cheryl hun twee, nu volwassen zonen had grootgebracht, verkocht. Oren had al jaren een bescheiden bijrol gespeeld in het leven van Hester. Hij was honkbalcoach geweest van twee van haar zoons, Eric en David, in de Little League. Hij was er ook bij geweest toen de politie de kleine Wilde uit het bos had gehaald.

Oren grijnsde naar Hester.

'Wat is er?'

'Niets,' zei Oren.

'Waarom grijns je dan?'

'Omdat het gaaf was.'

Na de dood van Ira had Hester het gevoel gehad dat voor haar het hoofdstuk Mannen voorgoed gesloten was. Dat was geen conclusie die was voortgekomen uit woede of bitterheid, of zelfs verdriet, al had ze daar ook zeker onder te lijden. Ze had van Ira gehouden. Hij was een lieve, goedaardige, intelligente en grappige man. Hij was een fantastische levensgezel geweest. Hester zag zichzelf domweg niet weer uitgaan met een andere man. Ze had een drukke carrière en een druk leven. Het idee alleen al dat ze zich zou moeten opmaken om met een andere man uit te gaan, joeg de rillingen over haar rug. Het was allemaal veel te veel moeite. Het idee bovendien dat ze ooit nog een keer naakt tegenover een andere man dan Ira zou staan joeg haar enerzijds angst aan en maakte haar anderzijds bij voorbaat doodmoe. Wie had daar behoefte aan? Zij niet.

Politiechef Oren Carmichael was een verrassing gebleken. Oren, een hulk met brede schouders in een strak passend uniform, was helemaal niets voor Hester. En datzelfde gold omgekeerd. Maar ze vielen beiden voor elkaar, en nu lagen ze hier. Onwillekeurig vroeg Hester zich af wat Ira ervan zou hebben gevonden. Stiekem hoopte ze dat hij het fijn voor haar gevonden zou hebben, net zo goed als zij het fijn gevonden zou hebben voor Ira als er iets moois zou zijn gegroeid tussen hem en Cheryl, de ex van Oren, die tegenwoordig zelfs foto's met daarop haar nog altijd weelderige contouren op Instagram plaatste – al zou Hester Ira aan de andere kant misschien in zijn dromen hebben achtervolgd als Frumah Sarah in *Fiddler on the Roof*.

Zij zou willen dat Ira weer gelukkig zou worden met iemand anders. Zou Ira niet hetzelfde voor haar wensen? Ze hoopte van wel. Ira kon ontzettend jaloers zijn en Hester was in haar jonge jaren best wel een beetje een flirt geweest. Hoe dan ook, Hester was bijzonder gelukkig met Oren. Ze waren er wel aan toe de banden wat nauwer aan te halen, maar wat betekende dat op hun leeftijd? Kinderen? Lachsalvo. Een huwelijk? Wie zat daarop te wachten? Samenwonen? Niet echt. Ze hield van haar eigen plekje. Ze wilde niet de hele tijd een man om zich heen, zelfs niet zo'n fantastische man als Oren. Betekende dat eigenlijk niet dat ze minder van hem hield?

Dat was moeilijk te zeggen. Hester hield zo veel van Oren als ze kon, maar ze wilde niet van hem houden alsof hij achttien was, of zelfs veertig.

Maar één aspect van de relatie met Oren drong zich steeds opnieuw als een dissonant aan haar op. De relatie met Oren was fysiek – veel meer, al deed vergelijken niemand recht, dan de relatie met Ira ooit was geweest. Daar voelde ze zich schuldig over. Ira en zij hadden een tanend seksleven gehad. Dat was natuurlijk normaal. Je bouwt je leven op, twee carrières, je wordt zwanger, je brengt kleine kinderen groot, je raakt uitgeput, je hebt geen privéleven. Het is een al zo vaak verteld verhaal. Toch had het Ira van streek gemaakt. 'Ik mis de passie,' had hij gezegd. En hoewel zij het had afgedaan als pogingen tot manipulatie (het mannetje wil meer seks), zette ze daar nu vraagtekens bij.

Op een keer, 's nachts, niet zo lang voor het overlijden van David bij het auto-ongeluk, had Ira in het donker voor zich uit zitten staren met een glas whiskey in de hand. Hij dronk bijna nooit en als hij het wel deed, steeg het hem meteen naar het hoofd. Hester was de kamer in gekomen en was achter hem blijven staan. Ze had gedacht dat hij haar niet eens had opgemerkt.

'Als ik dood zou zijn en je zou weer met mannen omgaan,' had hij gevraagd, 'zou je dan willen dat de seks met een nieuwe man net zo zou zijn als die van ons?'

Ze had hem niet geantwoord. Maar ze was het ook nooit vergeten.

Misschien zou Ira helemaal niet gelukkig zijn met wat er allemaal in zijn oude bed gebeurde. Misschien zou hij er wel begrip voor kunnen opbrengen. Als je jong bent verwacht je te veel van een relatie. Op een dag kijk je terug en begrijp je dat.

De telefoon zoemde opnieuw.

'Het oordeel van de jury?' vroeg Oren.

Hester en Oren hadden eerder op de avond onder het eten over de zaak-Richard Levine gepraat.

'Je gelooft in het systeem,' had Oren, de gezagshandhaver, gezegd, 'of je gelooft er niet in.'

'Ik geloof in ons systeem,' had Hester gezegd.

'We weten allebei dat jouw cliënt niet uit zelfverdediging handelde.'

'Zoiets weten we helemaal niet.'

'Betekent het dat ons systeem niet werkt als hij wordt vrijgesproken?'

'Misschien wel het tegenovergestelde.'

'Wat bedoel je?'

'Misschien betekent het wel dat ons systeem flexibel genoeg is om te werken.'

Oren had daarover nagedacht. 'Levine had zijn redenen. Is dat wat je wilt zeggen?'

'In zekere zin.'

'Iedere moordenaar denkt goede redenen te hebben om te doden.'

'Dat is waar.'

'En jij denkt dat dat genoeg is om werkelijk iemand te vermoorden?'

'Alleen als het om nazi's gaat,' had ze gezegd. Ze had hem een kus op zijn wang gegeven. 'Als het om nazi's gaat, heb ik daar geen enkel probleem mee.'

Nu ging Hester rechtop in bed zitten. Ze keek op het scherm van haar telefoon. 'Niet de jury,' zei ze. Ze hield de telefoon bij haar oor en nam het gesprek aan. 'Hallo?'

'Ben je alleen?' vroeg Wilde.

De trilling in zijn stem beviel haar volstrekt niet. 'Nee.'

'Kun je dat regelen?'

Zonder woorden maakte ze Oren duidelijk dat ze het gesprek in een andere kamer wilde voortzetten. Oren knikte dat hij het begreep. Toen Hester in de woonkamer was en de deur van de slaapkamer achter zich had dichtgetrokken, zei ze: 'Oké, wat is er aan de hand?'

'Ik wil je een hypothetisch geval voorleggen.'

'Volgens mij ga ik hier niet blij van worden.'

'Ik betwijfel het.'

'Ga door.'

'Laten we eens veronderstellen dat ik een lijk heb gevonden.'

'Ik wist dat ik er niet blij van zou worden. Waar?'

'In het huis van een particulier waar ik niet hoorde te zijn.'

Wilde vertelde over zijn zoektocht naar zijn neef die hem naar de woning van de McAndrews had gevoerd.

'Weet je wie het lijk is?'

'De vader. Henry McAndrews.'

'Ben je nog steeds in het huis?'

'Nee.'

'Is er enige kans dat de politie kan ontdekken dat jij in dat huis bent geweest?'

'Nee.'

'Dat zeg je wel heel erg zelfverzekerd.'

Wilde reageerde niet.

'Hoelang is hij al dood, denk je?'

'Ik ben geen patholoog.'

'Maar toch?'

'Minstens een week, denk ik.'

'Interessant,' zei Hester. 'Je zou denken dat zijn vrouw of kinderen allang alarm geslagen zouden hebben of zo. Ik neem aan dat je mij belt voor juridische bijstand.'

Wilde reageerde niet.

'Je kunt twee dingen doen,' zei ze. 'Eén: je kunt schoon schip maken en de moord melden.'

'Ik heb daar ingebroken.'

'Daar valt wel iets aan te doen. Je liep langs en je rook iets vreemds.'

'En dus schuif ik, geheel in het zwart gekleed, met zwarte handschoenen aan en een zwarte bivakmuts over mijn hoofd, de schuifpui open van een afgelegen huis op een halve hectare grond, in de verste verte niet in de buurt van waar iemand achteloos een avondwandelingetje zou maken...'

'Dat kunnen we allemaal uitleggen,' zei Hester.

'Echt?'

'Dat kost een beetje tijd, maar ze weten al dat jij hem niet hebt vermoord, omdat de autopsie zal uitwijzen dat hij al minstens een week dood is. Uiteindelijk laten ze je wel lopen.'

'En twee?'

'Maak je je zorgen dat de politie je niet zou geloven?'

'Als ik me meld gaan ze graven. Mijn verleden, alles. Misschien heropenen ze zelfs de zaak-Maynard.'

Daar had Hester nog niet aan gedacht. De zaak-Maynard was naar de buitenwereld toe een 'doodnormale' ontvoeringszaak geweest, maar in werkelijkheid was het dat allesbehalve. Dat was om veel goede redenen niet aan de grote klok gehangen. 'O ja, juist,' zei ze.

'En stel dat ze mij er niet op aankijken, wie is dan hun hoofdverdachte?'

'Ik kan je niet volgen... O, wacht. Je neef?'

'Wie anders?'

'Ja, maar kom op, Wilde. Zou jij hem in bescherming willen nemen als hij die vent heeft vermoord?'

'Nee.'

'Als iemand je als trol op je nek zit, is dat nog geen rechtvaardiging voor moord,' zei Hester.

'Behalve als hij een nazi is.'

'Maak je een grapje?'

'Een slechte grap, maar ja, inderdaad. Ik weet niet of Peter Bennett erbij betrokken is. We hebben geen flauw idee wat er aan de hand is.'

'Je kunt een lijk niet zomaar laten liggen,' zei Hester. 'Mijn juridisch advies zou zijn om het te melden.'

'Wat is je tweede keuze?'

'Dat is de tweede keuze. Keuze één was schoon schip maken. Keuze twee is anoniem melden. Mijn advies is keuze één, maar ik heb een koppige, eigenwijze cliënt.'

'En je kunt je wel iets voorstellen bij wat hij vindt.'

'Ja,' zei Hester. Ze pakte de telefoon met haar andere hand. 'Ik zal je eens wat zeggen. Ik zal het melden. Ze kunnen mij niet dwingen om een naam te noemen. Zwijgplicht van de advocaat, maar op deze manier krijg ik misschien nog iets te horen van wat ze doen. Ik neem aan dat dit gesprek niet te traceren is?'

'Absoluut niet.'

'Oké, ik zal je laten weten wat ik te weten kom.'

Ze verbrak de verbinding. Toen ze terugkwam in de slaapkamer, stond Oren zich aan te kleden. Ze hield hem niet tegen. Ze vond het geen probleem als hij de hele nacht bleef, maar het was ook niet iets wat ze beiden erg aanmoedigden.

'Alles oké?' vroeg hij, terwijl hij zijn T-shirt over zijn monumentale schouders trok.

'Ken jij mensen bij de politie in Litchfield County?'

'Ik kan wel iemand vinden, denk ik. Hoezo?'

'Ik moet de vondst van een lijk aangeven.'

15

Wilde bracht de auto terug naar Ernie's. Ernie zou doen wat gedaan moest worden om ervoor te zorgen dat hij nooit meer teruggevonden kon worden. Bij zoiets als dit betekende dat meestal sloop van het voertuig tot er niets dan onderdelen restten. Ernie zou Wilde niet naar de details vragen en Wilde zou Ernie geen vragen stellen. Dat was voor alle betrokkenen veiliger.

Rola haalde hem op. Hij gaf haar de USB-stick. Terwijl zij achter het stuur zat van de Honda Minivan die was volgebouwd met kinderzitjes, vertelde Wilde haar het verhaal. Ze kreeg een grimmige trek op haar gezicht naarmate het verhaal vorderde.

'Ik kan maar beter zelf de analyse doen van die USB-stick,' zei ze.

'Kun jij dat?'

'Het is niet zo ingewikkeld, maar vergis je niet. Ik vertrouw mijn experts. Zij kunnen zwijgen.'

'Maar je wilt ze niet in die positie plaatsen.'

'Niet als er een lijk bij betrokken is.'

Wilde knikte. 'Nobel.'

'Maar we kunnen niet aan de kant van de schurken blijven staan. Als we iets ontdekken wat de politie kan helpen om de moordenaar te vinden, zullen we dat moeten rapporteren. Oké?'

'Ja.'

'Zelfs als het je neef is.'

'Juist dan.'

Rola stuurde naar de afslag van Route 17. 'Je kunt vannacht wel bij mij logeren als je dat wilt. Mijn internet is supersnel.'

'Ik red me wel.'

Tien minuten later schakelde ze de alarmlichten in en bleef ze stilstaan in de berm op een plek waar het aardedonker was. Wilde gaf haar een zoen op haar wang, stapte uit en verdween in het bos. Deze nacht viel er verder niets meer te doen. Hij zou zijn Ecocapsule opzoeken en gaan slapen. Hij had nog honderd meter te gaan toen zijn telefoon zoemde. Een bericht van Laila.

LAILA: Kom hiernaartoe.

Wilde tikte een antwoord. Heb je met Matthew gepraat?

LAILA: Jammer.
WILDE: Wat?
LAILA: Dat ik je twee keer 'Kom hiernaartoe' moet sturen voordat je dat doet, dat vind ik jammer.

Wilde glimlachte in het donker en zette koers naar de achtertuin van Laila. Hij maakte zich geen zorgen over Darryl. Dat was haar probleem, niet het zijne. Hij vroeg zich ook niet af of hij er wel goed aan deed om weg te blijven en al dat soort zaken, want, echt, hoe neerbuigend zou dat zijn naar Laila toe? Hij hield niets voor haar achter en zij begreep de situatie. Wie was hij om haar te redden van het zelf nemen van besluiten, zelfs als hij de wijsheid van die besluiten betwijfelde.

Rationalisaties.

Laila wachtte hem op bij de achterdeur. Matthew was niet thuis. Ze liepen rechtdoor naar boven. Wilde kleedde zich uit en stapte onder de douche. Laila voegde zich even later bij hem.

Om zeven uur 's morgens werd Wilde wakker nadat hij langer achter elkaar had geslapen zonder wakker te worden dan in eeuwen. Hij deed zijn ogen open en zag Laila op de rand van het bed zitten. Ze keek uit het raam naar de rand van het bos. Hij staarde naar haar profiel en zei niets.

Zonder dat Laila zich omdraaide, zei ze: 'We moeten hierover praten.'

'Oké.'

'Maar niet vandaag. Ik moet eerst nog nadenken over een paar dingen.'

Wilde ging overeind zitten. 'Wil je dat ik vertrek?'

'Nee.' Laila keerde zich naar hem om en toen ze dat deed voelde Wilde zijn hart een keer overslaan. 'Wil je erover praten?'

Dat wilde hij niet. Niet echt. Er zijn mensen die dingen willen uitpraten. Dat helpt ze bij het zoeken naar oplossingen voor problemen. Voor Wilde gold precies het tegenovergestelde. Hij had ervaren dat hij meestal verder kwam als hij het voor zich hield, als hij de druk liet oplopen tot de antwoorden vanzelf kwamen bovendrijven. Zaken uitpraten voelde voor hem alsof je een ballon liet leeglopen.

Toch begreep hij de waarde wel van iemand anders als klankbord, vooral iemand als Laila, nog afgezien van het feit dat hij wel begreep dat het haar genoegen zou doen als hij haar in vertrouwen nam. Hij vertelde haar het verhaal over Peter Bennett, maar liet het voorlopig laatste hoofdstuk over de vondst van het lijk achterwege.

'Het scheermes van Occam,' zei Laila toen hij uitgesproken was.

Wilde wachtte.

'De meest voor de hand liggende verklaring is dat jouw neef radeloos was door dat schandaal dat hem zijn huwelijk, zijn roem, dus in zijn ogen zijn hele leven kostte – en er een einde aan heeft gemaakt.'

Wilde knikte.

'Maar die verklaring zint jou niet.'

'Ik weet het niet.'

'Wat er dan ook met Peter Bennett gebeurd mag zijn, het heeft waarschijnlijk te maken met het feit dat hij een realityster is, of was.'

'Waarschijnlijk.'

'En ik vermoed dat jouw kennis van die wereld ietwat beperkt is.'

'Zit jij iets te bekokstoven?'

'Dat doe ik inderdaad.'

'En dat is?'

'Dat jij je op dat gebied laat voorlichten.'

'Hoe dan?'

'Over een uur zijn Matthew en Sutton hier.'

'Moet ik vertrekken?'

'Nee, ik wil juist dat je blijft, want die twee gaan jou voorlichten.'

Met z'n vieren – Wilde, Laila, Matthew en Sutton – brachten ze de uren daarna door met het bekijken van meerdere afleveringen van *Love Is a Battlefield* uit het seizoen PB&J.

Sutton keek Wilde aan. 'Jij haat dit, hè?'

Wilde vond het niet nodig te liegen. 'Inderdaad, ja.'

Wilde zou zich schuldig hebben gemaakt aan banale clichés als hij zou hebben gezegd dat de show inhoudsloos en manipulatief was, zich eindeloos herhaalde, gespeend was van integriteit, dat het een en al doorgestoken kaart was en zelfs grof en beledigend – vrijwel geen enkele kandidaat verlaat het podium onbeschadigd, iedereen wordt beschimpt, belachelijk gemaakt, verketterd of gekwetst, sommigen raken zelfs gestoord – maar de scheidslijn tussen de waarheid zeggen en ergens op afgeven is vaak maar dun.

Matthew en Sutton hielden elkaars hand vast tijdens het kijken. Wilde zat in een stoel rechts van hen. Laila was in de weer, nu eens hier, dan weer daar.

'Mijn vader vindt dat het symbool staat voor het einde van de beschaving,' zei Sutton.

Dat toverde een glimlach op het gezicht van Wilde.

'Maar het punt is dat wij het begrijpen,' zei Sutton. 'Ouders kijken ernaar en denken: o, die mensen die meedoen zijn zulke slechte voorbeelden voor onze kinderen, bla, bla, bla. Maar het tegendeel is waar. Het zijn wijze lessen.'

'Hoezo dat?' vroeg Wilde.

'Niemand wil net zo zijn als die wrakken,' zei Sutton met een armgebaar naar het scherm. 'Alsof je ineens mensen wilt gaan vermoorden als je naar een thriller op tv hebt gekeken. Wij kijken vooral naar die mensen en denken dan: zo wil ik nooit worden.'

Een interessante gedachte, vond Wilde, al deed het niets om de bijna voyeuristische aantrekkingskracht van het programma af te zwakken. Aan de andere kant wisten de mensen die zich voor het programma opgaven waaraan ze begonnen en het was niet aan Wilde om daarover te oordelen. Zolang er geen schade werd aangericht, hoefde hij er toch zeker zijn neus niet voor op te halen?

Maar, eh... was het werkelijk zo onschuldig?

Was het niet vragen om moeilijkheden als je jonge, vaak nogal emotionele en licht ontvlambare mensen blootstelde aan het vuur van de roem?

Had dat tv-programma Peter Bennett kapotgemaakt?

Waar het allemaal om draaide bij *Love Is a Battlefield* was zo ongeveer wat hij had verwacht, al werd alles tot in het belachelijke uitvergroot, maar het kijken naar een paar afleveringen hielp wel om de smaak ervan te pakken te krijgen. Er deden veel spelers mee (al hun namen kwamen voorbij in de aftiteling), dramatische gebeurtenissen vonden aan de lopende band plaats, maar uiteindelijk kwam het neer op een heel eenvoudig verhaal dat al eindeloos vaak herhaald is. Jenn moest tussen twee mannen kiezen. De een was de gevaarlijk sexy Big Bobbo. Zo liet de branieschopper Bob Jenkins zich in het programma noemen, en zo praatte hij ook over zichzelf – Big Bobbo – altijd in de derde persoon ('Big Bobbo houdt van een lekkere kont, meisjes. Geen plattebillengedoe voor Big Bobbo, ké?'), tijdens al die volstrekt lege 'interviews' die steeds maar het programma onderbraken. Tegenover Big Bobbo stond de knappe, aardige, vriendelijke Peter Bennett, in beeld gebracht als de ideale schoonzoon. In eerste instantie was hij neergezet als een 'te veilige keuze' voor Jenn, maar na verloop van tijd, mede gebaseerd op de voorkeur van het publiek, werd zelfs het laatste beetje nuance overboord gegooid: Big Bobbo was de kwade, op een foute manier charmante, flikflooiende schurk, terwijl de held op het witte paard, Peter, het pad effende voor ware liefde en trouw voor Jenn – als ze het licht maar zou zien.

De eindeloze teasers – naarmate het programma vorderde werden het er steeds meer – deden het zo erg voorkomen dat Jenn Big Bobbo zou kiezen, dat het geen mens met maar een greintje verstand kon ontgaan dat de keuze uiteindelijk op Peter zou vallen. Toch wrongen de producers elke druppel 'spanning' uit de Beslissende Veldslag, met inbegrip van een 'gevecht' dat plaatsvond in gigantische rookwolken en de indruk wekte dat Big Bobbo ging winnen, maar uiteindelijk toch resulteerde in een scène waarin Jenn Big Bobbo afwees en koos voor degene 'die haar hart had veroverd', Peter Bennett.

Vioolmuziek.

'De familie van Big Bobbo was een giller,' zei Sutton. 'Zijn moeder deed mee in *Senior Battlefield*.'

'Senior? Is dat...?'

'Zo ongeveer meer van hetzelfde, maar dan met senioren. Die bezoekjes thuis zijn altijd geweldig. Heb je Peters broer Silas gezien... dus jouw neef? De man heeft de hele tijd zijn mond niet opengedaan. Hij zat maar een beetje aan die honkbalpet van hem te trekken. Hij is een beetje beroemd geworden als chagrijn. Maar zijn zussen leken wel aardig, al zat er geen talent voor het sterrendom bij.

Maar die moeder van Big Bobbo? Dat was een giller.'

'Hoe aangedaan was Big Bobbo dat hij had verloren?' vroeg Wilde.

'Niet heel erg,' zei Sutton. 'Ik kan gewoon niet geloven dat je nog nooit van Big Bobbo hebt gehoord.'

Wilde haalde zijn schouders op.

'Hoe dan ook, Big Bobbo deed meteen daarna mee aan de spin-off *Combat Zone*.'

'Een spin-off?'

'Het is eigenlijk niet meer dan een programma waarin de populairste verliezende deelnemers met elkaar op een eiland worden gezet, waar ze stelletjes vormen. Een heleboel roddel en drama. Hoe dan ook, Big Bobbo stond voortdurend vooraan in de Frontlinie met meerdere vrouwen. Zowel Brittany als Delila werd verliefd op hem en toen slachtte hij ze allebei af bij het vuurpeloton – in de allereerste aflevering. Allebei. Ik geloof dat het de eerste keer was met een dubbele afslachting.'

Wilde slaagde erin haar onbewogen aan te kijken. 'En Jenn en Peter?'

'Dat werd PB&J,' zei Sutton. 'Misschien wel het meest geliefde stel in de geschiedenis van het programma. Ik weet wel dat jij denkt dat het een stom programma is, en dat vinden wij ook, maar wij houden kijkfeestjes waar we met z'n allen kijken en commentaar geven en ons rot lachen en, nou ja, wij snappen het gewoon, Wilde. Snap je wat ik bedoel?'

'Ik denk het.'

'Maar er is nog iets. Misschien ben ik de enige die er zo over denkt, maar volgens mij is het zo.'

'Wat?'

'Nou ja, het is allemaal manipulatief en voorgekookt zodat er een bepaald verhaal uit rolt, maar de deelnemers kunnen het publiek niet eindeloos voor de gek houden.'

'Dat volg ik niet.'

'Jouw neef Peter. Ik geloof niet dat dat gespeeld is. Hij is echt goed vanbinnen en Big Bobbo is echt een zakkenwasser. Dat zijn niet alleen maar gespeelde rollen. Na een poosje kunnen ze doen wat ze willen, maar de camera vangt hun ware zelf.'

Wilde voelde zijn telefoon zoemen in zijn broekzak. Een bericht van twee woorden, verstuurd door Hester.

Bel me.

Hij verontschuldigde zich en liep naar buiten. Hij had online gekeken of er op enige manier gewag was gemaakt van een moord in Connecticut of iets met betrekking tot McAndrews. Tot dat moment niets. Hij belde Hester. Ze nam meteen op.

'Ik ga je het goede nieuws eerst vertellen,' zei Hester. 'Want het slechte nieuws is echt heel slecht.'

'Oké.'

'Ik heb contact gehad met de agent van Jenn Cassidy. Jenn is in de stad voor een of ander reclamedingetje en heeft erin toegestemd met me te praten.'

'Hoe heb je dat voor elkaar gekregen?'

'Schat, ik doe een programma op tv. Meer hoefde die agent niet te weten. Ze denken dat ik misschien een special over haar doe of zo. Maakt niet uit. Ik heb een afspraak. Ik kan haar naar jouw neef Peter vragen. Dat is het goede nieuws.'

'En het slechte nieuws?'

'Het slachtoffer van de moord in Connecticut was inderdaad McAndrews.'

'Oké.'

'Henry McAndrews,' zei Hester, 'was de voormalige plaatsvervangend hoofdcommissaris van politie in Hartford.'

Wilde kreeg het koud. 'Politieman?'

'Met pensioen en meerdere keren onderscheiden.'

Wilde zei niets.

'Er is er eentje van hun eigen club dood, Wilde. Je weet wat dat betekent.'

'Zoals ik al zei, ik voel niet de behoefte een moordenaar in bescherming te nemen.'

'Correctie: moordenaar van een politieman.'

'Waarvan akte,' zei Wilde.

'Oren is erg van streek.'

'Vertel eens wat ze tot nu toe te weten zijn gekomen.'

'McAndrews is al minstens twee weken dood.'

'Was er aangifte gedaan van vermissing?'

'Nee. Henry en Donna waren uit elkaar. Hij woonde in dat huis en zij woonde in Hartford. Ze hadden geen contact met elkaar.'

'Doodsoorzaak?'

'Drie kogels in het hoofd.'

'Verder nog iets?'

'Dat is het zo ongeveer. Het zal niet zo lang meer duren voordat de media er lucht van krijgen. Wilde?'

'Ja?'

'Je kunt met Oren praten. Onofficieel.'

'Voorlopig nog niet, maar laat hem aan de politie doorgeven dat ze in de computer van McAndrews moeten zoeken.' Iets in Wilde's hoofd zette een schakelaar om. 'Ik zou ook graag willen weten waar McAndrews als gepensioneerde de tijd mee doodde.'

'Hoe bedoel je?'

'Ik bedoel, had hij een baantje? Leefde hij puur van zijn pensioen?'

'Wat heeft dat ermee te maken?'

'Als zijn moord te maken heeft met mijn neef...'

'Wat heel waarschijnlijk lijkt, toch?'

'Misschien, ik weet het niet, weet ik veel. Maar wat deed Mc-

Andrews? Was hij gewoon een schoolvoorbeeld van een anonieme trol? Of was hij ingehuurd?'

'Wat hij dan ook was, je weet wie de hoofdverdachte is, hè?'

Dat wist hij. Peter Bennett.

16

Chris Taylor scrolde door de lijst met berichten op Twitter toen hij werd getroffen door de kop:

VERMOORDE MAN GEVONDEN IN CONNECTICUT

Het verhaal zelf boeide hem niet zo. Het was gewoon een moord in een andere staat. Hij had er niets mee te maken, maar het verbaasde hem wel een beetje dat de moord zo veel aandacht kreeg op social media. Hij klikte op de koppeling en voelde dat zijn nekharen overeind gingen staan.

> Henry McAndrews, gepensioneerd commissaris van politie in Hartford, is dood aangetroffen in de kelder van zijn huis in Harwinton, na wat een afrekening in het criminele circuit lijkt.

Oké, een gepensioneerde politieman. Dat verklaarde waarom de moord zo veel langer meeging op social media dan gebruikelijk.

Henry McAndrews.

Die naam deed een belletje rinkelen. Een alarmbelletje.

Chris trok de hipsterbeanie van zijn hoofd. Hij had ook een hipsterbaard laten staan. Hij droeg slim hipsterjeans, nostalgische sneakers en basic T-shirts, al met al een redelijk geslaagde poging het imago van nerd dat hij had gebruikt toen hij De Vreemde was, te doen vergeten. Wat meehielp was dat hij zelden zijn loft verliet. In zijn vorige bestaan had Chris geheimen onthuld die hij schadelijk achtte voor de mensheid. Zijn eigen leven was door geheimen naar de gallemiezen gegaan. Dat had zijn kijk op het leven bepaald: breng al die geheimen aan het licht. Eenmaal blootgesteld aan het daglicht zouden de geheimen verbleken en doorschijnend worden.

Hij had er faliekant naast gezeten.

Soms verbleekten de geheimen inderdaad, maar vaker groeiden ze en werden ze juist sterker in dat zonlicht en stonken ze naar verdoemenis. De repercussies hadden Chris volstrekt onverwacht getroffen. Hij geloofde dat je het kwaad kon uitroeien met de waarheid – maar uiteindelijk keerde zich dat vaak tegen je. Dat had hij met vallen en opstaan moeten leren – met bloed en geweld. Onschuldige mensen hadden geleden en er waren zelfs doden gevallen. En toch, als alles zich tegen je keert terwijl je het goed probeert te doen, geef je dan op en zeg je: niets aan te doen? Steek je je handen in de lucht en geef je je over aan de kwaadaardige krachten die ons allemaal proberen te infecteren? Dat zou de weg van de minste weerstand zijn geweest. Chris had zich een uitweg gezocht uit de puinhoop waaraan hij zelf had meegewerkt. Wat hij had ondernomen had hem geld opgeleverd. Hij kon er aangenaam van rondkomen, zonder dat hij zich het hoofd hoefde te breken over het rechtzetten van wat er fout ging in de wereld. Maar zo zat hij niet in elkaar. Hij had z'n best gedaan het allemaal te laten voor wat het was, maar dat lukte hem niet.

Dus nu hielp Chris mensen op een andere manier.

Hij had Boomerang opgericht om diegenen te helpen die werden aangevallen maar zich niet konden verdedigen. Hij strafte niet alleen wie geheimen in het leven riep, hij strafte ook wie loog, anderen beschadigde of pestte – en dat deed hij anoniem. Hij ging achter die mensen aan die op geen enkele manier een positieve bijdrage aan de maatschappij leverden en slechts verantwoordelijk waren voor erosie van de beschaving, en die dat wat goed was kapotmaakten. Hij werkte nu hard om ervoor te zorgen dat de fouten die hij als De Vreemde had gemaakt tot een minimum werden beperkt. Zijn oude werk was een licht ontvlambare brandstof gebleken die hij niet onder controle had kunnen houden.

Hiermee – met Boomerang – kon hij veiligheid zeker stellen.

Niet altijd. Niet voor honderd procent. Ondanks al zijn inspanningen bestond altijd een kans dat een onschuldige zou worden gestraft. Dat wist hij wel. Hij was niet dom of blind. Daarom controleerde hij alles twee keer. Chris wilde zeker weten dat je het verdiende als Boomerang je op de korrel nam. Hij kon er natuurlijk helemaal mee ophouden en het aan de autoriteiten overlaten, die nog altijd ver achterliepen in het verdedigen van hen die in de nieuwe online wereld werden aangevallen, maar houden we op te doen wat we moeten doen alleen omdat we bang zijn fouten te maken? Er is immers ook niemand die voorstelt om het rechtssysteem maar af te schaffen omdat het niet altijd goed gaat? We geven gewoon niet op. We proberen ons te verbeteren. We doen ons best en we hopen dat de balans uiteindelijk naar de goede kant uitslaat.

Boomerang hielp mensen. Boomerang beschermde mensen en strafte de schuldigen.

Maar nu zag hij die naam opnieuw.

Henry McAndrews.

Chris zocht het dossier bij de naam.

Dit was slecht nieuws. Heel slecht.

Chris... Nee, Leeuw pakte zijn wegwerptelefoon. Er stond een van het dark web gehaalde communicatieapp op die gesprekken vrijwel ontraceerbaar maakte. Hij stelde een bericht samen dat niemand anders dan Alpaca, Kitten, Panter en IJsbeer zou begrijpen.

Categorie 10

Het noodsignaal. Voor de zekerheid voegde hij eraan toe:

Dit is geen oefening.

17

'Ik vind het zo fijn u eens te ontmoeten,' zei Jenn Cassidy tegen Hester. 'Ik vind het heerlijk om naar u te kijken als u op tv een rechtszaak analyseert.'

'Bedankt.'

'Ik ben al jaren een fan van u.'

Jenns stem was een beetje hees. Hester had veel mensenkennis, maar ze kon maar moeilijk zeggen of de realityster echt was of nep. Jenn Cassidy was een klassieke Amerikaanse schoonheid – blond, tandpastaglimlach en helderblauwe ogen. Ze had zich, zoals gebruikelijk was tegenwoordig, iets te zwaar opgemaakt naar Hesters smaak. Jenn had overduidelijk valse wimpers, die veel weg hadden van twee tarantula's die op hun rug lagen te zonnebaden op heet asfalt. Toch had ze een vriendelijke, open, zelfs betrouwbare uitstraling, en het kostte Hester geen enkele moeite in te zien waarom ze haar hadden geselecteerd als heldin in het programma. Niets aan haar was bedreigend.

De portier hield de deur voor hen open. Jenn nam Hester mee door de lobby van de gigantische glazen Sky-toren. Ze drukte bij de lift op de knop van de tweede verdieping.

'We zaten eerst hoger,' zei Jenn.

'Pardon?'

'Ik zeg nog steeds "we" en dan bedoel ik Peter en ik. Daar moet ik mee ophouden. Hoe dan ook, toen we – daar ga ik weer – toen Peter en ik een stel waren, hadden ze ons ondergebracht in een appartement met vier slaapkamers op twee verdiepingen op de zevenentachtigste verdieping. Nu zit ik in appartement twee. Dat is drie keer zo klein.'

'Je bent kleiner gaan wonen nadat jullie uit elkaar gingen?'

'Dat heb ik niet gedaan, maar zij. In dit geval de eigenaar van het gebouw. Weet je, in gebouwen als Sky staan altijd appartementen te koop. Omdat ze leeg zijn, mogen influencers er gratis wonen als ze maar reclame maken.'

'Juist,' zei Hester. 'Jij maakt reclame voor dit gebouw?'

'Ja.'

'Als een beroemdheid die iets aanprijst?'

'Precies.'

'En op die manier verdien je de kost,' zei Hester. 'Je prijst waren aan. Je draagt een jurk van een bepaalde couturier, je laat je zien in een nieuwe nachtclub – miljoenen mensen zien dat en daarvoor betalen die bedrijven je.'

'Ja. Al is het in dit geval een kwestie van ruilhandel. Toen Peter en ik het populairst waren, kregen we van Sky een contract voor twee jaar voor de suite op de zevenentachtigste, onder voorwaarde dat we het minstens één keer per week zouden noemen op onze socialmedia-accounts. Toen het tijd werd om het contract te vernieuwen, hebben ze – nou ja, mij dus – verplaatst naar hier.'

'Minder roem, minder uitzicht,' concludeerde Hester ongezouten.

'Begrijp me niet verkeerd' – Jenn legde haar hand op Hesters arm – 'ik klaag niet. Ik vind het nog steeds fantastisch dat ik hier ben.' De liftdeur schoof met een belgeluid open. 'Ik weet hoe deze wereld in elkaar zit. Een influencer heeft een heel beperkte houdbaarheidsdatum. Je moet de roem gebruiken als een springplank.'

‘Wat zijn je plannen voor de toekomst, Jenn?’

De deur van het appartement ging open na het wuiven met een sleutelkaart in plaats van het omdraaien van een sleutel.

‘O,’ zei Jenn. Ze klonk een beetje teleurgesteld. ‘Ik dacht dat u me daarom wilde spreken. Ik heb juridisch werk gedaan voordat ik meedeed aan *Love Is a Battlefield*.’

‘In welke hoedanigheid?’

‘Als juridisch assistent, maar ik was toegelaten tot de studie rechten.’

‘Indrukwekkend.’

De glimlach op het gezicht van Jenn was zowel grappig als ontwapenend verlegen. ‘Dank u.’

‘Was je van plan je in te schrijven nu het programma voorbij is?’

‘Eigenlijk wil ik proberen als tv-analyticus aan de slag te gaan met rechten als specialiteit.’

‘Ah,’ zei Hester. ‘Dat zou ik graag een andere keer met je willen bespreken, maar dat is niet de reden waarom ik hier ben.’

Jenn maakte een gebaar om Hester uit te nodigen plaats te nemen op een bank bekleed met gebroken wit leer. Aan de muren hingen spiegels en reproducties van onschuldige kunstwerken. Nergens waren foto’s te zien, er was niets persoonlijks, het geheel zag er meer uit als een smaakvol, misschien zelfs wel warm ingerichte suite in een hotelketen dan als een echt thuis. Hester vroeg zich af of dit een modelwoning was.

‘Ik ben hier vanwege Peter Bennett,’ zei ze.

Jenn knipperde verbaasd met haar ogen. ‘Peter?’

‘Ja, ik probeer hem op te sporen.’

Jenn had een paar seconden nodig om dat tot zich door te laten dringen. ‘Mag ik vragen waarom?’

Hester dacht na over de vraag hoe ze dit moest aanpakken. ‘Het is voor een cliënt.’

‘Een van uw cliënten is op zoek naar Peter?’

'Ja.'

'Dus het is een juridische kwestie?'

'Ik kan niet meer zeggen,' zei Hester. 'En omdat je een juridische achtergrond hebt, zul je dat vast begrijpen.'

'Jazeker, ja.' Jenn keek nog steeds verbaasd. 'Ik heb al maanden niets meer van Peter gehoord.'

'Kun je daar wat specifieker over zijn?'

'Ik weet niet waar hij is, mevrouw Crimstein. Het spijt me.'

'Zeg maar Hester.' Ze gooide haar meest ontwapenende glimlach in de strijd. 'Jullie waren getrouwd.'

Jenns stem klonk zacht. 'Ja.'

'Echt? Ik bedoel, niet alleen op tv?'

'Ja, echt, voor de wet en op alle mogelijke manieren.'

'Oké, en we weten natuurlijk allemaal wat er bij die podcast van Reality Ralph is gebeurd. Betekende dat het einde tussen jullie beiden?'

'Dit is allemaal...' Jenn staarde naar de vloer van licht hardhout. 'Ik voel me een beetje overdonderd.'

'Waarom? Je zei dat je niet weet waar Peter is...'

'Dat weet ik ook niet.'

'... maar je hebt vast wel geruchten gehoord over wat er met hem is gebeurd.'

Jenn zei niets.

Hester ploegde voort. 'Ik heb het over die geruchten dat Peter zo van streek was door die haatcampagne dat hij zichzelf van het leven heeft beroofd.'

Jenns ogen gingen dicht. Haar stem klonk nog zachter. 'Natuurlijk.'

'Denk je dat die geruchten waar zijn?'

'Dat Peter zelfmoord heeft gepleegd?'

'Ja.'

Ze slikte moeizaam. 'Ik weet het niet.'

'Jullie waren getrouwd. Je hebt hem goed gekend.'

'Nee, mevrouw Crimstein, ik dácht dat ik hem goed kende.' Er kwam ineens iets van staal in haar stem. Ze sloeg haar ogen op. 'Er begon iets tot me door te dringen.'

'En wat was dat?'

'Misschien heb ik Peter nooit gekend,' zei Jenn. 'Misschien kennen we nooit iemand echt.'

Hester besloot niet te reageren op dit treurige, zij het begrijpelijke standpunt. 'Ik heb geluisterd naar die podcast waarin je zus je echtgenoot knock-out sloeg.'

'Mevrouw Crimstein?'

'Hester.'

'Hester, ik denk dat ik genoeg gezegd heb.'

'Maar je hebt nog helemaal niets gezegd. Was je boos op haar?'

'Op haar?'

'Je zus. Was je boos op je zus?'

'Wat? Nee, waarom zou ik boos zijn op haar? Zij is ook een slachtoffer.'

'Hoezo?'

'Misschien heeft Peter haar gedrogeerd.'

'Misschíén? Ja... maar daarvoor al had je zus... Hoe heet ze ook alweer? Dat vergeet ik steeds.'

'Marnie.'

'Dank je. Marnie. Kijk, dit vind ik zo vreemd, Jenn, maar misschien kunnen wij er samen, als twee ervaren juristen uit komen. Marnie zei dat je echtgenoot haar naaktfoto's had gestuurd vóór dat incident met die roofies. Waarom heeft ze toen niet meteen iets tegen jou gezegd?'

'Zo eenvoudig is het niet.'

'Voor mij wel,' zei Hester. 'Dus leg het eens uit.'

'Marnie was een slachtoffer. Wat jij doet, is shaming. Je maakt haar belachelijk.'

'Nee, schatje, als ik me aan shaming schuldig maak, laat ik daar geen twijfel over bestaan. Ik zal er geen doekjes om winden. Dit is wat ik niet begrijp, dus misschien moet jij dat maar eens uitleggen: laten we zeggen dat jij Marnie Cassidy heet. Je houdt van je oudere zus, de o zo succesvolle Jenn. Ze is getrouwd met die superfantastische Peter. Op een dag stuurt echtgenoot Peter jou – mag ik het onomwonden zeggen? – een dickpic. Zeg jij, Marnie, niets tegen je zus Jenn, van wie je zo veel houdt? Waarschuw je haar niet dat ze getrouwd is met een smerige, achterbakse perverseling?' Hester schudde haar hoofd. 'Snap je mijn probleem. Draai het eens om. Veronderstel dat Marnie verliefd was geworden op een jongen die ze op tv had ontmoet en met hem was getrouwd. Die lapzwans stuurt jouw foto's van zijn pik. Zou je dan niets tegen Marnie zeggen?'

'Dat zou ik wel doen,' zei Jenn traag. 'Maar het is echt niet zo eenvoudig.'

'Oké, maak het dan maar ingewikkeld voor me. Zeg maar wat ik heb gemist.'

'Marnie is niet sterk. Ze laat zich makkelijk manipuleren.'

'Juist, maar hoe kan ze zich laten manipuleren om niets tegen de zus te zeggen van wie ze houdt?'

Jenn kneep zich in haar handen. 'Dat heb ik me ook afgevraagd.'

'En?'

'Ik wil hier echt niet over praten.'

'Jammer dan, vertel het me toch maar.'

'Ik denk dat Marnie het gevoel had – of misschien heeft Peter haar daarvan overtuigd – dat ik haar de schuld zou geven als ze me over die foto's had verteld.'

'Je zus de schuld geven?'

'Ja.'

'In plaats van je echtgenoot?'

'Ja.'

‘O, dat is interessant,’ zei Hester. ‘Alsof je om de een of andere reden zou kunnen denken dat Marnie de eerste stap had gezet.’

‘Of, ik weet het niet, had uitgelokt, erom had gevraagd of wat dan ook.’

‘Als meiden onder elkaar, wat denk jij dat er gebeurd is?’

‘Wat?’

‘Denk jij dat Marnie de eerste stap heeft gezet?’

‘Wat? Nee. Dat is niet wat ik zeg…’

‘Zo klinkt het wel. Misschien was het niet zo bedoeld. Misschien flirtte je zus alleen met Peter en heeft hij dat verkeerd begrepen.’

‘Ik vind het verschrikkelijk dat je dat zegt.’

‘Tja, het was jouw theorie, niet de mijne. Hoe dan ook, Marnie heeft jou nooit iets verteld over die dickpics. Ze heeft jou nooit verteld dat ze clandestien contact had gehad met je echtgenoot, toch?’

Jenn zei niets.

‘In feite,’ ging Hester door, ‘was dat interview tijdens die podcast de allereerste keer dat jij al die vreselijke verhalen over je echtgenoot hoorde. Ze had je voordien niets verteld, toch? Ze vertelde het aan de hele wereld. Vond je dat niet vreemd?’

‘Wat wil je eigenlijk zeggen?’ vroeg Jenn.

‘Dat lijkt me nogal voor de hand liggend. Marnie is wat wij vroeger – al is de term tegenwoordig waarschijnlijk politiek incorrect – “publiciteitsgeil” noemden.’

‘Nou, wacht even…’

‘Doe niet net alsof je geen idee hebt waar ik het over heb. Dat is een belediging voor ons allebei. Je zus heeft audities gedaan voor de meest uiteenlopende realityshows, maar ze is niet één keer geselecteerd. Dat viel niemand op, niemand heeft zich daar druk om gemaakt. Ze mocht meedoen in een spin-off bij een kleine zender – alleen omdat ze de zus is van Jenn Cassidy – en werd er in de eerste week weer uit gebonjourd. Van haar roem, wat die ook waard mocht zijn geweest, bleef in no time niets meer over. Maar kijk nou eens! Sinds het moment dat Marnie je echtgenoot onderuithaalde en jouw huwelijk kapotmaakte, nou ja zeg, ineens is Marnie een grote ster. Ze zat in de jury bij RuPaul en…'

'Wat wil je hier allemaal mee zeggen?'

'Dat Marnie misschien wel gelogen heeft. Misschien heeft ze het allemaal verzonnen.'

Jenn kneep haar ogen dicht en schudde haar hoofd. 'Nee, Marnie heeft niet over Peter gelogen.'

'Hoe weet je dat zo zeker?'

Ze deed haar ogen weer open. 'Denk je dat ik ook niet heel sceptisch was?'

'Vanwege je zus?'

'Vanwege alles. Weet je hoe reality-tv werkt?'

'Nee.'

'Alles is illusie. Het is theater, zeker, maar het is nog meer een goocheltruc. Je kunt niets wat je ziet vertrouwen. Ik leef iedere dag in die wereld. Dus ja, ik vertrouw mijn zus. Dat doe ik nog steeds en dat zal ik altijd blijven doen. Ik was alleen niet van plan mijn huwelijk te laten springen vanwege een op sensatie beluste podcast.'

'Je zei dat je zus zich makkelijk liet manipuleren. Je dacht dat misschien…'

'Ik dacht helemaal niets misschien,' zei Jenn bijna snauwend. 'Ik zocht bevestiging.'

'En heb je die gekregen?'

'Ja.'

'Van wie?'

Jenn haalde diep adem. 'Peter is niet erg overtuigend als leugenaar.'

Meestal vuurde Hester haar vragen af alsof ze een machinegeweer hanteerde, maar nu zweeg ze even om Jenn de kans te geven uit te weiden.

'Peter gaf het toe. Hier. Op deze bank.'

'Wanneer?'

'Een uur na de podcast.'

Hester was amper nog te verstaan. 'Wat zei hij?'

'In het begin hield hij vol dat er niets van waar was. Ik zat hem alleen aan te kijken en probeerde oogcontact met hem te krijgen, maar hij kon mij niet aankijken. O, ik wilde hem geloven. Ik wilde hem zielsgraag geloven. Maar ik kon het van zijn gezicht lezen. Zo stom en naïef was ik.'

'Probeerde hij het uit te leggen?'

'Hij zei dat het niet was wat ik dacht. Hij zei dat ik het niet zou begrijpen.'

'Wat bedoelde hij daarmee?'

Jenn gooide beide handen in de lucht. 'Dat zeggen alle mannen toch in zo'n situatie? Misschien was het de stress van het programma en het leven in het licht van de schijnwerpers. Tel daar onze mislukte pogingen om een kind te krijgen bij op. Dat kwam door Peters achtergrond dubbel zo hard aan, denk ik. Hij wilde dolgraag eigen kinderen.'

'Welke achtergrond?'

'Wat bedoel je?'

'Je zei dat de mislukte pogingen om een kind te krijgen dubbel zo hard aankwamen vanwege Peters achtergrond.'

'Weet je dat niet?'

Hester haalde haar schouders op om aan te geven dat ze geen flauw idee had.

'Ach, natuurlijk,' zei Jenn. 'Hoe zou je dat moeten weten. Peter hield het geheim. Ik kwam het zelfs pas te weten toen we al getrouwd waren.'

'Wat?'

'Peter is een adoptiekind. Hij heeft geen idee wie zijn ouders zijn.'

18

Als Katherine Frole de deur opendoet, heb ik me vermomd als een beroemdheid die niet herkend wil worden.

Wat dat inhoudt?

Eenvoudig. Een honkbalpet en een zonnebril.

Iedere beroemdheid – nou ja, oké, ik wil de beroerdste niet zijn – bijna iedere beroemdheid vermomt zich op die manier, terwijl het zo doorzichtig is. Als je ooit iemand ziet die binnenshuis of ergens buiten waar de zon niet schijnt een honkbalpet opheeft en een zonnebril draagt, doen ze dat om zeker te weten dat je hem of haar niet herkent, al kan het ook zijn dat het juist bedoeld is als een schreeuwende neonreclame. Kijk, ik ben belangrijk, de bedoeling is dat je me herkent.

En luister niet naar hun verweer, ze willen altijd worden herkend. Ze bestaan niet zonder herkenning.

Ik heb daarentegen geen enkel belang bij herkenning. Zeker vandaag niet.

Katherine is blij me te zien. Dat is een goed teken. Dat betekent dat het nieuws over Henry McAndrews haar nog niet heeft bereikt. Ze wijst wel naar me – om precies te zijn naar mijn pet en de zonnebril – en vraagt: 'Vanwaar die vermomming?'

'O, dat is niets,' zeg ik terwijl ik haar kantoor binnenloop. 'Je weet hoe het is.'

'Het verbaast me je opnieuw te zien. Het is gewoon dat ik het protocol al voor je heb...'

'En daar ben ik je dankbaar voor,' zeg ik snel met een brede glimlach om mijn lippen.

Katherine zegt even niets. Ik maak me lichtelijk zorgen, want ze werkt bij de FBI. Dat impliceert een geheel nieuwe reeks problemen, waar ik me nu even niet druk om kan maken. Katherine draagt een nauwsluitend blouseje en skinny jeans, zodat ik meteen kan zien dat ze niet gewapend is.

Ik daarentegen heb een oversized geel windjack aan. Daaronder houd ik mijn Glock 19 verborgen. Ik heb het pistool pas één keer afgevuurd. Nou ja, eigenlijk drie keer, maar al die drie schoten in één salvo, bam, bam, bam, en daarom tel ik het als één keer. Ik had gehoord dat richten moeilijk was en gepaard ging met allerlei complicaties, dus niet zoals je in de film ziet, en dat je erin getraind moet worden en heel veel moet oefenen.

Maar mijn drie schoten waren alle drie raak.

Ik schoot natuurlijk wel van dichtbij.

Katherine blijft maar naar me glimlachen. Ze wordt bijna duizelig van het feit dat ze vlak bij mij is. Dat vind ik zo merkwaardig en vreemd aan roem. Katherine Frole is een belangrijke vrouw. Ze doet forensisch werk voor de FBI. Ze heeft twee gezonde zoons en een echtgenoot die zijn carrière heeft opgegeven en als huisvader voor de jongens zorgt. De twee hebben een relatie die in het tweede jaar van hun studie aan Dartmouth College is ontstaan, zo'n twintig jaar geleden. Samengevat: Katherine Frole is een hoogopgeleide, succesvolle vrouw met een duidelijke plek in de samenleving – en daarnaast is ze een fanatieke fan van *Love Is a Battlefield*, tot in het absurde.

Zijn we immers niet allemaal tegenstrijdig?

'Ik ben vorige week nog langs geweest,' zeg ik. 'Maar je was er niet.'

'Klopt,' zegt ze. 'Met het gezin naar Barbados.'

'Leuk.'

'Ik ben net terug.'

En dat is natuurlijk de reden dat ik nu kom.

Katherine laat zich op haar bureaustoel vallen. 'En wat kan ik voor je doen?'

'Toen je mijn zaak onderzocht,' begin ik.

Katherine steekt een hand omhoog. 'Mag ik je meteen afbreken. Zoals ik al zei, heb ik het protocol met voeten getreden, omdat, nou ja, dat weet je wel.'

Dat weet ik inderdaad.

'Maar dat is het dan ook. Meer kan ik niet voor je doen.'

'Ik weet het.' Ik zorg ervoor dat mijn ogen meedoen aan mijn glimlach. 'En ik waardeer het wat je allemaal hebt gedaan. Echt. Ik was alleen maar nieuwsgierig of je nog meer had gehoord.'

Er kruipt iets van twijfel in haar trekken. 'Ik begrijp niet wat je bedoelt.'

'Je doet dit soort dingen heel veel,' zeg ik. 'Ja, toch?'

'Dat is niet relevant.' De woorden komen nu in korte ademstoten. 'Ik zeg niets meer. Ik heb het gedaan. Dat had niet gemoeten. Maar ik kan het niet weer.'

'Ik moet iets bekennen,' zeg ik.

'O?'

'Je moet goed begrijpen dat ik iets moest doen met die naam.'

De glimlach glijdt als een gletsjer van haar gezicht. 'Wat bedoel je?'

'Ik moest naar hem toe.'

'O, christus.'

'Voor antwoorden. Kon toch niet anders?'

'Maar je had beloofd...'

'Alleen de naam was niet genoeg. Dat moet je goed begrijpen. Ik moest hem recht in de ogen kijken.'

Katherines stem is niet meer dan een laag, hees fluisteren. ‘O, nee.’ Ze sluit haar ogen, blijft even stil en schraapt dan haar keel. ‘Je hebt met McAndrews gesproken?’

‘Ja.’

‘Wat zei hij?’

‘Dat hij alleen werkte,’ antwoord ik.

‘Dat is alles?’

‘Dat is alles. Daarom moet ik meer weten, Katherine. Omdat je iemand bent die zo loyaal is en zo veel onderzoek voor me heeft gedaan, moet ik je vragen of je nog meer te weten bent gekomen.’

Katherine zwijgt.

‘Je hebt een mooi huis en een eigen kantoor in het hoofdkwartier van de FBI,’ zeg ik terwijl ik mijn hoofd een heel klein beetje schuin houd. ‘En toch heb je hier een rommelig kantoortje waar niemand weet van heeft. Waarom?’

‘Ik ga je vragen om nu te vertrekken.’

‘Verberg je hier je geheimen? Is het daarom? Staan er geheimen op die computer?’

Haar mobiele telefoon ligt op het bureautje. Ze reikt ernaar. Ik trek de rits van mijn gele windjack omlaag en haal mijn pistool tevoorschijn. Ik heb er niet echt op geoefend, maar ik doe het in één soepele beweging. Ik ben altijd al een vrij goede sporter geweest met een uitstekende oog-handcoördinatie. Misschien is dat het.

‘Leg die telefoon neer,’ zeg ik.

Katherines ogen puilen bijna uit hun kassen.

‘Henry McAndrews is dood, Katherine.’

‘Mijn god, heb jij…?’

‘Hem doodgeschoten, ja. Vind je ook niet dat hij dat heeft verdiend?’

Ze is te slim om daar antwoord op te geven. ‘Wat wil je?’

‘De andere namen op je lijst.’

‘Maar alles draaide om hem.’

'Niet alleen wie hierbij betrokken waren.'

Ze lijkt in de war.

'Ik wil de namen van iedereen die jij niet wilde straffen.'

'Waarom?'

Dat lijkt me nogal voor de hand liggend, maar dat laat ik voor wat het is. 'Ik zal je niets doen,' zeg ik zo geruststellend mogelijk. 'Heb je wel eens gehoord van wederzijds gegarandeerde vernietiging? Dat zijn wij, Katherine. Jij en ik. Als jij probeert om mij de moord op Henry McAndrews in de schoenen te schuiven, heeft dat kwalijke gevolgen voor jou. Jij hebt mij zijn naam gegeven. Je zou jezelf verraden. Dus, zie je? Jij weet iets van mij, ik weet iets van jou.'

'Oké,' zegt ze. Ze knikt theatraal. 'Ga dan maar. Ik beloof dat ik mijn mond zal houden.'

Ze denkt dat ik achterlijk ben. 'Ik moet eerst die namen hebben.'

'Die heb ik niet.'

'Alsjeblieft,' zeg ik. 'Je maakt het er voor jezelf niet beter op door tegen me te liegen. Je was het toch met me eens dat McAndrews gestraft moest worden?'

'Straffen, ja, maar...'

Ik richt het wapen. Katherine valt stil en kijkt naar het pistool in mijn hand. Dat is hoe het is. Ze heeft amper oog voor mij. Haar hele wereld is gekrompen tot het zwarte gat aan het uiteinde van de loop.

'O-oké,' stamelt ze, 'je hebt gelijk. Ik zal je de namen geven. Maar doe alsjeblieft dat pistool weg.'

'Als je het niet erg vindt, houd ik het er toch nog even bij tot we klaar zijn.' Ik maak een gebaar met het pistool naar de computer. 'Open de bestanden. Ik wil zien wat je hebt.'

Wij mensen zijn een smeltkroes van allerlei soorten gedrag, nietwaar? Dus blijf ik me van alles afvragen. Waar zou ik nu staan als die podcast van Reality Ralph er niet was geweest met die afschuwelijke onthulling? Ik vermoed dat mijn leven dan zijn 'normale' – ik gebruik dat woord alleen maar tussen aanhalingstekens – gangetje zou gaan, dat ik geen voorbereidingen zou treffen voor mijn tweede moord. Zonder die podcast zou ik nooit op zoek zijn gegaan naar de identiteit van de man die die afgrijselijke berichten en foto's de wereld in stuurde. Ik zou nooit een pistool hebben gekocht. Ik zou nooit iemand hebben doodgeschoten.

Natuurlijk, dat allemaal gezegd hebbende, had de dood van McAndrews het einde kunnen zijn – het einde móéten zijn – van het hele verhaal. Ik had wraak genomen. De moord op hem kon op geen enkele manier met mij in verband worden gebracht. Alles zou op zijn pootjes terechtkomen.

Dat was mijn bedoeling geweest.

Maar nu wordt het interessant. Want toen ik oog in oog stond met McAndrews, toen ik de trekker voor de eerste keer overhaalde, voor de tweede keer, en een derde keer...

Wilt u weten wat er toen gebeurde?

Als ik echt helemaal eerlijk moet zijn tegen mezelf, weet u wat ik toen besefte?

Ik genoot. Met volle teugen.

Ik genoot ervan hem dood te schieten.

We hebben allemaal boeken gelezen en films gezien met psychotische moordenaars, die zichzelf niet in bedwang kunnen houden, die verslaafd raken aan de adrenalinekick, hoe ze als kleine kinderen beginnen met kleine dieren. Er is een kat van de buren verdwenen, daarna een hond van de andere buren. Zo werkt het, zeggen ze. Het is iets wat groeit. Dat geloofde ik ook altijd.

Maar nu niet meer.

Ik geloof dat ik deze euforie nooit had ontdekt als ik niet gedwongen was geweest om iemand dood te schieten. Ik was gewoon doorgegaan met mijn leven. Net als u. Net als de meeste mensen. De behoefte, die honger was een sluimerende behoefte, een sluimerende honger gebleven.

Maar toen ik eenmaal de trekker had overgehaald...

Is 'gelukzaligheid' het juiste woord? Of zou je het eerder een dwangneurose moeten noemen?

Ik weet het niet.

Toen ik eenmaal Henry McAndrews had doodgeschoten – toen ik de smaak te pakken had gekregen – wist ik dat er geen weg terug was.

Het heeft me veranderd. Ik kon niet meer slapen. Ik kreeg geen hap meer door mijn keel. Niet omdat ik werd geplaagd door schuldgevoelens. Dat liet me koud. Ik werd geobsedeerd door beelden van het overhalen van de trekker en zijn hoofd dat explodeerde, omhuld door een rode mist. Het was nog erger, ik werd geobsedeerd door de vraag wanneer ik het opnieuw zou kunnen doen.

Dus denk ik: als die podcast van Reality Ralph er niet was geweest, als al die schande, die haatcampagne en dat verraad er niet waren geweest, zou ik de rest van mijn leven onwetend zijn gebleven van het bestaan van deze euforie – en de hunkering ernaar.

Zou dat een beter leven zijn geweest? Of minder goed? Dat weet ik niet zo precies, maar het zou in ieder geval minder authentiek zijn geweest.

Er plooit zich een glimlach om mijn lippen bij die gedachten en ik zie dat dat Katherine doodsangst aanjaagt. Ik heb mijn oude maniertjes logelaten, de alledaagse vriendelijkheid, de oude maskers afgeworpen. Het werkt zo verdomd bevrijdend om het leven ongeremd zijn gang te laten gaan.

Ik wil Katherine niet echt doodschieten. Mijn doel voor de toekomst is alleen diegenen dood te schieten die het verdienen – zo denk ik mijn handelen te kunnen rechtvaardigen. Daarvoor heb ik die lijst met namen nodig. Ik ga al die trollen die hun pleziertjes halen uit het anoniem kapotmaken van anderen, doodschieten.

En dus niet Katherine Frole. Zij bedoelt het goed.

Maar ik realiseer me ook dat mijn 'jij weet iets van mij, ik weet iets van jou' een uitzonderlijk zwak argument is. De kans is behoorlijk groot dat ze uiteindelijk toch naar de autoriteiten zou stappen, zelfs als dat milde repercussies voor haar zou betekenen.

Het is dus uitgesloten dat ik haar in leven laat.

Katherine doet nu haar uiterste best mij een plezier te doen. Ze typt op haar computer en draait het scherm naar mij.

'Dit zijn alle namen,' zegt ze met verstikte stem. 'Ik zal mijn mond houden, dat beloof ik je. Alsjeblieft, ik heb een gezin, ik heb kinderen...'

Ik haal de trekker drie keer over.

Net als de vorige keer.

19

Toen Wilde aankwam, was Vicky Chiba, de zus van Peter Bennett, aan het tuinieren in de achtertuin. Ze droeg tuinhandschoenen die zo dik waren dat haar handen leken op die van Mickey Mouse. Ze keek naar de grond terwijl ze met een soort troffeltje grond omwoelde.

Wilde had besloten de aanval direct te openen. Zelfs nog voordat ze zich naar hem kon omdraaien, zei hij: 'Je hebt tegen me gelogen.'

Ze draaide abrupt haar hoofd om en keek hem aan. 'Wilde?'

'Je zei dat je je stamboom voor me uit zou zoeken.'

'Ja, natuurlijk. Dat doe ik, ik beloof het. Wat is er?'

'Mijn collega heeft Jenn gesproken.'

'Juist, en?'

'Ze zei dat Peter een geadopteerd kind is.'

Haar mondhoeken verslapten.

'Vicky?'

'Heeft Jenn dat gezegd?'

'Ja.'

Ze sloot haar ogen. 'Dus Peter heeft het haar verteld. Dat wist ik niet.'

'Is het waar?'

Vicky knikte verslagen.

'Dus genetisch zijn wij niet verwant. Jouw ouders, je broer en je zus, niemand van jullie deelt mijn bloed.'

Vicky staarde hem alleen maar aan.

'Waarom heb je tegen me gelogen?' vroeg Wilde.

'Ik heb niet gelogen.' Ze rolde met haar schouders. 'Ik vond alleen dat het niet aan mij was om je dat te vertellen. Peter wilde niet dat iemand het wist.'

'Weet je iets over zijn biologische achtergrond?'

Vicky slaakte een diepe zucht, ging staan en klopte het stof van haar kleren. 'Laten we naar binnen gaan, dan vertel ik je alles. Maar eerst een vraag: heb je Peter gevonden?'

'Je was er toch van overtuigd dat hij dood was?'

'Dat was ik, ja, maar nu niet meer.'

'Wat heeft je op andere gedachten gebracht?'

'Ik dacht dat Peter zelfmoord had gepleegd na die podcast en de breuk met Jenn.'

'Maar nu?'

'Nu heeft mijn broer een bloedband met jou.'

'En?'

'Dus nu denk ik dat wat hem overkomen is,' zei ze traag, 'misschien niets met Jenn en dat programma te maken heeft. Misschien is het meer dan dat.'

'Zoals wat?'

'Zoals jíj, Wilde. Alsof wát jou dan ook als kind is overkomen, ik weet het niet, op de een of andere manier jaren later, als een soort echo op hem is neergedaald.'

Wilde stond er een beetje hulpeloos bij. Hij wist niet zo goed wat hij moest zeggen.

'Ik heb even tijd nodig,' zei ze. 'Dit is allemaal heel verwarrend, maar ik zal je alles vertellen.'

Vicky Chiba zette een pot 'helende kruidenthee' die volgens haar 'magische medische krachten' had. Wilde wilde graag dat ze ter zake zou komen, maar soms kon je beter een stapje terug doen in plaats van door te drammen. Hij beidde zijn tijd en observeerde haar. Zij concentreerde zich voor de volle honderd procent op het zetten van thee. Alles wat ze deed, was doordacht. Ze werkte niet met theezakjes zoals je die in de winkel koopt, maar met losse theeblaadjes en een zeef. Haar fluitketel was grijs geëmailleerd en had een houten handgreep. Hij floot oorverdovend toen het water kookte. Ze gaf de porseleinen theekop waarop OM NAMASTE stond aan hem en dronk zelf uit een kop met de tekst WAT WE DENKEN, WORDEN WE – BOEDDHA.

Ze nam een slok thee. Wilde ook. Hij proefde sporen van gember en seringen. Ze nam een tweede slok. Wilde wachtte. Ze zette haar kop neer en duwde hem toen van zich af.

'Ongeveer dertig jaar geleden kwamen mijn ouders op een dag thuis, terug van een vakantie in Florida – dachten we. Ik kan me niet herinneren hoelang ze weg geweest zijn. Wij drieën – Kelly, Silas en ik – logeerden bij mevrouw Tromans, een vriendelijke, oudere dame. Zij was in die tijd onze oppas.' Vicky schudde haar hoofd, pakte haar thee, hield zich in en legde haar hand terug in haar schoot. 'Hoe dan ook, in die tijd woonden we in Memphis. Ik kan me herinneren dat mijn vader ons drieën ophaalde bij mevrouw Tromans. Hij gedroeg zich vreemd en deed net alsof hij heel blij was. Hij zei dat we gingen verhuizen naar een ander huis, een nieuw, groot huis. Silas was nog maar twee of drie jaar oud, maar Kelly en ik waren oud genoeg om te begrijpen wat dat inhield. Ik herinner me dat ik naar Kelly keek. Ze begon te snikken. Ze maakte zich zorgen want haar vriendin Lilly zou haar elfde verjaardag die komende vrijdag vieren bij een Chuck E. Cheese, en daar wilde ze dolgraag naartoe. Ik vroeg waar mama was. Ze was in ons nieuwe huis, zei mijn vader, en zou dolblij zijn als ze ons weer zou zien. Hoe dan ook, we zaten uren in de auto en Kelly huilde uren aan een stuk. Toen we eindelijk aankwamen, stond mama ons op te wachten met een baby, een jongetje. 'Dit is je nieuwe broertje Peter,' zei ze.

Vicky stak een hand op. 'Ik weet dat ik het je had moeten vertellen, maar je moet het begrijpen. We praatten er nooit over. Zelfs toen niet. Als ik het je had verteld, was dat, ik weet het niet, een soort familieverraad geweest. Ik weet dat het heel raar klinkt, maar papa en mama zeiden alleen maar: "Dit is je broertje Peter." Ze legden niets uit. Tenminste in het begin. Ik weet nog dat ze alleen maar heel breed stonden te glimlachen en heel opgewonden waren, maar zelfs Kelly en ik vonden het gemaakt. Ze probeerden ons enthousiast te maken, weet je, met: "Zal het niet fijn zijn voor Silas om een klein broertje te hebben?" en: "Is dit geen geweldige verrassing?" En ik herinner me nog dat Kelly vroeg waar de baby vandaan kwam en dat papa zei: "O, schatje, van dezelfde plek als jij."'

Ze viel stil en pakte met een trillende hand haar thee.

Wilde was voorzichtig. 'Je ouders vertelden jullie niet dat hij geadopteerd was?'

'Nee, niet toen. Uiteindelijk moesten ze het wel toegeven.'

'Wat zeiden ze?'

'Alleen maar dat. Ze zeiden dat het een privéadoptie was en dat ze hadden moeten beloven dat ze het nooit aan iemand zouden vertellen. Onze ouders dwongen ons een eed af te leggen dat we het nooit aan iemand zouden vertellen. En na een poosje – ik weet dat het raar klinkt – is het gewoon geworden wat het was. We hielden allemaal zielsveel van Peter.'

'Hadden ze Peter verteld dat hij geadopteerd was?'

Ze schudde traag haar hoofd. 'Nee, mijn ouders hebben het hem nooit verteld. Hij was maar een baby'tje toen ze hem mee naar huis namen. Al die tijd heeft hij niet geweten dat hij geadopteerd was.'

'Wanneer is hij erachter gekomen?'

'Pas toen hij mee ging doen aan *Love Is a Battlefield.*'

'Wie heeft het hem verteld?'

'Waarschijnlijk had ik dat moeten doen. Hij was volwassen, hij had het recht het te weten.' Ze staarde naar haar kop thee. 'Maar hij hoorde het van de producers.'

'De producers van *Love Is a Battlefield*?'

Vicky knikte. 'Dat zei hij. Alle deelnemers worden medisch gescreend. Een van de uitkomsten was dat hij niet de biologische zoon van mijn ouders kon zijn.'

'Dat moet een schok zijn geweest.'

Vicky zei niets.

'Hoe reageerde Peter?'

'Hij was kwaad, in de war. Hij was de draad kwijt en zelfs gedeprimeerd, en zo had ik hem nog nooit gezien. Maar hij zei ook dat hij het als een soort opluchting ervoer om eindelijk de waarheid te kennen. Hij zei dat hij altijd het gevoel had gehad dat hij niet thuis was, dat hij er niet bij hoorde. Ik ben gaan luisteren naar podcasts over dat onderwerp. Er is er een die *Familiegeheimen* heet. De host van die podcast kwam er toen ze volwassen was achter dat de vader die haar had grootgebracht niet haar biologische vader was. Ik heb een hele reeks verhalen zoals dat van haar en Peter beluisterd, verhalen van mensen die erachter kwamen, meestal met DNA-tests, dat ze geadopteerd waren, of het product van spermadonatie of een affaire of wat dan ook. Ze leken allemaal hun hele leven het gevoel te hebben dat ze vervreemd waren, dat ze er niet echt bij hoorden. Ik weet niet of dat zo is of niet.'

'Jij denkt dat die gevoelens niet echt zijn?'

'Heb jij ze ook, Wilde? Vervreemding, woede, verwarring? Jij bent als kind op de vreselijkste manier in de steek gelaten.'

'Het gaat niet over mij.'

'Nee? Luister, ik weet niet of die gevoelens van Peter echt waren of niet. Ik weet niet of hij er achteraf op terugkeek en toen die vervreemding voelde – hij leek altijd vrij aangepast – of dat hij altijd al op een of ander cellulair DNA-niveau wist dat er iets niet in orde was. Het maakt niet uit. Het kwam hard aan, al die jaren van leugens en bedrog. Dus meldde hij zich aan bij een aantal DNA-sites, want hij wilde weten waar hij vandaan kwam.'

'Weet jij wat hij te weten is gekomen?'

'Nee. Hij heeft het me nooit verteld.'

'Heeft Peter Kelly verteld dat hij het wist?'

'Nee.'

'Of Silas?'

'Ook niet.'

'Wacht – hoe oud was Silas toen je ouders Peter adopteerden?'

'Nog geen drie.'

'Dus...' Wilde wist niet precies waar hij naartoe wilde. 'Wist Silas dat Peter geadopteerd was?'

Vicky schudde traag haar hoofd. 'Dat hebben we hem nooit verteld.'

'Als je "nooit" zegt...'

'Nog steeds niet, tot op de dag van vandaag. Het was aan Peter om zijn geheim aan mensen te onthullen. Hij heeft mij laten beloven dat ik het aan niemand zou vertellen.'

'Zelfs niet aan zijn eigen broer?'

'De relatie tussen die twee is gecompliceerd. Heb jij broers en zussen? Wacht, wat een stomme vraag, sorry. Silas zat op school twee klassen hoger dan Peter, maar hij stond toch steeds bij Peter in de schaduw. Peter was populairder, hij was een betere sporter, al dat soort dingen. Silas was jaloers en misschien zelfs wel verbitterd, en toen dat programma begon, met alle aandacht en roem voor Peter? Dat maakte het alleen maar erger.'

Wilde probeerde zich er iets bij voor te stellen, maar dat lukte hem niet. Hij sneed een ander onderwerp aan. 'Zegt de naam Henry McAndrews jou iets?'

'Nee.' Vicky hield haar hoofd schuin. 'Is dat Peters biologische vader?'

'Nee, ik denk het niet.'

'Wie is hij dan wel?'

'EkarwredDog.'

Vicky zette grote ogen op. 'Je hebt die maniak gevonden? Hoe?'

'Dat is niet belangrijk.'

'Kan hij gearresteerd worden? Ik bedoel, ik weet dat de wetgeving voor stalking en inbreuk op de persoonlijke levenssfeer op internet veel te slap is, maar als er bewijzen zijn dat hij doelbewust...'

'Henry McAndrews is dood. Hij is vermoord.'

Vicky sloeg een hand voor haar mond. 'O, mijn god.'

'De politie zal er nu wel mee bezig zijn.'

'Waarmee?' Hij liet haar even nadenken. Toen drong het tot haar door. 'Wacht, wil je beweren dat Peter misschien verdacht wordt?'

Wilde zei niets.

'Ja, natuurlijk wordt hij verdacht,' zei Vicky in antwoord op haar eigen vraag. 'Maar hij heeft het niet gedaan. Dat weet jij ook.'

Wilde dacht aan alles waar Peter Bennett mee in het reine moest komen sinds hij was verdwenen. De enorme vlucht naar het sterrendom, de ontdekking dat hij was geadopteerd, de onomwonden onthullingen door zijn schoonzus in die podcast, de genadeloze afrekening in het #MeToo-tijdperk, zijn verwoeste huwelijk, roem, carrière, eigenlijk zijn hele verwoeste leven. Hoe losgeslagen moest zijn neef zich hebben gevoeld. Hoe wanhopig, zo wanhopig dat hij onder het pseudoniem PB contact had gezocht met WW, waarna WW niet eens de moeite had genomen om te reageren.

'Waarmee verdienden je ouders de kost?'

'Papa was huismeester. Na de verhuizing werkte hij als huismeester van Pollock voor Penn State. Mama had een parttimebaan bij de studentenadministratie.'

Wilde maakte in gedachten een aantekening. Hij zou Rola vragen om eens te kijken naar de tijd bij Penn State, al vroeg hij zich af waar dat goed voor zou kunnen zijn. Hij kon beter inzetten op het achterhalen van de geboorteakte en adoptiepapieren van Peter Bennett.

Zelfs bij een privéadoptie mocht je verwachten iets terug te kunnen vinden over de biologische ouders.

Maar de Bennetts verhuizen.

Plotseling, zonder enige aankondiging vooraf. Ze laten de kinderen achter bij een oppas. Pa komt thuis, sleept ze mee naar een plek ver weg, waar niemand ze kent en ze hebben er ineens een baby bij.

Iets was helemaal fout.

'Je zei dat je vader overleden is en dat je moeder – hoe zei je dat? – er soms wel is en soms niet?'

'Dementie. Alzheimer.'

'Misschien is het toch de moeite waard om met haar te praten.'

Vicky schudde haar hoofd. 'Wat voor nut zou dat hebben, Wilde?'

'We willen antwoorden.'

'Jíj wilt antwoorden. Dat begrijp ik. Maar wat er dan ook al die jaren geleden is gebeurd, op welke manier Peter dan ook in ons gezin terecht is gekomen, ik bedoel, wat heb je eraan om dat nu allemaal weer op te rakelen? Mijn moeder is een oude vrouw. Ze is fragiel. Ze is er geestelijk niet best aan toe. Ze raakte zo over haar toeren, iedere keer dat ik naar Peters geboorte vroeg, dat ik ermee gestopt ben.'

Het leek Wilde niet zinvol hier nu op door te gaan. Rola kon ongetwijfeld uitzoeken waar de oude vrouw woonde. Dan konden ze altijd nog bedenken wat ze zouden doen.

'Wilde?'

Wilde keek Vicky aan.

'Ik weet niet hoe ik dit moet zeggen, maar voor mij en mijn familie is het voorbij, denk ik.'

'Hoe bedoel je?'

'Je zei dat Peter verdacht wordt van de moord op McAndrews.'

'Dat zal gebeuren, denk ik.'

'Nou, denk eens na. Peter is op zo veel manieren kapotgemaakt. Hij is alles kwijtgeraakt. Laten we er eens van uitgaan dat wat we allebei denken, waar is. Laten we zeggen dat hij McAndrews heeft gevonden en op de een of andere manier betrokken is bij diens dood. Een ongeluk. Zelfverdediging. Of misschien wel moord, al kan ik dat niet geloven. Dat moet dan toch de druppel zijn die de emmer doet overstromen, of niet? Dat moet dan toch het moment zijn waarop hij op de vlucht slaat en van de rotsen springt en...?'

Wilde schudde zijn hoofd. 'Maar dat laatste bericht dan?'

'Wat is daarmee?'

'Peter zei dat leugens sneller zijn dan de waarheid en dat je niet te snel moet geloven wat je hoort. Hij zei precies hetzelfde in dat bericht aan mij – dat mensen leugens over hem verspreidden.'

'Dat was eerder.'

'Eerder dan wat?'

'Ik denk dat je moet gaan.'

'Als er iets is wat ik niet...'

'Dat is er niet, Wilde. Het is gewoon... het is gewoon voorbij. Peter is dood.'

'En als hij dat niet is?'

'Dan is hij gevlucht en wil hij niet gevonden worden. Maar hoe dan ook, ik wil dat je weggaat.'

20

Chris Taylor wachtte tot de hele dierentuin van Boomerang zich had aangemeld bij de beveiligde videovergadering. Giraffe was de eerste, gevolgd door Kitten en Alpaca. Even later verscheen IJsbeer op het scherm. Daarmee was het quorum aanwezig. Toen ze aan dit avontuur begonnen, hadden ze een aantal regels afgesproken om hun identiteit, de groep in het algemeen en hun werk te beschermen. Ze hadden ook afspraken gemaakt over het quorum – vijf van de zes moesten present zijn om iets te bespreken. Als er twee niet aanwezig konden zijn, moest de bespreking domweg worden uitgesteld.

'Laten we nog een minuutje op Panter wachten.'

Het duurde langer dan een minuutje. Chris stuurde nog een herinnering. Ook daarbij speelde de veiligheid van de groep een grote rol. Niemand van de groep kon direct berichten sturen naar een van de anderen. Alle berichten gingen naar iedereen in de dierentuin van Boomerang.

'Panter reageert niet,' zei Giraffe.

'Ze hebben ook niet gereageerd op de eerste oproep,' zei Kitten.

Binnen de groep werd iedereen aangeduid met zij/hen/hun, niet zozeer om gendertechnische redenen als wel omdat het een zoveelste beschermende laag was over de ware identiteit. Chris had geen idee wie man was en wie vrouw. Misschien was hij wel de enige man in een groep met vijf vrouwen, maar het kon ook wel een groep zijn met zes mannen – en alles daartussenin. Hij had geen idee waar ze op de wereld woonden, met uitzondering van het feit dat Kitten had aangegeven dat hun klok de Midden-Europese Tijd moest aanhouden, zodat ze bij het plannen van besprekingen allemaal wakker zouden zijn.

'Er is geen reden voor paniek,' zei IJsbeer. 'We hebben het bericht van Leeuw pas vandaag gekregen.'

Dat was waar, maar het zinde Chris niet. Het zinde hem helemaal niet. Het zou heel anders zijn als een van de anderen er niet was. Dan zou hij zich zeker ook zorgen maken, maar juist Panter die afwezig was?

'Het quorum is aanwezig,' zei Giraffe. 'Wil je ons nu vertellen waarom je ons bij elkaar hebt geroepen of wil je op Panter wachten?'

Chris dacht even na. 'Ik zou me beter voelen als juist Panter er nu bij was.'

'Waarom juist Panter?'

'Omdat dit over hen gaat.'

'Hoezo?'

Opnieuw dacht Chris even na. 'Ik ga iets voor jullie op het scherm zetten.'

Hij opende een artikel van de voorpagina van de *Hartford Courant* op het scherm. Er stond een grote portretfoto van Henry McAndrews in zijn blauwe politie-uniform op. De kop boven zijn glimlachende gezicht luidde:

GEPENSIONEERDE POLITIECHEF VERMOORD

Criminele afrekening thuis in Harwinton

IJsbeer reageerde als eerste. 'Henry McAndrews, waarvan ken ik die naam?'

‘McAndrews was een dossier,’ zei Chris.

‘Slachtoffer of dader?’ vroeg Giraffe.

Chris drukte op een andere toets van zijn computer. ‘Ik heb jullie allemaal net het dossier gestuurd. De zaak werd gepresenteerd door Panter. McAndrews was de dader.’

‘Mijn god, welke straf heeft hij gekregen?’

‘Geen straf,’ zei Chris.

‘Ik snap het niet,’ zei Giraffe.

‘Laat me jullie geheugen even opfrissen. Panter presenteerde de zaak van een trol die een realityster online het leven zuur maakte.’

‘O ja,’ zei IJsbeer. ‘De PB van PB&J. Mijn dochter is een fan… ’ IJsbeer brak de zin af, zich er plotseling van bewust dat het om persoonlijke informatie ging. ‘Ik ken die show.’

‘Peter Bennett,’ zei Chris. ‘Hij was betrokken bij een schandaal op reality-tv, en zoals gewoonlijk volgde een uitbarsting van haat en vuilspuiterij op internet, die zo erg was dat het leven van het doelwit verwoest werd. Er gaan geruchten dat hij zelfmoord heeft gepleegd, al heeft hij dat misschien ook wel in scène gezet.’

‘Ik weet het weer,’ zei Kitten. ‘Was die Peter Bennett niet zelf eerst een viezerik geweest?’

‘Waarschijnlijk,’ zei Chris. ‘Hij werd ontmaskerd in een podcast en ervan beschuldigd dat hij overspel pleegde en misschien zelfs vrouwen drogeerde en verkrachtte. Geen bewijzen, alleen beschuldigingen. Wij hebben toen met z’n allen besloten – en terecht volgens mij – dat er slachtoffers waren die meer aanspraak op onze aandacht konden maken.’

‘Hebben we hem laten lopen?’

‘Ja.’

‘En als ik het me goed herinner, was Panter daar niet blij mee,’ zei Kitten. ‘Panter stelde een storm van niveau één voor, eerste categorie voor McAndrews. De man duidelijk maken dat hij niet zo’n klootzak moest zijn.’

‘Wisten we dat de trol een politieman was?’ vroeg IJsbeer.

‘Zover zijn we nooit gekomen omdat we besloten er niet verder op in te gaan,’ zei Chris. ‘Had dat wat uitgemaakt?’

‘Ik denk het niet.’

Stilte.

‘Wacht even,’ zei Kitten. ‘We hebben heel veel zaken voorbij zien komen die nooit het stadium van een strafmaat hebben bereikt. Dat is inherent aan dit groepswerk. Wil je nu beweren dat Panter voor zichzelf begonnen is?’

‘Ik wil niets beweren,’ zei Chris.

‘McAndrews werkte bij de gemeentepolitie,’ zei IJsbeer. ‘Je zou denken dat hij genoeg vijanden heeft opgedaan, dus misschien is zijn dood gewoon toeval. Misschien heeft het niets met ons te maken.’

‘Misschien,’ zei Chris met nul komma nul enthousiasme.

‘In die krantenkop hebben ze het over een afrekening in het criminele circuit. Misschien was het dat echt. Of misschien was de man toch een trol van formaat.’

‘En?’

‘Misschien viel hij ook iemand anders lastig en heeft die hem op de korrel genomen.’

‘Juist,’ zei Giraffe. ‘Of misschien was het een doodgewone inbraak. Of misschien was die McAndrews, zoals Kitten en IJsbeer suggereren, gewoon een klootzak met een pistool, een mooi legitimatiebewijs van de politie, en het soort minderwaardigheidscomplex dat zijn gedrag als trol verklaart.’

‘Juist,’ zei Kitten. ‘We weten toch dat Panter ons nooit in de steek zou laten.’

‘Weten we dat?’ vroeg Chris.

‘Wat?’

‘We kennen elkaar niet,’ zei Chris. ‘Daar gaat het om. Normaal gesproken zou ik het met je eens zijn. Ik zou denken dat de moord op McAndrews niets met ons te maken had. In feite schatte ik de kans dat Boomerang niets met zijn dood te maken had een uur geleden in op zestig tot vijfenzeventig procent.'

'Waarom denk je er nu dan anders over?' vroeg Giraffe.

'Kom op, Giraffe,' zei Kitten met hun Britse accent. 'Dat lijkt me nogal duidelijk.'

'Wat?'

'Panter is er niet,' zei Chris. 'Hij...' Hij brak zijn zin af en verbeterde zich. 'Ik bedoel, zij zijn de enige die er niet is.'

'Panter heeft nog nooit een bespreking gemist,' voegde Giraffe eraan toe.

'Al die keren dat we bijeen zijn geweest,' zei IJsbeer, 'heeft er nog nooit iemand van de groep ontbroken. Behalve die ene keer dat Kitten van tevoren had aangekondigd dat zij er niet bij konden zijn.'

'Precies,' zei Chris. 'Panter had de zaak aangekaart en nu reageert Panter niet op onze berichten.'

Iedereen zweeg.

'Wat gaan we doen?' vroeg Giraffe uiteindelijk.

'We hebben een heel speciaal protocol,' zei Chris.

'Stel je voor om het glas te breken?' vroeg IJsbeer.

'Ja.'

'Dat steun ik,' zei Kitten.

'Ik vind het nogal extreem,' zei Giraffe.

'Dat vind ik ook,' zei IJsbeer. 'De afspraak is om het glas alleen te breken in omstandigheden waarin niets anders nog soelaas biedt. We moeten er allemaal mee instemmen. Het kan niet met vier tegen één.'

'Ik weet het,' zei Chris.

Het was onderdeel van de beveiligingsprotocollen die Boomerang vanaf het begin had gehanteerd. Ze kenden elkaar geen van allen. Uiterst belangrijk, omdat geen van hen de anderen kon verraden, mocht diegene betrapt worden en onder druk worden gezet.

Ze konden elkaar op geen enkele manier opsporen.

Tenzij ze 'het glas braken'.

De namen van de groepsleden waren opgeborgen in een bestand dat was beveiligd met alles wat de mens maar had bedacht op dat gebied. Ieder lid van Boomerang had een eigen unieke code van zevenentwintig tekens. Als ze alle vijf binnen tien seconden hun code invoerden, konden ze zien wie Panter was. Het kon alleen op die manier. Ze moesten alle vijf op hetzelfde moment hun code invoeren, en dan nog kregen ze alleen de identiteit van Panter te zien.

'Laten we het nog eens even helemaal doornemen,' zei Chris. 'Henry McAndrews, een voormalig doelwit, is vermoord.'

'Hij was geen voormalig doelwit,' zei IJsbeer. 'Hij was een potentieel doelwit. We hebben na de presentatie besloten er niet mee verder te gaan.'

'Ik neem mijn woorden terug. Een potentieel doelwit. De zaak werd gepresenteerd door Panter, die op dit moment niet communiceert. Er zijn meerdere verklaringen mogelijk, waaronder een aantal die je kunt samenvatten als: het is een toevallige samenloop van omstandigheden; we hebben te maken met veel mensen die ondoordacht handelen; het feit dat iemand vermoord is, wil niet automatisch zeggen dat die moord met ons verband houdt.'

'Zover waren we met de discussie,' zei Kitten, 'toen we ons herinnerden dat de zaak-McAndrews werd aangekaart door het nu ontbrekende groepslid.'

'Correct. Ik denk dat we voor een goed verloop van de discussie de optie van het toeval moeten uitsluiten. Laten we eens veronderstellen dat de moord op McAndrews direct met ons te maken heeft. Of preciezer: laten we veronderstellen dat de moord direct te maken heeft met het verdwijnen van Panter.'

'Ho, ho,' protesteerde IJsbeer, 'dat gaat wel erg ver. Verdwijnen? Dat weten we niet. Er zijn nog niet eens vierentwintig uur voorbijgegaan. Kijk, we zijn allemaal heel goed thuis in de wereld van de techniek – anders zouden we hier niet zijn. Ik weet niet hoe het jullie vergaat, maar als ik er even tussenuit moet – dat gebeurt soms – dan verdwijn ik gewoon. Ik stap op een boot en ga het water op zonder internet en zonder telefoon. De kans bestaat, een heel reële kans, dat Panter precies hetzelfde heeft gedaan.'

'Zonder ons in te lichten?' wierp Kitten tegen. 'En dan toevallig ook nog op dit moment?'

'Maar wat denk jij dan, Kitten? Dat Panter een commissaris van politie executeert omdat hij een mooie jongen uit de wereld van de reality-tv heeft lastiggevallen?'

'Dat heb ik niet gezegd.'

'Wat wil je dan wel zeggen?'

Chris kwam tussenbeide. 'Ik denk dat wat Kitten wil zeggen – dat is in ieder geval wat ik wil zeggen – is dat we moeten uitzoeken wat er is gebeurd.'

'Door de immuniteit van Panter op te heffen?'

'Door Panters naam op te halen, ja. Dan kunnen we Panter natrekken en uitzoeken of alles met hen oké is.'

'Daar ben ik het mee eens,' zei Kitten.

'Ik ben tegen,' zei IJsbeer. 'Om heel veel redenen.'

'Laat eens horen.'

'Om te beginnen is het nog te vroeg. Het spijt me. Als het om mij ging, als ik Panter was, zou ik niet willen dat het glas nu al gebroken werd. Dat maakt het moeilijk voor me om het bij Panter wel te doen.'

'En wat nog meer?'

'Als jij gelijk hebt, Leeuw, als dit direct verband houdt met Panter, zie ik maar twee mogelijkheden. Eén, Panter is zo aangebrand geraakt door ons besluit McAndrews niet te straffen, dat hij de zaak in eigen hand heeft genomen – ik weet het, ik weet het, ik moet "zij" zeggen, want misschien is Panter een vrouw, maar ik vind dat onhandig, dus laat het me alsjeblieft op mijn eigen manier zeggen, oké? Dus dat is de eerste mogelijkheid, toch? Dat Panter het spoor is bijster geraakt, McAndrews heeft vermoord en ons nu ontwijkt.'

'Oké.'

'Dat is alleen verdomd onwaarschijnlijk. Zeker, Panter drong aan op een kleine orkaan voor McAndrews, maar hij leek niet erg van zijn stuk toen we dat wegstemden. Was dat wel zo geweest, als Panter werkelijk met hart en ziel had gepleit voor een straf, hadden we dat waarschijnlijk betreurd. Maar dat heeft Panter niet gedaan. Dus waarom zou hij dan vervolgens zover gaan om McAndrews te vermoorden?'

'Dat klinkt zinnig,' zei Chris.

'Dan wil ik nog verder gaan. Als Panter heeft besloten om McAndrews te vermoorden en ons te ontwijken – nou ja, hij weet dat wij het glas kunnen breken, dat we achter zijn identiteit kunnen komen, dat we hem kunnen opsporen. Dus het heeft geen zin zich voor ons verborgen te houden.'

Chris knikte. Hij zag op het scherm dat de leeuwenkop meeknikte.

'Wat blijft er dan over?' vroeg IJsbeer. 'Nou, er is één mogelijkheid, en dat is misschien wel de meest voor de hand liggende: dat Panter slordig is geweest. Misschien heeft die realityster het spoor naar Panter gevolgd.'

'Onmogelijk,' zei Chris. 'Je komt nooit door al die beveiligingslagen heen.'

'Ja, maar we zijn niet onfeilbaar. We hadden een heel goede reden om het protocol van het breken van het glas, en al die andere protocollen, op te stellen. We wisten dat er ooit iemand kon komen die het op ons gemunt had. We hebben alles zo ingericht dat we, als iemand van ons zou worden belaagd, de rest in veiligheid konden brengen. En misschien is dat nu wel aan de orde. Dus laten we er eens van uitgaan dat iemand Panter te pakken heeft gekregen. Geen idee hoe of waarom, maar het is gebeurd. Laten we uitgaan van het ergste geval: Panter is doorgeslagen, gewond of dood. Als dat zo is, zouden we onszelf heel kwetsbaar maken door Panter als gekken te hulp te schieten.'

De redenering zette iedereen aan tot nadenken.

'Wat jij zegt, klinkt logisch,' zei Chris. 'Maar er is iemand vermoord. Ik stel nog steeds voor het glas te breken.'

'Ik ben het met Leeuw eens,' zei Kitten.

'Ik ook,' zei Alpaca.

'Ik weet het niet,' zei Giraffe.

'Dat maakt niet uit,' zei IJsbeer. 'Het kan alleen unaniem en het spijt me, maar ik wil nog een dag of twee wachten. Panter moet de kans krijgen te reageren. De politie moet de kans krijgen de moordenaar te pakken. Een paar dagen wachten kan geen kwaad. We lopen geen gevaar als we niets doen.'

Dat vond Chris niet overtuigend. 'Je spreekt officieel je veto uit over het breken van het glas, IJsbeer?'

'Dat doe ik, ja.'

'Oké,' zei Chris. 'Dan staat dat vast. Laten we contact houden en het nieuws rond de moord blijven volgen. Alpaca, wil jij nog eens kijken naar het rapport van Panter over McAndrews? Misschien staat er iets in wat een ander licht werpt op de moord.'

'Doe ik.'

'Hoelang wil je wachten, IJsbeer?'

'Achtenveertig uur,' zei IJsbeer. 'Als we dan nog niets van Panter hebben gehoord, breken we het glas.'

21

'Oké,' zei Hester, 'laten we eens kijken waar we precies staan.'

Ze zaten in Tony's Pizza and Sub, een zaak die er precies zo uitzag als je je een pizzeria voorstelt. Twee mannen met harige armen goochelden met lappen deeg. Op de tafeltjes lag een roodgeruit zeiltje en op elk tafeltje stonden een houder met servetjes en strooiers met oregano, paprika en Parmezaanse kaas.

'Waar moeten we beginnen?' vroeg Wilde.

'Je hebt waarschijnlijk liever niet dat ik zeg: bij het begin?'

'Liever niet.'

'Toch doe ik het,' zei Hester. 'Om te beginnen is Peter Bennett geadopteerd, zo'n achtentwintig jaar geleden. Heeft die zus – hoe heet ze ook alweer?'

'Vicky Chiba.'

'Heeft Vicky je verteld hoe oud hij was?'

'Nee, alleen dat hij een baby was.'

'Oké, ik denk niet dat het wat uitmaakt of hij twee of tien maanden oud was. Hij is geadopteerd. Hij groeit op in de omgeving van Penn State. Denken we dat ze deze landelijke omgeving uitzochten omdat ze zich wilden terugtrekken?'

'Dat kan. Daarvoor woonden ze in Memphis.'

'Oké. Dus Peter groeit op zonder te weten dat hij geadopteerd is.

Het hele gezin houdt de leugen in stand. Dat is een beetje vaag, vind je ook niet?'

'Ja.'

'Maar laten we dat maar even laten voor wat het is. Peter groeit op, enzovoort, enzovoort, enzovoort. Dan meldt hij zich aan voor een realityshow. Hij komt erachter dat hij geadopteerd is. Hij is natuurlijk van streek. Hij meldt zich aan op een aantal DNA-sites en hoopt op een match. Eén match blijk jij te zijn.' Hester zweeg even. 'En dat leidt tot een voor de hand liggende vraag.'

'Te weten?'

'Jij hebt je slechts bij één databank aangemeld, toch?'

'Ja.'

'Peter Bennett bij meerdere, zei de zus. Dus heeft hij misschien wel meerdere keren raak geschoten. Dat moet je uitzoeken, Wilde. Misschien heeft hij ook contact gezocht met andere bloedverwanten. Misschien heeft hij zelfs contact met ze gehad.'

'Goed idee.'

'Terug naar de tijdlijn. Peter doet mee aan de show. Hij wint. Hij trouwt met de bevallige Jenn. Hij wordt beroemd. Hij wordt rijk. Hij viert triomfen. We weten niet wat hij doet met de wetenschap dat hij geadopteerd is. Misschien is hij het vergeten. Misschien krijgt hij bericht van meer bloedverwanten. Hoe dan ook, Peter is in de wolken, zijn leven neemt een hoge vlucht, en dan, boem, maakt de podcast er een einde aan. Hij stort neer. Hij wordt verstoten en gecanceld en hij verliest alles. We weten dat hij er kapot van was, niet alleen door wat anderen hebben gezegd, maar ook uit zijn berichten aan jou via de DNA-site. Tel alles eens bij elkaar op. Succes, rampspoed, verwarring, vervreemding, alles kwijtraken, zelfs zijn huwelijk. Hij zinkt dieper en dieper. Hij probeert het hoofd weer boven water te krijgen, maar daar staat die DogWhatever klaar om hem op zijn hoofd te rammen. Dat is het dan. Het einde. Dus – maar nu wordt het speculatief – gaat Peter op zoek naar McAndrews. Hij neemt wraak door hem te vermoorden, realiseert zich wat hij heeft gedaan, vliegt naar die zelfmoordrots en springt.'

Wilde knikte. 'Een heel realistisch scenario.'

'Maar jij gelooft er geen snars van.'

'Ik geloof er geen snars van.'

'Omdat je een fout hebt ontdekt in de logica, of omdat je er geen snars van wílt geloven.'

Wilde haalde zijn schouders op. 'Maakt niet uit.'

'Je gaat door tot het bittere einde.'

'Ja.'

'Omdat je nu eenmaal zo in elkaar zit.'

'Omdat ik werkelijk niet anders kan. Ik zie geen enkele reden waarom ik nu zou moeten stoppen. Jij wel?'

'Nee. Maar nog iets.'

'Wat?'

'Er zit een luchtje aan die podcast van Reality Ralph.'

'En?'

'Misschien liegt Jenns zusje Marnie.'

'Peter heeft toch bekend?'

'Als we Jenn mogen geloven,' zei Hester.

'Jij gelooft haar niet?'

Hester trok een gezicht dat twijfel moest uitdrukken. Misschien wel, misschien niet. 'Onder alle omstandigheden moeten we met het zusje praten. Misschien heb ik al mijn schepen achter me verbrand bij Jenn door erover te beginnen.'

Wilde knikte. 'Ik kan een poging doen bij Marnie.'

Ze pakten allebei een nieuwe punt van de pizza.

'Maar het is wel gek,' zei Hester. Ze nam een voorzichtig hapje. 'Jij bent als klein kind in de bossen gevonden. Je weet helemaal niets over hoe je daar terecht bent gekomen. Je bent gewoon, nou ja, in de steek gelaten of zo. Jij gelooft werkelijk dat je daar jaren…'

'Laten we daar niet weer over beginnen.'

‘Laat me even mijn verhaal afmaken, goed? Ik weet dat ik in het verleden mijn twijfels had bij jouw herinneringen. Dat gold ook voor een heleboel experts. Het merendeel was van mening dat je het niet zo lang in je eentje overleefd kon hebben, dat het hooguit een paar dagen of weken kan zijn geweest, en dat het trauma ervoor heeft gezorgd dat jij denkt dat het veel langer was. Dat heb ik ook altijd gedacht. Als je er even over nadenkt, klinkt dat heel logisch.’

‘Maar nu?’

‘Nu, een dikke dertig jaar nadat je gevonden bent, komen we te weten dat een bloedverwant van jou in het geheim is geadopteerd in een andere staat – nog een kind dat geen verleden lijkt te hebben. We hebben dus twee baby’s die zonder achtergrond vanuit het niets opduiken. Dat is bizar, Wilde. Dus ja, dit begon als een zoektocht op basis van nieuwsgierigheid. Ik ben altijd vreselijk nieuwsgierig geweest naar je achtergrond, ook al was jij nog zo terughoudend. Maar nu is het misschien wel iets veel groters. Iets monsterachtigs.’

Wilde rechtte zijn rug en liet het tot zich doordringen.

Hester pakte deze keer een veel grotere punt van de pizza. Al kauwend zei ze: ‘Werkelijk, dit is toch wel een heerlijke pizza.’

‘Ja.’

‘Het geheim is honing.’

‘Er zit honing in?’

Hester knikte. ‘Honing, pikante soppressata uit Calabrië en mozzarella.’

‘Hij is lekker.’

‘Tony zit hier al eeuwen. Dat weet je.’

Wilde knikte.

‘En je bent hier eerder geweest.’

‘Natuurlijk.’

‘Ook als kind?’

Wilde had geen flauw idee waar ze naartoe wilde. ‘Ja.’

‘Maar nooit met David.’

Boem. Gewoon zo. Wilde reageerde niet.

'Mijn zoon was jouw beste vriend. Jullie waren heel veel samen, maar je bent hier nooit met David geweest, toch?'

'David hield niet van pizza,' zei Wilde.

'Is dat wat hij zei?' Hester trok een grimas. 'Kom nou, Wilde, wie houdt er nu niet van pizza?'

Wilde zei niets.

'Toen Ira en ik hiernaartoe verhuisden – ik bedoel, op de dag van de verhuizing – hebben we de jongens aan het einde van de dag meegenomen om hier pizza te eten. Het was druk en de ober deed vervelend omdat een van de jongens – ik geloof dat het Jeffrey was – allen maar een pizzapunt wilde, terwijl de ober erop stond dat hij een hele pizza bestelde. Van het een kwam het ander. Ira werd ongeduldig. Het was een lange dag geweest, we waren allemaal bekaf en we hadden honger. Toen kwam de baas ons vertellen dat we niet aan het tafeltje konden zitten vanwege die pizzapunt. Ira werd woest. De details zijn niet belangrijk, maar we zijn vertrokken zonder te eten. Toen Ira thuiskwam, typte hij een brief om een klacht in te dienen. Hij was twee pagina's lang, enkele regelafstand. Hij heeft hem verstuurd, maar er nooit antwoord op gekregen, en dus verordonneerde Ira dat we nooit meer iets bij Tony's zouden bestellen en er nooit meer een voet over de drempel zouden zetten.'

Wilde glimlachte. 'Wauw.'

'Ik weet het.'

'Ik kan me herinneren dat we met honkbal kampioen van de county werden,' zei Wilde. 'David en ik zaten in groep acht. Dat moest hier worden gevierd, maar David had een of ander excuus waarom hij er niet bij kon zijn.'

'Mijn David was een heel loyale jongen.'

Wilde knikte. 'Dat was hij zeker.'

Hester pakte een servetje uit de dispenser en depte haar ogen droog. Wilde wachtte.

'Eet jij nog?' vroeg Hester.

'Ik heb genoeg gehad.'

'Ik ook. Klaar om te vertrekken?'

Hij knikte. De rekening was al betaald. Hester ging staan om de pizzeria te verlaten. Wilde ook. Toen ze buiten op het trottoir stonden, startte Tim de motor van Hesters Escalade. Hester legde haar hand op Wilde's arm.

'Ik heb jou nooit de schuld gegeven van wat er is gebeurd,' zei Hester. 'Nooit.'

Wilde zei niets.

'Ook al weet ik dat je tegen me hebt gelogen.'

Wilde sloot zijn ogen.

'Wanneer ga je me vertellen wat er echt met mijn zoon is gebeurd, Wilde?'

'Dat heb ik je verteld.'

'Nee. Oren heeft me meegenomen naar de plaats van het ongeluk. Heb ik je dat verteld? Dat was pal voordat jij naar Costa Rica vertrok. Hij heeft me laten zien waar de auto van David van de weg raakte. Hij vertelde me hoe het gegaan is. Oren heeft altijd geweten dat je de waarheid niet vertelde.'

Wilde zei niets.

'David was je beste vriend,' zei ze zacht, 'maar hij was mijn zoon.'

'Dat weet ik.' Wilde keek haar aan. 'Dit is voor mij geen wedstrijd wie het het langste volhoudt.'

Tim stapte uit en maakte aanstalten om het portier voor Hester open te maken.

'We praten er nu niet verder over,' fluisterde Hester tegen Wilde. 'Maar binnenkort wel. Begrepen?'

Wilde zei niets. Hester kuste zijn wang en liet zich op de achterbank vallen. Toen de auto uit het zicht verdwenen was, draaide Wilde zich om. Hij liep de straat uit en stuurde Laila een bericht.

WILDE: Hoi.

Aan het typen... verscheen er op zijn scherm.

LAILA: Hoe zou een vrouw ooit weerstand kunnen bieden aan zo'n opening?

Wilde moest onwillekeurig glimlachen terwijl hij een antwoord tikte.

WILDE: Hoi.
LAILA: Gladde prater. Maak dat je hier komt.

Hij stak zijn telefoon in zijn broekzak en versnelde zijn pas. Laila was de vrouw geweest van zijn beste vriend. Daar viel niet aan te tornen. Zij en David waren zielsvrienden geweest. Zij en Wilde hadden jarenlang, misschien wel veel te lang, geprobeerd het spook dat in de hoek van de kamer stond te verdrijven in plaats van het dom weg te accepteren.

Zijn telefoon zoemde ten teken dat er een nieuw bericht binnenkwam. Wilde keek op het scherm.

LAILA: In alle ernst, kom hiernaartoe als je kunt. Het wordt tijd om te praten.

Hij las het bericht een tweede keer, het hoofd gebogen, zijn gezicht opgelicht boven het schermpje, toen de beide auto's met gillende banden tot stilstand kwamen.

'Politie! Plat op je buik, godverdomme. Nu!'

Wilde verstrakte en overwoog wat hem te doen stond. Hij kon ervandoor gaan. Waarschijnlijk zou hij ze ook van zich af kunnen schudden, maar ze zouden hem verzet tegen aanhouding ten laste leggen, ongeacht of de arrestatie terecht was of niet. Hij zou moeten onderduiken, net nu het zoeken naar Peter Bennett min of meer in een stroomversnelling terechtkwam.

Dat wilde Wilde niet.

'NU! KLOOTZAK!'

Vier mannen – twee in uniform, twee in burgerkleding – richtten pistolen op hem.

Ze hadden allemaal een bivakmuts op.

Foute boel.

'NU!'

Drie mannen renden naar hem toe. De vierde hield zijn pistool op hem gericht. Met zijn telefoon nog altijd in zijn hand, liet Wilde zich langzaam op de grond zakken, niet zozeer om zich zonder verzet over te geven, als wel om zichzelf de tijd te geven met zijn duim het volume van de telefoon te dempen en daarna op de knop voor het kiezen van een nummer te drukken. De tijd ontbrak om in de lijst een nummer op te zoeken. Het nummer van Laila had als laatste op het scherm gestaan. Er zou een lijn naar Laila worden geopend.

De drie mannen kwamen als stieren op hem afgestormd.

'Ik verzet me niet,' zei Wilde, terwijl hij als een idioot probeerde op de juiste knoppen van de telefoon te drukken. 'Ik geef me...'

Het interesseerde de drie mannen niet. Als bakstenen lieten ze zich op hem vallen en sloegen ze hem tegen het asfalt. Ze rolden hem op zijn buik. Een van hen veerde op en ramde zijn knie in Wilde's nier, wat tegelijkertijd een forse schok betekende voor zijn lever en andere organen. De andere twee grepen zijn armen en trokken ze veel te hard achter zijn rug omhoog. Wilde voelde het rukken aan zijn schouderbanden, maar zijn hersens registreerden die pijn amper, omdat ze werden geteisterd door golven van pijn die de gekneusde nier hem bezorgde. Een van de mannen wrong de telefoon uit zijn hand. Ze boeiden hem en drukten het staal zo hard om zijn polsen dat de bloedcirculatie werd verstoord.

Een van de geüniformeerde agenten – in het schemerlicht waren details als een dienstnummer en dergelijke niet te onderscheiden – zette met kracht tot twee keer toe zijn hak op de telefoon. Hij verbrijzelde het ding.

Op zijn buik gelegen, met zijn wang op het asfalt, kon Wilde zien dat de eerste van de twee auto's alle kenmerken vertoonde van een als burgervoertuig vermomde politieauto – een Crown Vic met kentekenplaten van de gemeente, een bosje antennes, getinte ramen, niet passende lichten op de buitenspiegels en zwaailichten. De tweede auto was een reguliere patrouillewagen. Op het portier las Wilde twee woorden: HARTFORD POLICE.

Het korps waarbij Henry McAndrews had gewerkt. O, dacht Wilde, dit was helemaal fout.

De politieman die hem een knietje had gegeven boog zich naar Wilde's oor. 'Weet je waarom we hier zijn?'

'Om waakzaam en dienstbaar te zijn?'

De klap tegen zijn achterhoofd verdoofde hem en toverde sterren voor zijn ogen.

'Je mag nog één keer raden, vuile moordenaar.'

Ze sloegen een zwarte zak over Wilde's hoofd om hem alle zicht te ontnemen en duwden hem op de achterbank, waarbij ze zich de kans niet lieten ontnemen om ervoor te zorgen dat hij zijn hoofd bij het instappen nog eens fors stootte. Een van de mannen zei: 'Rijden.' De wagen kwam met een schok in beweging.

'Ik wil graag weten waarvan ik word beschuldigd,' zei Wilde.

Diep zwijgen.

'Ik wil ook mijn advocaat bellen.'

'Later.'

'Ik wil niet ondervraagd worden zonder aanwezigheid van mijn advocaat.'

Opnieuw diep zwijgen.

Wilde probeerde het nog een keer. 'Ik zei dat ik...'

Iemand zorgde ervoor dat hij zijn mond hield door hem hard in zijn maag te slaan. Wilde klapte dubbel, kokhalzend, alle lucht uit zijn longen geperst. Als je zoiets ooit is overkomen, weet je hoe vreselijk dat voelt. Het is alsof je stikt en doodgaat zonder dat je er iets aan kunt doen. Wilde was ervaren genoeg om te weten dat het gevoel voorbij zou gaan, dat het werd veroorzaakt door een spastische contractie van het middenrif, dat hij het beste rechtop kon gaan zitten en langzaam moest ademen.

Misschien duurde het een halve minuut of een hele minuut, maar hij overleefde het.

Hij wilde vragen waar ze naartoe gingen, maar hij voelde de klap in zijn maag nog steeds. Was het antwoord belangrijk? Als ze hem meenamen naar Hartford, zou dat nog eens meer dan twee uren ongemak betekenen. Ze hadden hem de handboeien niet afgedaan. Naast hem op de achterbank zat een van de agenten. De andere zat natuurlijk achter het stuur. Er kon nog een derde zijn. Dat viel niet te zeggen met die zak over zijn hoofd. Hij overwoog zijn kansen en besloot dat die er niet waren. Wat hij ook zou proberen, het zou dom en ondoordacht zijn. Zelfs als hij erin zou slagen de man naast hem onschadelijk te maken – geboeid en met een zak over zijn hoofd – zou hij het portier van binnenuit niet open kunnen maken.

Het was gewoon onmogelijk.

Tien minuten later bleef de auto stilstaan. Niet in Hartford, concludeerde Wilde, niet in Connecticut. Het portier ging open. Krachtige handen grepen hem vast en sleurden hem uit de auto. Wilde overwoog zich slap te houden, zich op de grond te laten zakken, maar bedacht dat hem dat waarschijnlijk niet meer dan een schop tegen zijn ribben zou opleveren. Hij bleef overeind en deed zijn best de mannen die hem leidden bij te benen.

Zelfs met de zak over zijn hoofd, kon hij diep inhaleren en de geur opsnuiven van dennenbomen en lavendel. Wilde luisterde.

Geen verkeersgeluid. Geen geroezemoes, geen straatgeluiden, niets wat kenmerkend is voor de stad. Hij liep op zand en struikelde zo nu en dan over boomwortels. Het viel niet met honderd procent zekerheid te zeggen, maar Wilde was er behoorlijk van overtuigd dat ze zich in een rustige, verlaten omgeving in een bos of vlak bij een bos bevonden.

Heel erg fout.

Ze sleurden hem drie treden op – hij sleepte met zijn voeten om te voelen wat de ondergrond was, hout constateerde hij – en daarna klonk het knarsen van een hordeur die openging. Hij rook een spoor van schimmel. Dit was zeker geen politiebureau. Een afgelegen blokhut misschien. Twee handen op zijn schouders drukten hem omlaag op een stoel. Niemand zei iets. Hij hoorde dat de mannen in beweging waren. Hij hoorde hen fluisteren. Wilde wachtte en probeerde zijn ademhaling onder controle te houden. De zwarte zak zat nog steeds over zijn hoofd, wat het onmogelijk maakte de mannen te zien en ze te identificeren.

Het fluisteren hield op. Wilde zette zich schrap.

'Ze noemen je Wilde,' zei een barse stem. 'Klopt dat?'

Wilde kon geen reden bedenken om niet te antwoorden. 'Ja.'

'Oké, mooi,' zei de barse stem. 'Ik ga geen moeite doen om vriendelijk te zijn, Wilde, ik ga me meteen als een ploert gedragen. We zijn met z'n vieren. Dat weet je. Het enige wat wij willen is gerechtigheid voor onze vriend. Meer niet. Als we dat krijgen, zijn we klaar. Maar zo niet, Wilde, dan ga jij een uiterst trage en pijnlijke dood tegemoet. Daarna begraven we je op een plek waar niemand je ooit zal vinden. Ben ik duidelijk?'

Wilde zei niets.

Op dat moment voelde hij koud staal tegen zijn nek. Na een enkel moment van aarzeling klonk een zingend geluid. Een elektrische stroom vloeide door zijn lichaam. Zijn ogen bolden op. Zijn lichaam zwiepte omhoog. Zijn benen strekten zich. De pijn was alomvattend, een levend, ademend monster dat alles uitschakelde behalve een hartstochtelijk verlangen naar het ophouden van die pijn.

'Ben ik duidelijk?' vroeg de barse stem opnieuw.

'Ja.' Wilde slaagde er met moeite in het woord over zijn lippen te krijgen.

Hij voelde opnieuw het koude staal tegen zijn nek.

'Mooi. Dit is trouwens een veeprikker. Ik heb hem nu op een lage stand gezet, maar dat blijft niet zo. Snap je dat?'

'Ja.'

'Weet jij wie Henry McAndrews is?'

'Ja.'

'Waar ken je hem van?'

'Ik heb in de krant gelezen dat hij is vermoord.'

Het bleef stil. Wilde sloot zijn ogen en klemde zijn kaken op elkaar, in afwachting van de schok van de hoogspanning. Maar ze wisten natuurlijk dat hij erop zat te wachten. Dat was niet de bedoeling. De bedoeling was om hem gek te maken.

'We weten dat je bij hem thuis bent geweest, Wilde. Je bent bij de schuifpui naar binnen gekomen. Je hebt met zijn computer zitten klooien. Henry had een geavanceerd beveiligingssysteem. We weten alles.'

'Als jullie alles weten,' zei Wilde, 'dan weten jullie ook dat ik hem niet heb doodgeschoten.'

'Integendeel,' zei de barse stem. 'We weten zeker dat jij het hebt gedaan. We willen weten waarom.'

'Ik heb hem niet vermoord.'

Zonder waarschuwing begon de veeprikker opnieuw te zingen. Wilde voelde elke spier in zijn lichaam verkrampen. Hij gleed van de stoel op de vloer en spartelde als een vis op het droge.

Twee handen grepen hem krachtig beet en zetten hem weer op de stoel.

'Luister goed, Wilde,' zei de barse stem. 'We willen dit met open vizier spelen. We geven jou een kans, ook al heb je Henry geen kans gegeven. We willen gewoon alleen weten wat er is gebeurd. Daarna gaan we op zoek naar bewijsmateriaal om de waarheid te staven. Jij wordt gearresteerd. Je krijgt een eerlijk proces. Natuurlijk ga je ook iets vertellen over deze kleine ontmoeting hier, maar er zal geen enkel bewijs zijn dat die ooit heeft plaatsgevonden en hij zal dus geen rol spelen tijdens dat proces. Toch is dit het beste wat er voor je in het verschiet ligt. Jij vertelt ons wat er met Henry is gebeurd. We laten jou lopen en zoeken bewijsmateriaal. Alles bij elkaar een eerlijke deal. Begrijp je dat?'

Wilde peinsde er niet over om de man tegen te spreken. 'Ja.'

'Wij hebben er geen enkel belang bij om jou te laten boeten voor de moord als je het niet hebt gedaan.'

'Goed, want ik heb het niet gedaan. En voordat je me weer met die prikker onder stroom zet, ik weet dat jullie geen beelden van bewakingscamera's hebben waar ik op sta. Als McAndrews werkelijk geavanceerde apparatuur had, zouden jullie ook beelden hebben van de moordenaar, een week eerder.'

'Je hebt ingebroken.'

Het koude staal beroerde opnieuw zijn nek. Wilde huiverde.

'Ontken je dat?'

'Nee.'

'Waarom heb je ingebroken?'

'Hij viel anoniem iemand lastig.'

'Wie?'

'Een realityster. Hij had bots en nepaccounts.'

'Denk je echt dat je Henry zo kunt belasteren?' Het was een tweede stem.

De veedrijver moest op een hogere stand zijn gezet, want Wilde had het gevoel dat zijn schedel explodeerde als gevolg van de stroomstoot. Zijn lichaam was niet in staat een einde te maken aan de spastische krampen. Hij viel voor de tweede keer op de vloer, maar deze keer hield degene die de veedrijver hanteerde het staal nog steeds tegen zijn lichaam. Het hoge voltage spoelde woest door zijn lichaam. Zijn benen trappelden. Zijn armen maaiden in het rond. Zijn ogen rolden in de kassen. Het voelde alsof zijn longen en al zijn organen tot barstens toe overvoerd werden, alsof zijn hart zou knappen als een te hard opgeblazen ballon.

'Je maakt hem dood!'

Dwars door alle waanzin hoorde Wilde een telefoon zoemen. Het zingen van de veeprikker stopte. De spasmen stopten niet. Wilde rolde op zijn buik en kokhalsde.

Een stem ver weg zei: 'Wat? Maar hoe dan?'

Alles hield op, behalve Wilde, die nog altijd als een gek sidderde en schokte, wachtend tot de pijn zou ophouden terwijl de gloeiendhete elektriciteit door zijn zenuwen gierde. Zijn oren zongen. Zijn ogen zakten langzamerhand dicht. Hij liet het gebeuren. Hij wilde het bewustzijn verliezen. Hij wilde alles doen wat maar verlichting zou opleveren.

Toen voelde hij hoe hij werd opgetild. Hij probeerde mee te werken, maar zijn benen voerden de opdrachten van zijn hersens niet uit.

Even later zat hij opnieuw op de achterbank van de auto. Een kwartier later bleef de auto abrupt midden op de weg stilstaan. Iemand maakte de handboeien los. Het portier ging open. De handen die hem eerder hadden opgetild duwden hem nu de auto uit. Wilde viel op het asfalt en rolde weg.

'Als je iemand hier iets over vertelt,' zei de barse stem, 'komen we terug en maken we je af.'

22

Toen Oren Carmichael in antwoord op het kloppen van Wilde de deur had opengetrokken, zette hij grote ogen op. 'Mijn god, wat is er met jou gebeurd?'

Oren Carmichael was erbij geweest, vijfendertig jaar geleden, toen de 'ongetemde' Wilde in de bossen was gevonden. Hij was de eerste geweest die tegen hem had gepraat. Hij had zich op zijn hurken laten zakken en tegen de jongen gezegd: 'Knul, niemand zal je iets doen, dat beloof ik je. Kun je me vertellen hoe je heet?' Oren Carmichael had Wilde naar zijn eerste pleeggezin gereden en was bij hem op zijn kamer blijven zitten tot Wilde in slaap was gevallen. Hij was er ook weer geweest toen Wilde de volgende ochtend wakker werd. Oren Carmichael had onvermoeibaar pogingen gedaan te weten te komen hoe Wilde in die bossen verzeild was geraakt en tegelijkertijd veel energie gestoken in de overgang van leven in de bossen naar de samenleving. Oren Carmichael was Wilde's coach geweest bij diverse sporten, had hem opgenomen in zijn teams en ervoor gezorgd dat Wilde zich, zo veel als maar met zijn achtergrond mogelijk was, thuis had gevoeld in de samenleving. Oren Carmichael had Wilde adviezen gegeven als hij dacht dat Wilde die nodig had, en had zelfs de rebellerende Wilde door de puberteit geholpen. Oren Carmichael was de eerste politieman geweest die arriveerde op de plaats van het ongeluk waarbij David omkwam.

Oren was altijd kalm, meelevend, sterk, zorgvuldig, professioneel en intelligent geweest. Wilde bewonderde de manier waarop hij in het leven stond en het had hem goed gedaan te zien dat Hester en Oren een relatie opbouwden. Hester was altijd als een soort moeder voor Wilde geweest en hoewel hij niet zover zou gaan om Oren te omschrijven als een vaderfiguur, was hij een heel belangrijk rolmodel geweest.

'Wilde?' vroeg Oren. 'Is alles goed?'

Op dezelfde manier waarop Wilde een uur eerder was geveld met een klap in de buik, stompte hij nu Oren zodanig in de buik dat het middenrif even tijdelijk verlamd raakte en alle lucht uit de longen werd geperst. Oren maakte een geluid dat als 'oef' klonk en waggelde achteruit. Wilde stapte over de drempel en deed de deur achter zich dicht. Zijn ogen schoten heen en weer en namen alles in zich op. Oren droeg geen uniform en geen wapen. Er was geen wapen zichtbaar in de directe omgeving. Wilde zocht naar laden of andere bergplaatsen waar Oren misschien een wapen had opgeborgen, maar vond niets wat hem verdacht voorkwam. Er was geen wapen in de buurt.

Oren staarde Wilde aan met een blik zo vol pijn – fysiek of emotioneel, dat viel niet te zeggen, maar Wilde had wel een idee – dat hij een andere kant op moest kijken. De klap was noodzakelijk geweest, maakte hij zichzelf wijs, ook al betwijfelde hij die noodzaak ook en bracht hij zich in herinnering dat Oren zeventig was.

Wilde stak een hand uit om Oren te helpen. Nog altijd zwaar hijgend sloeg Oren de hand weg.

'Diep ademhalen,' zei Wilde. 'Probeer rechtop te staan.'

Oren had een paar minuten nodig. Wilde wachtte. Hij had geprobeerd niet al te hard te slaan, eigenlijk net hard genoeg om hem pijn te doen, maar hij had nooit eerder een man van zeventig geslagen. Toen Oren weer een beetje lucht in zijn longen had, vroeg hij: 'Kun je dat uitleggen?'

‘Jij eerst,’ zei Wilde.
‘Ik heb verdomme geen flauw idee waar je het over hebt.’
‘Vier smerissen uit Hartford hebben me net op straat overvallen, ze gooiden een zwarte zak over mijn hoofd en bewerkten me met een veeprikker.’
Het doordringende besef tekende zich langzaam af op Orens gezicht. ‘O, jezus christus.’
‘Zou je me willen vertellen wat er gaande is?’
‘Wat hebben ze je aangedaan, Wilde?’
‘Dat heb ik je net verteld.’
‘Maar ze hebben je laten lopen?’
‘Denk je dat het daar beter van wordt?’ Wilde schudde zijn hoofd. ‘Het lukte me Laila te bellen voordat ze me te pakken hadden. Zij heeft Hester gebeld. Die heeft iemand in Hartford gebeld en bedreigingen geuit waar wij niets van af willen weten. Die persoon heeft op zijn beurt weer gebeld en daarna hebben ze me laten gaan.’
‘O, shit.’ Orens gezicht was een en al verslagenheid. ‘Hester? Hester weet hiervan?’
‘Ze weet niet dat ik hier ben.’
‘Jij hebt het uitgevogeld,’ zei Oren. ‘Hoelang zal het duren voordat zij op dat idee komt, denk je?’
‘Dat is niet mijn probleem.’
‘Je hebt gelijk. Dat is mijn probleem.’ Hij wreef met beide handen over zijn gezicht. ‘Ik heb een vreselijke fout gemaakt, Wilde. Het spijt me.’
Wilde wachtte. Hij hoefde Oren niet aan te sporen schoon schip te maken. Dat zou hij nu doen. Wilde wist het zeker.
‘Ik heb een borrel nodig,’ zei Oren. ‘Wil jij iets?’
Het klonk Wilde als muziek in de oren. Oren schonk twee glazen Macallan single malt scotch in. ‘Het spijt me echt,’ zei hij. ‘Ik weet dat het niets goed maakt, maar er was een politieman vermoord.’
‘Vertel me wat er is gebeurd.’

'Zoals je weet, rapporteerde Hester de vondst van het lijk van Henry McAndrews namens een "anonieme cliënt" die haar zwijgplicht had opgelegd. Je hebt geen idee hoe woest de politie in Hartford was. Een van hun collega's krijgt drie kogels in zijn hoofd en een of andere advocaat uit de grote stad met een grote bek wil niet zeggen wie het lijk heeft gevonden. Ze waren woest. Natuurlijk. Dat kun je begrijpen.'

Oren keek Wilde verwachtingsvol aan. Wilde vertrok geen spier.

'En toen?' vroeg Wilde.

'Toen hebben ze Hester nagetrokken en ontdekten ze – wat een aangename verrassing – dat ze een relatie had met een collega-politieman.'

'Jij,' zei Wilde.

Oren knikte.

'Dus kwamen ze naar jou.'

'Ja.'

'En jij hebt haar zwijgplicht geschonden.'

'Om te beginnen, Wilde, ben jij geen cliënt. Je betaalt haar niet. Je bent een vriend.'

Wilde fronste zijn wenkbrauwen. 'Echt?'

'Ja, echt. Maar in de tweede plaats, en dat is veel belangrijker, Hester heeft me niet verteld dat jij het was. Dat heb ik haar niet gevraagd. Ik heb haar niet afgeluisterd. Ik heb niet de informatie gekregen dat jij de cliënt in kwestie was – onder illegale omstandigheden. Ik vermoedde dat jij de cliënt was die Hester op een ethisch twijfelachtige manier in bescherming nam, onafhankelijk van de relatie tussen ons beiden.'

Wilde schudde alleen maar zijn hoofd.

Oren leunde naar voren. 'Laten we eens zeggen dat dit allemaal plaatsvond voordat Hester en ik met elkaar uitgingen. De politie in Hartford belt me op en zegt: "Die gladde advocate uit New York die daar ooit bij jullie woonde neemt iemand in bescherming die heeft ingebroken in het huis van een vermoorde politieman. Enig idee wie dat kan zijn? Dan had ik, ook onder die omstandigheden, meteen aan jou gedacht, Wilde.'

'Fijn,' zei Wilde.

'Fijn, wat?'

'Zoals je het goedpraat. Als ik niet wist wat ik wist, had ik misschien geweten wat ik zei dat ik wist.'

'Ik heb het verkeerd ingeschat,' zei Oren.

'Je hebt ze mijn naam doorgegeven, toch?'

'Dat heb ik gedaan, ja, maar ik heb ze ook verteld dat wij goede vrienden zijn. Ik heb gezegd dat ik met jou zou praten en je zou vragen om mee te werken omdat jij niet het type bent dat een moordenaar vrijuit laat gaan. Ik had nooit verwacht dat ze buiten hun boekje zouden gaan.'

'Echt?'

'Echt.'

'Zelfs niet als het slachtoffer "een van hen" is?'

Oren knikte. 'Goed. Luister, Wilde, ik wil weten wie jou dit hebben aangedaan. Ik wil dat ze gestraft worden.'

'Dat zal niet gebeuren,' zei Wilde. 'Ze hadden de kentekenplaten onleesbaar gemaakt. Ze gooiden een zak over mijn hoofd, zodat ik nooit een gezicht heb gezien. Ze deden het in een stil stuk van de straat zonder camera's. Zelfs als ik erachter zou kunnen komen wie het hebben gedaan, zou het niet meer zijn dan mijn woord tegen dat van hen. Ze wisten donders goed wat ze deden.' Wilde nam een slokje van zijn whiskey en staarde Oren aan over zijn glas. 'En je weet hoe ze bij de politie de rijen weten te sluiten.'

'Verdomme. Het spijt me echt.'

Wilde wachtte. Hij wist wat er ging komen. Hij moest het alleen een draai in de goede richting geven.

'Maar je moet naar me luisteren,' zei Oren.

Daar komt het dan, dacht Wilde.

'Een politieman, een vader van drie kinderen, is vermoord. Jij beschikt over essentiële informatie. Je mag je niet aan je plicht onttrekken. Je moet je melden.'

Wilde overwoog zijn volgende stap. Hij vroeg: 'Heeft de politie gekeken wat er op de computer van McAndrews stond?'

'Daar wordt aan gewerkt,' zei Oren. 'Hij is behoorlijk zwaar beveiligd en er staat heel veel op. Waar moeten ze naar zoeken?'

'Wat zou je zeggen van eerlijk delen?'

'Delen? Wat?' vroeg Oren.

'Jij vertelt mij wat de politie weet over de moord op McAndrews,' zei Wilde. 'En op basis van wat ik te horen krijg, vertel ik jou wat ze moeten doen of waar ze naar moeten zoeken.'

'Meen je dat?'

'Het kan ook anders,' zei Wilde. 'Je kunt bijvoorbeeld je collega's vragen me nog een keer te martelen.'

Oren sloot zijn ogen.

Wilde was woest, maar uiteindelijk wilde hij wel dat degene die McAndrews had vermoord werd gepakt. Als hij informatie had die kon helpen die moordenaar te pakken, moest hij maar meewerken, ook als die moordenaar zijn neef Peter Bennett zou blijken te zijn. Hij wilde Peter Bennett opsporen, niet per se beschermen.

'Ik heb bij McAndrews ingebroken,' zei Wilde, 'omdat ik iemand zocht.'

'Wie?' vroeg Oren.

'Peter Bennett. Dat is een vermiste realityster. Ze vermoeden dat hij dood is.'

Oren trok een grimas. 'Waarom ben je naar hem op zoek?'

Wilde kon geen reden bedenken om daar niet naar waarheid op te antwoorden. 'Ik heb mij aangemeld op een DNA-site. Dat leverde een match op met hem.'

'Wacht, in de zin van...?'

'Ja... Ik probeer uit te vinden hoe ik in de bossen terecht ben gekomen. Ik weet dat jij al heel lang probeert mij zover te krijgen dat ik dat doe. Bij dezen dus.'

'En?'

'Ik heb mijn vader gevonden. Hij woont in de buurt van Las Vegas.'

'Wat?' Oren zette grote ogen op. 'Wat zei hij?'

'Het is een lang verhaal, maar het loopt dood. Dus heb ik een nieuwe poging gedaan, deze keer met een bloedverwant aan de kant van mijn biologische moeder.'

'En die realityster…'

'Peter Bennett.'

'Hij is verwant aan je moeder?'

'Ja, maar nadat hij contact met mij heeft gezocht is hij spoorloos verdwenen.'

'Hoe bedoel je, "verdwenen"?'

'Als je zijn naam googelt, krijg je alle details,' zei Wilde. 'Hij is beroemd. Als hij bij deze moord betrokken is, wil ik dat hij wordt gepakt. Gevoelsmatig doet dat me niets, er is geen "bloedband" of zo. De enige reden dat ik hem wil opsporen is omdat ik meer te weten wil komen over mijn biologische moeder.'

'Dus je bent op zoek naar die Peter Bennett en dat leidt je op de een of andere manier naar McAndrews.'

'Precies.'

'En daarom heb je bij hem ingebroken.'

'Ik dacht dat er niemand thuis was.'

'Maar als dat allemaal waar is, waarom heb je het dan niet gewoon gemeld? Waarom laat je Hester bellen?'

Wilde keek Oren vragend aan. 'Je bent toch niet achterlijk?'

'Ik snap dat het er misschien niet goed uitziet omdat je hebt ingebroken, maar…'

'Misschien? Kom, Oren, je weet hoe dat overkomt.'

Oren knikte. Het drong tot hem door. 'Ja. Een excentrieke eenling – ik bedoel er niets mee, Wilde…'

Wilde wuifde het weg.

'... breekt in bij een politieman en die politieman blijkt uiteindelijk dood.'

'Geen schijn van kans op een eerlijk proces.'

'Je had mij kunnen vragen.'

'Nee.'

'Waarom niet?'

'Je bent de betrouwbaarste politieman die ik ken,' zei Wilde. 'En kijk eens hoe makkelijk jij de regels naast je neerlegt als het erom gaat de moordenaar van een politieman te vinden.'

Oren kromp in elkaar. 'Die heb ik wel verdiend, denk ik.'

Genoeg, dacht Wilde. Tijd om door te drukken. 'McAndrews werkte bij de politie, ja?'

'Werkte, ja. Hij was gepensioneerd.'

'De meeste politiemensen blijven werken als ze met pensioen zijn. Wat deed McAndrews?'

'Hij was privédetective.'

Precies wat Wilde had verwacht. 'Voor eigen rekening of bij een groot bedrijf?'

'Wat doet dat ertoe?' Oren zag de blik in Wilde's ogen en zuchtte. 'Voor eigen rekening.'

'Gespecialiseerd in iets?'

'Het voelt niet heel erg goed om hierover te praten,' zei Oren.

'En ik moet nog steeds de neiging om te kotsen onderdrukken vanwege dat toetakelen met een veeprikker,' zei Wilde. 'Uit je antwoord maak ik op dat McAndrews' werk bedenkelijke kantjes had.'

Oren dacht na. 'Jij denkt dat zijn werk iets met de moord te maken heeft?'

'Dat denk ik, ja. Waar was hij in gespecialiseerd?'

'Als je het vriendelijk wilt zeggen had zijn werk vooral te maken met "bedrijfsbeveiliging".'

'En als je het onvriendelijk zegt?'

'De concurrentie op internet zwartmaken.'

'Leg eens uit,' zei Wilde.

'Jij hebt vanavond met Hester pizza gegeten bij Tony's?'

'Wat heeft dat...'

'Laten we eens zeggen dat één pizzeria veruit favoriet is in de stad. Jij, Wilde, hebt besloten dat je in de buurt een tweede pizzeria wilt openen, maar het probleem is dat de mensen loyaal zijn aan Tony's. Hoe breek je dan in deze tijd de klantenkring van Tony's af?'

'Ik neem aan dat het antwoord is: je maakt de concurrentie op internet zwart.'

'Precies. Je huurt iemand als McAndrews in. Hij maakt nep-accounts – bots – die negatieve reviews voor Tony's op internet plaatsen. Ze overspoelen bepaalde websites met geruchten over vieze toiletten of bedorven voedsel of slechte bediening. Maakt niet uit wat. Dat trekt de rating van Tony's op websites als Yelp en andere websites waar mensen reviews lezen omlaag. Misschien vermelden de bots achteloos en passant dat de nieuwe pizzeria daar in de buurt veel beter is, gevolgd door andere accounts die een steentje bijdragen met: "Ja, die nieuwe is fantastisch" of: "Die bodems zijn zo lekker dun en krokant". Dit is maar een voorbeeld op een schaal die niets voorstelt, maar grote ondernemingen doen niet anders.'

'Is dat legaal?' vroeg Wilde.

'Nee, maar het is vrijwel niet te traceren. Weet je hoe moeilijk het is om de ware identiteit te achterhalen van iemand die een slechte review over jou online zet? Ze maken gebruik van software die je anonimiteit garandeert en VPN's.'

'Vrijwel onmogelijk,' zei Wilde.

'En zelfs als je erin zou slagen de identiteit achter een bot boven water te halen, wat dan nog? Zo iemand zou kunnen zeggen: "Zo dacht ik er daadwerkelijk over, maar ik was bang dat ik problemen met Tony zou krijgen als ik mijn echte naam zou gebruiken."'

Wilde dacht na. 'Werkte McAndrews ook nog anders dan voor bedrijven? Voor particulieren misschien?'

'Je bedoelt?'

'Ik neem aan dat sommige cliënten liever mensen zwartmaken dan bedrijven.'

'Dat is van alle tijden,' zei Oren. 'Waarom vraag je dat?'

'Als je leest wat er op internet te vinden is over Peter Bennett,' zei Wilde, 'zul je zien dat het op social media wemelt van de trollen die er stuk voor stuk op uit zijn zijn reputatie kapot te maken en zijn oude fans tegen hem in het harnas te jagen. Steeds als het schandaal dreigde in te zakken, kwamen de trollen terug om het nieuw leven in te blazen. Een groot deel van die haatcampagne tegen Bennett werd aangejaagd door het hele leger aan bots dat McAndrews aanstuurde.'

'Dus iemand had het gemunt op die Bennett?'

'Ja.'

'En die huurde McAndrews in voor het vuile werk?'

'Dat zou kunnen.'

'Hoe ben je erachter gekomen dat het McAndrews was?'

'Dat is vertrouwelijk en de informatie helpt niet om de moordenaar te vinden.'

'Zeker wel,' wierp Oren tegen. 'Het is duidelijk dat McAndrews zijn identiteit niet zo goed verborgen heeft gehouden als hij dacht. Jij hebt hem ontmaskerd. Ik wil niet het slimste jongetje van de klas zijn, maar als jij achter McAndrews' identiteit kon komen, kon Peter Bennett dat ook. En wie zou er meer recht hebben om kwaad te zijn op McAndrews dan hij?'

'Misschien,' zei Wilde. 'Oren, ik heb de naam nodig van degene die McAndrews heeft ingehuurd om Peter Bennett zwart te maken.'

'Ervan uitgaande dat er iemand is die McAndrews had ingehuurd – dat is op zich al een behoorlijk speculatieve gedachte – zou het wel eens een probleem kunnen zijn die informatie aan jou door te spelen.'

'Wat is het probleem?'

'Een van de zoons van McAndrews is advocaat. Als extra laag van beveiliging beweerde McAndrews dat alles wat hij deed juridisch werk was en dat er dus een zwijgplicht op van toepassing was. De cliënten betaalden hem niet direct – de facturen werden verstuurd door het advocatenkantoor van zijn zoon.' Oren keek Wilde veelbetekenend aan. 'Weet je, sommige mensen maken misbruik van de regels over zwijgplicht. Sommige mensen verdraaien de bedoeling van die regeling op een manier die anderen ethisch niet verantwoord vinden.'

'Een van ons tweeën is de fout in gegaan, Oren. En dat ben ik niet.'

Dat kwam aan. Heel even was er sprake van een ongemakkelijke status quo.

'Heeft iemand aangifte gedaan van vermissing van Peter Bennett?' vroeg Oren.

'Misschien heeft zijn zus dat gedaan, maar ik denk niet dat iemand er aandacht aan heeft besteed. Als puntje bij paaltje komt is hij een volwassen man die ervandoor is gegaan. Er zijn geen signalen geweest van vals spel.'

'Tot nu,' zei Oren. 'Oké, bedankt, Wilde, ik waardeer je medewerking. Ik ga ermee aan de slag en ik zal jou ook zo veel helpen als ik kan. We willen allebei Peter Bennett vinden.'

Orens telefoon ging. Hij keek op het scherm. 'Shit, het is Hester.'

Wilde ging staan. Er was nog meer wat hij kwijt moest aan Oren, over hoe Oren Wilde had laten vallen, over hoe Wilde altijd had gedacht dat Oren een van de weinige mensen op de wereld was die hij kon vertrouwen, en hoe dat vertrouwen nu voorgoed was gebroken. Maar dit was niet het juiste moment. Hij liep naar de deur.

'Ik zou dat gesprek maar aannemen.'

23

Wilde haalde een nieuw wegwerptoestel uit een van zijn kistjes en belde Laila.

'Alles goed?' vroeg ze.

'Ja...'

'Als het je niet was gelukt om me te bellen...'

'Was het ook goed gegaan,' zei Wilde. 'Ze wilden me alleen bang maken.'

'Niet doen, alsjeblieft, Wilde.'

'Wat niet doen?'

'Ik hoorde dat ze je aanvielen en toen, poef, was de telefoon dood. Beledig me niet met zoethoudertjes.'

'Je hebt gelijk. Het spijt me. Bedankt dat je meteen Hester hebt gebeld.'

'Natuurlijk.'

'Je wilde vanavond met me praten...'

'Meen je dat? Niet na wat er gebeurd is. Ik zit nog te trillen.'

'Als je het niet erg vindt, ga ik nu het liefst naar de capsule om te slapen.'

'Nee, Wilde.'

'Nee?'

'We gaan niet praten,' zei Laila. 'En we gaan ook niet neuken, maar ik heb je hier wel nodig. Ik moet je vannacht vasthouden om te kunnen slapen, oké?'

Wilde knikte, al wist hij dat niemand het kon zien, maar hij had even tijd nodig. 'Ik ben onderweg, Laila.'

De volgende ochtend vroeg stond Wilde op Amsterdam Avenue tussen 72nd en 73rd Street. Hij keek naar Marnie Cassidy, het zusje van Jenn, degene die Peter Bennett van zware seksuele vergrijpen had beschuldigd in de podcast van Reality Ralph. Marnie zat achter het glas van de Utopia Diner aan de andere kant van de straat. Ze ontbeet met iemand die, dacht Wilde, vast een vriendin zou zijn. Marnie gedroeg zich opgewekt, was een en al glimlach en ondersteunde haar aandeel aan het gesprek met levendige gebaren.

'Marnie lijkt me een vervelend rotkind,' zei Rola.

Wilde knikte.

'Ze wekt de indruk dat ze denkt dat ze verschrikkelijk grappig is en leuk, en op de dansvloer roept ze olijk: "Woe, woe!"'

Wilde knikte nog een keer.

'Ze oogt als het irritante vriendinnetje van een vriend dat erop staat samen met de jongens de wedstrijd te kijken in het café en zich uitdost in voetbaltenue en mascara op haar gezicht smeert en de hele wedstrijd veel te hard juicht, tot je haar op het laatst het liefst een optater in haar gezicht geeft.'

Wilde keerde zich naar Rola. Rola haalde haar schouders op. 'Ik heb een bloedhekel aan dat soort vrouwen.'

'Blijkbaar.'

'Kijk naar haar,' zei Rola, 'en durf eens te zeggen dat het niet zo is.'

'Ik zou niet durven.'

'Wilde, ik wil achter die lui van de politie in Hartford aan en het ze duur betaald zetten.'

'Laat het lopen,' zei hij.

Marnie en haar vriendin stonden op en liepen naar de kassa om te betalen.

'Weet je zeker dat je dit alleen wilt doen?' vroeg Rola.

'Ja.'

'Erna zien we elkaar in Central Park?'

'Ja.'

Rola gaf hem een kus op zijn wang. 'Ik ben blij dat je niets mankeert.'

Rola liep de straat uit op het moment dat Marnie uit de diner kwam. Marnie omhelsde haar ontbijtgezel overdreven en zette koers naar, zo had Rola voor Wilde uitgezocht, de ABC-studio's op Columbus, tussen 66th en 67th. Wilde had zijn eigen route verkend en gepland. Hij wilde Marnie onderscheppen voordat de studio's in het zicht waren. Hij haastte zich om het blok en zag haar van de andere kant aankomen toen hij de hoek omsloeg, 67th Street in.

Hij bleef staan.

'Neem me niet kwalijk,' zei hij. Hij plakte een brede glimlach op zijn gezicht en probeerde grote ogen op te zetten. 'Ben jij Marnie Cassidy?'

Marnie Cassidy had niet gelukkiger gekeken als hij haar een koffer met geld had aangeboden. 'Jazeker, dat ben ik!'

'O, het spijt me dat ik je zo lastigval. Het gebeurt natuurlijk aan de lopende band dat mensen je op straat aanspreken.'

'O,' zei Marnie, ze wuifde het weg. 'Dat geeft niet.'

'Ik ben alleen een enorme fan.'

'Echt?'

Als het ego van een beroemdheid gestreeld moet worden, is het onmogelijk om te overdrijven. 'Mijn zusje en ik kijken altijd naar...' Wilde wist even niet meer hoe het programma heette en ging dus maar gewoon door. 'Nou ja, in ieder geval vinden we jou te gek.'

'O, dat is heel aardig!'

'Mag ik je om je handtekening vragen en misschien ook een selfie? Jane – Jane is mijn zusje – gaat uit haar dak als ze dat ziet.'

Jane. Hm, oké. Wilde's creativiteit werkte onder druk niet optimaal.

Marnie straalde. 'Natuurlijk! Wat moet ik schrijven?'

'O, het liefste iets als: "Voor Jane, mijn grootste fan" – zoiets. Ze gaat echt helemaal uit haar dak!' Wilde deed alsof hij wanhopig naar een pen of een potlood zocht. 'Ach verdorie, ik geloof dat ik geen pen heb.'

'Geen probleem!' zei Marnie. Alles wat ze zei leek te eindigen met een uitroepteken. 'Heb ik wel!'

Nu Marnie was blijven staan en in haar tas woelde, op zoek naar een pen, deed Wilde een stapje opzij en keerde hij zich zo dat hij pal voor haar stond en haar op subtiele wijze de weg versperde. Hij zou haar niet tegenhouden als ze langs hem wilde. Het was allemaal een kwestie van lichaamstaal.

'Mag ik je nog iets anders vragen?' vroeg Wilde.

'Natuurlijk!'

'Waarom heb je gelogen over Peter Bennett?'

Boem. Gewoon zo.

De glimlach bevroor rond Marnies lippen, maar het vuur in haar ogen doofde. Wilde wachtte niet, gaf haar niet de kans te herstellen van de schok, geen acht tellen. Hij ging door.

'Ik werk voor CRAW. We weten alles, Marnie. Je mag kiezen. Je kunt nu met mij praten en zelf buiten schot blijven – of we maken je kapot op alle mogelijke manieren die we maar kunnen bedenken. Jij mag kiezen.'

Marnies ogen bleven knipperen. Deze benadering was een beredeneerd risico dat Wilde willens en wetens had besloten te nemen. Als hij haar op een redelijke manier had aangesproken, had ze zich kunnen vastklampen aan het verhaal dat ze tijdens de podcast van Reality Ralph had verteld. Praten met Marnie kon alleen iets opleveren als ze uit haar rol werd getrokken, waardoor ze iets in haar verhaal veranderde. Dan zou hij misschien iets hebben om mee verder te werken. Deze directe benadering had geen keerzijde. Als hij haar vriendelijk en beleefd ondervroeg, zou hij er niets mee winnen. Als ze er nu stampvoetend vandoor zou gaan – zelfde resultaat.

Maar als haar reactie nu op de een of andere manier maar de suggestie zou wekken dat er bedrog in het spel was, bestond de mogelijkheid dat hij meer te weten kon komen.

Marnie deed een poging iets rechterop te gaan staan. 'Ik weet niet waar je het over hebt.'

'Je weet heel goed waarover ik het heb,' zei Wilde zonder een greintje toegeeflijkheid in zijn stem. 'Ik zal er geen doekjes om winden. We staan hier op straat te praten. Niemand luistert mee. Het is jij en ik. Ik kan je het volgende beloven. Als je mij nu de waarheid vertelt, krijgt niemand dat te horen. Niemand zal ooit weten dat jij mij iets hebt verteld. Het blijft een geheim tussen jou en mij. Jij gaat zo verder naar haar en make-up in de studio en je blijft een ster. Ik maakte zonet geen grapje. Ik heb je gezien, Marnie. Je hebt talent. Jij hebt dat ongrijpbare. Mensen houden van je. Je ster is rijzende. Ik zou er heel wat onder durven te verwedden. Als jij mij nu helpt, blijft jouw ster rijzen alsof we elkaar nooit hebben ontmoet. Nou, in feite heb je mij dan als een bondgenoot aan je zijde. Dat is wat je wilt, Marnie, mij als bondgenoot.'

Marnies mond ging open, maar er kwam geen geluid uit.

Wilde drong aan, verwisselde de wortel weer voor de zweep. 'Maar als je nu doorloopt, zal ik ervoor zorgen dat je zo hard wordt gecanceld dat je zou willen dat je Peter Bennett was. Dan ben ik geen vriend van je, Marnie. Dan maak ik jou vernietigen tot mijn levensdoel.'

Er rolde een traan over Marnies wang. 'Waarom doe je zo gemeen tegen me?'

'Ik doe niet gemeen, ik ben eerlijk.'

'Waarom denk je dat ik lieg?'

Wilde stak een USB-stick omhoog. Daar stond niets op. Het was niet meer dan een attribuut, een element om zijn toneelstukje levensecht te doen lijken. 'Ik dénk het niet, ik wéét het.'

Toen zei Marnie: 'Als je het weet, waar heb je mij dan voor nodig?'

Dat was het dan. De bekentenis. Iemand die de waarheid vertelde, hoefde dat niet te zeggen, hoefde zich geen zorgen te maken. Ze was niet door en door eerlijk geweest tijdens die podcast, daarvan was Wilde overtuigd.

'Omdat ik bevestiging nodig heb. Louter en alleen voor mezelf. De puntjes op de i zetten. Ik doe dit allemaal niet lichtvaardig. Ik weet dat je niet de waarheid hebt verteld tijdens die podcast. Ik heb bewijzen. Genoeg om jou te ruïneren.'

'Zeg dat niet steeds.'

Daar had ze gelijk in. Wilde improviseerde en dat kon een stuk beter. Het begon hem ook te dagen dat die lui van de politie in Hartford hadden geprobeerd hem te overbluffen op eenzelfde manier. Het voelde niet goed dat hij zich moest verlaten op hun technieken, maar ook weer niet zo slecht dat hij het niet kon volhouden.

'Ik heb gedaan wat goed was,' zei Marnie. 'Als je alles weet, weet je dat ook.'

Wat goed was? O jee, hij moest voorzichtig te werk gaan.

'Nee, Marnie, dat weet ik niet. Dat weet ik helemaal niet. Vanuit mijn positie bezien ben je schuldig en ik zal ervoor zorgen dat dat jouw ondergang wordt.' Wilde sneed haar tegenwerpingen af met een geheven hand. 'Als er nog iets is wat ik niet weet, als ik nog iets heb gemist, kun je er maar beter heel snel mee voor de dag komen, Marnie. Want op dit moment lukt het mij echt niet om zonder verdere uitleg in te zien dat je hebt gedaan "wat goed was".'

Marnies ogen schoten heen en weer alsof ze overal zocht naar een uitweg. Nu, dacht Wilde, moest hij het heel behoedzaam spelen. Te veel druk en ze zou zomaar op de vlucht kunnen slaan. Ophouden met dreigen en ze zou zich misschien herpakken en tot de slotsom komen dat dit hele bizarre gesprek op straat nergens op gebaseerd was.

'Laat maar,' zei Wilde.

'Wat?'

Wilde haalde zijn schouders op. 'Ik vind het allemaal maar niks.'

'Wat bedoel je?'

'Ik ga alles wat ik heb doorgeven aan Reality Ralph.'

'Wacht, wat?'

'Je bent het niet waard om me voor in te spannen, Marnie. Je verdient het gewoon om te worden gecanceld.'

De tranen begonnen weer te vloeien. 'Waarom ben je zo gemeen?'

Dat liedje weer. 'Je weet waarom.'

'Ik probeerde alleen maar te helpen!'

'Wie probeerde je te helpen?'

Marnie snikte een tijdje door.

'Luister, ik heb je de kans gegeven om jezelf te redden, Marnie. Dat had ik niet moeten doen. Want mijn zusje en ik zijn echte fans.' Leg het er maar lekker dik bovenop. 'Echt. Mijn baas zei meteen dat je de moeite niet waard was. Ik geloof dat hij gelijk had.'

Wilde nam het risico zich van haar af te wenden. Ze begon nog harder te huilen.

Een andere vrouwenstem klonk plotseling: 'Schat, gaat het? Valt die man je lastig?'

Shit, dacht Wilde.

Hij draaide zich bliksemsnel weer om. Een klein, verschrompeld vrouwtje dat een winkelkarretje voor zich uit duwde, keek hem woest aan.

'Schat, wil je met mij mee? Ik weet wel een plek waar het veilig is.'

Wilde besloot tot een alles-of-nietsoffensief. 'Maakt u zich geen zorgen. We waren toch al uitgepraat.'

'Wat?' Marnie keerde zich naar het verschrompelde vrouwtje en bood haar een stralende, zij het droevige glimlach. 'Nee, nee, alles is in orde. Deze man is een goede vriend.'

Het verschrompelde vrouwtje geloofde er niets van. 'Een goede vriend, hè?'

'Ja. Zijn zusje Jane en ik deelden een studentenkamer. Hij... Ik huil omdat hij me net het slechte nieuws vertelde over haar kanker. Het is uitgezaaid.'

Een optreden dat een Oscar waard was, zomaar uit de mouw geschud op het trottoir. Het verschrompelde vrouwtje keek Wilde diep in de ogen en keerde zich toen weer naar Marnie. Een tel later – het speelde zich nu eenmaal allemaal af in New York – haalde ze haar schouders op en liep ze verder.

'Genoeg gekletst,' zei Wilde, toen ze weer alleen waren. 'Vertel.'

'Je houdt je aan je belofte?'

'Ja.'

'Niemand hoort er iets van?'

'Ik beloof het.'

'Ik word niet gecanceld?'

Wilde had geen flauw idee wat de gevolgen zouden zijn. 'Ik beloof het.'

Marnie haalde diep adem en knipperde een aantal tranen weg. 'Hij heeft het met iemand anders gedaan, niet met mij. Peter bedoel ik.'

'Wat heeft hij met iemand anders gedaan?'

'Hou op,' snauwde ze. 'Je weet waarover ik het heb. Peter heeft dat meisje lastiggevallen. Hij heeft haar naaktfoto's gestuurd en toen hij de kans kreeg, heeft hij haar gedrogeerd met roofies, en...' Haar stem stierf weg.

'Welk meisje?'

'Dit is wat ik te horen kreeg.'

'Te horen kreeg? Van wie?'

'Van dat meisje zelf, om maar iemand te noemen. Ze wilde er

niet mee in de publiciteit. Dat was een deel van de afspraken die we hebben gemaakt. Als zij zelf met die beschuldigingen zou komen, zou haar hele leven op de kop gaan. Miljoenen mensen zouden het weten en zij kon zo veel aandacht niet aan. Zij is geen beroemdheid. Ze hadden iemand nodig die haar verhaal voor haar vertelde.'

Het begon tot Wilde door te dringen.'Ze hadden jou nodig.'

'Haar verhaal was zo vreselijk. Verschrikkelijk. Wat Peter – mijn eigen zwager – haar heeft aangedaan. Ik moest zo vreselijk huilen. Hij moest ervoor gestraft worden. Dat zagen we allemaal meteen. Dat meisje dacht erover om aangifte te doen, maar dat wilde ze ook niet. Dus bedachten we een plan.'

'Jij zou in die podcast vertellen dat het jou overkomen was,' zei Wilde.

Mijn god, dacht hij. Het was net walgelijk genoeg om heel logisch te klinken.

'Ik wilde dat meisje helpen – en ik wilde mijn zus laten weten met wat voor man ze getrouwd was.'

'Maar wie is ze? Dat meisje dat door Peter werd lastiggevallen?'

'Dat kan ik je niet vertellen. Ik heb het beloofd.'

'Marnie...'

'Nee, je kunt dreigen wat je wilt, maar ik ga geen slachtoffer doxxen.'

Wilde besloot dat vooralsnog links te laten liggen. 'Maar waarom die podcast?'

'Dat heb ik je net verteld. Om dat meisje te helpen. Om Jenn te helpen.'

'Maar je had het toch ook gewoon aan Jenn kunnen vertellen? Je hoefde er toch niet zo mee in de publiciteit te treden als je hebt gedaan?'

'Hé, dacht je dat ik het zo wilde?'

In dit geval was het antwoord zonneklaar, dacht Wilde. Ja. Ja, ze wilde het precies op die manier. Ze moest wel. Ze was uit op de aandacht en de roem, en verdomd, het had gewerkt. Hester had gelijk gehad. Marnie zocht de roem, ze was publiciteitsgeil en ze zou die roem krijgen ongeacht wie daarvoor zou moeten lijden.

'Ik had sowieso geen keus,' zei Marnie. 'Ik zat vast aan een contract.'

'Met wie?'

'Met de show. Zo werkt reality-tv. Je tekent een contract. De producers geven je opdrachten en die voer je uit om het verhaal verder te helpen.'

'Maar je was helemaal geen deelnemer in de show.'

'Nog niet, maar ik had me aangemeld en ik was ver genoeg gekomen om te tekenen. Als ik er het volgende seizoen bij wilde zijn, was het belangrijk dat ik me van mijn beste kant liet zien.'

Wilde kon zijn oren niet geloven, maar het paste allemaal in elkaar. 'Een producer gaf je opdracht om te liegen om een plekje in de show te krijgen?'

'Hé, die plek heb ik op eigen kracht verdiend,' zei Marnie met een verstikte stem vol verontwaardiging. 'Met mijn talent. En het was geen leugen. Het is gebeurd, precies zoals ik het je heb verteld.'

'Maar het is jou niet overkomen.'

'Wat maakt dat uit? Het is gebeurd. Ik heb zelf met dat meisje gepraat. Ze had bewijzen.'

'Wat voor bewijzen?'

'Foto's. Een heleboel.'

'Die kun je fotoshoppen.'

'Nee.' Marnie zuchtte en schudde haar hoofd. 'Jenn en ik waren in het verleden heel close. Dan werden we dronken en raakten we aan de praat, weet je, over Peter. Ik vind dit gênant, maar ik weet hoe híj eruitziet. Dat waren geen foto's waarbij ze Peters hoofd op een ander lichaam hadden gefotoshopt.'

'In het verleden heel close,' zei Wilde.

'Wat?'

'Je zei: "Jenn en ik waren in het verleden heel close."'

'Nog steeds. Ik bedoel, nu weer. Peter... hij was niet goed voor onze relatie als zusjes.'

'Hoezo?'

Marnie haalde haar schouders op. 'Gewoon, verkeerd.'

'Mocht je Peter?'

'Wat? Nee.' Haar telefoon zoemde. Ze las het bericht op het scherm. 'Verdomme, door jou ben ik te laat voor haar en make-up. Ik moet gaan.'

'Nog één ding.'

Marnie zuchtte. 'Oké, maar vergeet niet wat je hebt beloofd.'

'Heb je Jenn ooit verteld hoe het werkelijk in elkaar zat?'

'Ik heb het je verteld. Dit is de waar...'

Wilde deed zijn best zijn stem niet te verheffen. 'Heb je Jenn ooit verteld dat wat jij over Peter had gezegd een andere vrouw was overkomen?'

Marnie zei niets, maar alle kleur trok weg uit haar gezicht.

Wilde kon het niet geloven. 'Je zus denkt nog steeds...'

'Je mag het haar niet vertellen,' zei Marnie met een rauwe stem. 'Ik heb het voor haar gedaan. Om haar tegen dat monster te beschermen. En Peter heeft bekend. Snap je dat niet? Het was allemaal waar. En laat me nu verdomme met rust.'

Marnie veegde de tranen uit haar ogen, draaide zich om en haastte zich weg.

24

Laat ik eens duidelijk maken wat voor soort man Martin Spirow is.

Toen Sandra Dubonay, een zesentwintig jaar oud 'fitnessmodel', vorig jaar om het leven kwam bij een auto-ongeluk, zetten haar ouders een in memoriam op haar pagina online onder een foto waarop hun dochter zielsgelukkig in de zon poseerde met een stralende glimlach op haar gezicht. Eronder hadden ze de tekst 'We hebben je voor altijd in ons hart gesloten' gezet. Bij de commentaren op dat in memoriam had Martin Spirow op zijn manier – met een nepaccount – laten horen:

Altijd jammer als zo'n geil poesje verloren gaat.

Ik vraag u: moet ik u nog meer vertellen?

Boomerang onderzocht de zaak en bestrafte hem met een tik op de vingers. Op social media volgt Martin Spirow veel krachtig gebouwde 'fitnessmodellen' – een boeiend eufemisme – maar hij beweert zich niet te kunnen herinneren dat hij die vreselijke, wrede tekst heeft geschreven, en zegt dat hij het stomdronken online moet hebben gezet.

Vast wel.

Wij moeten geloven dat het Martin Spirow in verregaande staat van beneveling lukte in te loggen bij zijn sokpopaccount in plaats van bij het account onder zijn eigen naam? Dat hij nog steeds wist hoe hij zijn anonimiteit veilig moest stellen terwijl hij zo zat was dat hij zich er achteraf niets meer van kon herinneren?

Ik geloof er niets van.

En al zou ik het wel geloven, het maakt mij niet echt iets uit, toch?

Wat Katherine Frole over Henry McAndrews zei, geldt ook voor Martin Spirow. Zijn misdrijf vereist waarschijnlijk geen doodstraf. Dat besef ik wel. Maar hij verdient het ook niet te leven. Ik ben me nog steeds genoeg van mezelf bewust om me te realiseren dat ik een rechtvaardiging zoek voor iets wat ik dolgraag wil doen, maar dat betekent nog niet dat die rechtvaardiging alle grond mist.

Ik ben in geen enkel opzicht een expert in het moorden. Het meeste van wat ik weet, heb ik – waarschijnlijk net als u – opgestoken door naar misdaadseries op tv te kijken. Ik weet dat ik een langere pauze moet inbouwen tussen deze moorden of diverse soorten wapens moet gebruiken. Ik weet dat ik dagen of weken, misschien wel maanden moet besteden aan het plannen, dat er overal bewakingscamera's hangen, dat de kleinste vezeltjes en de kleinste plukjes DNA – en wie weet er meer over hoe DNA je leven kan veranderen dan ik? – het spoor naar de dader kunnen blootleggen. Ik zal voorzichtig zijn, maar ben ik voorzichtig genoeg?

Ik denk het wel. Ik heb een plan voor een grote finale. Als ik het op de juiste manier doe, leidt dat tot een wederopstanding die haar weerga niet heeft gekend sinds...

Het zou godslastering zijn om het onder woorden te brengen.

Ik heb een geluiddemper gekocht. Eentje van honderdnegenentachtig dollar.

Martin Spirow woont met zijn vrouw Katie in een kleine bungalow niet zo ver van Rehoboth Beach in Delaware. Er staat één auto op de oprit. Om kwart voor tien gaat Katie de deur uit. Ze draagt een spijkerbroek en een shirt van Walmart. Ze kan lopend naar haar werk bij de Walmart, een halve kilometer verderop. Haar man Martin is werkloos en gaat twee keer per dag naar een bijeenkomst van de Anonieme Alcoholisten.

Al die informatie komt uit het dossier van Boomerang.

Een dienst bij Walmart duurt tussen de zeven en negen uur. Dat betekent dat ik tijd genoeg heb. Die wil ik niet verspillen. Zodra Katie uit het zicht is verdwenen, loop ik naar de deur. Ik draag bruine kleren, zelfs een bruine pet. Nergens zit een logo van UPS, maar ik denk dat dat ook niet nodig is. Ik draag een pakketje waar niets in zit. Een primitieve, maar effectieve vermomming – bezorging van een pakketje – en erg lang zal ik niet te zien zijn.

Mijn grootste probleem is mijn auto. Ik weet dat ze je met moderne technologie, camera's bij alle tolpoortjes en zo, op allerlei manieren kunnen volgen. Ik heb mijn auto een paar straten verderop geparkeerd bij een onduidelijk kantoorgebouw vol artsen, advocaten en dergelijke. Ik heb geen beveiligingscamera's gezien. Onderweg van daar naar hier heb ik een vuilcontainer gezien waarin ik deze bruine kleren kwijt kan, zodat ik weer over straat ga in mijn spijkerbroek en het blauwe shirt dat ik eronder aanheb.

Kortom, ik heb een soort plan. Waterdicht? Amper. Maar voorlopig kan het ermee door.

Ik bel aan. Geen reactie. Ik bel een tweede keer aan. En een derde keer.

Een vermoeide hese stem vraagt: 'Wie is daar?'

Ik schraap mijn keel: 'Bezorgdienst.'

'Jezus, zo vroeg? Zet het maar op de stoep.'

'Ik heb een handtekening nodig.'

'Och, krijg wat...'

Martin Spirow doet de deur open. Ik aarzel niet, maar trek mijn pistool en richt het op hem.

'Achteruit,' zeg ik.

Zijn ogen puilen uit, maar hij doet wat ik zeg. Hij steekt zelfs zijn handen in de lucht, al heb ik daar geen opdracht voor gegeven. Ik ruik de angst die in walmende golven van zijn lichaam komt als ik over de drempel stap en de deur achter me dichtdoe.

'Als je ons wilt beroven…'

'Dat wil ik niet,' zeg ik.

'Maar wat wil je dan?'

Ik richt het pistool op zijn gezicht en zeg: 'Altijd jammer als zo'n geil poesje verloren gaat.'

Ik wacht een paar tellen tot ik in zijn ogen zie dat het tot hem doordringt.

Op zo'n moment kan ik geen reden bedenken om het nog langer te rekken.

Ik haal de trekker drie keer over.

25

Wilde liep door 72nd Street naar het oosten, Central Park in. Rola stond bij een ijscokraam en kocht een softijsje met vanillesmaak in een oubliehoorn.

'Wil jij ook?' vroeg ze.

'Het is net tien uur.'

'Het is een ijsje, geen tequila.'

'Ik pas.'

Rola haalde haar schouders op om de boodschap 'je moet het helemaal zelf weten' uit te stralen. Ze liepen langs de om klandizie bedelende fietstaxi's – een agressieve aanval op hun gemoedsrust – het smalle paadje op naar Strawberry Fields.

'Je ziet er niet goed uit,' zei Rola.

'Dank je.'

'Die lui van de politie.'

'Hou maar op.'

'Oké. Hoe ging het met Marnie Cassidy?'

Terwijl ze langs de toeristen liepen die zich verdrongen bij het Imagine-mozaïek ter nagedachtenis aan John Lennon, vertelde hij over zijn gesprek met Marnie. Toen hij uitverteld was, zei Rola: 'Je neemt me in de maling.'

'Ik neem niemand in de maling.'

'Heeft iemand haar opgedragen om het te doen?'

'Voor zover ik het begrijp,' zei Wilde, 'pakken ze bij reality-tv het leven van echte mensen en maken ze daar een spannend verhaal van. Het hoeft allemaal niet waar te zijn. Ze hoeven er alleen maar voor te zorgen dat jij gaat kijken. De meeste realitysterretjes begrijpen dat. Het monster moet gevoed worden. Maar het personage Peter was een beetje verbleekt. Hij was al een tijdje getrouwd. Geen kinderen. Ik vermoed dat iemand bij de productie heeft bedacht dat ze de zaak een beetje moesten opschudden om de kijkcijfers weer op te jagen.'

'Wat ze gelukt is,' zei Rola.

'Wat ze gelukt is.'

'En de producers wisten natuurlijk dat het zusje van Jenn alles zou doen om maar mee te snoepen van de roem.'

'Ja.'

'Dus de grote vraag is: heeft Peter werkelijk met roofies geknoeid of andere vrouwen lastiggevallen?'

'Is er enig bewijs dat hij dat heeft gedaan?'

'Het spul dat jij hebt gedownload van de computer van Henry McAndrews,' zei ze.

'Wat is daarmee?'

'We hebben nog meer foto's van Peter gevonden.'

'En?'

'Ik laat er een expert naar kijken, maar ze lijken echt. Er viel ook heel veel op te zien.'

Wilde dacht na. 'Enig idee wie McAndrews die foto's heeft gestuurd?'

'Nee. Weet je nog dat dat advocatenkantoor van zijn zoon de facturen verstuurde?'

'Ja.'

'Het lijkt erop dat alle e-mail ook eerst naar dat kantoor gaat, via een VPN en een anoniem e-mailaccount. Je weet dat dat niet zo moeilijk te regelen is. Het advocatenkantoor stuurde de e-mail met bijlagen vervolgens door naar Henry McAndrews.'

Ze liepen voorbij het bronzen standbeeld van Daniel Webster. Allebei bleven ze staan en lazen ze de inscriptie op de sokkel: VRIJHEID EN EENHEID, NU EN VOOR ALTIJD, EEN EN ONDEELBAAR.

'Profetisch,' zei Rola.

'Yep.'

'Maar ik denk dat je dat ook mag verwachten van een woordenboekenman.'

Dat was Noah Webster, niet Daniel, maar Wilde liet het gaan.

'Als ik goed begrijp wat jij zegt,' ging Rola door, 'denk jij dat de producers van het programma hadden besloten om Peter Bennett te cancelen, en dan "cancelen" in de dubbele betekenis van het woord. Cancelen op de moderne manier in de zin van uitkotsen, kapotmaken en doodzwijgen, en cancelen op de ouderwetse manier, een streep door zijn naam zetten als deelnemer aan de show.'

'Ja, misschien.'

'Ik vind het nogal extreem om zo met het leven van mensen te spelen.'

'Dat doen al die shows. Heb je er ooit een gekeken? Ze nemen jonge mensen die ze gemakkelijk kunnen manipuleren, die dolgraag beroemd willen worden en dan gaan ze met ze klooien. Het is een compleet jachtseizoen. Ze maken je dronken. Ze ensceneren emotioneel levensgevaarlijke situaties. Al die toch al onzekere deelnemers worden door de mangel gehaald, terwijl ze volstrekt niet in staat zijn voor zichzelf te zorgen.'

'Manipulatie kan ik in komen,' zei Rola. 'Maar ze kunnen toch niet zomaar van alles verzinnen?'

'Jawel, dat kunnen ze wel.'

'Nee. Je begrijpt me niet. Het is tot daaraan toe om tegen iemand te zeggen: "Maak ruzie met die deelnemer" of zelfs: "Maak het uit met die jongen". Zoiets. Maar het is heel iets anders om een situatie te creëren waarin iemand wordt aangezet tot een misdaad zoals deze, waarbij iemands reputatie volledig wordt verwoest. Het kan me niet schelen wat de producers zeggen – volgens mij kan zo iemand een rechtszaak beginnen.'

Daar viel maar één speld tussen te krijgen. 'Tenzij het waar is,' zei Wilde.

'Daar wilde ik naartoe. Veronderstel dat een vrouw naar de producers stapt, of wie dan ook. Ze vertelt het verhaal dat er roofies in haar cola zijn gestopt. Ze heeft bewijzen. De foto's, berichtjes, wat dan ook. Op dat moment kunnen de producers het onthullen en beweren dat ze dat niet alleen doen voor de voortgang van het programma, maar ook om de andere deelnemers en medewerkers in bescherming te nemen.'

Wilde fronste zijn wenkbrauwen.

'Wat?' vroeg Rola.

'Dat klinkt logisch. Afgrijselijk logisch.'

'Toch? En nu komt Marnie erbij. Die doet alles om maar een plek in het programma te krijgen en ze laat zich heel makkelijk manipuleren – net als iedereen die meedoet, zoals je al zei. Jouw neef komt bij mij ook verschrikkelijk naïef over. Plotseling verandert de allemansvriend Peter in een verachtelijke viezerik. Niet alleen heeft hij zijn vrouw bedrogen en een andere vrouw verkracht – want daar komt het op neer – maar dat was ook nog eens de zus van zijn geliefde Jenn.'

'Het kreeg gigantisch veel aandacht in de media.'

'Ja.'

Wilde schudde zijn hoofd. 'Gatverdamme.'

'Nog eens: ja.'

'En nu? Gaan we nu de strijd met de producers aan?'

'Wat krijg je van hen te horen?' wierp Rola tegen. 'Die zullen niets toegeven. Maar bovendien kun je je afvragen wat het nut is. Wat hebben we eraan bij het zoeken naar Peter Bennett?' Rola bleef staan en legde haar hoofd bijna in haar nek om hem aan te kunnen kijken. 'We zijn nog steeds naar hem op zoek, toch?'

'Ja.'

'Want dit klinkt allemaal veel meer alsof je probeert zijn reputatie te herstellen.'

'De reputatie herstellen van een realityster,' zei Wilde. 'Daar kan ik me moeilijk druk om maken.'

'Juist. Dan wil ik naar belangrijker zaken, want het volgende is gek. Heel gek. Ik heb een kopie van de geboorteakte van Peter Bennett. Hij is achtentwintig jaar geleden geboren op 12 april. Als ouders staan Philip en Shirley Bennett geregistreerd.'

Wilde fronste zijn wenkbrauwen. 'Maar... dat zijn de adoptieouders.'

'Dat is het punt. Er is geen enkel teken dat Peter geadopteerd is. Volgens dit document is hij geboren in het Lewistown Medical Center, pak hem beet een half uur rijden van Penn State. De betrokken arts was Curtis Schenker. Die leeft nog. Ik heb hem gebeld.'

'En wat zei hij?'

'Wat denk je?'

'Zwijgplicht?'

'Zo ongeveer. Privacywetgeving. Bovendien heeft hij tig bevallingen gedaan en kan hij ze zich niet stuk voor stuk meer herinneren. Maar nu komt het: twee jaar na de geboorte van Peter Bennett werd hij voor vijf jaar geschorst vanwege overtreding van de wet op de medische zorg.'

'Dat betekent dat hij het niet zo nauw neemt met de regels.'

'Ja.'

'Betekent het ook dat hij zich laat omkopen om valse geboorteaktes te ondertekenen?

'Misschien. Maar laten we het eens op een rijtje zetten. Het gezin Bennett woont in de buurt van Memphis. Moeder, vader en twee dochters. Ze verhuizen en komen in de buurt van Penn State te wonen, in Pennsylvania, en plotseling hebben ze een zoontje dat Peter heet.'

Dat was het moment dat Wilde het zag.

'Luister heel goed,' zei hij.

'Wat is er?'

'Loop gewoon door alsof er niets aan de hand is.'

'O, shit, worden we gevolgd?'

'Gewoon doorlopen, en blijf tegen me praten. Niet plotseling anders gaan doen.'

'Oké, maar wat is er aan de hand?'

'Ik heb er drie gezien, maar waarschijnlijk zijn er meer.'

'Waar zijn ze?'

'Dat is niet belangrijk. Ga niet rondkijken, ook niet stiekem. Ik wil niet dat ze in de gaten krijgen dat we ze doorhebben.'

'Oké,' zei Rola opnieuw. 'Zijn ze van de politie?'

'Ik weet het niet zeker. In ieder geval gezagsdragers. Ze zijn vrij goed.'

'Dan zijn het waarschijnlijk niet weer die lui uit Hartford.'

'Waarschijnlijk niet, maar het kan natuurlijk ook een vriendendienst zijn.'

'Heb je een plan?'

Wilde had een plan. Ze liepen verder door het park. Links van hen wemelde het van de toeristen op de rode klinkers van Bethesda Terrace aan de rand van een meer dat ooit, in een verbijsterende explosie van creativiteit, The Lake was genoemd. Overal werden selfies geschoten, staken selfiesticks omhoog en werd geposeerd voor fotografische hoogstandjes op social media. Wilde en Rola wandelden door de menigte, voortdurend verwikkeld in een nepgesprek. Het zou tussen al die toeristen verdraaid lastig worden voor de mensen die hen volgden om hen in het oog te houden zonder zich prijs te geven. Wilde hoefde niet om te kijken. Nu hij wist dat ze er waren, hoefde hij dat risico niet te lopen.

Hij haalde zijn telefoon uit zijn zak en koos het nummer van Hester. Ze nam op toen de telefoon drie keer overgegaan was.

'Spreek!'

'Ik loop in Central Park en word gevolgd,' zei Wilde.

Wilde en Rola namen het pad links langs het terras en liepen over Bow Bridge naar het dichtere bos en struikgewas van de Ramble.

'Denk je dat ze je willen arresteren?'

'Ja.'

'Deel je locatie met me.'

'Rola is hier ook.'

'Laat haar ook haar locatie met me delen. Ik moet even het een en ander uitzoeken. Ik bel je zo terug.'

Wilde en Rola waren het park in gelopen vanuit West 72nd Street, niet ver van de garage waar Rola haar auto had geparkeerd. De politie – of wie het ook maar mochten zijn – zou daar de meeste mensen hebben geposteerd, omdat ze ervan uitgingen dat Wilde en Rola al pratend hun wandeling door het park weer zouden beëindigen op de plek waar haar auto stond. Die veronderstelling zou juist zijn geweest als Wilde hen niet had betrapt. Dus nu, terwijl ze over de kronkelende paden van de Ramble steeds verder verwijderd raakten van het epicentrum van hun aanwezigheid, werd het steeds moeilijker voor hun achtervolgers om hen ongemerkt bij te houden.

'Dit moet te maken hebben met de moord op McAndrews, toch?'

'Ik weet het niet.'

'Kunnen ze iets anders ontdekt hebben wat jou in verband brengt met het misdrijf?'

'Dat betwijfel ik.'

Zijn telefoon zoemde. Het was Hester.

'Geef je niet over,' zei Hester.

'Is het zo erg?'

'Ja,' zei Hester. 'Kun je naar mijn kantoor komen?'

'Ik denk het wel.'

'Heb je een plan?'

'Is Tim te vertrouwen?'

'Door dik en dun.'

Hij vertelde Hester wat hij wilde doen. Rola luisterde mee en knikte. Ze gingen harder lopen. Ze wilden niet te lang in de Ramble blijven, want dat zou de politie de kans geven hen te omsingelen en hen daar te pakken. Gelukkig waren er tamelijk veel mensen in het bos. Ze waren al twee keer een grote groep vogelaars tegengekomen. Zou de politie het risico willen lopen een arrestatie uit te voeren met zo veel mensen in de omgeving? Waarschijnlijk niet. Ze zouden wachten tot hij zich in een meer open ruimte zou bevinden, bijvoorbeeld in de buurt van Rola's auto.

Rola zei: 'Vrouw met een grijze hoody en witte Adidas-sneakers?'

Wilde knikte. Beiden gaven ze hun locatie via Google door aan Hester. Hester gaf op haar beurt de locatie door van Tim. Zo te zien zou Tim een kwartier nodig hebben om het punt waar ze elkaar zouden ontmoeten te bereiken. Tijd om te vertragen dus. Hij nam zijn plan door met Rola. Net als de meeste goede plannen was dit plan ook verbazingwekkend eenvoudig. Hij moest hen in de waan laten dat Rola en hij gewoon een gesprek voerden. Hij zorgde ervoor dat ze zich steeds midden tussen andere voetgangers bevonden, zodat wie hen dan ook volgde, niet kon toeslaan. Hij probeerde bovendien steeds paadjes te kiezen met veel bomen erlangs, omdat het hem logisch leek dat ze iemand hadden die hen van een afstand in de gaten hield. Al die bomen zouden die observant het zicht belemmeren.

'Man met een blauw honkbalpetje en een zonnebril die de hele tijd net doet of hij iets op zijn telefoon opzoekt,' zei Rola.

Wilde knikte.

Ze liepen naar het noorden, langs het Delacorte Theater, thuishaven van het beroemde Shakespeare in the Park, het amfitheater met het podium voor het spectaculaire decor van de Turtle Pond.

‘Weet je nog dat we hier *De storm* hebben gezien?’

Het was in hun highschooltijd geweest en een organisatie voor pleegkinderen had de hand weten te leggen op kaartjes voor de ‘onderbedeelden’ in North Bergen County. Hij had op die tribune gezeten naast Rola. In die tijd hadden ze allebei bij de Brewers in huis gewoond. Ze hadden allebei verwacht dat ze er niet veel aan zouden vinden – Shakespeare in the Park? – maar de voorstelling tegen de achtergrond van de Turtle Pond was betoverend geweest.

‘Jonge vrouw met een paardenstaart en een rugzakje van North Face.’

‘Knap werk,’ zei Wilde.

‘Heel jong nog. Die komt net kijken.’

‘Misschien.’

‘O, en die zakenman met de krant. Krant – dat is wel heel ouderwets.’

‘Die had ik nog niet gezien, maar wijs hem niet aan.’

‘Jezus, Wilde, ik ben toch geen amateur?’

‘Nee.’

‘Ik doe dit al langer dan jij.’

‘Je hebt gelijk,’ zei Wilde. Hij bleef even staan en keek naar het Delacorte Theater. Hij kon zich *De storm* nog goed herinneren. Patrick Stewart van *Star Trek* had de rol van Prospero gespeeld. Carrie Preston speelde Miranda, en Bill Irwin en John Pankow hadden op de lachspieren gewerkt als Trinculo en Stephano.

‘Heb jij het programmaboekje nog?’ vroeg Wilde.

‘Van *De storm*? Natuurlijk, en dat weet je.’

Hij knikte. Rola bewaarde altijd alles. ‘Het spijt me,’ zei Wilde.

‘Wat?’

‘Dat ik er niet altijd ben,’ zei hij. ‘Ik hou van je. Jij bent mijn zus. Je zult altijd mijn zus zijn.’

‘Wilde?’

‘Wat is er?’

‘Ga je dood of zo?’

Hij glimlachte. Het was een beetje raar om er nu over na te denken, midden in een wervelstorm aan vreemde gebeurtenissen, maar misschien was dat wel het enige moment dat hij eerlijk kon zijn tegen zichzelf. Als het rustig was, was het heel makkelijk om het allemaal te onderdrukken en weg te stoppen. In een stormachtige, chaotische omgeving was het voor Wilde soms gemakkelijker om naar zichzelf te kijken en te zien wat voor anderen zonneklaar was.

‘Ik weet dat je van me houdt,’ zei Rola.

‘Ik weet dat je dat weet.’

‘Maar toch,’ zei ze, ‘doet het goed om het te horen. Ben je van plan weer te verdwijnen?’

‘Ik denk het niet.’

‘Als je dat wel doet, wil ik dat je me één keer per week een bericht stuurt. Meer vraag ik niet van je. Als je dat niet doet, weet ik dat je niet van me houdt.’

Ze vervolgden hun wandeling in oostelijke richting naar het Metropolitan Museum of Art. Hoe dichter ze bij de rand van het park kwamen, des te drukker het werd. Ze waren nu bijna het park uit. Dan zouden ze op Fifth Avenue zijn, blootgesteld aan de politie die hen al dan niet opwachtte. Zodra ze op Fifth Avenue waren, haastten ze zich slalommend door de menigte. Ze schoten de ingang van het Metropolitan in die alleen voor donateurs bestemd was – Rola was al jaren donateur om het museum te steunen, ze kwam er vaak met de kinderen – en eenmaal voorbij de bewaking namen ze afscheid. ‘Later,’ zei Rola, terwijl ze aansloot in de rij om naar binnen te gaan. Wilde talmde niet. Hij rende de trap af naar de parkeerkelder. Er kwam niemand achter hem aan.

Een minuut later reed Tim de limousine van Hester de parkeerkelder uit. Wilde lag op de vloer voor de achterbank.

Nog eens twintig minuten later reed Tim de parkeergarage in van het complex waar Hester kantoor hield. Hester wachtte hen op.

'Alles goed?'

'Prima.'

'Goed. Oren zit boven in mijn kantoor. Hij wil met je praten.'

26

Hester wees naar een stoel. 'Ga daar zitten, alsjeblieft,' zei ze tegen Oren Carmichael. 'Wilde, kom hier naast me zitten.'

Oren liep naar het ene einde van de lange vergadertafel, Hester en Wilde liepen naar het andere einde. De tafel stond in een glazen kantoorruimte boven de skyline van Manhattan. Hester gebruikte dit kantoor vooral voor het afnemen van getuigenverklaringen onder ede. Ze zette Oren op de plek waar de getuige die werd ondervraagd gewoonlijk zat. Wilde twijfelde er niet aan dat Hester dat opzettelijk deed.

'Jullie moeten allebei goed naar mij luisteren,' begon Oren. 'Er is een politieman vermoord...'

'Oren?' zei Hester.

'Wat is er?'

'Sst. Vertel ons eens waarom Wilde in het park werd achtervolgd.'

'Wacht,' zei Wilde. 'Dat heeft hij jou nog niet verteld?'

'Nog niet. Hij zei alleen dat het niet best was.'

Wilde keerde zich naar Oren. 'Hoe erg is het?' vroeg hij.

'Heel, heel erg. Maar je moet me eerst vertellen...'

'Je hebt helemaal niets eerst te willen,' snauwde Hester. 'Je hebt je vergrepen aan mijn zwijgplicht...'

'Ik heb je verteld, Hester, dat ik absoluut niet...'

'Dat heb je wel, verdomme.' Wilde hoorde iets nieuws in de toon van Hester. Behalve het immer aanwezige sarcasme meende hij ook een ondertoon van diepe droefenis in haar stem te horen. 'Begrijp je echt niet wat je hebt gedaan?'

Ook Oren kromp in elkaar onder het geweld van die toon, maar hij worstelde zich erdoorheen. 'Jullie moeten naar me luisteren. Allebei. Want dit is iets kolossaals. Er is een politieman vermoord...'

'Dat zeg je steeds maar weer,' onderbrak Hester hem.

'Wat?'

'Politieman. Een vermoorde politieman. Maakt het wat uit dat hij bij de politie heeft gezeten?'

'Meen je dat serieus?'

'Bloedserieus. Waarom is de dood van een politieman belangrijker dan de dood van een doorsnee burger?'

'Echt, Hester? Moet het echt op die manier?'

'Handhaving van de wet geldt voor iedereen, ongeacht positie of status. Een vermoorde politieman zou niet meer prioriteit moeten krijgen dan welke burger ook.'

Oren hief beide handen ten hemel. 'Oké, goed, vergeet maar dat de man politieman was. Hij is gewoon een vermoorde man. Nou gelukkig?' Hij richtte zich abrupt tot Wilde. 'Jij hebt het lijk gevonden.'

'Ik heb je gisteravond alles verteld wat ik weet,' zei Wilde.

'Precies,' voegde Hester eraan toe. 'En wanneer was dat precies? O ja, nu weet ik het weer – pal nadat die maatjes van jou bij de politie mijn cliënt hadden ontvoerd en gemarteld.' Ze hief een hand op om Oren het zwijgen op te leggen. 'En waag het niet om te zeggen dat Wilde een vriend is in plaats van een cliënt, want dat zou je betreuren. Bovendien zou ik me maar niet al te zelfgenoegzaam gedragen, want je bent medeplichtig aan wat die mannen Wilde hebben aangedaan.'

Die was raak en dat was af te lezen op het gezicht van Oren.

'Jij bent medeplichtig, Oren,' zei Hester, zonder Oren de tijd te gunnen op adem te komen. 'Je kunt een heleboel excuses verzinnen, net als willekeurig welke crimineel, maar jij hebt ze de informatie gegeven die tot de ontvoering en de marteling heeft geleid. Hoe wisten ze trouwens dat we bij Tony's zouden zijn?'

'Hè?' Oren ging rechtop zitten. 'Je denkt toch niet...'

'Heb jij ze dat verteld?'

'Natuurlijk niet.'

'En waarom zat de politie achter Wilde aan in Central Park?'

'Dat was geen politie.'

'Wat dan wel?' vroeg Wilde.

'Dat waren FBI-agenten.'

Het werd doodstil.

Hester leunde achterover en sloeg de armen over elkaar. 'Dat kun je maar beter uitleggen.'

Oren liet met een lange zucht de lucht uit zijn longen ontsnappen. 'De uitslag van het ballistisch onderzoek bij de moord op Henry McAndrews is bekend. Hij is doodgeschoten met een 9mm-pistool. De technische recherche in Hartford heeft de gegevens in de nationale database gestopt en het was meteen raak. Een tweede moord met hetzelfde wapen. Let op, een recénte moord.'

'Hoe recent?' vroeg Wilde.

'Heel recent, ergens tijdens de afgelopen twee dagen.'

'Dus ná de dood van Henry McAndrews?' vroeg Wilde door.

'Ja. Het wapen waarmee Henry McAndrews is vermoord, is ook gebruikt voor een andere moord, maar dat is niet het belangrijkste.'

Hester maakte een gebaar dat hij verder moest gaan. 'We luisteren.'

'Het slachtoffer,' zei Oren, 'was een FBI-agente die Katherine Frole heette.' Hij keek Hester aan. 'Het is dus niet langer de moord op een politieman. Het is ook de moord op een agent van de FBI. In sprookjesland maakt het misschien niet uit dat twee handhavers van de wet door een en dezelfde moordenaar zijn neergeknald. De zaken zouden net zo moeten worden afgehandeld als de moord op twee verschillende doorsnee burgers. Maar in het echt...'

'Wat verbindt beide slachtoffers?' vroeg Wilde.

'Voor zover wij weten? Helemaal niets, afgezien van het feit dat beiden driemaal in het hoofd zijn geschoten met hetzelfde wapen.'

'Geen banden in het werk?'

'Niets waar iemand iets van afweet. McAndrews werkte tot zijn pensioen in Connecticut. Frole werkte bij de forensische dienst van de FBI in Trenton. Tot nu toe ben jij het enige bijzondere in de zaak.'

Hester stelde de volgende vraag op een toon die ze normaal voor een optreden als advocaat in de rechtszaal bewaarde. 'Hebben ze iets wat mijn cliënt in verband brengt met Henry McAndrews of Katherine Frole?'

'Je bedoelt anders dan het feit dat hij bij Henry McAndrews heeft ingebroken en zijn stoffelijk overschot heeft gevonden?'

Hester legde een vlakke hand op haar borst en veinsde naar adem te happen. 'Hoe kunnen ze dat weten, Oren?'

Oren zei niets.

'Hebben ze vingerafdrukken? Hebben ze getuigen? Welk bewijs hebben ze dat mijn cliënt...?'

'Kunnen we hier alsjeblieft mee ophouden?' vroeg Oren. 'Er zijn twee mensen vermoord.'

Hester stond op het punt een nieuwe tegenaanval in te zetten, maar Wilde legde een hand op haar arm. Het wedstrijdje ver pissen tussen die twee vertroebelde de zaak waar het om ging. Hij wilde verder.

'En hoe zit het met Peter Bennett?' vroeg hij.

'Ah,' zei Oren, 'dat is de tweede reden waarom ik met je wilde praten.'

'Hoezo?' vroeg Hester.

Oren wierp een snelle blik in haar richting. Even kruisten hun blikken elkaar. Even viel alles om hen weg. Wilde voelde het. Hij voelde de neiging opkomen om even weg te lopen. Twee mensen hadden elkaar in liefde gevonden en nu waren er barsten in die liefde gekomen. Ook al waren ze met belangrijker zaken bezig, Wilde wilde die barsten lijmen.

Terwijl hij Hester nog altijd aankeek, zei Oren: 'Ik heb Wilde gisteravond beloofd dat ik Peter Bennett zou natrekken.'

Hester knikte bedachtzaam. 'Ga maar door dan,' zei ze veel zachter dan een minuut eerder. 'Vertel het ons maar.'

Oren knipperde met zijn ogen en keerde zich naar Wilde. 'Vanwege wat jij me vertelde, was Peter Bennett natuurlijk vanzelfsprekend ineens heel interessant in verband met de moord op McAndrews. Ik heb wat jij me had verteld gemeld aan de rechercheur die het onderzoek leidt. Timothy Best heet hij. Ik geloof trouwens niet dat Best iets te maken had met wat je gisteravond is overkomen. De politie in Hartford zit niet op de zaak, Best werkt bij de State Police. De moord op McAndrews is buiten hun werkgebied gepleegd en er zijn bovendien strijdige belangen.'

Wilde knikte. Dat interesseerde hem allemaal niet op dit moment. 'En Peter Bennett?'

'Ik hielp hem mee met het onderzoek naar Peter Bennett, maar toen het ballistische rapport binnenkwam met de match met Katherine Frole, meldde de FBI zich alsof de oorlog was uitgebroken. Dus tot gisteravond voor ons gesprek was jij de enige die op zoek was naar Peter Bennett, nu bemoeien het Federal Bureau of Investigation en het puikje van de zalm van de recherche van de Connecticut State Police zich er ook mee.'

'Hebben ze al iets ontdekt?' vroeg Wilde.

'Ja... Een heleboel.'

'Schiet eens op,' snauwde Hester.

Oren zette zijn leesbril op zijn neus en haalde een klein notitieboekje tevoorschijn. 'Je had het over de laatste foto van Peter Bennett bij de Adiona Cliffs.'

'Ja.'

Oren las met monotone stem voor: 'Drie dagen voordat die foto is genomen, vloog Peter Bennett, afgaande op paspoortcontrole en vluchtgegevens van Newark Airport naar Frans-Polynesië. Hij verbleef twee nachten in een klein hotel in de buurt van de Adiona Cliffs. In de ochtend van de dag dat de foto is gemaakt, gaf hij zijn rugzak en zijn kleren aan de vrouw van het hotel met de mededeling dat zij ze mocht houden. Hij betaalde de rekening, checkte uit en nam een taxi naar de voet van de berg. De taxichauffeur heeft gezien dat je neef het pad op liep naar de klippen.'

Oren klapte het notitieboekje dicht en zei: 'En dat is alles.'

'Wat bedoel je, "dat is alles"?' vroeg Hester.

'Daarna heeft niemand Peter Bennett nog gezien. Voor zover wij weten heeft niemand gewag gemaakt van een ontmoeting. Er is geen enkele aanwijzing dat hij ooit weer langs dat pad naar beneden is gekomen. Zijn paspoort is niet meer gebruikt. Zijn creditcards en zijn pinpas zijn niet meer gebruikt. Hij heeft op geen enkele boardinglijst meer gestaan en is nergens geregistreerd bij een grensovergang.'

'Hebben ze een theorie waar ze van uitgaan?'

'Wat Peter Bennett betreft? De FBI denkt dat hij inderdaad zelfmoord heeft gepleegd.'

'Of hij heeft net alsof gedaan,' zei Hester.

'De FBI denkt van niet,' zei Oren.

'Waarom niet?' vroeg Hester.

'Naast wat ik allemaal al heb genoemd, zijn er nog twee redenen: ten eerste heeft Peter Bennett zijn nalatenschap geregeld voordat hij vertrok. We hebben zijn financieel adviseur gesproken, een man die Jeff Eydenberg heet, die voor de Bank of USA werkt. In eerste instantie wilde Eydenberg om privacyredenen niets zeggen, maar de FBI regelde in no time een gerechtelijk bevel. Daarna werkte hij mee, deels omdat hij zich ook zorgen maakte over zijn cliënt. Volgens

Eydenberg kwam Peter Bennett alleen naar hem toe en verdeelde hij zijn nalatenschap tussen zijn beide zussen. Op dit moment ligt er beslag op het geheel omdat de scheiding met Jenn Cassidy nog niet afgerond is. Maar die Eydenberg heeft Peter Bennett persoonlijk gesproken en zegt dat Bennett terneergeslagen en gedeprimeerd leek.'

Hester dacht na. 'Toch kan dat allemaal nog steeds het werk zijn van iemand die net doet alsof hij zelfmoord gaat plegen.'

'Wat niet kan is nog nooit gebeurd, denk ik.'

'Je zei dat er twee redenen waren. Wat is de tweede?'

Wilde gaf antwoord op die vraag: 'Geen afscheidsbrief.'

Oren knikte. Hester keek verbaasd.

'Wacht even,' zei ze. 'Waarom zou het ontbreken van een afscheidsbrief juist wijzen in de richting van zelfmoord?'

'Als jij een zelfmoord in scène zou willen zetten,' zei Wilde, 'zou je absoluut een afscheidsbrief schrijven. Als Peter Bennett al die moeite heeft gedaan om die foto online te zetten, zijn nalatenschap te regelen en naar dat eiland te vliegen om net te doen alsof hij zelfmoord wilde plegen, zou het logisch zijn geweest als hij ook een met de hand geschreven afscheidsbrief had achtergelaten om een einde te maken aan alle twijfel.'

'Ik begrijp het,' zei Hester. 'Maar dan heb ik een andere vraag. Wat het dan ook is, zelfmoord of niet, waarom is er geen afscheidsbrief?'

Dat had Wilde zich ook al afgevraagd.

'Als je zijn laatste bericht op Instagram leest,' zei Oren, 'is er wel een soort afscheidsbrief.'

'Wat staat daarin?' vroeg Hester.

Opnieuw gaf Wilde het antwoord. 'Ik wil gewoon rust.'

Zwijgend zaten ze om de tafel.

'Een vriend van me placht Sherlock Holmes te citeren,' zei Hester. 'Ik weet de precieze woorden niet meer, maar het is een waarschuwing dat je geen theorie moet bedenken voordat je over feiten beschikt, omdat je dan feiten verdraait om ze in je theorie te passen in plaats van andersom. Wat ik wil zeggen is, dat we niet genoeg weten.'

'Precies,' zei Oren. 'En daarom moeten jullie tweeën nu samenwerken met de FBI zodat er schot in de zaak komt.'

'Je weet nu alles,' zei Wilde. 'Ik kan er verder niets aan toevoegen.'

'Dat weet ik, maar zij staan erop. Ze laten je niet met rust tot je meewerkt.'

'Met andere woorden: ze vallen mijn cliënt op onrechtmatige wijze lastig.'

'Misschien.'

'Hoe bedoel je, "misschien"?'

'Ik ben maar de smeris van een klein stadje,' zei Oren. 'De FBI vertelt mij niet alles.'

'Ik geloof niet dat ik begrijp wat dat betekent,' zei Hester.

'Het betekent dat ze denken dat er iets anders aan de hand is, iets groots, iets waarover ze tegen mij zwijgen.'

'En toch stel jij voor dat we gewoon een dansje met ze doen en een praatje met ze maken?'

'Volgens mij kun je uit twee dingen kiezen,' zei Oren, die zich opnieuw tot Wilde richtte. 'Om te beginnen kun je naar ze toe gaan en meewerken in het bijzijn van je raadsvrouw.'

'En het tweede?'

'Ervandoor gaan.'

27

De dierentuin van Boomerang meldde zich in volgorde aan: Alpaca, Giraffe, Kitten en IJsbeer. De Leeuw van Chris Taylor was als altijd de host van het overleg. Toen iedereen zich had geïnstalleerd, viel er een stilte, en plotseling kwam het Chris nogal lachwekkend voor, zoals ze daar met die digitale vermommingen zaten te wachten en te hopen dat Panter zich ook zou melden.

Maar Panter meldde zich niet.

Chris nam het woord. 'We moeten Panter doxxen.'

'Je realiseert je wat dat betekent?' vroeg IJsbeer.

'Ja.'

'Dat betekent het einde van Boomerang,' zei Kitten. 'Dat hebben we afgesproken. Als we het glas breken, is het voorbij. Dan heffen we ons op. Dan spreken we elkaar nooit weer.'

De Leeuw van Chris knikte. 'Kunnen jullie je nog een andere zaak herinneren die door Panter werd gepresenteerd, die ging over een kwaadaardige trol die Martin Spirow heet?'

'Er rinkelt ergens een belletje,' zei Alpaca.

'Ik deel de samenvatting van het dossier met jullie.'

Hij drukte op de daarvoor benodigde toetsen.

'O, nu weet ik het weer,' zei IJsbeer.

'Dat was die engerd die dat rouwende gezin te grazen nam,' zei Kitten.

‘Precies,’ zei Chris. ‘Het bleek uiteindelijk maar om één online opmerking te gaan. We kwamen erachter dat Spirow misschien stomdronken was toen hij dat online zette.’

‘Wat ik nooit heb geloofd,’ zei Kitten. ‘Als je stomdronken iets online zet, doe je geen ingewikkelde dingen om te zorgen dat het van een anoniem account afkomstig is.’

‘En dat was precies het argument van Panter. Uiteindelijk hebben we Spirow gestraft met een storm van categorie één.’

‘Leeuw, waarom stel je dat nu aan de orde?’

‘Omdat Martin Spirow is vermoord. In het hoofd geschoten.’

Iedereen zweeg.

Het was IJsbeer die de stilte verbrak. ‘Mijn god.’

‘Wat gebeurt er verdomme allemaal?’ vroeg Kitten vertwijfeld.

‘Ik weet het niet,’ zei Chris. ‘Maar ik denk dat we geen andere keuze meer hebben. IJsbeer?’

‘Ik ben het met je eens. We moeten weten wie Panter is.’

‘We mogen onszelf niet voor de gek houden,’ zei Alpaca. ‘Dit is het einde van Boomerang.’

‘Dat weet ik niet zo zeker,’ zei Chris.

IJsbeer schraapte hun keel. ‘Dat zijn de regels die we allemaal hebben onderschreven. Als eenmaal de identiteit van een van ons door iemand anders is achterhaald – het gezag, daders, slachtoffers, of wijzelf – moeten we voor onze eigen veiligheid verdwijnen.’

‘Ik weet niet zo zeker of we dat wel kunnen doen,’ zei Chris. ‘Iemand heeft twee mensen vermoord.’

‘Nogmaals,’ zei IJsbeer, ‘dat is een conclusie die niet gebaseerd is op argumenten.’

‘Hoezo? Denk jij dat het toeval is?’

‘Nee, dat denk ik niet. Maar ik weet niet of dezelfde persoon beide moorden heeft gepleegd. Weet jij dat wel? Zeker weten?’

‘En wat zeggen we nu eigenlijk precies?’ vroeg Giraffe. ‘Beide moordslachtoffers waren pestkoppen die op de agenda waren gezet door Panter. We waren het er unaniem over eens dat ze beiden schuldig waren. Een van de twee achtten we niet de moeite waard om te straffen. De ander hebben we op de vingers getikt.'

'En nu ontwijkt Panter ons,' voegde Kitten eraan toe.

'Of zij kunnen er om de een of andere reden niet bij zijn,' zei Alpaca.

'Of,' zei Giraffe, 'en dat moeten we onder ogen zien, want het begint steeds waarschijnlijker te worden, Panter is doorgeslagen en speelt nu eigen rechter.'

'In beide gevallen moeten we Panter buitensluiten.'

'Mee eens,' zei Alpaca.

'Ik ook,' zei Kitten.

'En ik,' zei Giraffe.

IJsbeer zuchtte. 'Het is wat moet, dus, ja... ik ben het ermee eens. Maar zodra we dat doen, ontbinden we de groep, dus wil ik graag nog zeggen dat het me een eer is geweest...'

'Nog niet,' zei Chris.

'Maar...'

'Als Panter hierachter zit, moeten we hen tegenhouden. Zodra we Panters identiteit kennen, moeten we handelen.'

'Te gevaarlijk,' zei IJsbeer.

'We kunnen niet gewoon de bladzij omslaan en verder gaan met ons oude leven,' zei Chris.

'Dat hadden we wel afgesproken,' zei IJsbeer. 'Wij zijn de politie niet. Ik ga niet op jacht naar een van ons om hen tegen te houden.'

'Dus Boomerang maakt jacht op mensen die online andere mensen het leven onmogelijk maken,' zei Chris, 'maar niet op moordenaars?'

'Precies,' zei IJsbeer. 'Onze missie is heel specifiek. Onze protocollen zijn er om ons te beschermen. We zijn hier niet bij elkaar om de klimaatproblemen op te lossen, een einde te maken aan oorlogen, of moordenaars te pakken. Boomerang was bedoeld als een boemerang. Iedereen die zich niet kon gedragen op internet, wilden we confronteren met het eigen gedrag.'

'We hebben dit opgezet, we kunnen niet domweg stoppen.'

'Leeuw?' zei Kitten.

'Ja.'

'Laten we kijken wie Panter is, dan kunnen we daarna al dan niet besluiten de stekker eruit te trekken.'

'Nee,' zei IJsbeer. 'We gaan niet plotseling een andere koers varen. Dat was niet de afspraak.'

'Maar er zijn dingen veranderd,' zei Kitten.

'Niet voor mij,' zei IJsbeer.

'Goed,' zei Chris. 'We halen de identiteit op en bedenken dan wat ons te doen staat. We hebben deze complicatie niet aan zien komen. Een fout van onze kant. Als we allemaal onze code gereedhouden, dan stuur ik zo de opdracht. Iedereen klaar?'

Allen antwoordden dat ze er klaar voor waren.

'Goed, we hebben tien seconden. Als ik "drie" zeg, typen we de code in en drukken we op Panter. Ik tel. Een, twee... drie.'

Het kostte slechts een fractie van een seconde. De naam verscheen op het scherm van Leeuw. Chris had het de anderen niet verteld, maar hij had voor hen een vertraging van zeven seconden ingebouwd. Hij kreeg de naam als eerste te zien.

Katherine Frole.

Panter was een vrouw. Of werd in ieder geval geïdentificeerd als vrouw. Of droeg de naam van een vrouw. Wat dan ook. Om de een of andere reden, het was waarschijnlijk louter en alleen seksisme, had Chris zich bij Panter altijd een man voorgesteld. Maakte dat iets uit? In de verste verte niet. Hij typte de naam op de zoekbalk en meteen kwam een eerste artikel op het scherm.

Geschokt, na een aarzeling van slechts een fractie van een seconde, kwam Chris in actie.

28

Voordat Hester met Wilde bij de FBI aan tafel schoof, had ze een toezegging afgedwongen dat Wilde niet kon worden vervolgd voor de inbraak in het huis van McAndrews en alle mogelijke daaropvolgende en daarmee verband houdende overtredingen en misdrijven, met uitzondering van de moord zelf. Hester had er ook op gestaan dat de ondervraging op haar kantoor zou plaatsvinden en niet in het hoofdkwartier van de FBI, en dat de hele ondervraging op video zou worden vastgelegd door de videograaf annex stenograaf van haar firma, maar dat tapes en aantekeningen niet zouden worden overgedragen aan, noch op andere wijze beschikbaar zouden zijn voor de FBI.

Ze hadden een paar uur nodig om alle details glad te strijken, maar uiteindelijk stemde de FBI in met Hesters voorwaarden. Nu zaten Hester en Wilde op dezelfde plek als eerder, terwijl een FBI-agente die zich had voorgesteld als Gail Betz op de plek zat waar eerder Oren had gezeten, terwijl haar metgezel, die zich had voorgesteld als George Kissell, was blijven staan. Hij leunde tegen de muur.

Betz voerde het woord. Kissell zweeg en keek verveeld. Wilde kon geen redenen bedenken om iets achter te houden met betrekking tot zijn zoektocht naar Peter Bennett en hoe dat hem op het spoor had gezet van Henry McAndrews. Hester onderbrak hem meerdere keren, vooral op momenten dat Gail Betz probeerde Wilde zover te krijgen dat hij details vrijgaf over de inbraak. Betz had de ondervraging nu de kant van Katherine Frole op gestuurd. Ze vroeg of Wilde Katherine Frole kende. Het antwoord was nee. Betz zocht naar mogelijke banden. Frole werkte in Trenton. Was Wilde ooit in Trenton geweest? Niet meer sinds een schoolreisje in groep zeven. Frole woonde in Ewing, in New Jersey. Wilde was daar nog nooit geweest. Haar stoffelijk overschot was gevonden in een kantoorruimte die ze huurde in Hopewell. Was Wilde daar ooit geweest?

'Wat voor soort kantoor?' vroeg Wilde.

Gail Betz keek op van haar papieren. 'Pardon?'

'Katherine Frole was toch een FBI-agente die vanuit Trenton werkte?'

'Ja.'

'Waarom huurde ze dan aparte kantoorruimte in Hopewell?'

Kissell deed voor het eerst zijn mond open. 'Wij stellen hier de vragen.'

'Kijk nou eens,' zei Hester. 'Het kan praten. Ik was al van plan de FBI een veer in de kont te steken omdat ze mindervaliden in dienst nemen.'

'Dat is niet grappig,' zei Kissell.

'Au, dat doet pijn. Echt. Maar mijn cliënt heeft tot nu toe ruimhartig meegewerkt. Hij wil ook graag dat de moordenaar van special agent Frole voor de rechter komt. Dus waarom niet gewoon zijn vraag beantwoorden?'

Kissell zuchtte en maakte zich los van de muur. Hij keek Betz aan. 'Ben jij klaar, special agent Betz?'

Betz knikte.

Kissell trok de stoel naast haar achteruit. Hij liet zich zwaar op de stoel vallen, alsof hij het gewicht van de wereld op zijn schouders torste, en rolde de stoel naar de tafel zodat zijn buik klem kwam te zitten tegen de tafelrand. Zorgvuldig vouwde hij zijn handen. Daarna schraapte hij zijn keel. 'Ben jij ooit in Las Vegas geweest, Wilde?'

Er gingen alarmbellen rinkelen in Wilde's hoofd. Ook bij Hester. Ze legde een hand op zijn arm om hem te beduiden niet te antwoorden.

'Waarom wilt u dat weten?' vroeg Hester.

'Ik hoopte dat hij me een goed hotel zou kunnen aanraden,' zei Kissell. 'Het is relevant voor dit onderzoek.'

'Misschien kunt u toelichten op welke manier.'

'Dat weet uw cliënt. Dat weet u, mevrouw Crimstein, waarschijnlijk ook. Maar ik ben niet in de stemming om spelletjes te spelen, dus ik zal directer zijn. We weten dat je vier maanden geleden in Las Vegas bent geweest. Om precies te zijn, we weten dat je toen naar Daniel en Sofia Carter bent geweest. Ik zou graag weten waarom.'

Wilde was met stomheid geslagen.

Hesters hand lag nog steeds op zijn arm. Ze kneep even zacht. 'Wat is het verband?' vroeg ze.

'Pardon?'

'Wat is het verband tussen deze vraag en de moord op McAndrews en Frole?'

'Waarom vertelt u mij dat niet?'

'Wij weten van niets.'

'Nou, mevrouw Crimstein, ik evenmin. Nog niet. Daarom stel ik de vraag. Dan kan ik meer vragen stellen en andere verbanden leggen. Of, en probeert u mij alstublieft te volgen, ik stel vragen en moet constateren dat er geen verbanden zijn, zodat ik verder kan met het onderzoek. Zo werkt dat bij een onderzoek. Dus misschien kan uw cliënt ons vertellen wat de bedoeling was van zijn bezoek aan de Carters in Las Vegas. Dan kunnen we daarna met z'n allen vaststellen of het relevant is of niet.'

'Ik vind het maar niets,' zei Hester.

'Dat vind ik jammer om te horen,' zei Kissell. 'Ik wil niets liever dan dat u blij wordt van mijn vragen.'

Hester wees naar haar borst. ‘Luister, knul. Ik ben hier degene met de snedige replieken. Oké?’

‘Het was niet mijn bedoeling uw rol over te nemen, mevrouw Crimstein. Begrijp ik dat u niet toestaat dat uw cliënt antwoord geeft?’

‘Ik wil een pauze inlassen om met mijn cliënt te overleggen,’ zei Hester.

Kissell haalde zijn schouders op en gebaarde dat ze haar gang kon gaan.

‘Enig idee waar hij naartoe wil?’ fluisterde Hester in Wilde’s oor.

Wilde schudde zijn hoofd.

‘Ik wil niet dat je antwoord geeft op losse vragen als deze,’ fluisterde ze.

Wilde probeerde razendsnel de zaken in zijn hoofd op een rijtje te zetten. Kon het kwaad als ze wisten waarom, als ze toch al wisten dat hij Daniel Carter had opgezocht?

Hij gaf Hester een teken dat hij geen moeite had met de vraag en zei: ‘Daniel Carter is mijn biologische vader.’

Kissell was blijkbaar een doorgewinterde veteraan. Hij had vaker buitenissige antwoorden te horen gekregen zonder een spier te vertrekken. Hij wierp een blik naar Betz, die geen moeite deed de verbazing die van haar gezicht te lezen was te verbergen.

Kissell wachtte even en vroeg toen: ‘Kun je ons dat verhaal vertellen?’

‘Welk verhaal?’ vroeg Hester.

‘We kennen allemaal de achtergrond van Wilde,’ zei Kissell. ‘Dat is geen geheim. Ik heb altijd gedacht dat niemand wist wie zijn ouders waren.’

‘Dat was ook zo,’ zei Wilde.

‘Hoe ben je dan...’

‘De DNA-site.’

‘Wacht even.’ Kissell zette zich af tegen de tafel. ‘Wou je zeggen dat er op die website een match was tussen jou en Daniel Carter?'

'Ja.'

'Laat mij eens proberen om dat in te vullen. Jij stuurt een DNA-monster naar een website en die website zegt: hé, we hebben een match voor je – dit is je vader.'

'Ze doen het in percentages, maar ja, dat klopt.'

'Dus heb je contact met hem opgenomen en jullie hebben een afspraak gemaakt?'

'Nee,' zei Wilde.

'Nee?'

'Ik probeerde contact met hem op te nemen, maar mijn bericht kwam terug.'

Kissell leunde achterover en vroeg: 'Enig idee waarom?'

'Het bericht was geweigerd omdat het account was opgeheven.'

'Juist, ja. Dus jij wilde contact opnemen, maar het is duidelijk dat hij dat niet wilde en dus hief hij het account op.'

'Dat heeft mijn cliënt niet gezegd,' zei Hester. 'Hij zei dat het account was opgeheven. Hij heeft geen idee wanneer of waarom.'

'U hebt gelijk,' zei Kissell. 'Wat heb je toen gedaan?'

'Ik ben naar Las Vegas gevlogen.'

'Dus je had zijn adres.'

'Dat had ik, ja.'

'Hoe was je daaraan gekomen?'

Die nam Hester voor haar rekening. 'Dat is niet relevant.'

'Dat is verdomd relevant. Ik ken die DNA-databases. Die geven geen adressen vrij. Ik moet horen hoe je achter het adres van Daniel Carter bent gekomen als het account was opgeheven.'

Hester boog zich over de tafel naar de FBI-agent. 'Agent Kissell, weet u hoe internet werkt?'

'Wat is dat voor rare vraag?'

'Op internet,' zei Hester, 'bestaan geen geheimen. We houden onszelf voor de gek als we denken dat we ook maar iets online anoniem kunnen doen. Voor wie slim is, zijn er altijd manieren om iets te weten te komen. Agent Kissell, ik ben slim.'

'Hebt u dat adres gevonden, mevrouw Crimstein?'

Hester spreidde slechts beide handen.

'Hoe?'

'Vindt u dat ik er als een nerd uitzie? Laten we in theorie eens aannemen dat ik mensen in dienst heb. Laten we in theorie ook eens aannemen dat ze bij die DNA-site ook mensen in dienst hebben. Per slot van rekening worden al die websites uiteindelijk gerund door mensen. En mensen worden gemotiveerd door eigenbelang.'

'Kortom, u hebt iemand omgekocht.'

'Kortom, als u zo naïef bent dat u denkt dat het moeilijk is om aan dergelijke informatie te komen,' wierp Hester tegen, 'zou u niet bij de FBI mogen werken.'

Kissell dacht even na. 'Oké, dus je vloog naar Las Vegas?'

'Ja.'

'Daar ontmoette je je biologische vader?'

'Niet meteen. Ik heb eerst een paar dagen gewacht.'

'Waarom?'

'Ik was bezig een heel grote deur open te maken die ik mijn hele leven dicht had gehouden,' zei Wilde, die zelf verbaasd was van de openheid en kwetsbaarheid van die opmerking. 'Ik wist niet zo goed of ik wel wilde weten wat er achter die deur schuilging.'

'En wat ging erachter schuil? Ik neem aan dat je je op enig moment bekend hebt gemaakt aan Daniel Carter.'

'Ja.'

'En wat zei hij?'

'Dat hij niet van mijn bestaan op de hoogte was. Hij zei dat hij een zomer lang bij de luchtmacht had gediend in Europa. Hij dacht dat hij toen bij een onenightstand een meisje zwanger gemaakt moest hebben.'

'Heeft hij je ook verteld wie dat meisje was?'

‘Hij zei dat hij met acht meisjes uit meerdere Europese landen naar bed was geweest. Hij kende ze alleen bij hun voornaam.’

‘Ik begrijp het. Dus geen aanknopingspunt voor je moeder.’

‘Nee.’

‘En daarom reageerde je vervolgens op dat bericht van Peter Bennett?’

‘Ja.’

Kissell vlijde zijn handen op zijn pens. ‘Hoe reageerde Daniel Carter op het nieuws dat hij een zoon bleek te hebben?’

‘Het leek hem van zijn stuk te brengen.’

‘Maakte het hem blij?’

Hester keek opzij naar Wilde’s gezicht.

‘Nee. Hij zei dat hij alleen die zomer met die acht meisjes zijn vrouw Sofia had bedrogen, en dat ze nu drie dochters hadden. Hij was bang dat ik een bom onder hun huwelijk en gezin zou blijken te zijn.’

‘Daar kan ik me wel iets bij voorstellen,’ zei Kissell bedachtzaam met het hoofd knikkend. ‘En toen?’

‘Hij zei dat hij een dag nodig had om erover na te denken. Hij stelde voor om de volgende ochtend bij een ontbijt verder te praten.’

‘En hoe verliep dat ontbijt?’

‘Dat is niet doorgegaan. Ik ben terug naar huis gevlogen.’

‘Waarom?’

‘Ik wilde geen bom zijn.’

‘Bewonderenswaardig,’ zei Kissell. Hij keek even opzij naar Betz en vroeg: ‘Heb je sinds die tijd nog contact gehad met de Carters?’

‘Nee.’

‘Helemaal niet?’

‘De vraag is gesteld en het antwoord gegeven,’ zei Hester. ‘Wat heeft dit nu allemaal te maken met de recente moorden?’

Kissell glimlachte en stond op. Betz stond ook op.

‘Hartelijk bedankt voor de medewerking. We nemen wel weer contact op.’

29

Katherine Frole.

Toen Chris Taylor de naam in de zoekmachine typte, was wat hij te zien kreeg erger dan hij zich had kunnen indenken.

Om te beginnen werkte Katherine Frole – Panter dus – bij de FBI. Chris Taylor wist niet zo goed wat hij daarmee aan moest. Hij was er altijd bang voor geweest dat organisaties als de FBI zouden proberen te infiltreren in zijn groep, maar tegelijkertijd had hij al vanaf het begin het vermoeden gehad dat een van de leden van de groep bij een overheidsinstantie voor wetshandhaving werkte – iemand die zich bewust was van de beperkingen van het traditionele rechtssysteem, en van het feit dat de wetgeving hopeloos achterliep op de praktijk en geen vat had op deze vormen van agressie. Zelfs de meest gewetensvolle, gezagsgetrouwe burger kon de gaten in de wet zien en de wens koesteren die dicht te timmeren. Bovendien, zo leek uit de berichtgeving naar voren te komen, had Katherine Frole een baan achter een bureau gehad, niet op straat, en dus een baan die technische kennis vereiste. Dat was iets wat alle leden van de groep verbond. Je had bij Boomerang niet zo veel te zoeken als je de donkerste hoeken van het dark web niet wist te vinden.

Maar hij was druk bezig de kern van de zaak te verstoppen onder bijkomstigheden.

Katherine Frole was vermoord.

Toen Chris dat zag, toen hij besefte welke omvang dit aannam, deed hij iets wat bij IJsbeer, Alpaca, Kitten en Giraffe – kortom de overige vier nog resterende leden van de groep – een schok teweeg zou brengen.

Hij blies Boomerang op.

Alles. Elk dossier. Elke uitwisseling van berichten. Elke band tussen de leden.

Vertrouwde hij de andere dieren nog? Hij wist het niet zo goed meer, maar het was ook niet relevant. Een van hen was vermoord. Alle mogelijke lijnen tussen alle leden moesten nu worden gewist.

Was het denkbaar dat een van die andere leden de moordenaar was?

Het was een angstaanjagende gedachte, maar Chris mocht die mogelijkheid niet uitsluiten.

Het stond echter als een paal boven water dat ze bij de FBI binnen de kortste keren het beste wat ze te bieden hadden op de zaak zouden zetten. Ervan uitgaande dat ze de computer van Katherine Frole hadden, zouden ze die doorzoeken met alle techniek waarover ze beschikten. Chris had tal van voorzorgsmaatregelen getroffen. Alle leden waren gebonden aan strikte protocollen. Maar kennelijk had dat niet gefunctioneerd. Panter had een protocol genegeerd, of iemand had zich ondanks alles een weg naar binnen verschaft. Dat betekende natuurlijk dat het bestaan van Boomerang aan het licht zou kunnen komen.

Kortom, alle banden moesten worden doorgesneden.

Nu hij alleen achterbleef, was het de vraag wat hij vervolgens moest doen.

Hij realiseerde zich dat hij misschien meer wist dan de FBI. Zouden zij de moord op Frole al in verband hebben gebracht met die op Henry McAndrews en Martin Spirow? Nergens in het nieuws werd gewag gemaakt van een verband tussen de drie zaken, en ook op internet werd dat verband niet gelegd. Dat bood echter geen zekerheid over wat de FBI wel en niet wist.

Dat vormde een extra complicatie.

Zelfs nu er zo veel op het spel stond, kon Chris niet naar de autoriteiten stappen. Dat zou een inbreuk van de hoogste orde op de protocollen zijn. Als de FBI iemand die bij Boomerang betrokken was in handen kreeg, zou die in een federale gevangenis belanden – als het al niet veel erger zou aflopen. En als de slachtoffers van Boomerang te weten zouden komen wie er achter Boomerang schuilgingen, zouden ze wraak eisen, gewelddadige wraak.

Overal dreigde gevaar. Maar dat betekende niet dat Chris een moordenaar vrijuit zou laten gaan.

Hij moest het probleem zelf oplossen.

De vraag was alleen: hoe?

Toen Betz en Kissell vertrokken waren, en Hester en Wilde alleen achterbleven in haar kantoor, zei Hester: 'Jezus, Wilde?'

Wilde zei niets. Hij zocht het nummer op zijn telefoon en koos het om verbinding te maken.

'Je vader?'

Wilde hield de telefoon bij zijn oor en hoorde de beltoon aan de andere kant van de lijn.

'Peter Bennett is met jou verwant via je moeders kant, toch?'

Wilde knikte. De telefoon rinkelde nog steeds aan de andere kant van de lijn. Niemand nam op.

'Hoe past je vader in dat verhaal?'

Wilde drukte de oproep weg. 'Niemand neemt de telefoon op op zijn werk.'

'Welk werk? Van wie?'

'Van mijn vader. Het bedrijf van Daniel Carter. DC Dream House Construction.'

'Heb je zijn mobiele nummer?'

'Nee.'

'Zijn vaste nummer?'

Wilde schudde zijn hoofd. 'Ik zal Rola vragen hem op te sporen.'

'Enig idee waarom de feds zo in hem geïnteresseerd zijn?'

'Geen flauw idee.'

'Of waarom ze jouw bezoek aan hem zo verdacht vonden?'

'Dat kan maar één ding zijn,' zei Wilde.

'En dat is?'

'Daniel Carter heeft tegen me gelogen.'

'Waarover?'

Wilde had geen idee. Hij belde Rola en praatte haar bij. In gedachten zag Wilde de jonge Rola, de serieuze studente, aantekeningen maken, gezeten aan haar bureau in de kamer die ze deelde met drie andere pleegdochters. Rola had oog voor detail, ijverig en volhardend. Je kon haar maar beter aan jouw kant hebben.

Toen hij uitgesproken was, zei ze: 'Shit, Wilde.'

'Ik weet het.'

'Ik heb iemand in Las Vegas. Ik zal je melden wat ik te weten kom.'

Wilde verbrak de verbinding. Hester was naar het raam gelopen. Ze staarde naar de ontzagwekkende skyline van Manhattan. 'Twee mensen vermoord,' zei ze.

'Ik weet het.'

'De FBI lijkt ervan overtuigd dat je neef ook dood is,' zei Hester. Ze keerde haar rug naar het raam. 'Wat denk jij?'

'Ik weet het niet.'

'Geen onderbuikgevoelens?'

'Daar luister ik nooit naar,' zei Wilde.

'Zelfs niet in de bossen?'

'Dat is een overlevingsinstinct. Dat is uit de modder van de oertijd kruipen en leren hoe je in leven blijft. Daar luister ik wel naar, ja. Maar als je jezelf genoeg voor de gek houdt en narcistisch genoeg bent om te denken dat je onderbuikgevoelens belangrijker zijn dan de harde feiten, dan zegt dat iets over je gebrek aan beoordelingsvermogen, niet over je ingewanden.'

'Interessant.'

'En op dit moment weten we te weinig om theorieën te bouwen, om Sherlock Holmes er nog maar eens bij te halen.'

'Helemaal mee eens, we kunnen alleen niet zelf onderzoek doen naar de moorden. De FBI zal alles inzetten wat maar beschikbaar is. Maar we hebben in één opzicht een kleine voorsprong. Op dit moment zijn jij en ik de enigen die weten dat Marnie Cassidy heeft gelogen over wat Peter Bennett heeft gedaan.'

'En wat wil je daarmee?'

'Zullen we eens een paar knuppels in de hoenderhokken gooien?'

'Goed idee. Waar beginnen we?'

Hester was al op weg naar de deur. 'We gaan Jenn vertellen wat haar zusje heeft gedaan.'

30

De receptioniste van Sky, een andere dame dan de vrouw die Wilde de vorige keer te woord had gestaan, belde naar het appartement van Jenn Cassidy om hen aan te kondigen. 'Hester Crimstein wil u graag spreken.' Ze keek Wilde aan en vroeg: 'En uw naam?'

'Wilde.'

'En ene meneer Wilde.'

Ze luisterde even. Vervolgens keerde ze hun half de rug toe alsof ze het gesprek iets discreter wilde voortzetten. Hester voelde aankomen welke kant het op ging. Ze zei, zo hard dat het Jenn onmogelijk kon ontgaan: 'Je kunt maar beter met ons praten voordat het nieuws bekend wordt.'

De receptioniste verstijfde. Twee tellen later legde ze de hoorn op de haak en zei ze: 'De lift zal u naar de woning van mevrouw Cassidy brengen. Ik wens u een aangenaam bezoek.'

De deur van de lift schoof open. De knop van de tweede verdieping lichtte al op. Toen de lift de tweede verdieping had bereikt en de deur opnieuw was opengeschoven, stond Jenn Cassidy hen, gekleed in Versace, op te wachten bij de deur van haar appartement. Ze leek niet erg blij om Hester weer te zien. Dat interesseerde Hester geen lor.

Jenn kneep haar ogen tot spleetjes en tuurde naar Wilde. 'Waar ken ik jou van? Wacht, jij bent die Tarzan uit de bossen. Ik heb de documentaire een paar jaar geleden gezien.'

Hij stak zijn hand uit. 'Ik ben Wilde.'

Ze schudde zijn hand, zij het aarzelend. 'Luister,' zei ze, terwijl ze pontificaal de toegang tot haar appartement versperde en Hester recht in de ogen keek. 'Ik weet niet wat je wilt, maar ik denk dat we de vorige keer alles hebben gezegd wat er gezegd moest worden.'

'Maar dat is niet zo,' zei Hester.

Jenn gebaarde naar Wilde. 'En hij is erbij, omdat...?'

'Wilde is familie van Peter.'

'Mijn Peter?'

'Nou ja, hij is niet meer van jou, hè? Daarom zijn we hier zelfs. Eigenlijk.'

'Dat begrijp ik niet.'

Wilde schoot te hulp. 'Marnie heeft gelogen. Peter heeft haar helemaal niet aangerand.'

Jenn glimlachte. Het was onmiskenbaar, ze glimlachte. 'Dat is onmogelijk.'

'Ik heb haar gesproken,' zei Wilde. 'Ze heeft het toegegeven.'

De glimlach verslapte wat. 'Heeft Marnie jou...'

'Moeten we dit gesprek echt in het trappenhuis voeren,' vroeg Hester.

Jenn glimlachte nog altijd, maar het was een loze glimlach. Een verdedigingsmechanisme, een reflex, meer niet. Ze struikelde achteruit haar appartement in. Hester was er als de kippen bij om over de drempel te stappen. Wilde volgde.

'Laten we allemaal gaan zitten,' zei Hester. 'Het is een lange dag geweest en ik ben op.'

Jenn viel aangeslagen neer op de bank. De glimlach was nu volledig verdwenen. Haar gezicht had elke uitdrukking verloren. Het was als een huis waarvan de draagbalken het hadden begeven. Ze schraapte haar keel en zei: 'Vertel me alsjeblieft wat er gebeurd is.'

Wilde vertelde hoe hij Marnie op straat staande had gehouden. Jenn luisterde gespannen, maar zo nu en dan sloot ze haar ogen alsof iemand haar in haar gezicht had geslagen. Toen Wilde uitgesproken was, vroeg ze: 'Waarom zou ik jou geloven?'

'Bel Marnie,' zei Hester.

Jenn maakte een geluid dat als giechelen bedoeld was, maar waar geen spatje vrolijkheid uit opsteeg. 'Hoeft niet.'

'Wat bedoel je?'

'Marnie is op weg hiernaartoe. We gaan naar een nieuwe hamburgertent in Tribeca.'

Het duurde nog eens tien minuten voordat de receptioniste de komst van Marnie aankondigde. In die tijd had Hester gebeld met haar kantoor. De jury in de zaak-Richard Levine was nog steeds niet tot een oordeel gekomen, en de rechter leek geneigd de zaak te seponeren. Wilde doorliep in gedachten nog eens zijn bezoek aan Daniel Carter in Las Vegas. Hoe kon hij zijn biologische vader in hemelsnaam plaatsen in wat er allemaal met Peter Bennett aan de hand was? Wat was het verband met de moord op Henry McAndrews en Katherine Frole?

Jenn, op haar beurt, staarde alleen maar voor zich uit.

Toen ze de klop op de deur hoorden, stonden ze alle drie op. Jenn liep als een zombie naar de voordeur. Toen ze hem opendeed, was het alsof ze een blatend schaap binnenliet. Marnie was midden in een zin. '... me gewoon een sleutel geven, Jenn. Het is belachelijk om dat niet te doen. Ik bedoel, veronderstel dat iemand even langs moet komen als jij weg bent, en wat heeft het nou voor zin dat jij moet opstaan om de deur voor mij open te maken, en, o ja, over die hamburgertent, mijn vriend Terry, je weet wel, die lange met die rare adamsappel? Hij zegt dat het geweldig is daar en dat ze de hoofdprijs betalen voor influencerfoto's, en...'

Dat was het moment dat ze Wilde in het oog kreeg.

Haar ogen werden zo groot als schoteltjes. 'Nee!' gilde ze tegen hem. 'Je had het beloofd! Je had beloofd dat je het tegen niemand zou zeggen!'

Wilde zei niets.

De tranen liepen over haar wangen. 'Waarom doe je zo gemeen?'

Jenns stem was te kalm. 'Wat heb je gedaan, Marnie?'

'Wat? geloof je hem?'

'Marnie,' zei Jenn.

'Ik heb niks gedaan!' Maar meteen eroverheen: 'Ik deed het voor jou! Om je te beschermen!'

Jenn sloot haar ogen.

'En het was allemaal waar! Begrijp het dan! Peter was een monster! Hij heeft bekend! Dat heb je me immers zelf verteld?'

Jenn klonk doodmoe toen ze de vraag herhaalde. 'Wat heb je gedaan, Marnie?'

'Ik heb gedaan wat goed was!'

Nu klonk er iets van staal door in haar stem. 'Wat. Heb. Je. Gedaan?'

Marnie deed haar mond open, waarschijnlijk om een volgend protest te lanceren, maar toen ze het gezicht van haar zus zag, besefte ze dat nog meer ontkenningen zinloos waren of het misschien alleen maar erger zouden maken.

Haar stem klonk ineens heel zacht, als de stem van een klein meisje dat zich in een hoekje probeert te verstoppen. 'Het spijt me, Jenn. Het spijt me heel erg.'

Marnie maakte schoon schip.

Dat ging natuurlijk niet vanzelf. Het verhaal was doorspekt met verontschuldigingen als 'Ik heb het voor jou gedaan', en 'Peter was een monster', maar toen alle rook was opgetrokken, bleef het verhaal staan. Alle tijd die Marnie nodig had om te vertellen wat er allemaal was gebeurd in aanloop naar de podcast waarin ze de beschuldigingen had geuit, zat Jenn roerloos voor zich uit te staren.

'Toen ik in Los Angeles was, heb ik tig audities gedaan. Maar er gebeurde helemaal niets. Al geeft dat niet. O, verdorie, ik vertel dit helemaal verkeerd, geloof ik. Anyway, je weet dat ik in de laatste ronde zat voor *Love Is a Battlefield*, maar dat ze het moeilijk vonden om de juiste verhaallijn te vinden voor mijn talenten. Ze zeiden dat ik heel veel sterrenpotentieel had, maar dat het raar zou zijn om een aparte subplot voor me te maken, omdat ik jouw zus was, terwijl het de hoofdprijs zou betekenen als ze onze verhaallijnen konden samenvoegen.'

'Wie zijn "ze"?' vroeg Hester.

'Ik had vooral contact met Jake.'

Hester keek Jenn aan. Jenn sloot haar ogen en zei: 'Assistent-producer.'

Marnie vertelde wat ze Wilde eerder had verteld, dat ze was opgeroepen, het met veel tranen vertelde verhaal van een vrouw had aangehoord (een vrouw, zo vertelde ze nu, die ze nooit eerder had gezien en daarna ook nooit meer), ermee had ingestemd om in die podcast op te treden om die vrouw te 'helpen' haar verhaal te vertellen. Zo ongeveer op dat moment stond Jenn op en zei: 'Ik moet hem spreken.'

'Wie?' vroeg Marnie.

'Wie denk je?' snauwde Jenn.

'Maar Peter heeft het toegegeven!'

Jenn koos het telefoonnummer van Peter. Het nummer was afgesloten. Berichtjes kwamen niet aan. Wilde zag Jenns ergernis groeien. Ze koos een ander nummer en toen iemand opnam, zei ze: 'Vicky? Waar is hij. Ik moet met hem praten.' Ze sloot haar ogen en luisterde. Ongetwijfeld kreeg ze te horen dat zij ook niet wist waar haar broer was.

Er lag een rivierenlandschap van tranen op Marnies wangen. 'Jenn, hij heeft bekend! Dat heb je me verteld! Je zei dat hij het heeft toegegeven.'

'Nee,' zei Jenn.

'Wacht even,' zei Hester. 'Dat heb je mij ook verteld – dat Peter schoon schip had gemaakt naar jou toe, dat hij hier op de bank een bekentenis had gedaan.'

'Maar begrijp je het dan niet?'

'Wat moet ik begrijpen?'

'Wat ik op Peters gezicht dacht te lezen… dat was geen schuldgevoel. Dat was verraad. Mijn verraad. Ik had het vertrouwen tussen ons geschonden. Ik geloofde hem niet. Het is allemaal mijn schuld.'

'Maar die afgrijselijke foto's!' riep Marnie. 'Dat was hij! Die waren niet gefotoshopt!'

'Ik moet met hem praten.' Jenn begon onzichtbare velletjes van haar trillende onderlip te plukken. 'Het moet boven tafel.'

'Wat moet boven tafel?' snikte Marnie. 'Je mag het aan niemand vertellen.'

'Het moet, Marnie.'

'Ben je gek geworden?'

'Ik moet het ook meteen op Instagram zetten.'

'Wat? Nee!'

'We moeten ervoor zorgen dat Peter het weet en terug naar huis komt.'

'Terug naar huis?' herhaalde Marnie. 'Waarschijnlijk is hij dood.'

Jenn verstijfde. 'Dat weten we niet.'

'Alsjeblieft, Jenn, doe even kalm aan, oké? Je kunt mij niet zomaar de schuld geven! Ik heb met die vrouw gepraat, die vrouw die Peter roofies…'

'O, kom op, Marnie,' snauwde Jenn. 'Zo stom ben je toch niet. Die vrouw was nep, waarschijnlijk was zij ook een assistent-producer die een rol speelde.'

Marnie vouwde haar handen alsof ze wilde gaan bidden. 'Alsjeblieft, Jenn, ik smeek je. Je moet…'

'Marnie?'

Marnie viel stil alsof het noemen van haar naam een klap in haar gezicht was geweest.

'Ik hou van je. Je bent mijn zus. Maar je hebt nu genoeg schade aangericht, dacht ik zo. Wat je nu moet doen, het enige wat je nu nog kúnt doen, is iets goedmaken.'

Marnie zat doodstil voor zich uit te staren, met haar handen in haar schoot gevouwen.

Wilde richtte zich tot Jenn en zei: 'Peter heeft je verteld dat hij geadopteerd was.'

Jenn was even de kluts kwijt toen Wilde zo plotseling een ander onderwerp aansneed. Ze bleef even stil en zei toen: 'Ja, en? Wat heeft dat hiermee te maken? Wat dat betreft, ik bedoel er niets mee, maar waarom ben jíj hier?'

'Wist je dat Peter zijn DNA had opgestuurd naar een genealogiesite?'

'Wat heeft dat... Ja, dat wist ik. Toen hij had gehoord dat hij geadopteerd was, wilde hij natuurlijk weten waar hij vandaan kwam. Hij heeft zich bij een aantal van die sites aangemeld, maar ik dacht dat hij al die accounts weer had opgeheven toen hij de waarheid had ontdekt.'

Wilde keek even vluchtig naar Hester. Ze maakte een gebaar om hem aan te sporen de voor de hand liggende vraag te stellen. 'Wou je zeggen dat Peter zijn echte ouders gevonden heeft?'

'Ja.'

'Wie waren dat?'

'Dat heeft hij me nooit verteld.'

'Maar hij heeft ze gevonden? Weet je dat zeker?'

Jenn knikte. 'Hij had de waarheid ontdekt. Dat was wat hij zei. En ik vermoed dat het daarmee ook klaar was. Toen hij eenmaal de waarheid over zijn familie had ontdekt, wilde hij niets met hen te maken hebben.'

31

Hester was teruggeroepen naar de rechtbank. Het gerucht ging dat de jury tot een oordeel was gekomen in de zaak-Richard Levine. Wilde keerde terug naar New Jersey. Toen hij op Route 17 de afrit naar Sheridan Avenue passeerde, ging zijn telefoon. Hij zag op het scherm dat het Matthew was.

'Shit, man,' zei Matthew.

'Wat is er?'

'Heb je het niet gehoord dan, wat Jenn Cassidy online heeft gezet? Sutton gaat uit haar dak. Heeft Marnie dat hele verhaal over Peter Bennett verzonnen?'

Wilde zuchtte. 'Wat heeft Jenn online gezegd?'

'Gewoon dat alle gedoe rond Peter niet waar is en dat ze iedereen vraagt te helpen om hem weer thuis te krijgen. Hé man, de hele wereld is nu op zoek naar Peter. Had jij er ook iets mee te maken?'

'In zekere zin, ja.'

'Ik wist het! Sutton wordt helemaal gek. De Battler-boards raken een voor een overbelast. Jouw naam wordt nog niet genoemd.'

'Mooi. Waar ben jij?'

'Thuis, me vervelen.'

Wilde kreeg een idee. 'Is het een probleem als ik langskom en je computer gebruik?'

'Nee hoor. Je kunt mijn computer gebruiken, of de Mac in de woonkamer...'

'Allebei, als jij tijd hebt.'

'Maak je geen zorgen. Sutton komt pas later.'

'En je moeder?'

'Waarom vraag je haar dat zelf niet, Wilde?' Toen Wilde niet reageerde, zuchtte Matthew. 'Ik weet niet precies wanneer ze thuiskomt. Hoezo? Probeer je haar te mijden?'

'Ik ben er over een kwartier. Zou je ondertussen iets voor me willen doen?'

'Wat?'

'DNA-databases zoeken.'

'Zoals 23andMe?'

'Precies. Alle belangrijke websites die je maar kunt vinden.'

Een kwartier later ving Matthew Wilde op bij de voordeur. Hij nam hem mee naar de Mac in de woonkamer. Hij had zijn eigen laptop opengeklapt aan de andere kant van de tafel, tegenover de Mac. Wilde zat achter de Mac, Matthew achter de laptop.

'Oké,' zei Matthew. 'Wat gaan we doen?'

'Heb je die lijst met DNA-sites?'

'Yep.'

'We moeten bij al die sites proberen in te loggen.'

Wilde gaf Matthew het e-mailadres van Peter en het wachtwoord LoveJenn447 dat hij had overgehouden aan zijn eerste bezoek aan Vicky Chiba.

Matthew probeerde het bij een eerste website. 'Ik kom er niet in. Het wachtwoord klopt niet, staat er.' Hij probeerde een tweede adres. 'Zelfde resultaat. Weet je zeker dat dat wachtwoord goed is?'

'Nee.' Wilde herinnerde zich hoe het hem was gelukt binnen te komen in het account van Peter met behulp van diens e-mailadres. 'Oké, probeer het eens op de volgende manier. Klik eens op de link voor het resetten van het wachtwoord als je dat vergeten bent.'

Terwijl Matthew naar de pagina voor het resetten van het wachtwoord ging, logde Wilde in op het e-mailaccount van Peter Bennett. Hij liet zijn oog over de nieuw binnengekomen mails gaan, maar zag niets bijzonders. Hij moest even zoeken, maar toen viel zijn oog op een e-mail van MeetYourFamily met instructies voor het aanmaken van een nieuw wachtwoord. Wilde volgde de aanwijzingen. Matthew ging door met zijn pogingen in te loggen bij websites. Even later kwam een volgende e-mail binnen van een DNA-site, ook met instructies voor het resetten van het wachtwoord. Opnieuw klikte Wilde op de link.

Toen hij met de nieuwe wachtwoorden probeerde in te loggen, werd hij met een veel groter probleem geconfronteerd. De site BloodTies23 stuurde hem naar een pagina met een foutmelding.

> FOUT: U hebt uw verzoek tot het permanent verwijderen van uw data bevestigd. Als dat verzoek eenmaal is bevestigd, kan het, zoals ook is vastgelegd in de voorwaarden, niet meer gewijzigd of omgekeerd worden, noch ongedaan gemaakt worden of ingetrokken. We betreuren daardoor ontstaan ongemak. Als u dat wilt, kunt u zich opnieuw aanmelden en opnieuw een DNA-monster opsturen.

'Verdomme,' zei Wilde.

'Wat?'

'Peter heeft al zijn accounts opgeheven.'

'Haal dan de back-ups op.'

'Er staat dat alles permanent is verwijderd.'

Matthew schudde zijn hoofd. 'Er moet een manier zijn om het spul terug te halen.'

'Niet volgens wat hier staat.'

Ze vonden tien websites die DNA-testen verzorgden voor genealogische doeleinden, onder meer 23andMe, DNAYourStory, MyHeritage, BloedTies23, FamilyTreeDNA, MeetYourFamily en Ancestry. Voor zover Wilde en Matthew konden nagaan had Peter bij al die sites zijn DNA laten testen om vervolgens al die accounts weer te verwijderen. Zeven van de tien sites lieten er geen twijfel over bestaan dat alle data permanent was gewist. Bij twee sites kon je een verzoek indienen om de data, die was 'gewist, maar tevens opgeborgen in een archief', wat dat ook maar mocht betekenen, weer 'live online' te laten zetten. Daartoe moest Wilde allerlei formulieren invullen, e-mails beantwoorden met bepaalde codes en, vanzelfsprekend, 'administratiekosten' betalen.

Terwijl ze aan het werk waren, arriveerde Sutton. Ze trok een stoel bij en ging naast Wilde zitten.

'De boards van de Battler-fans ontploffen bijna,' zei Sutton tegen Wilde. 'Vertel eens.'

Wilde trok een wenkbrauw op. 'Vertel eens? Wat?'

'De vuiligheid,' zei Matthew. 'Heeft Marnie gelogen? Heeft zij geprobeerd Peter te verleiden en heeft hij haar afgewezen?'

'Staat dat in haar verklaring?'

'Welke verklaring?' vroeg Sutton. 'Het enige wat er is, staat op Instagram. Jenn zegt dat het niet waar was en dat ze wil dat Peter wordt gevonden. De Battlers weten van gekkigheid niet wat ze moeten doen om erachter te komen wat er wekelijk is gebeurd, maar tot nu toe hebben ze van de show helemaal niets van zich laten horen. En datzelfde geldt voor Marnie.'

Wilde kreeg toegang tot een eerste site, BloodTies23. Hij logde opnieuw in als Peter Bennett en klikte op de link 'Bloedverwanten'. Geen match hoger dan twee procent. Negatief resultaat dus.

'Zal ik je vertellen welke vreemde theorie heel snel terrein wint?' vroeg Sutton.

Wilde typte door. 'Doe maar.'

'Een groeiend aantal Battlers op de fanboards denkt dat Peter achter de hele toestand zit,' zei Sutton.

Wilde hield op met typen en keek haar aan. 'Hoe dan?'

'Het gaat ongeveer als volgt.' Sutton duwde een weerbarstige lok achter haar oor. Wilde wierp een snelle blik op Matthew, die schaapachtig grijnsde of, om het anders te zeggen, keek zoals de gemiddelde eerstejaars student kijkt die voor het eerst een serieuze vriendin heeft. 'De ster van Peter Bennett was giga verbleekt. Hij deed het prima. Geweldig zelfs, maar na een poosje worden aardige jongens zo saai – het is niet de bedoeling dat jij je hier iets van aantrekt, Matthew...'

Matthew begon te blozen.

'... en als dat gebeurt, haken de fans af. Dus de theorie is dat Peter het zag aankomen. Hij was het zat om steeds maar de aardige jongen te spelen en bedacht deze twist om zichzelf te veranderen in de schurk.'

Wilde fronste zijn wenkbrauwen. 'Niet echt een goed plan, lijkt me. Iedereen heeft nu een bloedhekel aan hem, toch?'

'Ja... Er zijn mensen die dat zeggen, maar misschien, ik weet het niet, heeft Peter de gevolgen niet goed ingeschat. Hij is te ver gegaan, zeggen sommigen. Het is tot daaraan toe om een grappige rotzak als Big Bobbo te zijn. Zelfs iemand die vreemdgaat zou misschien best aardig drama opleveren, ik weet het niet, want Jenn is best heel populair. Maar een verkrachter die zijn eigen schoonzus drogeert?'

'Dat gaat veel te ver,' zei Matthew.

'Precies.'

'En waar is Peter nu dan volgens die theorie?' vroeg Wilde.

'Hij houdt zich ergens verborgen. Hij kreeg zo veel op zich af dat hij zijn eigen dood in scène heeft gezet. Nu er genoeg tijd overheen is gegaan, doet hij het voorkomen alsof hij valselijk beschuldigd is. Op die manier creëert hij een fantastisch verwachtingspatroon voor zijn comeback. En als hij dan terugkomt – waarschijnlijk met iets heel cools – is hij in één klap de grootste realityster van alle tijden.'

Het zou Wilde geen enkele moeite kosten een dergelijke theorie als waanzin te bestempelen, maar aan de andere kant, wat had Marnie gedaan om beroemd te worden? Toch had de theorie problematische kanten die al die analytici op de fanboards onmogelijk konden meewegen, domweg omdat ze er geen weet van hadden – bijvoorbeeld de moord op McAndrews en Frole, of de genetische band tussen Peter en Wilde, of de schimmige toedracht rond de adoptie van Peter, of...

Maar toch. Kon er een kern van waarheid in zitten? Kon Peter Bennett de kwade genius achter alle verwikkelingen zijn? Was dat logisch?

Wilde had het gevoel dat hem iets ontging.

Zijn telefoon ging. Het was Oren Carmichael. Er zat een lichte trilling in zijn stem.

'Ken jij iemand die Martin Spirow heet?'

'Nee.'

'Woont in Delaware. Eenendertig jaar oud, getrouwd met een vrouw die Katie heet.'

'Het zegt me niets. Hoezo?'

'Hij is ons derde slachtoffer. Hij is doodgeschoten met hetzelfde wapen waarmee Henry McAndrews en Katherine Frole zijn vermoord.'

'Wanneer?'

'Vanochtend.'

Wilde zei niets.

'Wilde?'

'Werkte hij bij de politie?'

'Hij was werkloos en heeft nooit bij de politie of zelfs maar een beveiligingsbedrijf gewerkt.'

'Maar wat verbindt hem dan met die andere twee?'

'Volgens de feds helemaal niets, maar het ballistische rapport is net binnengekomen. Er zijn al mensen die denken dat het om een seriemoordenaar gaat die helemaal losstaat van alles wat we tot nu toe hebben gedacht.'

Wilde zei niets.

'Precies,' ging Oren door. 'Dat geloof ik ook niet.'

'Hoe is die moord op Martin Spirow in zijn werk gegaan?'

'Hij is drie keer in het hoofd geschoten, thuis, vlak bij de voordeur. Waarschijnlijk vanmorgen vroeg. Zijn vrouw heeft hem gevonden toen ze tussen de middag thuiskwam om te lunchen. Het is een vrij rustige straat, maar de beelden van bewakingscamera's in de buurt worden bekeken en er wordt op ditzelfde moment buurtonderzoek gedaan.'

'Drie kogels.'

'Ja.'

'Net als de andere slachtoffers,' zei Wilde.

'Precies. Dat is de reden waarom de feds denken aan de mogelijkheid van een seriemoordenaar.'

Opnieuw probeerde Wilde het verband te zien. De wereld van de reality-tv. De mysterieuze adoptie van Peter. Hijzelf als klein jongetje in de steek gelaten in het bos. Drie moorden met hetzelfde wapen.

Hij kon het grote verband nog steeds niet zien.

Zijn telefoon zoemde voor de tweede keer. Het was heel ongebruikelijk dat Wilde in zo'n kort tijdsbestek meerdere keren werd gebeld, maar het was dan ook geen doorsnee dag. 'Er komt een tweede oproep binnen,' zei Wilde.

'Ik zal het je laten weten als er nieuws is,' zei Oren alvorens op te hangen.

Toen Wilde het tweede gesprek had aangenomen, klonk de snikkende stem van Vicky Chiba in zijn oor. 'O mijn god.'

'Vicky...'

'Heeft Marnie gelogen? Heeft ze het allemaal verzonnen?'

'Blijkbaar. Hoe heb je het gehoord?'

'Mijn telefoon staat roodgloeiend. Silas hoorde het op de radio.'

'Was het al op de radio?'

'Een amusementsprogramma of zo.' Vicky snikte opnieuw. 'Waarom? Waarom zou Marnie zoiets doen?'

Wilde gaf geen antwoord.

'Weet ze wel wat ze heeft gedaan? Ze heeft een onschuldige man vermoord. In koelen bloede vermoord. Ze had hem net zo goed een mes in zijn hart kunnen steken. Ze moeten haar opsluiten, Wilde.'

'Waar ben je?' vroeg Wilde.

'Ik ben thuis.'

'Ik kom snel langs en dan kunnen we praten.'

'Silas komt hier over een paar uur.'

'Is hij in de stad?'

'Hij moet iets afleveren in Newark. Hij blijft hier vannacht slapen en begint morgenvroeg aan een nieuwe klus. Wilde?'

'Ja.'

'Ik moet het Silas nu wel vertellen, denk je niet? Dat Peter geadopteerd was?'

Wilde herinnerde zich dat Silas nog een peuter was toen het gezin zich in Pennsylvania had gevestigd en er plotseling een mysterieuze baby bij kwam. 'Dat moet jij zelf beslissen.'

'Er zijn al veel te lang te veel geheimen geweest. Hij moet het weten.'

'Oké.'

'Silas ziet jou als zijn neef.'

'Maar dat ben ik niet.'

'Dat kunnen we hem ook vertellen, als je dat wilt.'

Wilde was niet zo ingenomen met haar gebruik van het woord 'we'.

'Wil jij er alsjeblieft bij zijn als ik Silas de waarheid vertel?'

Wilde zei niets.

'Ik denk dat het zou helpen. Als er een derde bij is.'

Wilde zei nog altijd niets.

'Ik zou ook... Het zou veel voor me betekenen – voor ons, denk ik, Silas en mij – als je ons zou kunnen vertellen wat er echt met Peter is gebeurd. De waarheid van alles. Dat we niet alleen maar af hoeven te gaan op de geruchten op fansites.'

Dat kon hij billijken. Dat was hij hun schuldig.

'Oké,' zei hij. 'Ik kom.'

'En dank je, Wilde.' Vicky begon weer te huilen. 'Niet alleen omdat je vanavond hiernaartoe wilt komen, maar omdat je in Peter gelooft. Misschien is het te laat, maar de wereld moet op zijn minst weten wat voor man hij werkelijk is geweest.'

Toen Wilde de verbinding had verbroken, zat zowel Matthew als Sutton met wijd open ogen naar het scherm te staren.

'Jezus, shit,' zei Matthew.

'Wauw,' zei Sutton.

'Wat is er?' vroeg Wilde.

'We hebben een bloedverwant van Peter Bennett gevonden. Een die heel dicht bij hem staat.'

32

Ik richt het pistool – ja, hetzelfde pistool opnieuw – en haal drie keer de trekker over.

Ik sluit mijn ogen en laat de nevel van bloed over mijn gezicht sproeien. Er komt ook iets op mijn tong terecht. Ik ben geen kannibaal of zo, maar de metaalachtige smaak van haar bloed windt me op. Het heeft niets met seks te maken. Of misschien wel. Ik weet het niet. Er is immers zoiets als 'bloedgeil'. Dat begrijp ik nu, in alle opzichten.

Haar lichaam hangt slap op de achterbank. Haar ogen zijn nog open.

De ogen van Marnie Cassidy.

Ik had haar hiernaartoe gelokt met een bericht dat ik met een wegwerptoestel had verzonden via een beveiligde app die veel 'beroemdheden' (vooral in de wereld van de realitysterretjes) gebruiken. Waarmee ik haar had gelokt? Met een reddingsboei. Ik bood haar aan haar leven te redden terwijl zij kopje-onder ging in woelig, heel woelig water. Ik wist dat Marnie daar geen weerstand aan kon bieden, dat ze een manier zou vinden om er ongezien tussenuit te knijpen en mij te ontmoeten. Haar wereld stortte in. De verschrikkelijke waarheid van wat ze had gedaan sijpelde weg uit haar bubbel, de echte wereld in.

We zijn in mijn auto. Ik heb weer een kentekenplaat gestolen en die zo bewerkt dat hij bijna onleesbaar is geworden. Ik had me vermomd – net als Marnie. Een aantal fans, en zelfs een paar 'journalisten', stonden bij het gebouw waar ze woonde, dus ze sloop weg langs een achterdeur. Mocht de politie besluiten echt werk van haar verdwijning te maken, dan zullen ze haar waarschijnlijk wel terugzien op de beelden van een aantal camera's tot ze de ondergrondse nam. Zouden ze haar kunnen volgen terwijl ze lijn 1 nam op het station in 72nd Street, in de richting van het centrum? Waarschijnlijk. Zouden ze haar uiteindelijk ook nog terugvinden op beelden nadat ze was uitgestapt in Christopher Street en drie straten verderop achter in mijn auto sprong?

Ik weet het niet.

Het zou tijd kosten. Series op tv hebben ons gehersenspoeld en ons het idee bijgebracht dat recherchekorpsen praktisch onfeilbaar zijn. Maar ik heb geleerd dat dat onzin is. Ze maken fouten. Ze hebben tijd nodig om informatie te schiften. Het aantal manuren op een zaak heeft zijn grenzen, de technologie heeft haar beperkingen.

Er worden nog altijd veel moorden niet opgelost.

En na al die wijsheid moet ik toch constateren dat mijn huidige carrière maar een beperkte houdbaarheidsdatum heeft. Als ik doorga, word ik gepakt. Het zou dwaas zijn om dat te ontkennen. Ik sta in Manhattan geparkeerd, in de buurt van de West Side Highway. Ik heb hier een rustig plekje gevonden – rustig genoeg in ieder geval. Vlak bij een bouwplaats waar op dit moment niemand aan het werk is. Ik had er maar weinig tijd voor nodig.

Ze stapt in. Ik draai me om. Ik schiet drie kogels in dat zielige, leugenachtige gezicht van Marnie.

Gewaagd? Zeker, maar soms is de beste plek om je te verbergen daar waar iedereen je kan zien.

Marnie had haar telefoon in haar hand toen ik schoot. Zittend achter het stuur reik ik naar achteren en pak ik hem op van de vloer.

Ik probeer hem te ontgrendelen met gezichtsherkenning door hem voor haar gezicht te houden, maar dat is zo beschadigd dat de telefoon er niet meer op reageert. Heel jammer. Ik had gehoopt dat ik Jenn een berichtje kon sturen alsof ik Marnie was, om haar te vertellen dat ik een paar weken ergens zou onderduiken tot alles weer een beetje zou zijn afgekoeld. Dat lijkt nu niet mogelijk.

Zouden ze haar telefoon naar deze plek kunnen traceren?

Ik weet het niet zo goed. Ik zal de telefoon kapotmaken, maar zou er technologie bestaan waarmee ze kunnen zien wanneer ze haar appartement heeft verlaten en waarnaartoe ze op weg was? Ik denk het wel. Goed, oké. Daar heb ik ook een plan voor bedacht.

Ik gooi een deken over het lichaam, al denk ik niet dat een bewakingscamera of een voorbijganger door het raam in het achterportier naar binnen kan kijken en veel kan zien. Er is geen bloed op de ramen terechtgekomen, dus die hoef ik niet schoon te poetsen.

Ik rij nu door de Lincoln Tunnel en over de Boulevard East naar Weehawken. Ik kan de verleiding niet weerstaan om een kleine omweg te maken en neem de bijna verborgen afslag naar rechts, Hamilton Avenue op. Het uitzicht op Manhattan is vanaf deze kant – de kant van New Jersey – adembenemend. De skyline staat in al zijn glorie tegen de lucht afgetekend. Er gaat niets boven de aanblik die New York biedt op de oevers van de rivier in New Jersey.

Maar dat is niet de reden waarom ik hier graag langsrij.

Hier, in deze bescheiden straat met bescheiden huizen, staat een bescheiden stenen buste op een zuiltje. Het is de buste van Alexander Hamilton. Een bronzen plaquette, iets ernaast, herinnert aan het beroemde duel tussen Alexander Hamilton en Aaron Burr dat resulteerde in Hamiltons overlijden. De plaquette meldt ook dat Hamiltons zoon Philip op diezelfde grond drie jaar eerder bij een duel het leven had gelaten. Zelfs voordat het verhaal dankzij de musical een plekje had veroverd in de harten van het grote publiek, kwam ik hier al graag. Ik heb nooit begrepen waarom. Destijds dacht ik altijd dat het vanwege die geweldige skyline moest zijn, maar dat was natuurlijk flauwekul. Het waren de geesten die er ronddwaalden. Het was het bloed. Het was de dood. Mannen kwamen hier 'om hun eer te verdedigen' en vonden er maar al te vaak de dood. Bloed vloeide hier, misschien wel precies op deze plek, waar u nu zo ontspannen kuiert langs de boulevard en heel terloops uw blik laat rusten op dit gedenkteken.

Maar echt sinister wordt het pas achter de buste van Alexander Hamilton. Verscholen achter het marmeren zuiltje ligt een roodbruine kei. Op de kant die je vanaf Manhattan ziet, staat een inscriptie:

OP DEZE STEEN RUSTTE
HET HOOFD VAN DE PATRIOT,
SOLDAAT, STAATSMAN EN
JURIST ALEXANDER HAMILTON
NA HET DUEL MET
AARON BURR

Dat heeft me altijd aangetrokken. Wie laat zoiets onberoerd? Om de rots en het zuiltje staat een hek met dikke tralies, die ver genoeg uit elkaar staan om er je hand tussendoor te kunnen steken en de kei aan te raken. Laat dat eens even tot je doordringen. Je kunt je hand op dezelfde plek leggen waar, als je de legende gelooft, Alexander Hamilton meer dan twee eeuwen geleden dodelijk gewond een laatste rustplaats voor zijn hoofd vond.

Het is morbide en macaber, maar ik vind het fascinerend. Ik heb het altijd fascinerend gevonden. En geloof me, er valt geen speld tussen te krijgen, dat geldt ook voor u.

Het geldt voor ons allemaal.

Dat is immers de reden waarom we dergelijke gedenktekens hebben, hè? Het is niet echt bedoeld als afschrikwekkend voorbeeld – al zeggen we dat wel hardop. Het doet een beroep op een veel primitievere kant van de mens. Het windt ons op. Achteraf, als ik er zo op terugkijk, was het voor mij misschien wel de drug die de weg terug afsloot. De steppingstonetheorie: de ene drug leidt tot de volgende en voor je het weet lig je als een uitgeteerde junk in een kraakpand.

Misschien gaat het wel net zo met moord?

Ik haal mijn voet niet van het gas. Ik wil alleen maar langs dit bescheiden monument en de heilige grond waarop duels werden uitgevochten rijden. Om dat gevoel op te zuigen. Meer niet. De bonus is dat de politie, als ze alle verplaatsingen van Marnies telefoon kunnen volgen, zich zal afvragen hoe Marnie er mentaal aan toe is, met zo'n rare kleine omweg, die me maar een paar minuten kost. Misschien helpt dat.

Ik draai de Boulevard East weer op en rij naar Newark Airport. De rustigste terminal is vandaag Terminal B. Bij de *drop-off* sla ik de telefoon van Marnie met mijn hamer in gruzelementen. Als ze het spoor volgen, leidt dat naar het vliegveld. Dat helpt. Ik realiseer me dat er waarschijnlijk camera's op me gericht staan. Uiteindelijk bereiken ze misschien een stadium waarin ze gaan zoeken naar beelden die moeten aantonen dat ze hier werkelijk uitgestapt is. Maar ook dat zal weer tijd kosten.

Nu de telefoon niet meer traceerbaar is, rij ik rond over het terrein van de luchthaven en langs meerdere terminals. Opnieuw alleen maar om het onderzoek gecompliceerder te maken. Daarna kies ik Route 78 in westelijke richting. Ik heb een garagebox gehuurd in Chatham. Vermomd en met gebogen hoofd stap ik uit en trek ik de roldeur omhoog. Ik stap weer in, rij de auto de box in en trek de roldeur omlaag. De box heeft een krachtig ventilatiesysteem. Ik heb al gecontroleerd dat het was ingeschakeld in de hoogste stand. Ik heb meer dan genoeg gelezen over rottende lijken en stank. Ik heb tijd genoeg. Minstens een paar dagen, maar waarschijnlijk meer. Dat geeft me tijd om te zoeken naar een manier om van het lijk af te komen. Ik fris mezelf een beetje op en laat Marnie op de achterbank liggen. Als ik haar lichaam ergens had gedumpt, zou de politie haar moord onmiddellijk met die andere in verband brengen. Ach, en als die arme, zwaarbeproefde Marnie alleen maar wordt vermist, is het niet meer dan aannemelijk dat ze, geplaagd door alle hectiek in haar leventje, de benen heeft genomen en zich een tijdje ergens schuilhoudt. Ik weet natuurlijk niet hoelang zo'n vermoeden stand zal houden, maar ik ken het oude credo: geen lijk, geen moord.

Deze manoeuvres moeten me dagen, zo niet weken uitstel opleveren. Meer heb ik ook niet nodig.

Ik moet nog het een en ander doen.

33

Wilde keek over Matthews schouder naar User32894, een DNA-match van drieëntwintig procent met Peter Bennett op de website van MeetYourFamily.

'Heb je gekeken of User32894 en Peter nog contact hebben gehad?' vroeg Wilde.

'Geen berichten, helemaal niets. Volgens de websiteprotocollen gaan alle berichten permanent verloren op het moment dat je je account opheft. Maar voor het geval je je afvraagt wat een match van drieëntwintig procent betekent...' Matthew klikte op de link voor de uitleg:

> Een match van ongeveer 25 procent (tussen 17 en 34 procent) wijst op de volgende mogelijke verwantschappen:
> Grootouder – kleinkind
> Tante/oom – neef/nicht
> Halfbroer, halfzus

'Vreemd dat ze je niet meer vertellen dan dat,' zei Matthew.

'Zo werkt dat,' zei Sutton. 'Dat hebben we allemaal bij biologie van meneer Richardson gehad, weet je niet meer? Een honderdprocentmatch betekent een eeneiige tweeling. Vijftig procent betekent een broer, zus of moeder – de match met je vader ligt iets lager, achtenveertig procent of zo, ik ben vergeten waarom.'

'Het blijft vreemd,' zei Matthew. 'Als Wilde bijvoorbeeld een vijftigprocentmatch krijgt, weet hij niet of het zijn moeder, zijn vader, een broer of een zus... Wacht, toen jij je vader in Las Vegas vond, hoe was je daarachter gekomen? Ik bedoel, toen je het voor het eerst op de DNA-site zag, hoe wist je toen of het je moeder of een broer of zo was?'

'Dat wist ik niet,' zei Wilde. 'Maar toen kwam ik erachter dat het een man was die meer dan twintig jaar ouder is dan ik.'

'Dat kan nog steeds een broer zijn.'

Daar had Wilde niet bij stilgestaan. 'Daar heb je inderdaad een punt.'

'Maar het is niet waarschijnlijk,' zei Sutton. 'Bij een vijftigprocentmatch gaat het om echte broers, niet om halfbroers. Ik bedoel, er zijn natuurlijk moeders die meer dan twintig jaar kinderen baren, maar dat zijn er waarschijnlijk niet heel veel. Het is veel waarschijnlijker dat het inderdaad je vader is.'

'Oké, je hebt gelijk,' zei Matthew. 'Maar laten we wel wezen, niets bij Wilde valt binnen wat je normale categorieën kunt noemen. Hij is in de steek gelaten in de bossen toen hij nog te klein was om het zich te kunnen herinneren. Wat denk jij, Wilde? Zou de man die jij in Las Vegas hebt gesproken je broer kunnen zijn?'

'Daar heb ik nog nooit over nagedacht,' zei Wilde.

Natuurlijk had Sutton gelijk. De kans was groot dat Daniel Carter met een match van ongeveer vijftig procent zijn vader was. Maar vrouwen kunnen al op heel jonge leeftijd kinderen krijgen – zodra de ovulatie begint. Als zijn moeder bijvoorbeeld zestien of zeventien was toen Daniel Carter werd geboren, kon Wilde jaren later ook nog heel goed een kind van haar zijn.

Hij pakte zijn telefoon en belde Rola. 'Nieuws over Daniel Carter?'

'Nog niets.'

'Als je zegt "nog niets"...'

'Bedoel ik dat ook. *Nada, niente, nichts, rien, bubkes.* Dat betekent, Wilde, dat Daniel Carter niet zijn echte naam is.'

'Maar de man heeft een bedrijf, een gezin.'

'DC Dream House Construction is eigendom van een brievenbusmaatschappij. Niemand neemt bij hem thuis de telefoon op. Niemand op het bedrijf wil reageren op de vraag waar hij is. Niemand doet thuis de deur open.'

'Hij heeft dochters.'

'We willen niet dat een lokale privédetective in dit stadium hun hele leven op de kop zet. We moeten eerst meer weten. Het is nog vroeg, Wilde.'

'Zet je beste mensen erop, Rola.'

'De allerbeste op mijn loonlijst.'

'Dank je.'

'Ikzelf.'

'Hè?'

'Ik vlieg naar Las Vegas.'

'Dat hoef je niet te doen.'

'Ik wil het. Ik word sowieso knettergek van de kinderen. Ik moet er nodig tussenuit. Even een handje blackjack in een casino. Een beetje speuren naar degene die een kind achterlaat in het bos. Een keertje in de weer met de eenarmige bandiet. Misschien een optreden van een illusionist. En, Wilde?'

'Ja?'

'Wat er dan ook aan de hand mag zijn met jouw biopapa en de feds... Dat is echt foute boel.'

'Misschien is Daniel Carter niet mijn vader.'

Wilde vertelde snel het verhaal over de DNA-percentages. Iets wat samenhing met genetische relaties bleef knagen. Er ontging hem iets. Maar andere puzzelstukjes begonnen op hun plaats te vallen.

Hij herinnerde zich zijn telefoongesprek met Silas Bennett. Op MeetYourFamly.com, zei Silas, hadden ze een match van drieëntwintig procent gevonden. Nu Wilde wist dat er voor Peter Bennett ook een match van drieëntwintig procent was gevonden, leek het vrij logisch om aan te nemen dat de twee 'broers', van wie de een zogenaamd was geadopteerd, genetisch verwant waren, waarschijnlijk halfbroers. Het stond niet vast, maar er waren manieren om die stelling bevestigd te krijgen.

Wilde belde Vicky Chiba. 'Is Silas er al?'

'Nee.'

'Wanneer verwacht je hem?'

'Hij is vertraagd. Waarschijnlijk over een uur, anderhalf uur.'

'Ben je nog steeds van plan hem te vertellen dat Peter geadopteerd is?'

'Ja, jij bent er dan ook bij, toch?'

'Ja.'

'O, dank je. Ik ben je vreselijk dankbaar. Ben je nog iets te weten gekomen over Peter?

'Ik zal je alles vertellen wanneer ik bij je ben.'

'Oké. Ik laat het je weten als ik nog iets hoor van Silas.'

Wilde verbrak de verbinding. Ze zaten nog te wachten op goedkeuring van twee DNA-sites. Wilde probeerde de zaken op een rijtje te krijgen. Peter Bennett ontdekt dat hij is geadopteerd. Hij meldt zich aan bij een reeks DNA-sites om te kijken of er matches zijn met andere mensen. Oké, prima. Allemaal logisch. Ontdekt hij iets waardoor hij beseft genoeg te weten? Dat lijkt onmogelijk. Heeft hij nog meer mensen gevonden? Waarom heeft hij al die accounts gesloten toen hij achter de waarheid kwam? Had hij iets ontdekt wat niemand anders mocht weten?

Wilde's telefoon produceerde het dubbele zoemgeluid van een binnenkomende oproep. Vreemd. Dat dubbele zoemgeluid duidde erop dat het iemand van zijn zeer beperkte lijst met contactpersonen was. Buiten die lijst kende niemand dat nummer. Hij stond al op het punt de oproep door te sturen naar zijn voicemail, toen hij zag wie hem belde:

PETER BENNETT

Wilde ging staan en liep naar de hoek van de kamer. Hij hield de telefoon bij zijn oor.

'Hallo?'

'We moeten praten.'

34

Toen Hester terugkeerde in haar appartement, trof ze daar Oren aan die haar opwachtte. Hij begroette haar met een knuffel. Hester was dol op die knuffels. Oren was een kolossale man die op een kolossale manier knuffelde. Dan voelde ze zich klein en veilig en getroost. Dat doet immers iedereen goed? Ze sloot haar ogen en snoof zijn geur op. Hij rook als een man, wat dergelijke onzin ook mag betekenen, en zelfs dat gaf haar een gevoel van welbevinden en geborgenheid.

'Hoe ging het?' vroeg Oren.

'De jury komt er niet uit. Rechter Greiner geeft ze nog een dag of twee.'

Ze maakten zich van elkaar los en liepen naar de woonkamer. Hesters stijl qua woninginrichting zou je het best kunnen omschrijven als 'vroeg-Amerikaans chaotisch'. Toen zij en Ira vanuit Westville naar Manhattan waren verhuisd, hadden ze het appartement 'tijdelijk' volgestouwd met veel te veel meubels en prullaria uit het oude huis. Het meubilair paste natuurlijk niet, het was te groot, de kleur deugde niet, enzovoort, maar mettertijd zouden ze daar wel iets aan doen.

Het was er nooit van gekomen.

'Als de jury er niet uit komt,' zei Oren. 'Denk je dan dat ze hem opnieuw zullen vervolgen?'

‘Wie weet.’

Ze ging op de bank zitten. Oren schonk haar een glas wijn in. Ze was moe. Dat was haar vroeger nooit overkomen, maar steeds vaker voelde het alsof haar botten vol lood zaten.

‘Als dit voorbij is,’ zei ze, ‘wil ik op vakantie.’

Oren trok een wenkbrauw op. ‘Jij?’

‘Waar gaan we naartoe?’

‘Waar jij maar heen wilt, schat.’

‘Vroeger had ik een hekel aan vakanties,’ zei Hester.

‘Ik weet het.’

‘Ik werd nooit moe van werken. Ik kreeg er juist meer energie van. Hoe meer ik midden in het gewoel stond, hoe meer ik het gevoel had dat ik leefde. Als Ira en ik ertussenuit gingen, was ik na verloop van tijd doodmoe. Dan werd ik ongedurig. Als ik op een strandstoel zat, kreeg ik geen nieuwe energie. Ik wilde alleen maar dutjes doen.’

‘Een object in rust,’ zei Oren, ‘blijft in rust.’

‘Precies. Als je mij afremt, word ik trager. Als je mij in beweging houdt…’

‘En nu?’

‘Nu wil ik weg, met jou. Ik ben moe.’

‘Enig idee hoe dat komt?’

‘Ik wil er niet aan denken, maar misschien is het de leeftijd.’

Oren reageerde daar niet direct op. Hij nam een slok wijn en zei: ‘Misschien is het de zaak-Levine.’

‘Hoezo?’

‘In het verleden was jij nooit zo dol op gevallen van zelfverdediging. Ik weet dat het je werk is om de beste verdediging te bieden die er maar is, helemaal los van de waarheid, maar…’

‘Ho, ho, kalm aan. Los van de waarheid?’

‘Zo bedoelde ik het niet. Ik bedoel dat je wat je er zelf van vindt, niet mag betrekken bij de zaak. Je moet de beste verdediging bieden zonder mee te wegen wat je er zelf van vindt.'

'En wat doet jou vermoeden dat ik anders in de zaak-Richard Levine zou staan?'

'Hij heeft iemand geëxecuteerd,' zei Oren. 'Dat weten we allebei.'

'Hij heeft een nazi doodgeschoten.'

'Die geen directe bedreiging vormde.'

'Nazi's vormen altijd een directe bedreiging.'

'Dus jij oordeelt positief over wat hij heeft gedaan?'

'Ja, natuurlijk.'

'Het is goed om een nazi dood te schieten,' zei Oren.

'Ja.'

'En iemand van de Ku Klux Klan?'

'Dat is ook goed.'

'Waar trek je de grens tussen wie wel en wie niet mag worden doodgeschoten?'

'Bij nazi's en de Klu Klux Klan.'

'Verder niemand?'

'Ik geef er de voorkeur aan als ze worden gestompt. Ik ben een groot voorstander van het stompen op nazineuzen.'

'Jouw cliënt heeft geen nazi op zijn neus gestompt.'

'Nee, maar als hij het wel had gedaan, was hij ook gearresteerd en zou ik hem nog steeds verdedigen. Als je zo gestoord bent dat je vindt dat iedereen die niet van jouw ras is mag worden uitgeroeid, vind ik het goed als iemand je verdelgt alsof je een rat was.'

'Dat kun je niet menen.'

'Dat meen ik wel.'

'Dus misschien moeten we dan de wet aanpassen en duidelijk maken dat het jachtseizoen voor nazi's en de Klu Klux Klan is geopend.'

'Ik vind je grappig als je probeert met mij in debat te gaan,' zei Hester. 'Maar nee, dat is niet wat ik voorstel. Ik ben het helemaal eens met wat er nu in de wet staat.'

'Maar de wet staat niet toe wat Richard Levine heeft gedaan.'

Hester hield haar hoofd schuin naar rechts. 'O nee? Dat zullen we nog zien, denk ik. Het huidige systeem werkt misschien en spreekt mijn cliënt vrij. Misschien is het huidige systeem zo elastisch dat het dit goedkeurt.'

'En als dat niet gebeurt? Als de jury toch het oordeel "schuldig" uitspreekt?'

Hester haalde haar schouders op. 'Dan heeft het systeem gesproken.'

'Dus het systeem heeft altijd gelijk?'

'Nee, want het systeem is misschien toch minder elastisch dan ik denk dat het zou moeten zijn, tenminste niet met deze jury. Niet met de verdediging die ik heb gevoerd. Ik geloof in het systeem. Ik geloof ook dat het goed is om nazi's dood te schieten. Waarom denk je toch steeds dat die twee zaken tegenstrijdig zijn?'

Hij glimlachte. 'Ik hou van dat brein van jou, weet je.'

'En ik hou van jouw brein, maar nog meer van dat lijf van je.'

'En zo hoort het ook,' zei Oren.

Ze legde haar hoofd tegen zijn borst. 'En waar moeten we naartoe met vakantie?'

'De Caraïben,' zei Oren.

'Hou je van warm weer?'

'Het beeld van jou in bikini bevalt me wel.'

'Viezerik.' Hester moest onwillekeurig toch even blozen. 'Ik heb al geen bikini meer aangehad sinds Jimmy Carter het Witte Huis verliet.'

'Het zoveelste slachtoffer van de Reaganomics.'

Hester legde haar hoofd op zijn schouder. 'Ik ben nog steeds kwaad op je.'

'Ik weet het.'

'Ik dacht er al over om te breken,' zei ze.

Oren zei niets.

'Hoeveel ik ook om je geef, mijn werk gaat altijd voor. Dat jij aan andere mensen bij de politie vertelde dat Wilde het lijk had gevonden…'

'Tenhemelschreiend,' zei Oren.

'Maar waarom deed je het dan?'

'Omdat ik de moordenaar van een politieman wilde vinden. Omdat ik soms dom ben en niet genoeg nadenk. Omdat ik de chef van de politie in een klein stadje ben die nog nooit met een moordzaak te maken heeft gekregen en misschien ophield met nadenken toen mijn trots begon op te spelen.'

'Je kans om een held te zijn?'

'Ja.'

'Je had je eigen goede redenen.'

'Maar dat is nog geen rechtvaardiging van wat ik heb gedaan.'

'Nee.'

'Maar hoe kun je het me dan vergeven?'

Hester haalde haar schouders op. 'Het systeem is elastisch. Ik ook.'

'Dat klinkt logisch.'

'Ik wil jou bovendien niet kwijt. We zoeken allemaal naar rechtvaardiging van ons gedrag. Jij, ik, Richard Levine. De vraag is alleen of het systeem elastisch genoeg is om dat allemaal aan te kunnen.'

'En in dit geval?'

'Wat mij betreft is het oké.'

'O, goed.'

'Wat Wilde betreft weet ik het niet. Hij is niet gemakkelijk van vertrouwen.'

'Ik weet het,' zei Oren. 'Ik zal proberen het weer goed te maken.'

Hester vermoedde dat hem dat niet zou lukken, maar die gedachte hield ze voor zich.

'Er is weer een lijk gevonden,' zei Oren. 'Doodgeschoten met hetzelfde wapen.'

'Wauw, wordt Wilde verdacht?'

'Nee. De man is in Delaware doodgeschoten op een moment dat Wilde in New York onder surveillance was. Hij gaat volledig vrijuit.'

'Goed.' Hester stond op en nam een slok wijn. 'Is het in dat geval oké als we er vanavond niet verder over praten?'

'Meer dan oké.'

'Ik heb behoefte aan rust.'

'Oké.'

'Of misschien een beetje knuffelen.'

Oren grijnsde. 'Dat kan gevolgen hebben.'

Ze zette haar glas neer en strekte haar armen naar hem uit. 'Dat zou kunnen.'

'Ik dacht dat je rust nodig had?'

Hester haalde haar schouders op. 'Misschien is het systeem elastisch genoeg.'

35

PETER BENNETT stond er op het scherm.

'Mijn naam is Chris,' zei de stem.

'Dat is niet wat ik op mijn scherm zie.'

'Dat weet ik. Ik wilde je onverdeelde aandacht.'

'Hoe kom je aan mijn nummer?'

'Dat is niet relevant. We moeten praten.'

'Waarover?'

'Over Peter Bennett, Katherine Frole, Henry McAndrews en Martin Spirow.'

De man die Chris heette, wachtte op een reactie. Die kreeg hij niet van Wilde.

'Ik hoop dat het daarbij blijft,' zei Chris, 'al zullen er meer slachtoffers vallen als we niet ingrijpen.'

'Wie ben jij?'

'Dat heb ik je verteld. Mijn naam is Chris.'

'En waarom zou ik jou moeten vertrouwen?'

'De eigenlijke vraag is: waarom zou ik jóú moeten vertrouwen. Ik ben van ons tweeën degene die veel te verliezen heeft. We moeten ergens afspreken.'

'Van waar bel je me nu?'

'Kijk eens uit het raam aan de voorkant.'

'Hè?'

'Je bent in het huis van Laila Crimstein aan het einde van de straat. Kijk eens naar buiten.'

Wilde liep naar het raam naast de voordeur. Hij tuurde door het raam de duisternis in. In het licht van de lantaarnpaal zag hij het tengere silhouet van een man. De man tilde een arm op en wuifde naar Wilde.

'Kom naar buiten,' zei Chris. 'We moeten praten.'

Wilde verbrak de verbinding en keerde zich naar Matthew en Sutton.

'Wie was dat?' vroeg Matthew.

'Ik ga naar buiten. Doe alle deuren op slot en ga naar boven, allebei. Hou ons in de gaten vanuit je slaapkamer. Als mij iets overkomt moet je 911, je moeder en Oren Carmichael bellen, in die volgorde. Daarna moet je je verstoppen.'

'Wie is daar?' vroeg Sutton.

'Ik weet het niet. Schuif de grendel achter me op de deur.'

Chris was schriel en bleek. Hij had vlasdun blond haar. Hij liep niet echt, hij stampte min of meer, alsof hij bij iedere stap een klein vuurtje moest uittrappen. Hij bleef stilstaan toen hij Wilde gewaarwerd.

'Wat wil je?' vroeg Wilde.

Chris glimlachte. 'Het is alweer even geleden dat ik dit heb gedaan.'

Hij wachtte tot Wilde zou vragen wat hij in het verleden had gedaan, maar toen Wilde de vraag niet stelde, ging hij verder.

'Ik legde een bom onder het leven van mensen. Ik bedoel niet letterlijk. Nou ja, misschien ook wel. Ik placht de vreselijkste geheimen te onthullen aan mensen die vol vertrouwen waren en geen flauw idee hadden dat er iets niet in de haak was. Ik vertelde een vrouw tijdens haar vrijgezellenfeestje dat haar verloofde een pornofilmpje van haar op internet had gezet. Ik vertelde een man die twee zonen had dat zijn vrouw een derde zwangerschap had voorgewend om hem ervan te weerhouden haar te verlaten. Dat soort zaken. Ik dacht dat ze het recht hadden het te weten. Een onthuld geheim was een vernietigd geheim. Ik dacht dat ik goed werk deed.'

Hij bleef staan en keek Wilde aan. 'Ik weet dat je vol vragen zit, maar laat me maar even op mijn manier doorgaan. Ik weet genoeg over jou om te weten dat je een buitenstaander bent. Je woont alleen. Je weet hoe je het systeem op afstand moet houden. Ik zou kunnen voorwenden – om mezelf te beschermen – dat dit allemaal hypothetisch is, maar daarvoor ontbreekt de tijd. Ik moet je vertrouwen. Maar even iets om je scherp te houden: je hebt gezien hoe weinig moeite het me heeft gekost om je op te sporen. Dat is geen dreigement. Het is niet meer dan een kleine waarschuwing voor het geval je je tegen me zou keren. Jij hebt jezelf onvindbaar gemaakt omdat je bang bent dat ze je vinden. Als je het over mij hebt moet je die angst tot de tiende macht verheffen. Veel mensen die hebben geprobeerd me te vinden zitten achter tralies, of ze zijn dood. Ik wil jou niet als vijand, maar jij wilt mij evenmin als vijand.'

'Wat wil je?' vroeg Wilde.

'Heb je ooit gehoord van een online organisatie die Boomerang heet?'

De naam kwam hem niet helemaal onbekend voor. 'Niet echt.'

'Het is een groep mensen met dezelfde ideeën waar een paar van de beste hackers op deze planeet deel van uitmaken.'

'Ik neem aan dat jij er ook bij hoort.'

'Ik was de leider,' zei Chris.

Chris wachtte opnieuw op een reactie van Wilde. Om hem verder te helpen zei Wilde: 'Oké.'

'Het doel van Boomerang was online trollen en haatzaaiers op te sporen, die van het ergste soort, en ze zowel tegen te houden als te straffen.'

'Zelfbenoemde burgerwacht,' zei Wilde.

Chris knikte bedachtzaam. 'Ik zie het meer als een poging recht en orde te scheppen in een wetteloze wereld. Ons rechtssysteem heeft een achterstand op internet. De online wereld is het oude Wilde Westen. Er zijn geen wetten, geen regels, er is alleen chaos en wanhoop. En dus hebben wij, een groep serieuze en moreel bewuste mensen, geprobeerd een zekere mate van rechtvaardigheid te introduceren. We hadden gehoopt dat wetten en normen ons uiteindelijk zouden inhalen en ons overbodig zouden maken.'

'Oké,' zei Wilde. 'Nu je je zelfbenoemde moreel bewuste burgerwachtactiviteiten hebt gerechtvaardigd, blijft de vraag wat dat met mij te maken heeft.'

'Je hebt geen idee?'

'Laten we net doen alsof ik geen idee heb.'

'Het zou helpen als je zou meewerken, Wilde. Ik stel mezelf hier heel kwetsbaar op.'

Wilde herinnerde zich het bericht dat naar EkarwredDog was verstuurd: *Ik heb je beet, McAndrews. Ik zal het je betaald zetten.* 'Ik neem aan dat jouw groep op McAndrews stuitte. Hij maakte mensen online het leven zuur, ook al was dat voor geld.'

'Dat klopt.'

'Hebben jullie hem vermoord?'

'Vermoord? Mijn god, nee. We hebben nooit iemand vermoord. Zo werkte het niet. Burgers – slachtoffers zou je moeten zeggen – deden een beroep op Boomerang voor hulp. Online. We hebben een website. Als je onze hulp nodig had, moest je formulieren invullen – naam, contactadres, hoe je werd lastiggevallen, alle details. Het is een heel uitgebreide procedure. Dat is doelbewust zo. Als iemand je zo erg heeft lastiggevallen dat je besluit om de hulp in te roepen van Boomerang, moet je ook bereid zijn om een paar uur te besteden aan een aanmelding. Als je daartoe niet bereid was en halverwege terugkrabbelde, was je zaak ook niet ernstig genoeg voor ons om er aandacht aan te besteden.'

Chris zweeg opnieuw afwachtend.

'Klinkt logisch,' zei Wilde, om maar iets te zeggen wat Chris weer op weg zou helpen.

'Als we een aanmelding accepteerden, ging die naar een van de leden van de groep, die met een stofkam door het hele geval ging. De meeste aanmeldingen wezen we af. Alleen wat werkelijk de spuigaten uit liep kreeg onze aandacht. Begint het al een beetje door te dringen waar ik heen wil, Wilde?'

'Peter Bennett.'

'Precies. We kregen een aanmelding over de stortvloed aan haatzaaierij en vuilspuiterij die hij over zich heen kreeg. Ik weet niet of hij zichzelf had aangemeld, of dat iemand anders uit zijn directe omgeving het voor hem had gedaan, zijn zus bijvoorbeeld, of een toegewijde fan, of iemand die zich als hem voordeed.'

'Kreeg jij die aanmelding rechtstreeks?' vroeg Wilde.

'Nee. Hij kwam via Panter.'

'Panter?'

'Iedereen was anoniem lid van Boomerang. Daarom gebruikten we dierennamen als pseudoniem.'

Wilde herinnerde zich de naam onder dat bericht aan McAndrews – *Ik heb je beet*, van PanterStrike88.

'Panter, IJsbeer, Giraffe, Kitten, Alpaca en Leeuw. Niemand van ons wist wie de anderen in het echt waren. We hielden ons aan heel strikte veiligheidsprotocollen. Toen we actief waren kende ik haar alleen als Panter. Ik wist haar echte naam niet, ik wist ook niet dat ze een vrouw was. Hoe dan ook, Panter deed de zaak-Bennett. Ze besloot de zaak aan de groep voor te leggen. We waren met z'n zessen – een straf kon alleen worden opgelegd als vijf van de zes ervoor waren.'

'En gebeurde dat ook in dit geval?'

'Nee, we besloten dat het onze inspanningen niet waard was.'

'Waarom?'

'Zoals ik al zei, we kunnen niet alles voor onze rekening nemen, en een aantal van ons vond Peter niet bepaald een sympathiek slachtoffer, vanwege die beschuldigingen van verkrachting en het bedriegen van zijn vrouw.'

Dat klonk logisch, dacht Wilde. 'Dus lieten jullie de zaak vallen?'

'Ja. En gewoonlijk houdt het daarmee op. Zaak gesloten. We gaan door naar de volgende. Dat hebben we allemaal gedaan. Behalve Panter.'

'Wat gebeurde er?'

'Wat ik niet wist, was dat Panter een enorme fan was van *Love Is a Battlefield*. Ze leefde echt mee met het programma. Daarom was ze er zo op gebrand om er een zaak van te maken. Het is moeilijk te voorspellen waarvan mensen houden, nietwaar? Panter was een zeer ervaren technicus bij de FBI, ongelooflijk goed in haar werk, maar de glamour van de realitysterren vertroebelde haar beoordelingsvermogen.'

Het begon Wilde te dagen. 'Panter was Katherine Frole.'

Chris knikte. 'Ik ben nog steeds bezig om alles op een rijtje te zetten, maar toen ik eenmaal haar naam had, kon ik een paar van haar accounts kraken. Niet allemaal. De meeste zelfs niet. Ze was immers zelf ook een expert. Maar publiekelijk was ze een enorme fan van die smakeloze realityshow. Dus ik denk dat toen Boomerang de zaak-Bennett opzijlegde, Katherine zich gedwongen voelde om de protocollen te negeren en persoonlijk actie te ondernemen om Bennett te helpen.'

'Peter Bennett,' zei Wilde.

'Dit is allemaal speculatie, maar misschien heeft Katherine hem gebeld en verteld hoe jammer ze het vond dat Boomerang zijn aanmelding had afgewezen. Misschien is ze nog een stap verder gegaan en heeft ze hem in levenden lijve ontmoet. Misschien heeft ze hem zelfs de naam doorgegeven van de vervelendste stalker.'

'Henry McAndrews,' zei Wilde.

Chris knikte. 'De rest laat zich raden. Niet lang daarna vermoordt iemand McAndrews. Als het lijk wordt gevonden, beseft Katherine Frole misschien wat ze heeft aangericht. Misschien gaat ze de confrontatie aan met Peter Bennett. Of anders realiseert Peter zich dat hij haar het zwijgen op moet leggen.'

'Erg veel misschien,' zei Wilde.

'Hoe dan ook, Katherine Frole laat het leven.'

'Dat zou een verklaring kunnen zijn voor wat er met Henry McAndrews en Katherine Frole is gebeurd,' zei Wilde. 'Hoe past Martin Spirow in het verhaal?'

'Spirow was ook een trol die op de agenda van Boomerang terechtkwam.'

'Heeft hij Peter Bennett lastiggevallen?'

'Nee. Hij zette een vreselijk vuile tekst onder het in memoriam van een jonge vrouw. Haar familie deed een beroep op ons.'

'En heb je die aanmelding gehonoreerd of afgewezen?'

'Niet ik,' zei Chris, 'Boomerang. We deden alles als een groep. Dit geval hebben we aangenomen. Boomerang deelde echter straffen uit op meerdere niveaus. Hij kreeg een lichte straf. Ik wil ter zake komen, Wilde. Ik denk dat iemand – dat kan Peter Bennett geweest zijn, of degene die zijn aanmelding heeft gedaan, iemand die hem heel na staat, maar ook een doorgedraaide fan – heeft besloten om het recht in eigen handen te nemen omdat Boomerang het niet voor Peter heeft opgenomen.'

'Door Henry McAndrews te vermoorden?'

'Ja, en vervolgens Katherine Frole om sporen uit te wissen, of, weet ik veel, haar te straffen of zo. Haar lichaam is gevonden in een klein kantoortje dat ze privé huurde in de buurt van haar huis. Heel stiekem. Daar deed ze haar werk voor Boomerang. Ik denk dat degene die Panter heeft vermoord, haar heeft gedwongen haar dossiers en lijsten met namen af te staan, en aan de hand daarvan nu links en rechts mensen vermoordt.'

'Weet je welke namen?' vroeg Wilde.

Chris schudde zijn hoofd. 'Panter heeft meer dan honderd zaken behandeld.'

'Waarom kom je naar mij?'

'Er is niemand anders,' zei Chris.

'En de autoriteiten?'

Chris grinnikte. 'Dat is een grapje, hoop ik?'

'Zie ik eruit alsof ik een grapje maak?'

'Alle leden van Boomerang staan bovenaan de lijst met meest gezochte personen van de FBI, Homeland Security, de CIA, de NSA...' Chris werd Wilde's sceptische blik gewaar en zei: 'Ja... Ik weet het. Ik klink nogal zelfingenomen, maar daarom hadden we al die protocollen opgesteld. Jij noemde ons een burgerwacht. De overheid denkt er heel anders over. Wij hebben databases van politieorganisaties gehackt, ingebroken bij interne websites van de overheid, ingelogd op zwaarbeveiligde mainframes van defensie, noem maar op. Sommige van de *cyberbullies* die we hebben gestraft zijn mensen met veel macht, mensen uit de hoogste kringen in de samenleving. Die willen wraak. De overheid wil ons ook pakken. Dacht je dat alle geheime gevangenissen gesloten waren? Vergeet het maar. Ze zouden ons er in een oogwenk naartoe slepen. In het gunstigste geval eindigen we een aantal jaren in een federale gevangenis.'

Wilde wist dat Chris waarschijnlijk gelijk had. De feds zouden hem bij de eerste de beste gelegenheid arresteren.

'Maar tegelijkertijd heb ik voor alles de aanzet gegeven.' Hij kreeg tranen in zijn ogen. 'Ik kan nu niet zomaar de andere kant op kijken, toch? Ik moet er een einde aan maken voordat nog meer mensen worden vermoord. Dus trek ik alle stoppen eruit en leg ik alles wat ik weet en kan op tafel. Ik heb trackers, software om communicatie te onderscheppen, en bovenal het belangrijkste wapen van elke hacker: mensen. Iedereen denkt dat wat hackers doen, pure magie is, maar ze vergeten allemaal hetzelfde: achter elke firewall, achter elk wachtwoord, achter elk beveiligingsprogramma zitten mensen. Met mensen kun je ruilhandel plegen.'

Grappig, dacht Wilde. Hester Crimstein is een digibeet van de bovenste plank, maar ze kwam tot dezelfde conclusie toen ze het over het eigenbelang van mensen had. Alles verandert, maar er verandert niets.

'Toen ik me echt begon te verdiepen in de hele situatie, dook steeds één naam op. Die van jou, Wilde. Toen je Vicky Chiba een half uur geleden opbelde, heb ik meegeluisterd. Ik weet waarom je erbij betrokken bent. Jij bent een op hoog niveau getrainde buitenstaander. Jij begrijpt wat ik probeer te doen. Ik kan niet naar de autoriteiten. Ik kan de andere leden van Boomerang niet in gevaar brengen. Ik kan de mensen die zich hebben aangemeld bij Boomerang en die formulieren hebben ingevuld en hun vertrouwen in ons hebben uitgesproken in de hoop dat wij hen konden helpen, niet verraden. Elke vorm van publiciteit zou catastrofaal zijn.'

'Wat wil je?'

'Dat we onze krachten bundelen. Ik vertel jou wat ik weet en jij vertelt mij wat jij weet. We houden elkaar op de hoogte en we pakken de moordenaar voordat hij opnieuw kan toeslaan. En misschien komen jij en ik er als een soort bonus ook nog achter wat er echt met jou is gebeurd als klein kind in de bossen.'

Wilde zei niets.

'We vertrouwen de mensen geen van beiden, Wilde. Dat is voor een deel wat ons in deze situatie heeft gebracht. Maar dat is op dit moment niet belangrijk. Ik kan jou niet verraden. Ik bedoel, wat zou ik moeten zeggen?'

'Ik kan jou wel verraden.'

'Dat is zo,' zei Chris. 'Maar dat zou je in de eerste plaats niet best bekomen. Ik ben te gevaarlijk. Ik heb maatregelen getroffen. Je wilt niet meemaken wat ik allemaal kan ontketenen.'

'En in de tweede plaats?'

'Je weet dat alles wat ik zeg waar is. Dus waarom zou je?'

Wilde knikte. 'Oké,' zei hij. 'Laten we maar eens kijken wat we kunnen doen.'

36

Onderweg in de auto naar Vicky Chiba belde Wilde Hester en vertelde hij haar over het gesprek met Chris Boomerang. Toen hij uitgesproken was, vroeg Hester hem wat hij wilde dat zij met die informatie deed. Wilde vroeg haar het Boomerang-verhaal aan Oren te vertellen om zijn mening te peilen wat ze tegen de feds zouden zeggen.

'Je had het ook zelf aan Oren kunnen vertellen,' zei Hester.

'Dat had ik kunnen doen.'

'Ik snap het,' zei ze. 'Je bent nog steeds kwaad op hem.'

'Ik ben niet kwaad.'

'Niet in de juiste stemming om hem te vertrouwen.'

Wilde zei niets.

'Is het oké als ik hem nog wel vertrouw?' vroeg ze.

'Heb je daar mijn toestemming voor nodig?'

'En je zegen, ja. In die zin ben ik ouderwets.'

'Dan krijg je beide,' zei Wilde.

'Dank je. Vroeger was ik heel onverzoenlijk.'

'En nu?'

'Nu ben ik ouder en wijzer,' zei Hester. 'En ik hou van hem.'

'Daar ben ik blij om,' zei Wilde.

Hij verzekerde haar dat hij het meende en beëindigde daarna het telefoongesprek.

Toen Wilde de oprit bij Vicky op draaide, liep ze te ijsberen bij de voordeur. 'Silas kan er elk moment zijn. Dank je wel dat je bent gekomen.'

Wilde knikte. Toen hij naast haar kwam staan bij de voordeur, reed een truck zonder oplegger de straat in. Een bebaarde man – Wilde nam aan dat het Silas was – stak zijn hoofd uit het raam, glimlachte, en vulde de straat met het enorme kabaal van zijn claxon.

'Ik ben zo nerveus,' zei Vicky met een bevroren glimlach op haar gezicht. Ze wuifde. 'We hebben dit al vanaf dat hij een baby was voor hem geheimgehouden.'

Silas parkeerde de vrachtwagen voor het huis en sprong omlaag uit de cabine. Hij was een stevig gebouwde man die op een ruige manier aantrekkelijk was. Hij had de mouwen van zijn flanellen shirt opgerold over een paar onderarmen die aan Popeye deden denken. Hij had het begin van een bierbuik, maar Wilde vermoedde dat de man sterk was. De spieren waren niet alleen gekweekt in een sportschool, waren niet alleen bedoeld om te showen. Silas grijnsde breed en draafde naar zijn zus. Hij sloeg zijn armen om haar heen en tilde haar hoog in de lucht.

'Vicky!' riep hij met dezelfde zware stem die Wilde zich herinnerde van hun telefoongesprek.

Vicky sloot haar ogen en genoot even van de liefdevolle omhelzing door haar broer. Toen Silas haar weer had neergezet, richtte hij zich helemaal tot Wilde. 'Ik zou jou eigenlijk ook graag even willen vasthouden, neef.'

Wilde aarzelde even en bedacht toen dat het eigenlijk best kon. De beide mannen omhelsden elkaar kort, maar geestdriftig. Wilde vroeg zich even oppervlakkig af wanneer hij voor het laatst een man had omhelsd. Matthew was te jong, die telde niet mee. De laatste 'mannelijke omhelzing' die hij zich kon herinneren, moest zijn geweest met Matthews vader, de echtgenoot destijds van Laila, de zoon van Hester.

David.

'Het is geweldig om je in levenden lijve te ontmoeten, neef,' zei Silas.

Wilde keek even steels naar Vicky, die haar ogen had neergeslagen.

'Geweldig,' zei Wilde.

Silas keerde zich naar zijn zus. 'En wat is er aan de hand?'

Vicky's glimlach verflauwde. 'Wie heeft er gezegd dat er iets aan de hand is?'

'Nou, je zei dat ik niet meteen moest komen. Ik neem aan dat je me aan het lijntje wilde houden tot Wilde er was. Zit ik ernaast?'

'Nee, je zit er niet naast.'

'Dus?'

Vicky begon te frunniken met de ring om haar ringvinger. 'Zullen we naar binnen gaan?'

'Ik begin me zorgen te maken, zus. Is er iemand ziek?'

'Nee.'

'Gaat er iemand dood?'

'Nee, dat is het niet.' Ze legde haar handen op zijn brede schouders en keek hem aan. 'Je moet naar me luisteren, oké? Je mag niet meteen reageren. Je moet me laten uitspreken. In zeker opzicht is er niet zo veel aan de hand. Er verandert niet echt iets.'

Silas keek Wilde aan en richtte zijn blik toen weer op zijn zus. 'Meid, je jaagt me de stuipen op het lijf.'

'Het is niet mijn bedoeling... Ik wil niet...' Ze keek Wilde hulpeloos aan.

'Begin met toen jullie uit Memphis vertrokken,' zei Wilde.

'Juist, goed, bedankt.' Vicky richtte zich weer tot haar broer. 'Jij kunt je niet herinneren dat we naar Pennsylvania verhuisden, hè?'

'Natuurlijk niet,' grinnikte Silas. 'Ik was twee of zo.'

'Juist. Hoe dan ook, pa reed. Hij haalde ons op bij mevrouw Tromans. Die kun je je natuurlijk ook niet meer herinneren. Een lieve oude dame. Ze was dol op jou, Silas. Ik draai eromheen, sorry. Ik vind dit moeilijk. Pa haalde ons op en toen we bij ons nieuwe huis kwamen, was ma er al met Peter.'

Vicky zweeg.

'Juist,' zei Silas. 'En?'

'Hij is geen kind van ma.'

Silas fronste zijn wenkbrauwen. 'Hoe bedoel je?'

'Ze was niet zwanger geweest. Pa en ma waren misschien een week weg geweest. Op vakantie, zeiden ze. Meteen daarna verhuisden we van Memphis naar een plek die met krantenpapier was dichtgeplakt en plotseling hadden we een broertje.'

Silas begon zijn hoofd te schudden. 'Je herinnert het je gewoon niet goed. Je was nog klein.'

'We waren niet zó klein meer. Kelly en ik – ik moet haar ook vertellen dat ik het jou nu vertel. Hoe kon ik dat nou vergeten? Kelly zou erbij moeten zijn. Misschien kan ik haar bellen, en met FaceTime, want zij kan...'

Silas hief beide handen in de lucht om haar te onderbreken. 'Vertel me maar gewoon wat er is gebeurd.'

'Zoals ik al zei hadden we er ineens een broertje bij. Plotseling. Hij kwam zomaar uit de lucht vallen. Toen we er pa en ma in het begin naar vroegen, zeiden ze dat hij gewoon een van ons was. Uiteindelijk gaven ze toe dat Peter geadopteerd was, maar dat we het geheim moesten houden.'

Vicky vertelde Silas de rest van het verhaal, net zoals ze het nog niet zo lang geleden Wilde had verteld in datzelfde huis.

'Dit is waanzin,' zei Silas toen ze uitgesproken was. Hij begon te ijsberen, op precies dezelfde manier als zijn zus even eerder. Genetische verwantschap. Hij balde zijn grote handen tot vuisten. 'Als Peter geadopteerd was, waarom zeiden ze dat dan niet gewoon?'

'Dat weet ik niet.'

'Het is waanzin,' zei hij opnieuw.

Wilde, die zich tot dan toe had stilgehouden, stelde een vraag: 'Had je een vermoeden, Silas?'

'Hè?' Hij fronste zijn wenkbrauwen. 'Nee.'

'Ook niet een klein beetje? Onbewust?'

Silas schudde zijn hoofd. 'Ik zou het eerder geloofd hebben als het andersom was geweest.'

'Wat bedoel je?' vroeg Vicky.

'Dat ik was geadopteerd, niet Peter.' Silas sprak zacht. 'Peter was het lievelingetje.' Hij stak een hand op om Vicky het zwijgen op te leggen. 'Doe niet net of het anders was, Vicky, we weten het allebei. Peter was het kind met een gouden kroontje, ook voor jou. Hij kon niets fout doen.' Hij schudde zijn hoofd opnieuw. Er rolde een traan over zijn wang. 'Ik weet niet waarom ik van streek ben. Er verandert niets. Peter is... of was... nog altijd mijn broer. Het verandert niets aan wat ik voor hem voel.' Hij keek Vicky aan. 'Of voor jou. Jij had het vreselijk zwaar. Pa was er heel vaak niet. Dan moest hij overwerken of was hij op stap met vrienden. Ma was de helft van de tijd stomdronken. Jij zorgde ervoor dat we naar school konden. Jij maakte ons lunchpakket klaar.'

Vicky huilde nu ook.

'Ik snap het niet,' zei Silas. 'Ze hadden drie kinderen die ze niet echt wilden. Waarom nog een vierde kind adopteren?'

Niemand wist het antwoord op die vraag. Ze stonden even zwijgend bij elkaar. Toen keerde Silas zich naar Wilde en zei: 'Wacht eens, als Peter geadopteerd is, en jij bent verwant met Peter, zijn wij, nou ja, niet verwant, denk ik?'

'Dat klopt,' zei Vicky. 'Hij is ons niets verplicht. Er is geen bloedband.'

'Maar,' zei Wilde, 'wij zijn wel verwant.'

Dat kwam als een verrassing. 'Je bedoelt,' zei Vicky, 'omdat een adoptie nog steeds telt als familie? Op die manier denk ik wel, ja, maar genetisch...'

'We zijn genetisch verwant,' zei Wilde.

Stilte.

'Zou je dat willen uitleggen?' vroeg Vicky na verloop van tijd.

'Silas, heb jij je aangemeld bij MeetYourFamily.com?'

'Dat klopt.'

'Ze hebben jou een gebruikersnummer gegeven?'

'Ja.'

'Weet je dat nog?'

'Niet zomaar voor de vuist weg. Het begon met drie-twee, maar ik kan het opz...'

'Was het 32894?'

Silas keek verbaasd. 'Dat klinkt bekend.'

'En je zei dat er een match was van drieëntwintig procent?'

'Wilde,' zei Vicky, 'wat gebeurt er allemaal?'

'Dat klopt,' zei Silas.

'En toen je contact zocht, heb je toen je naam doorgegeven?'

'Zeker, waarom niet? Wat had ik te verliezen?'

'En die ander van de match reageerde niet?'

'Nee.'

'Degene met wie jij een match had,' zei Wilde, 'was Peter.'

Vicky en Silas zwegen allebei en staarden hem verbaasd aan.

'Maar...' zei Vicky, 'broers hebben toch een match van vijftig procent?'

'Ja,' zei Wilde.

'O, mijn god,' zei Silas. 'Nou snap ik het.'

Vicky keek hem vragend aan. 'O ja?'

'Drieëntwintig procent,' zei Silas. 'Dat is een halfbroer.'

Vicky keek nog steeds niet-begrijpend.

'Kom op, Vicky,' zei Silas. 'Pa was een scharrelaar. Hij heeft iemand zwanger gemaakt. Snap je het niet? DNA liegt niet. Pa heeft een vrouw zwanger gemaakt. Van Peter. En pa en ma besloten om het kind samen groot te brengen.'

Vicky begon traag instemmend te knikken. 'Pa maakte een vrouw zwanger. Ma besloot het kind op te vangen. Dat verklaart heel veel.'

'Peter leek best op ons,' zei Silas. 'Hij was knapper, geen twijfel mogelijk, maar toch. Ik wil wedden dat zijn moeder een stuk was.'

'Silas!'

'Wat? Ik probeer het luchtig te houden, want anders...' Hij brak zijn zin af. 'Mijn hele jeugd voelt ineens als een leugen.' Hij keek Wilde aan. 'Je vroeg zojuist of ik nooit een vermoeden had gehad. Nee. Maar nu ik erover nadenk, was er toch iets niet in de haak. Dat geldt waarschijnlijk voor elk gezin. Ik ben nog nooit een gezin tegengekomen waar niet op de een of andere manier iets aan mankeerde. Maar nu, ik bedoel, goddomme, Vicky, waarom verhuisden we? Ma zal zich wel kapotgeschaamd hebben. Er zou van alles worden gefluisterd. Onze ouders waren behoorlijk kerks.' Silas spreidde zijn handen. 'En wie gaat nu de duizenddollarvraag stellen?'

Ze zwegen alle drie.

'Oké,' zei Silas. 'Dan doe ik het: wie was de moeder van Peter?'

'Zij,' zei Vicky, terwijl ze Wilde aankeek, 'moet de band met jou zijn.'

'Wacht,' zei Silas. Hij keek zijn zus aan. 'Wist Peter dat hij geadopteerd was?'

'Ja.'

'Toen hij nog klein was?'

'Nee.' Vicky legde uit hoe Peter er via *Love Is a Battlefield* achter was gekomen.

'Dat snap ik niet,' zei Silas. 'Peter komt erachter dat hij is geadopteerd. Hij zet zijn naam op DNA-sites. Hij blijft anoniem, want, eh, ik weet het niet, hij is een grote ster en mensen reageren heel raar op grote sterren. Er is een match met jou, Wilde. Hij zoekt contact. Anoniem. Oké, dat snap ik. Maar ik dan? Wij hadden een match als halfbroers en ik heb contact met hem gezocht, met naam en toenaam.'

'Dus hij wist dat jij het was,' zei Vicky.

'Precies. Waarom reageerde hij niet om het mij te vertellen? Waarom hief hij zijn account op en reageerde hij helemaal niet meer?'

Vicky zag er ouder, afgetobd en gepijnigd uit. 'Ik denk dat het hem allemaal te veel werd.'

'Wat bedoel je?'

'Alles werd van hem afgepakt. Zijn gezin was een leugen. Zijn leven met Jenn was een leugen. Marnie had hem op een smerige manier in het ongeluk gestort, zijn fans hadden hem verlaten. Al het vuil dat hij over zich heen kreeg. Het verraad van alle kanten. Het was een optelsom. Peter had een zacht karakter, dat weet je. Het is hem allemaal te veel geworden.'

Stilte.

'Jij denkt dat hij een einde aan zijn leven heeft gemaakt,' zei Silas.

'Jij niet?'

'Ja...' zei Silas. 'Ik denk het wel.'

Vicky keerde zich naar Wilde. 'Je hebt me beloofd dat je ons meer zou vertellen over wat Marnie hem heeft aangedaan.' Er klonk zowel droefheid als woede door in haar stem. 'We kennen de geruchten, dat Marnie over Peter heeft gelogen, dat hij haar nooit heeft gedrogeerd en dat hij haar nooit foto's heeft gestuurd. Heeft ze gelogen, Wilde?'

'Ja.'

'Waarom? Waarom zou ze in hemelsnaam liegen?'

Wilde overwoog het lange, gecompliceerde verhaal van Marnie te vertellen over de andere vrouw die beweerde dat het haar was overkomen, maar dat voelde niet goed. Hij koos voor een eenvoudige versie: 'Het was wat jij tegen mij zei, de eerste keer dat we elkaar spraken,' zei Wilde. 'Sommige mensen zullen alles doen om maar beroemd te worden.'

'Mijn god,' zei Vicky. 'Wat mankeert de mensen?'

Silas stond er zwijgend bij met een rood aangelopen hoofd.

'Dus dat is het?' vroeg Vicky. 'Marnie loog over Peter. Jenn geloofde haar. Ze hebben zijn leven kapotgemaakt. Dan komt er nog bij dat hij geadopteerd is en...'

'Er gaat nog een andere theorie rond,' zei Wilde.

'"Gaat rond"? Hoe bedoel je? Wat? Waar?' vroeg Silas.

'Op fanboards, denk ik. Ik moet jullie waarschuwen. Je wordt er niet blij van.'

'We luisteren,' zei Silas.

Wilde keerde zich naar Vicky. 'Hoeveel was Peters populariteit gedaald in het afgelopen jaar? Ik bedoel voordat Marnie van zich liet horen in die podcast?'

'Ik begrijp je niet?'

'Ik heb de ontwikkeling op Instagram bijgehouden,' ging Wilde verder. 'De likes zijn in het afgelopen jaar een stuk minder geworden, misschien wel tien, vijftien procent. Een vriend van me heeft een marketingrapport voor me opgesteld over de impact op social media. Iedereen kan de cijfers opvragen. Er zijn sites waar het gratis kan, maar ik heb tien dollar betaald voor een uitgebreider rapport. Op alle grote platforms waren Peters cijfers significant gedaald.'

'Dat is normaal,' zei Vicky. Ze deed een stap achteruit. 'Dat heb ik je ook verteld. Ik weet niet wat je daarmee wilt suggereren.'

'Ik suggereer niets,' zei Wilde. 'Maar een deel van de fans heeft er een theorie op gebaseerd.'

'Wat voor theorie?'

'Dat Peter erachter zit.'

Silas' mond zakte open, Vicky keek alsof Wilde haar een klap in het gezicht had gegeven. 'Dat is krankzinnig.'

'Hè?' zei Silas. 'Je bedoelt dat hij, eh, dan Marnie heeft opgedragen om over hem te liegen?'

'Zoiets.'

'En dat ze moest zeggen dat hij haar had gedrogeerd?' zei Vicky. 'Hoor je jezelf praten? Ze haten Peter allemaal nu. Hij is compleet gecanceld.'

'Peter kan het verkeerd hebben ingeschat,' zei Wilde. 'Dat is in ieder geval de theorie. Je weet hoe reality-tv werkt. Conflicten stuwen de kijkcijfers omhoog. Misschien was Peter zijn imago van aardige jongen zat. Het is net zoiets als bij het showworstelen, als de held plotseling verandert in de schurk.'

'Dat is krankzinnig,' zei Vicky. Ze wapperde met haar handen. 'Jij hebt hem niet gezien. Het verdriet. Die neerslachtigheid. Zoiets zou hij nooit doen.'

Wilde knikte. 'Ik geloof ook niet in die theorie, maar ik wilde hem toch aan jullie voorleggen. Ik wilde horen of hij iets waard was.'

'Niet dus,' zei Vicky afgemeten.

Silas stond een tijdje naar de lucht te turen. Hij knipperde met zijn ogen en zei: 'Ik hoop dat het waar is.'

Vicky hapte naar adem. 'Wat?'

'Als het waar is,' zei Silas, 'als Peter dit allemaal heeft gepland, betekent het dat hij niet dood is. Het betekent dat hij wil dat iedereen dénkt dat hij dood is. Het betekent nu dat hij is uitgekotst, maar ook dat hij een comeback kan maken als het allemaal nep was. Stel je eens voor, Vicky, dat hij morgen ineens weer voor je staat. Ze hebben hem zo gemeen bejegend dat hij er populairder dan ooit door zal worden, misschien wel de grootste realityster van alle tijden. Als Jenn en hij weer bij elkaar komen, wauw: de comeback van PB&J – gigakijkcijfers bij hun tweede tv-huwelijk.'

Vicky schudde haar hoofd. 'Hij heeft dat niet gedaan. Hij zou nooit zoiets doen. Het is gewoon pure nonsens.'

'Maar wat is dan geen nonsens?' vroeg Silas.

Vicky's ogen glansden. 'Dat Marnie heeft gelogen en dat iedereen zich tegen hem heeft gekeerd. En daarbovenop dat zijn eigen familie – ik, eigenlijk – zijn hele leven tegen hem heeft gelogen over zijn adoptie. Hij voelde zich belogen en verraden door iedereen om zich heen. Misschien was Marnie de druppel die de emmer deed overlopen. Misschien was het dat Jenn hem niet geloofde. Misschien was het die kerel McAndrews die dreigde met nog meer vieze plaatjes, of wat dan ook. Of misschien...' ze begon te snikken, 'had hij zijn echte moeder gevonden en kon hij dat niet verwerken.'

Ze stonden zwijgend bij elkaar.

'Wilde,' zei Vicky na verloop van tijd, 'ik wil dat je stopt met zoeken. Het is genoeg geweest.'

'Dat kan ik niet.'

'Peter heeft niet de antwoorden die jij zoekt.'

'Misschien niet,' zei Wilde, 'maar iemand is bezig allemaal mensen te vermoorden. Die moeten we tegenhouden.'

Wilde zette koers naar de Ramapo Mountains. Een nacht onder de sterren zou hem goed doen, dacht hij, maar hij verlangde ook naar Laila.

Laila.

Ze had hem niet uitgenodigd, en op dat vlak nam hij niets als vanzelfsprekend aan. Dat vond hij niet eerlijk naar haar toe. Als zij hem om zich heen wilde, prima. Als ze dat niet wilde, nou ja, wie was hij om haar voor de voeten te lopen in verband met Darryl of wie dan ook? Wilde bekeek die opofferingsgezindheid eens van alle kanten toen zijn telefoon zoemde. Opnieuw stond er PETER BENNETT op het scherm. Wilde nam op.

'Ik heb iets voor je.'

Het was Chris Boomerang.

'Ik luister.'

'Je vroeg me naar die compromitterende foto's van Peter Bennett te kijken – de foto's die al online staan en de foto's die Henry McAndrews dreigde online te zetten.'

'Ja.'

'Om te beginnen krijg ik de indruk dat McAndrews twee keer wilde incasseren.'

'Hoe?'

'Je wist al dat iemand McAndrews had ingehuurd om de reputatie van Peter Bennett online te ruïneren met insinuaties en pesterij.'

'Enig idee wie dat is geweest?'

'Nog niet, nee. Dat wordt een lastige zaak. Je zei dat McAndrews zich liet betalen via het advocatenkantoor van zijn zoon, zodat ze zich ter bescherming op de zwijgplicht van zijn zoon konden beroepen. Dat is niet ongebruikelijk, maar het voegt wel een extra laag bescherming toe. Voorlopig kan ik je alleen maar vertellen dat dezelfde persoon die McAndrews heeft ingehuurd, hem ook die compromitterende foto's heeft gestuurd.'

'Oké.'

'Goed, dat was het ene. Het tweede is veel boeiender.'

Wilde wachtte.

'De foto's zijn echt. Voor het grootste deel. Ik bedoel dat ze niet gefotoshopt zijn.'

'Hoe bedoel je, "voor het grootste deel"?'

'Ze zijn echt – geen schaduwfouten, geen vreemde artefacten. Zelfs de EXIF-data van de foto's klopt. Maar iemand heeft met opzet de randen vaag gemaakt en de foto's op een vreemde manier bijgesneden.'

'Op een vreemde manier? Hoe?'

'Nou ja, misschien ook niet zo vreemd. Het is Peter. Geen twijfel mogelijk. Maar het lijkt erop dat degene die de foto's heeft verstuurd absoluut niet gezien wilde worden.'

'Je bedoelt degene met wie hij seks had.'

'Ja.'

'Dat klinkt logisch. Die zou anoniem willen blijven.'

'Misschien,' zei Chris.

'Je zei dat McAndrews twee keer wilde incasseren,' zei Wilde.

'Ja.'

'Je bedoelt dat hij de foto's aan Peter wilde verkopen?'

'Precies.'

'Hebben ze elkaar ontmoet?'

'Peter Bennett en Henry McAndrews? Dat weet ik nog niet. Ik blijf graven.'

Ze verbraken de verbinding. Wilde liep de bossen in. De duisternis van de nacht was ingevallen. Hij gaf zijn ogen de tijd om aan die duisternis te wennen en liep de helling op in de richting van de Eco-capsule. Een wandeling van drie kilometer, bepaald geen probleem. De takken van de bomen staken deze avond zwart af tegen het licht van de maan. De lucht was fris en zuiver. Zijn voetstappen echoden zacht in het donker. Dit was een nacht waarvan Wilde genoot. Zo had hij al duizenden keren genoten. Je kon nadenken in die zuivere stilte. Hij kon zich ontspannen, zowel zijn geest als zijn spieren. Hij zag en begreep dingen die mensen die zich verlustigden aan digitale schermen, en die omringd werden door lawaai en energie en andere mensen, niet eens voor mogelijk hielden.

Maar waarom voelde hij zich dan niet senang?

Waarom kon hij, die zich zijn hele leven had ondergedompeld in de duisternis, die de eenzaamheid zo zielsgraag in zich opzoog, zich plotseling niet meer concentreren terwijl de omstandigheden optimaal waren?

Toen zijn telefoon opnieuw zoemde, voelde die verstoring, die hij meestal opvatte als een vreselijke ergernis, als een opluchting, een handreiking. Hij zag dat het Matthew was die hem belde.

'Hallo.'

'Kom je deze kant op?'

'Het was al laat, dus...'

'Je moet hierheen komen.'

'Waarom? Wat is er?'

'Ik heb toegang gekregen tot de laatste site, DNAYourStory.'

Dat was de site waar het allemaal was begonnen, de site die de match had gevonden tussen Peter en Wilde. 'Heb je een match gevonden?'

'Ja.'

'Dat zou ik kunnen zijn,' zei Wilde.

'Nee, jij bent het niet. Het is een ouder, Wilde. Het is de vader of de moeder van Peter Bennett.'

37

Wilde ging naast Matthew zitten, die op het scherm op de link in DNAYourStory klikte.

'Oké, kijk, daar staat het,' zei Matthew. 'Een vijftigprocentmatch. We weten dat dat duidt op een broer, zus of ouder.'

'Hoe weet je zo zeker dat het een ouder is?' vroeg Wilde.

'Kijk,' zei Matthew. Hij wees naar het scherm. 'Het account is geregistreerd onder de initialen RJ. Maar waar het om gaat is de leeftijd. Die zetten ze er ook bij. Achtenzestig. Dat lijkt me een beetje oud voor een volle broer of zus, denk je ook niet?'

'Dus de meest voor de hand liggende conclusie is dat RJ Peter Bennetts vader of moeder is.'

Vicky en Silas hadden de conclusie getrokken dat hun vader ook de vader van Peter was, herinnerde Wilde zich. Dat maakte het wel erg aannemelijk dat RJ dan Peters moeder moest zijn.

'Maar er is nog iets anders,' zei Wilde.

'En dat is?'

'Ik zit in de database van DNAYourStory.'

'Ja, en?'

'Er is geen enkele match tussen die RJ en mij, maar wel tussen Peter Bennett en mij. Dat betekent dat, als RJ Peters moeder is, ik met hem verwant ben aan de kant van de vader.'

'Is dat goed of niet goed?'

'Ik weet het niet,' zei Wilde. Hij leunde achterover en probeerde de zaken op een rijtje te zetten. 'Laten we er eens van uitgaan dat RJ Peters moeder is. Dan is het meest waarschijnlijke scenario dat ik met de Bennetts – Vicky, Silas en Peter – verwant ben via hun vader.'

Matthew schudde zijn hoofd. 'Dit is allemaal heel verwarrend.'

'Dat komt omdat we antwoorden nodig hebben,' zei Wilde. 'Laten we RJ een bericht sturen.'

Matthew knikte. 'Wat wil je zeggen?'

Ze stelden een bericht op voor RJ, van PB, waarin PB constateerde dat ze erg nauw verwant waren en dat hij – PB – op zoek was naar zijn ouders en RJ dringend verzocht contact met hem op te nemen. Ze benadrukten de urgentie, suggereerden dat daar een medische oorzaak voor was, in de hoop dat er sneller een antwoord zou komen.

'Laten we RJ mijn telefoonnummer geven,' zei Wilde. 'Zeg maar dat ik dag en nacht gebeld mag worden, zo snel mogelijk.'

Matthew knikte en typte. 'Het staat er.'

Toen ze allebei het idee hadden dat er in het bericht stond wat erin moest staan, verzond Matthew het bericht. Het was ondertussen laat geworden. Laila was nog niet thuisgekomen. Wilde wilde niet vragen waar ze was. Dat was zijn zaak niet. Hij zou terug de bossen in gaan, maar Matthew vroeg hem of hij bleef kijken naar de wedstrijd van de Knicks. Daar gaf hij graag aan toe, vooral omdat hij meer tijd wilde doorbrengen met Matthew.

Ze zakten naast elkaar onderuit op de bank en lieten het geheen-en-weer van de wedstrijd over zich komen.

'Ik vind basketbal prachtig,' zei Matthew op een gegeven moment.

'Ik ook.'

'Jij was heel goed in sport, hè?'

Wilde trok een wenkbrauw op. 'Wás?'

'Ik bedoel, zeg maar, toen je jong was.'

'Wás?'

Matthew glimlachte. 'Er staat nog steeds een heel pak highschoolrecords op jouw naam.'

'Jouw vader kon er ook wel wat van. Zijn linkerhand was fantastisch.'

Matthew schudde zijn hoofd. 'Dat doe je altijd.'

'Wat doe ik altijd?'

'Je begint altijd weer over mijn vader.'

'Hij was de beste man die ik ooit heb gekend.'

'Ik weet dat je dat denkt.'

'Dat dénk ik niet. Ik wéét het en ik wil dat jij het ook weet.'

'Ja, dat begrijp ik. Je ramt het er niet al te subtiel in.' Matthew ging een beetje overeind zitten. 'Waarom is dat zo belangrijk voor je?'

'Om over jouw vader te praten?'

'Ja.'

'Ik wil dat jij hem leert kennen. Ik wil dat jij weet wat voor soort man hij was. Ik praat over jouw vader omdat ik wil dat hij voor jou blijft leven.'

'Mag ik daar iets over zeggen?' vroeg Matthew.

Wilde maakte een instemmend gebaar.

'Ik wil jou niet omlaaghalen of zo...'

'O, o,' zei Wilde.

'... maar ik denk dat je zo veel over hem praat omdat je hem mist.'

'Natuurlijk mis ik hem.'

'Nee, ik bedoel, ik denk dat je zo veel over hem praat, niet omdat je wilt dat hij voor mij blijft leven – maar voor jezelf.'

Wilde zei niets.

'Ik was nog maar een klein kind toen hij doodging,' zei Matthew. 'En begrijp me goed, Wilde, je was ook voor die tijd een goede peetvader voor me. Ik weet dat je om me geeft. Maar nadat mijn vader omkwam, was je er vaker, niet alleen vanwege schuldgevoelens of uit verantwoordelijkheidsgevoel, maar ik denk dat je bang was hem los te laten, en dat je hem het beste vast kon houden door dicht bij mij in de buurt te zijn.'

Wilde dacht na. 'Misschien zit daar wel iets in.'

'Echt?'

'Toen je vader overleed, klopte dat wel wat jij zei. Jij en ik deden dingen samen. We gingen naar een film of een wedstrijd, en als ik je dan weer thuis had afgezet, liep ik het bos weer in en dan voelde het als...' Wilde slikte moeizaam. 'Dan dacht ik, dit moet ik David vertellen. Begrijp je dat?'

Matthew knikte. 'Ik geloof het wel.'

'Ik praatte tegen je vader als ik de bossen weer in liep. Dan vertelde ik hem wat we hadden gedaan en hoeveel plezier we hadden gehad. Ik weet dat dat gek klinkt...'

'Dat klinkt niet gek.'

'Oké, nou, zo was het in het begin.'

'Maar nu niet meer?'

'Nee, nu niet meer. Nu vind ik het gewoon leuk om met je op te trekken. Misschien komt dat omdat je op je vader lijkt. Dat zou het kunnen zijn. Maar het is niet vanwege je vader. Ik praat niet meer tegen hem als ik bij jou ben geweest. Ik heb op geen enkele manier het gevoel dat ik hem nog iets verplicht ben. Ik wil gewoon tijd samen met jou doorbrengen. Het spijt me als ik steeds maar over hem begin. Als ik dat niet doe, lijkt het alsof hij... meer weg is.'

'Hij zal nooit weg zijn, Wilde. Maar hij zou niet willen dat wij zwelgen in ons verdriet, toch?'

'Nee.'

Matthew grijnsde. 'Wauw.'

'Wat is er?'

'Je hebt er nog nooit zo open over gepraat.'

Wilde liet zich terugvallen op de bank. 'Hm, ja, ik ben mezelf niet helemaal de laatste tijd.'

Ze maakten het zichzelf opnieuw gemakkelijk om naar de Knicks te kijken, die in het vierde kwart verwoede pogingen deden het tij van de wedstrijd te keren.

Tijdens een time-out rolde Matthew op zijn buik. Hij keek Wilde aan. 'Wat zijn je plannen met mijn moeder?'

'Je gaat te ver, jongeman.'

'Hé, ik ben ook niet helemaal mezelf de laatste tijd. Nou, wat zijn je plannen met mijn moeder?'

Wilde haalde zijn schouders op. 'Dat is niet aan mij.'

'Dat kun je niet blijven gebruiken als excuus.'

'Wat?'

'De hele toestand, Wilde. We begrijpen het wel – je kunt je niet settelen, je hebt moeite mensen je vertrouwen te schenken, je vindt het lastig je te binden, je moet alleen kunnen zijn in de bossen. Maar een relatie is een straat met verkeer in twee richtingen. Je kunt niet domweg blijven roepen dat het aan haar is om besluiten te nemen. Ze kan dat niet allemaal in haar eentje.'

Wilde schudde zijn hoofd. 'Man, amper een jaartje studeren en je hebt alle antwoorden op een rijtje.'

'Weet je waar mama is vanavond?'

'Nee.'

'Op dit moment gaat ze uit met Darryl. Jij doet net of het niet belangrijk is. Als dat zo is, moet je haar dat laten weten. Die stille-man-in-het-bos-houding is niet fair naar haar toe.'

'Mijn relatie met jouw moeder,' zei Wilde, 'is jouw zaak niet.'

'Dat is het wél, verdorie. Ze is mijn moeder. Haar man is dood. Ik ben het enige wat ze heeft. Je moet mij niet vertellen dat het mijn zaak niet is. En hou eens op je te verschuilen achter "het is aan haar". Al dat gelul. Dat is gewoon een goedkope smoes om niets te hoeven doen.'

Daarmee kwam het gesprek tot een einde. Met nog twaalf seconden op de klok en twee punten achterstand vroegen de Knicks een time-out aan. Wilde's telefoon zoemde. Hij herkende het nummer niet.

'Hallo?'

'Ja, eh, sorry. Je vroeg me om je te bellen. Je zei dat het dringend was.'

Een mannenstem, gruizig. De stem van iemand die redelijk op leeftijd was.

Wilde schoot overeind. 'Spreek ik met RJ?'

Na een kleine aarzeling kwam het antwoord: 'Ja... Ik heb je bericht gelezen.'

'Dus,' zei Wilde, 'wij zijn verwant. Nauw verwant.'

'Daar lijkt het wel op,' zei de stem. 'Hoe heet je?'

Wilde herinnerde zich dat ze RJ hadden geschreven met de initialen PB als afzender. 'Paul,' zei Wilde.

'Paul, en wat nog meer?'

'Baker. Paul Baker.'

Wilde wist dat beide namen, Paul en Baker, hoog op de lijst met veelvoorkomende namen in de Verenigde Staten stonden. Dat zou het moeilijker maken de persoon achter de naam te traceren.

'Waar woon je Paul?'

'New York. En jij?'

'Ook in die regio,' zei de mannenstem.

'Kunnen we elkaar ergens ontmoeten?' vroeg Wilde.

'Heel graag, Paul. Je zei dat het dringend was, toch?'

Iets in de toon en de bereidwilligheid... Het beviel Wilde niet.

'Ja.'

'Ken je Washington Square Park?'

'Ja.'

'Wat vind je van de plek onder de triomfboog, morgenvroeg om negen uur?'

'Dat klinkt goed,' zei Wilde. 'Mag ik weten hoe je heet?'

'Ik ben Robert. Robert Johnson.'

Nog een naam uit de top tien. Wilde kreeg het gevoel dat hij beentje werd gelicht.

'Robert, heb jij enig idee hoe wij verwant zijn?'

'Is dat niet duidelijk?' vroeg hij. 'Ik ben je vader.'

Hij verbrak de verbinding voordat Wilde nog iets kon zeggen. Wilde probeerde meteen terug te bellen, maar de oproep kwam niet door. Hij probeerde daarna Chris.

'Heb je nog altijd een tracker of zo op mijn telefoon?'

'Ja.'

'Wie heeft mij net gebeld?'

'Blijf aan de lijn. Hm...'

'Wat?'

'Wegwerptoestel. Net als dat van jou. Moeilijk om de eigenaar te achterhalen. Geef me even de tijd.' Wilde hoorde het ratelen van een toetsenbord. 'Ik weet niet of je hier iets aan hebt, maar de oproep kwam vanuit Tennessee. Zo te zien vanuit Memphis.'

Memphis. Daar hadden de Bennetts gewoond voordat ze plotseling naar Pennsylvania waren verhuisd. Wilde hoorde een auto de oprit op rijden. Het was bijna twaalf uur. Wilde liep naar het raam.

Het was Laila.

Hij wachtte tot ze uit de auto stapte, maar dat gebeurde niet. Niet meteen, in ieder geval. Was er nog iemand bij haar? Dat was niet te zien. Wilde keek nog even, maar toen voelde het net alsof hij haar privacy schond en keerde hij zich af.

'Ik denk dat ik beter kan vertrekken,' zei hij tegen Matthew.

'Niet doen,' zei Matthew.

'Wat?'

'Weglopen, vluchten.'

'Ik probeer het makkelijker te maken voor haar.'

'Dat doe je niet. Je bent gewoon een lafbek.' Matthew ging staan.

Hij was zo langzamerhand groter dan Wilde. Hij leek op zijn vader. Hij oogde als een man. Wanneer was dat ineens gebeurd? Matthew legde zijn hand op Wilde's schouder. 'Ik bedoel er niets mee.'

'Nee, dat begrijp ik.'

'Ik ga naar boven,' zei Matthew. 'Jij moet blijven.'

Matthew deed de tv uit, liep zwaar de trap op en deed zijn slaapkamerdeur achter zich dicht. Wilde wachtte. Vijf minuten later kwam Laila door de voordeur naar binnen. Ze zag er uitgeput uit. Haar ogen waren rood op een manier die deed vermoeden dat ze nog niet zo lang daarvoor had gehuild. Daarnaast zag ze er, zoals altijd, adembenemend mooi uit. Dat was het bijzondere van Laila. Iedere keer dat Wilde haar zag, werd hij weer helemaal opnieuw getroffen door hoe mooi ze was, alsof het een verrassing was, alsof hij het nooit helemaal begreep of in zijn geheugen kon opslaan, zodat hij iedere keer als hij haar zag, een kikker in de keel kreeg.

'Hé,' zei hij.

'Hé.'

Hij wist niet precies wat hij moest doen. Een knuffel? Een omhelzing? Een kus? Dus om niets verkeerds te doen, bleef hij maar gewoon staan waar hij stond. 'Als je alleen wilt zijn…' begon hij.

'Dat wil ik niet.'

'Oké.'

'Wil jij hier zijn?'

'Ja.'

'Goed,' zei Laila, 'want ik heb vanavond gebroken met Darryl.'

Wilde zei niets.

'Hoe voelt dat voor jou?' vroeg Laila.

'Als ik eerlijk ben…?'

'Wou je zeggen dat je meestal tegen me liegt?'

'Nooit.'

'Nou dan.'

'Gelukkig,' zei Wilde. 'Heel zelfzuchtig, maar waanzinnig gelukkig.'

Ze knikte.

'Je ogen zijn rood,' zei Wilde.

'Nou, en?'

'Heb je gehuild?'

'Ja.'

Wilde liep naar haar toe. 'Ik wil niet dat je huilt. Ik wil dat je nooit meer huilt.'

'Denk je dat jij zo veel macht bezit dat je dat voor elkaar krijgt?'

'Nee, maar dat betekent niet dat ik het niet kan proberen.'

Laila schopte haar schoenen met naaldhakken uit. 'Weet je wat ik me realiseerde vanavond?'

'Vertel het maar.'

'Dat ik steeds maar probeer om de ronde pen in het vierkante gat te steken. Ik heb me altijd vastgeklampt aan het idee dat ik een partner voor het leven nodig had, iemand aan mijn zijde, een man met wie ik het leven deel en met wie ik reizen maak en met wie ik oud word, al dat soort zaken. Dat had ik met David. Maar hij is dood. Dus probeer ik steeds om iemand anders te vinden met wie ik hetzelfde...' Laila viel stil en schudde haar hoofd. 'Dat gaat niet gebeuren.'

'Dat vind ik heel erg voor je.'

'Het geeft niet. En dat is de andere kant ervan. Ik heb me vanavond gerealiseerd dat ik er vrede mee heb.'

Wilde deed nog een stap naar haar toe. 'Ik hou van je.'

'Maar jij kunt hier ook niet altijd zijn.'

'Dat kan ik wel,' zei hij, 'daar zorg ik voor.'

'Nee, Wilde, dat is niet wat ik wil. Niet meer. Dan zou ik nog steeds proberen om de ronde pen in het vierkante gat te steken.' Ze zuchtte en ging op de bank zitten. 'Ik stel het volgende voor. Luister je?'

Wilde knikte.

'Jij en ik zijn samen als dat kan. Je komt hiernaartoe als je dat wilt, maar als je in je Ecocapsule wilt blijven, doe je dat.'

'Is dat niet zoals het nu is?'

'Ben jij gelukkig met wat we nu hebben?'

Bijna zei hij 'als jij dat bent', maar Matthews woorden echoden in zijn hoofd. 'Ik wil meer,' zei hij.

Laila glimlachte, glimlachte echt – en toen ze dat deed, voelde hij zijn hart tekeergaan en ongemakkelijk bonken in zijn borstkas. 'Wil je de rest van mijn voorstel horen?'

'Heel graag. Ik heb er geen woorden voor om te zeggen hoe graag.'

'Wat is er met jou gebeurd, Wilde?'

'Vertel me maar wat je voorstel is.'

'Wij worden een stel. Ik ga niet veel eisen aan je stellen, maar als we dit gaan doen, zijn er wel een paar voorwaarden.'

'Ga door.'

'Je kunt me in de toekomst niet steeds maar plotseling in de steek laten zoals je tot nu toe hebt gedaan.'

'Oké.'

'Ik ben het zat om net te doen of dat geen pijn doet. Als je doordraait of eruit moet – als je je moet terugtrekken in de bossen of wat dan ook – moet je het me eerst vertellen.'

'Afgesproken. Het spijt me dat ik je pijn heb gedaan. Ik dacht niet...'

Laila stak bezwerend een hand omhoog. 'Het is goed, maar ik ben nog niet klaar.'

Wilde knikte dat ze moest doorgaan.

'Het is alleen jij en ik. Niemand anders. Als je nog steeds buiten de deur...'

'Dat wil ik niet.'

'Ik weet dat je graag naar die bar van dat hotel gaat...'

'Nee,' zei Wilde. 'Dat wil ik niet.'

'Ik wil ook iemand die voor me kan zorgen als ik dat nodig heb.'

Wilde slikte. 'Dat wil ik ook. Wat nog meer?'

'Dat is voorlopig alles.' Ze keek op haar horloge. 'Het is laat. Ik ben bekaf, jij ook. Misschien voeren we dit gesprek omdat we zo moe zijn. Laten we maar eens kijken hoe het er morgen uitziet.'

'Oké. Wil je dat ik blijf of...?'

'Wil jij blijven, Wilde?'

'Heel graag.'

'Juiste antwoord,' zei Laila.

38

Om twee uur die nacht ging Wilde's telefoon.

Hij was wakker en staarde naar het plafond van Laila's slaapkamer. Hij dacht na over haar en over wat ze die avond hadden besproken en besefte dat ze in die drie minuten voordat ze naar bed gingen meer tegen elkaar hadden gezegd over hun relatie dan in de tien jaar daarvoor bij elkaar.

Dankzij zijn snelle reflexen kon Wilde de telefoon pakken voordat hij uitgerinkeld was. In één moeite door zwaaide hij zijn voeten over de rand van het bed en schoot hij overeind tot hij zat. Het was Rola die hem belde.

'Alles goed?' vroeg hij.

'Prima. Waarom fluister je? O, ik snap het, je bent niet alleen?'

Wilde ging staan en liep naar de badkamer. 'Jij bent echt een detective.'

'Ik ben in Vegas,' zei Rola. 'Daniel Carter is niet thuis. Het huis staat leeg. Niemand heeft hem of zijn vrouw de afgelopen tijd gezien. Maar ik heb een theorie.'

'Ik luister.'

'De FBI-agent die jou ondervroeg over je vader, zei dat hij George Kissell heette.'

'Ja.'

'Heeft hij zijn legitimatie laten zien?'

'Nee.'

'Dat kwam omdat hij geen FBI-agent is.'

'Maar die andere agent, Betz, liet wel haar legitimatie zien.'

'Juist. Maar ik heb Kissell nagetrokken. Nu komt het. George Kissell is geen fed, hij is een U.S. Marshal.'

Wilde verstijfde.

'Ja... Ik weet het. Ik pak morgenvroeg het eerste vliegtuig hiervandaan. Maar dat is niet de reden waarom ik je om twee uur 's nachts heb gebeld. Ik had ook kunnen wachten tot morgenvroeg.'

'Waarom dan wel?'

'Die tracker die je had verstopt? Je had gelijk. Ze is net in een hotel aangekomen.'

'Welk hotel?'

'Het Mandarin Oriental in de Time Warner Building.'

Wilde zei niets.

'Waarom zou zij om twee uur 's nachts naar een hotel gaan?' vroeg Rola.

'Dat weten we allebei,' zei Wilde.

'Wat ga je doen?'

'Ik ga er nu heen.'

Het Mandarin Oriental is een luxe aziatisch-fusion vijfsterrenhotel in een toren aan Columbus Circle. Het hotel beslaat de vijfendertigste tot en met de vierenvijftigste verdieping, zodat alle kamers een benijdenswaardig uitzicht over Manhattan hebben. Het hotel is ook, zo ervoer Wilde, extreem duur. Om zich een weg te banen langs de diverse beveiligingssystemen boekte hij de goedkoopste kamer die beschikbaar was, wat hem uiteindelijk duizend dollar kostte, als je alle bizarre belastingen en toeslagen die het hotel in rekening wist te brengen meetelde.

Wilde checkte in in de lobby op de vijfendertigste verdieping. Hij had om een kamer op de drieënveertigste verdieping gevraagd, omdat zij daar ook was. Zijn sleutelkaart gaf hem dus het recht om met de lift naar die verdieping te gaan. Zijn verzoek werd ingewilligd en tegen vier uur 's nachts wimpelde Wilde beleefd het aanbod van de nachtportier af om hem persoonlijk naar zijn kamer te begeleiden. Hij nam de lift omhoog, zocht naar de deur met het juiste kamernummer en klopte aan.

Hij legde een vinger op het spionnetje, zodat niemand erdoor zou kunnen kijken.

'Wie is daar?' vroeg een mannenstem.

'Roomservice.'

'Ik heb niets besteld.'

'Gratis champagne, met de complimenten van de manager.'

'Midden in de nacht?'

'Ik heb een fout gemaakt,' zei Wilde. 'Ik had het uren geleden moeten brengen. Vertel het alstublieft niet, want dan word ik ontslagen.'

'Zet het maar bij de deur.'

Hij overwoog net te doen alsof en dan te wachten tot ze de deur open zouden doen, maar hij wilde het risico niet lopen dat hij tot de ochtend zou moeten wachten. 'Dat kan ik niet doen.'

'Ga dan weg.'

'Ik zou weg kunnen gaan,' zei Wilde. 'Ik zou weg kunnen gaan en de pers opbellen om ze te vertellen dat ze hier voor de deur moeten gaan liggen. Maar je kunt ook kijken wat het oplevert als je mij binnenlaat.'

Een paar seconden later werd de deur opengedaan door een grote man in een badjas. Zijn borst was gewaxt.

'Hallo, Big Bobbo,' zei Wilde.

'Wie ben jij, verdomme?'

'Ik ben Wilde. Mag ik binnenkomen? Ik zou graag met je metgezel praten.'

'Welke metgezel? Ik ben alleen.'

'Nee, dat ben je niet.'

Big Bobbo kneep zijn ogen tot spleetjes. 'Noem jij Big Bobbo een leugenaar?'

'Verwijs je nu naar jezelf in de derde persoon?'

Big Bobbo fronste zijn wenkbrauwen. Toen stak hij zijn hand met een gestrekte vinger uit om Wilde tegen zijn borst te duwen. Wilde greep de vinger en maaide met zijn been. Hij haalde Big Bobbo onderuit. Wilde stapte over de drempel en deed de deur achter zich dicht. In de verste hoek stond Jenn Cassidy, gekleed in een bij die van Big Bobbo passende badjas van het Mandarin Oriental Hotel.

'Eruit!' riep Jenn, terwijl ze haar badjas strak om zich heen trok. 'Laat ons met rust.'

'Dat denk ik niet,' zei Wilde.

Big Bobbo sprong overeind met een veerkracht die bijna komisch aandeed. 'Hé, verdomme, bro, dat was een goedkope truc.'

'Wat wil je?' vroeg Jenn.

'Ja...' herhaalde Big Bobbo. 'Wat wil je? Hé, wie is deze kerel eigenlijk?'

'Hij is familie van Peter.'

Big Bobbo keek Wilde meelevend aan. 'Ah, bro, echt? Ik vind het erg, man, ik mocht die gozer wel.'

'Je hebt er niets mee te maken met wie ik mijn tijd doorbreng,' zei Jenn.

'Dat is waar,' zei Wilde.

'Ik heb recht op een privéleven.'

'Dat is ook waar.'

'Dus wegwezen.'

Big Bobbo zette een borst op. 'Hé, bro, je hebt gehoord wat de dame zei.'

Wilde negeerde Big Bobbo en keek Jenn aan. 'Het kan mij niet schelen met wie jij omgaat, reality-tv interesseert mij niet en evenmin hoeveel volgers jij hebt of hoeveel likes je krijgt. Maar ik moet de waarheid weten.'

'Welke waarheid?' vroeg Jenn. 'Peter en ik zijn verleden tijd. Ik ben nu met Bob.'

'Ja...' zei Bob. 'We zijn verliefd.'

'Hé,' zei Jenn, 'hoe heb je me gevonden?'

Wilde was niet van plan om te vertellen dat hij eerder die dag, toen ze in haar appartement waren, een van Rola's trackers in haar tasje had laten vallen. Zo eenvoudig was het. Wilde had een vermoeden gehad dat er iets gaande was. Iets in het gedrag van Jenn, iets in dat hele verhaal met haar zusje en de podcast en de foto's had een valse klank gehad.

'Luister, bro,' zei Big Bobbo, 'ik wil geen problemen, oké? Jenn en ik, wij zijn verliefd op elkaar. Eigenlijk houden we van elkaar, al heel lang...'

'Bob.'

'Nee, schat, ik wil dit even kwijt, oké?' Hij keerde zich naar Wilde. 'Jij geeft om Peteknul. Cool, dat snap ik. Maar hij is te ver gegaan.'

'Te ver gegaan? Hoe?'

'Bob,' zei Jenn.

'Je hebt de podcast gehoord,' ging Big Bobbo door. 'Je hebt de foto's gezien.'

Wilde kon zijn oren niet geloven. Hij schudde zijn hoofd en keek Jenn aan. 'Big Bobbo weet het niet?'

'Weet wat niet?' zei Bobbo. 'O, dat Marnie loog? Dat hoorde ik vandaag en dat is kut. Dat snap ik helemaal. Maar Peteknul heeft nog altijd een heleboel foute dingen gedaan. Die foto's van hem waarop hij met andere meiden en zo...'

'Bob,' zei Wilde, die er nog steeds niet bij kon dat Bob het niet snapte. 'Het is allemaal verzonnen.'

'Ik weet het. Marnie...'

'Niet Marnie,' zei Wilde. Hij keek Jenn aan.

Big Bobbo keek verbaasd.

'Hij liegt,' zei Jenn.

Er was geen reden om Jenn te ondervragen of zinloze vragen te stellen of te proberen haar erin te luizen. Er was geen reden om haar door te laten gaan met liegen, of haar tranen met tuiten te zien huilen, of welke tactiek ze maar in de strijd wenste te gooien. Wilde ging domweg frontaal in de aanval. 'Jullie populariteit daalde. Als een baksteen, in feite. Die van jou en Peter. Het ging fantastisch. Jullie vormden een stel om te zoenen, en dat was een tijdje leuk, maar jullie hadden dat ook helemaal leeggezogen. Bobbo, hoelang heeft ze Peter al met jou voor schut gezet?'

Big Bobbo keek steels naar Jenn.

'Vanaf het begin?' vroeg Wilde. 'Laten we niet net doen of het pas onlangs is begonnen, al doet dat er niet toe.' Hij keerde zich weer naar Jenn. 'Peter en jij probeerden de aandacht van de kijkers vast te houden. Een baby was goed van pas gekomen, maar dat lukte niet. Jullie socialmediacontracten belandden op een dieptepunt. Je werd van het grote penthouse verbannen naar een kleiner appartement, en het zou niet lang meer duren voordat ze je daar ook uit zouden gooien. Op een gegeven moment besefte jij dat bij Peter blijven het einde van je carrière zou betekenen.'

'Als dat allemaal waar is,' zei Jenn. Ze zette haar handen op haar heupen. 'Dan had ik toch gewoon met hem kunnen breken?'

Wilde zuchtte. 'Ga je het echt op die manier proberen? Oké, goed. Als je met Peter had gebroken, als je had gebroken met de man die volgens iedereen de allerliefste van de wereld was, zou jij de slechterik zijn. Dat mocht niet gebeuren. Maar als jij het slachtoffer zou zijn – zo ongeveer vanaf het moment dat je zus haar mond opendeed bij die podcast – zouden de servers van de social media overbelast raken omdat de fans jou zouden verdedigen en Peter zouden verguizen. Plotseling werd je weer bedolven onder nieuwe socialmediacontracten. Je ster rees hoger dan ooit. Je hebt het allemaal bekokstoofd, Jenn. Jij hebt McAndrews ingehuurd. Natuurlijk heb jij die compromitterende foto's van Peter gemaakt. Wie anders? Zo moeilijk moet dat niet zijn geweest. Je verborg gewoon ergens een camera. Je knipte jezelf van de foto's. Je was zelfs zo slim om het niet in je eigen slaapkamer te doen, want iemand zou per ongeluk de achtergrond kunnen herkennen. Volgens de EXIF-data zijn twee van de foto's gemaakt in Scottsdale. Het kostte weinig moeite om dat uit te zoeken. Peter en jij waren in Scottsdale toen die foto's werden gemaakt. Het lukt me wel om iemand op te sporen die de achtergrond van de foto's herkent als een van de hotelkamers daar. Er komen meer bewijzen. Je hebt Henry McAndrews betaald via een advocatenkantoor, maar nu McAndrews is vermoord, zal de politie met een gerechtelijk bevel de naam opeisen van de werkelijke klant.'

Big Bobbo keek Jenn aan. 'Schat?'

'Hou je mond, Bob,' zei Jenn. 'Dat is klinkklare nonsens.'

'We weten allebei dat het geen nonsens is. We weten allebei dat alles aan het licht komt. Het verbaast me alleen een beetje. Ik had gedacht dat jij...' Wilde keek Big Bobbo aan, 'in het complot zat. Maar natuurlijk, ze kon jou niet vertrouwen. Ze kon niemand vertrouwen. Zelfs Marnie niet.' Hij keek Jenn weer aan. 'Je wist dat Marnie alles zou doen voor een beetje roem – wat dat betreft verschillen jullie niet. Dus organiseerde je die valstrik met die producer. Die vrouw die Marnie het verhaal vertelde over Peters wangedrag, was dat ook een producer? Laat maar, niet belangrijk. Ik vraag me alleen wel af waarom je Marnie niet gewoon hebt gevraagd om mee te werken aan je plannen. Dat verbaasde me. Misschien zou zelfs Marnie niet zo ver hebben willen gaan. Misschien was je bang dat je zelf kwetsbaarder zou worden als je Marnie de waarheid zou vertellen. Dat weet ik niet. Maar zeg eens: toen Peter bij hoog en bij laag volhield dat hij onschuldig was, wat heb je toen echt gezegd?'

Jenn glimlachte. Ze straalde nog altijd ontkenning uit, maar er scheen ook iets van opluchting door. 'Ik zei dat ik hem niet geloofde en ik zei dat hij moest vertrekken.'

Wilde knikte.

'En wat je zegt, klopt voor het grootste deel,' zei Jenn. 'Peter en ik bij elkaar leverde alleen nog maar saaie content op. Ik heb erover gedacht om eenvoudigweg met hem te breken, maar zoals je al zei, wat zou dat voor mijn imago betekenen? Ik heb erover gedacht om hem te vragen iets in elkaar te draaien zodat we uit elkaar konden gaan, maar ik kon niets bedenken, en Peter was rechtdoorzee.'

'Schat?' vroeg Big Bobbo.

Ze zuchtte. 'Nee, ik heb jou niets verteld, Bob. Ik heb ook niets tegen Marnie gezegd, omdat jullie geen van beiden goed genoeg toneel kunnen spelen om niet door de mand te vallen. Dit is een spel, Wilde. *Survivor*, *The Bachelor*, *Big Brother*, *Love Is a Battlefield* – het zijn allemaal wedstrijden. Het is allemaal amusement. Meer is het niet. Ik keek vroeger naar *Survivor* en als er dan weer zo'n meelijwekkende deelnemer beentje werd gelicht en werd weggestemd, en hij begon in een woedeaanval te mekkeren over verraad – ach, dat is immers allemaal spel. Daar gaat het toch om? Iemand moet winnen. Iemand moet de roem en de poen krijgen. Ons leven – dat van mij, dat van Bob, dat van Peter – allemaal spel.'

Ze ging dichter bij Bob staan en pakte zijn hand. 'Ik wilde Bob vanaf de allereerste dag van het programma. Weet je wat de producers zeiden?' Big Bobbo blies zijn borstkas vol lucht. 'Ze zeiden dat ik ze allebei aan het lijntje moest houden, maar dat ik uiteindelijk Peter moest kiezen.'

'Dus je hebt nooit van hem gehouden? Het was allemaal nep?'

'Niet nep,' zei ze. 'Ons hele leven is een groot toneelspel. Het is geen kwestie van wat echt is en wat namaak – er zijn geen scheidslijnen, er is geen onderscheid. Voordat ik meedeed aan *Love Is a Battlefield*, beheerde ik de dossiers in een klein advocatenkantoor. Heb je enig idee hoe saai dat is? We willen allemaal beroemd zijn.

Dat is het doel van iedereen die er eerlijk voor uitkomt. Zelfs iemand met een socialmedia-account dat amper wordt bekeken wil graag likes en volgers. Moet ik weer gewoon terug naar de sleur van alledag zonder te vechten voor wat ik nu heb? Vergeet het maar. *Survivor, The Bachelor, Love Is a Battlefield* – het zijn stuk voor stuk toernooien met winnaars en verliezers. In dit geval heb ik gewonnen en heeft Peter verloren. Zo werkt het. Het was een kwestie van hij of ik, en wat denk je? Uiteindelijk werd ik het. En wat heb ik hem nu eigenlijk aangedaan? Ze hebben hem niet in de gevangenis gegooid. Ze hebben hem niet gearresteerd, ze hebben hem niet verhoord. Hij is een paar fans kwijtgeraakt, nou ja, en? Hij wist dat die beschuldigingen leugens waren. Dat had toch genoeg moeten zijn? Anonieme losers hebben hem online voor van alles en nog wat uitgemaakt – pff. Vergeet social media als je daar niet tegen kunt. Zoek een nieuwe vriendin. Kies voor een eenvoudiger leven. Die keuze had Peter kunnen maken, toch?'

Big Bobbo stond doodstil naast haar.

'Dat is nog eens rationaliseren,' zei Wilde.

'Het is de loutere waarheid.'

'Peters zus denkt dat hij zelfmoord heeft gepleegd.'

'En als dat waar is, is het verschrikkelijk. Maar daar kun je mij niet de schuld van geven. Iedere week wordt er in deze shows iemand in het ongeluk gestort. Is het de schuld van de andere deelnemers als zo iemand zelfmoord pleegt? Luister, ik had niet gedacht dat de haat zo uit de hand zou lopen, maar iemand die goed in zijn vel zit, pleegt geen zelfmoord omdat er een paar gemene tweets over hem online worden gezet.'

Wilde was met stomheid geslagen over de hartstocht waarmee Jenn haar eigen gedrag probeerde te rechtvaardigen. 'In het geval van Peter was het misschien meer dan een paar gemene tweets.'

'Zoals wat?'

'Misschien hield Peter echt van de vrouw die hem niet wilde geloven toen hij ontkende dat hij haar zusje had verkracht. Of misschien drong de waarheid een paar maanden later tot hem door – namelijk dat zijn zo innig geliefde vrouw hem op een vreselijke manier had misbruikt. Heb je ooit van hem gehouden?'

'Daar gaat het niet om,' zei ze. 'Als je naar twee mensen kijkt die in een film verliefd op elkaar worden, maakt het dan wat uit of ze in het echt ook van elkaar houden?'

'Jullie speelden niet in een film.'

'Jawel... Jenn Cassidy, uit Waynesville in Ohio, woont niet in het duurste appartementencomplex van Manhattan. Zij krijgt geen uitnodigingen voor het *Met Gala*, zij babbelt niet met beroemdheden en steenrijke mensen, zij prijst geen luxe merken aan en zij dineert niet in luxe restaurants. Niemand interesseert het ook maar een lor waar ze wordt gezien en wat zij aantrekt. In de wereld van de reality-tv hebben we ervoor gekozen om van ons leven een film te maken. Is dat zo moeilijk te begrijpen?'

Wilde had wel genoeg gehoord. 'Waar is Peter?' vroeg hij.

'Ik heb geen flauw idee.'

39

Er was verder niets wat Jenn Cassidy hem nog kon vertellen, dus liet Wilde haar en Big Bobbo achter in hun kamer. Hij had diep in de buidel getast om voor zichzelf een kamer te bemachtigen, dus kon hij daar maar beter ook van genieten. Hij ging op zijn rug op het hotelbed liggen en staarde naar het plafond. Shakespeare schreef: 'Heel de wereld is tooneel / En mannen, vrouwen, allen, enkel spelers.' Het was misschien een beetje vergezocht, maar misschien zat er toch iets in wat Jenn had gezegd. Peter had zich aangemeld voor dat leven. Roem is een drug. Iedereen is op zoek naar roem – macht, rijkdom en een goed leven. Jenn was bezig dat kwijt te raken. Peter ook. Dus maakte ze zich van hem los op een manier die niet ten koste zou gaan van haarzelf.

Dat leerde hem echter niet waar Peter was.

Wilde wist nu dat Peter Jenn niet had bedrogen en Marnie niet had verkracht – maar dat had hij al geweten voordat hij de confrontatie aanging met Jenn. Het feit dat zij het brein was achter het hele drama, veranderde niet veel aan wat er was gebeurd. Het maakte Wilde nog niet duidelijk wie McAndrews had vermoord, en Katherine Frole, en Martin Spirow. Het vertelde hem niet wie zijn moeder was of waarom ze hem in de bossen had achtergelaten.

Kortom, het enige wat hij nu met zekerheid wist, was dat een realitysterretje had gelogen. Niet bepaald wereldschokkend nieuws.

De slaap wilde niet komen, dus verliet Wilde het hotel en zette hij vanaf Columbus Circle koers naar het zuiden. Hij stak Times Square over en liep in de richting van Washington Square Park, een wandeling van een kilometer of vier. Hij nam er alle tijd voor en onderbrak zijn wandeling voor een kop koffie en een croissant. Hij hield van de stad in de vroege ochtend. Hij wist niet waarom. Het idee dat acht miljoen zielen op stoom kwamen voor een nieuwe dag, bracht iets in hem teweeg. Misschien wel omdat zijn eigen leven – een leven dat Jenn ongetwijfeld een waardeloos leven vond – altijd het volstrekt tegenovergestelde was geweest.

Hij moest ook steeds aan Laila denken. Hij kon zich niet losmaken van de vraag hoe het zou zijn om deze wandeling te maken met haar aan zijn zijde.

Uiteindelijk belandde hij op Washington Square Park. Central Park vond hij het mooiste park in New York, maar Washington Square Park was New York in al zijn excentrieke glorie. De marmeren boog was een klassieke Romeinse triomfboog, ontworpen door de beroemde architect Stanford White, die in 1906 was vermoord op het dakterras van het Madison Square Theatre door de jaloerse en volgens de verdediging 'geestelijk labiele' miljonair Harry Kendall Thaw vanwege diens vrouw Evelyn Nesbit. Het was de eerste 'rechtszaak van de eeuw'. Op de boog staat tweemaal een reliëf van George Washington. Op de ene kolom een reliëf van Washington in Oorlog, op de andere een reliëf van Washington in Vrede. Beide keren wordt Washington geflankeerd door twee allegorische figuren. Bij Washington in Oorlog zijn dat Roem en Heldenmoed – met name Roem vond Wilde nogal ironisch, helemaal als hij dacht aan Jenn en Peter – terwijl Washington in Vrede wordt geflankeerd door Wijsheid en Rechtvaardigheid.

Terwijl Wilde zo naar Washington in Vrede stond te kijken, voelde hij dat er iemand naast hem kwam staan. De stem van een vrouw zei: 'Kijk eens heel goed naar de meest rechtse figuur.'

De vrouw was voor in de zestig. Ze was klein en gedrongen. Ze droeg een bruin jasje, een zwarte coltrui en een spijkerbroek.

'Oké,' zei Wilde.

'Zie je dat boek met inscriptie dat ze Washington boven het hoofd houdt?'

Wilde knikte en las de inscriptie hardop voor: 'EXITUS ACTA PROBAT.'

'Latijn,' zei de vrouw.

'Jazeker, dank u.'

'Sarcasme, daar hou ik van. Weet je wat het betekent?'

'Het doel heiligt de middelen,' zei Wilde.

De vrouw knikte en zette haar bril met schildpadmontuur recht op haar neus. 'Verbazingwekkend als je er goed over nadenkt. Je bouwt dit gigantische gedenkteken voor de vader des vaderlands en welk citaat zet je erop om hem te eren en te gedenken? "Het doel heiligt de middelen." En wat nog gekker is, wie geeft George Washington dit ietwat amorele advies?' Ze wees naar de figuur boven de linkerschouder van Washington. 'Rechtvaardigheid. Rechtvaardigheid maant ons niet aan eerlijk of rechtschapen te zijn, de waarheid te spreken, de wetten na te leven en onbevooroordeeld te zijn. Nee, rechtvaardigheid zegt tegen onze eerste president en de miljoenen bezoekers van dit park dat het doel de middelen heiligt.'

Wilde keerde zich naar de vrouw. 'Ben jij RJ?'

'Alleen als jij PB bent.'

'Ik ben PB niet,' zei Wilde. 'Maar dat wist je al.'

De vrouw knikte. 'Inderdaad.'

'En jij bent RJ niet.'

'Dat is ook correct.'

‘Wil je me vertellen wie je wel bent?’ vroeg Wilde.

‘Jij eerst.’

‘Ik denk,’ zei Wilde, ‘dat PB contact zocht met jou – of moet ik zeggen RJ – voordat hij zijn account sloot. Vervolgens verdween hij uit het zicht van RJ, net zo goed als hij uit het zicht van iedereen verdween. Toen ik gisteravond een ballonnetje opliet, werd RJ nieuwsgierig.’

‘Dat klopt allemaal,’ zei de vrouw.

‘Goed, maar wie ben jij dan?’

‘Laten we zeggen dat ik een collega ben van RJ. Weet jij wie PB werkelijk is?’

‘Ja. Jij niet?’

‘Nee,’ zei ze. ‘Hij wilde per se anoniem blijven. We hebben hem de waarheid verteld. Ik zou niet “we” moeten zeggen. Ik was er niet werkelijk bij betrokken. Het was mijn collega.’

‘RJ?’

‘Ja.’

‘Je collega in Memphis.’

‘Hoe weet je dat?’

Wilde gaf geen antwoord.

‘Wat vind je ervan om niet meer om de hete brij heen te draaien?’ vroeg de vrouw. ‘Mijn collega heeft PB verteld wat hij wilde weten. In ruil daarvoor beloofde PB mee te werken.’

‘Maar dat deed hij niet?’

‘Nee, hij hief zijn account op en we hebben nooit meer iets van hem gehoord.’

‘Wat hebben jullie hem verteld?’ vroeg Wilde.

‘O, ik denk niet dat we datzelfde spelletje nog een keer spelen,’ zei de vrouw. ‘Een ezel stoot zich…’ Ze brak haar zin af. ‘Hoe heet jij echt?’

‘Ik ben Wilde.’

Ze grijnsde. ‘Ik ben Danielle.’ Ze haalde een legitimatiebewijs tevoorschijn. 'Danielle Sheer, gepensioneerd rechercheur van de NYPD. Wil je met ons samenwerken?'

'Is dit een officieel onderzoek?'

Danielle Sheer schudde haar hoofd. 'Ik zei al dat ik met pensioen was, toch? Ik help een collega.'

'De collega in Memphis.'

'Dat klopt.'

'En PB beloofde hem ook te helpen.'

'Ik zei niet dat het een hij was.'

'Sorry, is het een zij?'

'Nee, het is een hij. Ik doe je een voorstel, Wilde. Je geeft mij PB's echte naam, dan vertel ik alles wat ik weet – en geloof me, dat wil je horen.'

'En als ik die naam niet noem?'

'Dan zeggen we doei, doei.'

'Peter Bennett.'

'Wacht.' Danielle toetste iets in op haar telefoon. 'Ik stuur een bericht met de naam naar mijn collega.'

'Wil je me nu vertellen wie RJ is?'

Ze verstuurde het berichtje en hief haar gezicht met een glimlach naar de ochtendzon. 'Wist je dat je ook ín deze boog kunt? Er is een deur aan de oostkant van de andere kolom. Hij is niet publiek toegankelijk, maar goed, het werken bij de politie had zo z'n voordelen. Je kunt naar binnen en langs een wenteltrap omhoog en dan kun je boven op de boog staan. Het is een uniek uitzicht.'

'Rechercheur Sheer?'

'Gepensioneerd. Zeg maar Danielle.'

'Danielle, wat is er aan de hand?'

'Waarom ben jij zo geïnteresseerd in dit alles, Wilde?'

'Dat is een lang verhaal, maar kort samengevat ben ik op zoek naar Peter Bennett. Er bleek een DNA-match tussen ons op een genealogiesite.'

'Boeiend, maar er was geen match tussen jou en RJ?'

'Nee.'

'Dus dan houdt het hier zo ongeveer op voor jou. Ik bedoel, het zoeken naar bloedverwanten. En in alle eerlijkheid ben ik hier, omdat mijn collega PB niet meer nodig heeft. Het is te laat.'

Wilde dacht na. 'Om de een of andere reden wilde RJ niet dat ook maar iemand zijn ware naam wist – maar hij wilde wel dat mensen met wie hij een match had zijn leeftijd wisten.'

'Heb je daar een theorie over, Wilde?'

'Jij bent het gezag.'

'Gepensioneerd.'

'Maar je collega niet. Ik denk dat je collega zich voordoet als iemand anders en op een DNA-site zoekt naar bloedverwanten. Net als in de zaak van de Golden State Killer. Ze vonden DNA van de moordenaar op de plaats delict. De politie stopte het DNA in een genealogiesite, alsof ze zomaar iemand waren die naar bloedverwanten zocht. Met de matches die ze vonden – genetische verwantschap – spoorden ze Joseph di Angelo op.'

Danielle knikte. 'Je zit er heel dichtbij. Heb je ooit gehoord van een man die Paul Sinclair heet?'

'Nee.'

'Of pastoor Paul van de Kerk van de Ware Christelijke Gemeenschap?'

Wilde schudde zijn hoofd.

'De man heeft bijna veertig jaar lang een religieuze gemeenschap geleid in Memphis voordat hij een maand geleden vredig in zijn slaap is overleden. Hij is in goede gezondheid tweeënnegentig geworden. Misschien bestaat karma echt, maar niet hier op aarde.'

'Wat bedoel je?'

'Hij heeft veel van zijn parochianen verkracht en zwanger gemaakt. Jonge parochianen. Hij ontkende natuurlijk, maar een groep mensen ontdekte online dat ze dezelfde vader hadden. Dus mijn collega RJ van de State Police in Tennessee stopte DNA van pastoor Paul in een online database. Hij wilde weten hoeveel kinderen hij had verwekt. In die ene database waren het er al zeventien. Van die zeventien waren er twaalf geadopteerd. De andere vijf hadden te horen gekregen dat iemand anders hun vader was. Net als je vriend PB. Geen van allen kenden ze de waarheid.'

'Dus PB's biologische vader is...'

'Pastoor Paul. Helpt je dat verder bij jouw zoektocht?'

Wilde dacht na. 'Ik denk het wel.'

Wilde liep terug naar het appartement van Hester. Bij aankomst daar zei Hester: 'Jenn Cassidy zoekt je. Ze zei dat het belangrijk is.'

'Heb je haar nummer?'

Hester gaf hem het nummer en Wilde belde Jenn.

'Je moest je er toch zo nodig mee bemoeien,' zei Jenn toen ze opnam.

'Wat is er aan de hand?'

'Marnie is zoek. Iedereen denkt dat ze ertussenuit geknepen is om alle negatieve reacties te ontvluchten, maar wij delen locaties via een app op onze telefoons, weet je, gewoon voor het geval dat. Haar telefoon staat uit en dat gebeurt nooit.'

'Misschien is ze echt...'

'Nee, Wilde, dat is ze niet. Ze heeft haar creditcard niet gebruikt, geen enkel teken van leven. Marnie zou niet op de vlucht slaan. Ze is ook niet slim genoeg om spoorloos te verdwijnen.'

Wilde sloot zijn ogen. 'Wanneer is ze voor het laatst door iemand gezien?'

'Ik vermoed toen ze haar appartement uit sloop, maar niemand weet het zeker.'

'Kun je haar berichten lezen?'

'Denk je dat ik dat niet heb gedaan? Er is niets.'

'Waar ben je?'

'In mijn appartement in Sky.'

'Wacht even. Blijf aan de lijn.'

Wilde maakte een gebaar naar Hester dat ze hem haar telefoon moest geven. Hij belde er Rola mee. 'Je moet je beste medewerker naar het appartement van Jenn Cassidy in Sky sturen. Haar zus is zoek.'

'Ik ga zelf.'

'Ben je niet meer in Vegas?'

'Ik heb een lift gehad van een privéjet naar Teterboro. We zijn net een half uur geleden geland. Ik ga er meteen heen.'

Wilde zette Rola in de wacht en hervatte het gesprek met Jenn. 'Blijf waar je bent,' zei hij. 'Mijn vriendin Rola Naser komt naar je toe. Zeg tegen de receptie dat ze haar meteen moeten doorlaten als ze arriveert.'

Hij verbrak de verbinding en belde Vicky Chiba.

'Hallo?'

'Is Silas nog bij jou?'

'Hij is net vertrokken. Hij haalt een lading op in Elizabeth en gaat daarmee naar Georgia. Hoezo, is er iets?'

'Ik wil dat jullie het allebei weten.'

'Wat moeten we weten?'

'Jenn.'

'Wat is er met haar?'

'Zij heeft het allemaal bedacht.'

Vicky bleef een lange tijd stil. 'Waar heb je het over?'

'Jenn heeft Peter erin geluisd. Zij heeft McAndrews ingehuurd.'

'Nee...'

'Zij heeft die compromitterende foto's gemaakt. Zij heeft Marnie een rad voor de ogen gedraaid zodat ze die leugens verspreidde.'

'Nee,' zei Vicky voor de tweede keer, maar deze keer klonk het zwakker. Dus ging Wilde verder. Hij vertelde Vicky het hele verhaal. Hij vertelde het met zijn rustigste, meest emotieloze stem.

Haar snikken zwollen aan tot gejammer.

Toen ze na verloop van tijd het gesprek beëindigden, sloot Wilde zijn ogen. Hij leunde achterover en haalde diep adem.

'Wilde?' zei Hester.

'Ik geloof dat ik het allemaal doorheb.'

40

Zou ik het voor elkaar krijgen?

Nog één. Nog ééntje maar.

Dan kan ik het laten rusten.

Zullen ze er uiteindelijk achter komen? Misschien. Waarschijnlijk. Maar ik heb niet veel te vrezen. Ik zou het doel dat ik voor ogen had, hebben bereikt.

Nog één.

En wat dan?

Ik heb de lijst met pestkoppen van Katherine Frole. Moet ik gewoon doorgaan? Ze verdienen allemaal om te sterven, toch? Zoals ik het zie, kan ik twee dingen doen. Eén, ik kan de benen nemen na de volgende moord en me verstoppen. Misschien word ik niet gepakt. Wie weet?

Twee, ik kan doorgaan met moorden.

In Framingham, Massachusetts, woont een man die Lester Mulner heet en die zich voordeed als een tiener om de rivale van zijn eigen dochter het leven zo zuur te maken dat het arme kind zelfmoord pleegde. Ik zou hem kunnen vermoorden. Daarna zou ik Thomas Kramer in Framingham kunnen vermoorden, en misschien zou ik bij Ellis Stewart op bezoek kunnen gaan in Manchester, Vermont, en gewoon de lijst van Katherine Frole afwerken, en de pers zou het ongetwijfeld weer een 'afgrijselijk bloedbad' noemen. Ik zou door kunnen gaan tot ze me opsluiten, of doodschieten, of op een andere manier tegenhouden, want eerlijk gezegd, zelf stoppen kan ik niet meer.

Iemand anders moet me tegenhouden.

Ik vind dit een mooi plan. Recht doen, wraak nemen, of hoe je het maar wilt noemen en dan, als ik met haar klaar ben, doodmaken wat ik dood kan maken tot ik zelf word doodgemaakt.

Ik heb immers niets meer om voor te leven.

Ik heb alles verloren.

Ik ben weer in de garagebox. Er hangt nog geen stank. Ik heb zes maanden vooruitbetaald. Ik sleep Marnie van de achterbank van de auto en wikkel het lijk in zwarte plastic vuilniszakken. Ik heb een hele doos met vijftig zakken van zwaar plastic met een inhoud van vierhonderd liter gekocht en ik gebruik ze alle vijftig, en een hele rol ducttape om Marnie in te pakken. Al die tijd staat de airconditioning op de hoogste stand.

Wanneer zouden ze haar vinden?

Ik heb geen idee.

Zou het uiteindelijk de stank zijn? Of het feit dat ik mijn rekening niet meer betaalde?

Alweer: ik weet het niet en het interesseert me ook niet zo heel erg. Tegen die tijd is het allemaal allang voorbij.

Als ik klaar ben met het inpakken van Marnie, sleep ik het pakket met haar lijk naar een hoek van de box. Ik leg er een paar oude dekens overheen. Dan stap ik in de auto en rij ik door de Lincoln Tunnel terug naar Manhattan. Deze keer vervang ik de kentekenplaten niet. Ik heb de platen nog van toen ik Marnie doodschoot, maar de politie is me nog niet op het spoor. Zoals ik had verwacht, denkt iedereen dat Marnie ervandoor gegaan is.

Iedereen, behalve Jenn. Wanhopige Jenn.

Ik heb haar een bericht gestuurd. Net zoals ik Marnie een bericht had gestuurd.

Er staat in dat ik haar kan redden. Er staat ook in dat ik Marnie kan redden. En er staat in waar ze me kan vinden.

Ik ben nu op weg daarnaartoe om een einde aan deze toestand te maken.

George Kissell werkte vanuit het kantoor van de U.S. Marshals in Walnut Street in Newark. Wilde had slechts gezegd wie hij was en de receptioniste gevraagd om Deputy U.S. Marshal George Kissell te laten weten dat hij hem graag wilde spreken. De receptioniste vroeg Wilde te wachten. Na luttele minuten kwam George Kissell, in een vies-bruin shirt gestoken en met een geringschattende blik in de ogen, Wilde halen. 'Kom mee, deze kant op.'

Het kantoor van de U.S. Marshals bevond zich, net als vrijwel alle kantoren van U.S. Marshals, in een federaal gerechtsgebouw. Ze liepen de brede trap naar de begane grond af. Elk geluidje dat ze maakten, echode tegen de marmeren wanden. Even later stonden ze weer buiten op straat in Newark. Bij de stoeprand, ver genoeg verwijderd van luisterende oren, vroeg Kissell. 'Wat wil je?'

'Waarom deed jij net alsof je bij de FBI werkt?'

'Ik heb niet net gedaan alsof. Jij hebt dat gewoon aangenomen. Waarom ben je hier?'

'Dat weten we allebei.'

Kissell tastte in de zak van zijn jasje en haalde er een pakje sigaretten uit. Hij stak een sigaret tussen zijn lippen en stak hem aan met een goudkleurige aansteker. Hij inhaleerde diep en blies de rook langzaam uit. 'De FBI en de U.S. Marshals zijn allebei federale opsporingsdiensten,' zei hij, alsof hij voorlas van een spiekbriefje. 'Bij belangrijke zaken werken we regelmatig samen.'

'De U.S. Marshals zijn ook verantwoordelijk voor het programma voor getuigenbescherming.'

Kissell was behoorlijk kaal, maar hij had het haar op zijn slapen lang genoeg laten groeien om het over zijn schedel te kammen. Hij ging door: 'De U.S. Marshals vormen het oudste federale bureau voor wetshandhaving van de Verenigde Staten. We beschermen rechters, rechtbanken, houden verdachten van federale misdrijven aan, zorgen voor onderdak en het vervoer van federale geïnterneerden, en, inderdaad, wij zijn ook verantwoordelijk voor het programma voor getuigenbescherming, dat bekendstaat als WITSEC.'

'Je vroeg naar Daniel Carter, mijn biologische vader.'

Kissell zei niets.

'Ik heb geprobeerd in contact met hem te komen,' zei Wilde.

'Ach, je meent het.'

'Ik kan hem nergens vinden.'

'Mijn tienerdochter zou zeggen: klinkt als een jij-probleem.'

'Ik kan blijven zoeken,' zei Wilde.

'Dat zou je kunnen doen.'

'Ik zou meer lawaai kunnen maken. Publiciteit zoeken. Wat denk je, Deputy U.S. Marshal Kissell, zou dat een goed idee zijn?'

'Je bedoelt meer doen dan je privédetectives naar zijn woning en zijn bedrijfspand sturen en je oude partner Rola Naser bij hem laten aankloppen?' Hij haalde zijn schouders op. 'Ik zou niet weten wat je nog meer zou kunnen doen.'

Hun blikken kruisten elkaar. Wilde voelde iets tintelen in zijn bloed.

'Wat wil jij, Wilde?'

'Ik wil mijn vader beter leren kennen.'

'Willen we dat niet allemaal?' Kissell nam een lange trek van zijn sigaret, hield de rook een ogenblik vast en liet die toen met zo veel genot ontsnappen dat het iets seksueels had. 'Ik zal je eens wat zeggen. Ik ga niet net doen alsof ik niet weet waarover je het hebt, want dat zou verspilde moeite zijn. Je weet al te veel. Je weet ook dat ik niets zal bevestigen, noch ontkennen.'

'Het was niet mijn bedoeling hem of zijn gezin in gevaar te brengen,' zei Wilde. 'Ik wil dat jij weet – ik wil dat hij weet – dat ik het nu begrijp. Het is goed. Ik heb hem echt opgespoord via een DNA-site, maar ik geef daar geen vervolg meer aan.'

Kissell nam de sigaret uit zijn mond en staarde ernaar alsof er antwoorden in verborgen lagen. 'Ik heb geen flauw idee waarover je het hebt.'

'Heeft Daniel Carter – of hoe hij maar in het echt mag heten – tegen me gelogen?'

Geen reactie. Had Wilde iets anders verwacht?

'Weet hij werkelijk niet wie mijn moeder is of waarom ik in de bossen ben achtergelaten?'

Kissell maakte er een show van om op zijn horloge te kijken hoe laat het was. 'Ik moet er weer eens vandoor.'

'Ik heb één verzoek.'

Wilde gaf Kissell een briefje.

'Wat is dit?' vroeg Kissell.

'Dat is voor hem. Ik zal zo nu en dan langskomen met verzegelde briefjes zoals dit hier. Jij en ik kunnen elkaar hier buiten ontmoeten, als je dat wilt. Dan zeg jij: "Ik heb geen flauw idee waarover je het hebt", maar je pakt mijn briefjes van me aan en speelt ze aan hem door. Misschien zal hij je soms een keer op zijn beurt een verzegeld briefje geven dat voor mij bestemd is. Misschien niet. Hoe dan ook, we gaan dit doen.'

Kissell staarde langs Wilde in de verte.

'Begrijpen we elkaar?' vroeg Wilde.

Kissell sloeg Wilde vriendschappelijk op de schouder. 'Ik heb geen flauw idee waarover je het hebt.'

41

Ik parkeer. Net als de vorige keer. Ik hoef Jenn alleen maar dood te schieten. Als ze me meteen daarna pakken, het zij zo. Als ze opnamen hebben van dezelfde auto die twee keer op dezelfde afgelegen plek geparkeerd staat, het zij zo. Dan is het al voorbij. Alle moorden daarna zijn kersen op de taart.

Ik heb het pistool in mijn hand.

Ik houd het laag zodat het niet te zien is. Jenn moet hier over een minuut of tien zijn. Ik denk erover na hoe ik het zal doen. Moet ik haar snel doodschieten? Drie schoten. Mijn modus operandi. Ik wil wedden dat de profilers die seriemoordenaars in kaart brengen, geweldige theorieën zullen bedenken als antwoord op de vraag waarom ik drie keer schiet. In feite zit daar natuurlijk helemaal niets achter. Nou ja, in ieder geval niets wat bijster interessant is. Toen ik Henry McAndrews doodschoot, mijn eerste moord, heb ik drie keer geschoten. Waarom? Ik weet het niet zeker, maar ik denk dat ik na drie schoten even inhield en me afvroeg of het genoeg was. Hoe dan ook, het was louter willekeurig. Ik had ook twee keer kunnen schieten, of vier keer. Maar het werden drie schoten. En nu zit ik daaraan vast.

Helaas geen verhelderende inzichten, dames en heren profilers. Het spijt me.

Ik doe een paar seconden mijn ogen dicht. Ik denk aan het pistool in mijn hand.

Ik wil deze pijn verzachten.

Zo is het immers begonnen. Met pijn. Pijn is grenzeloos. Pijn berooft je van je verstand. Het enige wat je wilt is dat het ophoudt. Ik dacht dat het doodschieten van de mensen die de pijn hadden veroorzaakt, de pijn zou verzachten.

En – trompetgeschal – het heeft gewerkt. Correctie: het werkt nog steeds.

Maar, steeds heel even.

Dat was het probleem. Moord is een zalf voor mij. Zalf werkt maar een tijdje, daarna neemt het helende effect af. Steeds opnieuw moet je de helende zalf op de wond aanbrengen.

Het is op het moment dat ik denk over het zalven van de wond dat ik Jenn de hoek om zie komen.

Ik kijk omlaag naar het pistool, weer omhoog naar Jenn, naar die beroemde gouden lokken die om dat hartverscheurend mooie gezicht dansen.

Schiet ik haar meteen dood? Laat ik haar instappen, zodat ze kan zien dat ik het ben, en dan, boem, boem, boem, dood? Zo zal het moeten, denk ik. Ik wil dat ze lijdt. Dat is nieuw. Die anderen moesten gewoon dood. Wat ze deden was vreselijk en veroorzaakte veel leed. Maar wat Jenn heeft gedaan, dat plannen, het verraad…

Jenn heeft nog maar een paar meter te gaan.

Ik wist dat ze zou komen. Net als haar zus kon ze geen weerstand bieden aan de verleiding van dit levensreddende aanbod.

Ze knijpt nu haar ogen tot spleetjes en tuurt om te zien wie er achter het stuur van de auto zit, maar ze kan me nog niet goed zien.

Als Jenn naast de auto staat, til ik het pistool op. Ik zit op de bestuurdersstoel en zie haar naar de deurkruk aan de passagierskant reiken. Ik ontgrendel het portier zodat ze naast me kan gaan zitten.

Maar dat is niet wat er gebeurt.

Op het moment dat ik op de knop druk – op het moment dat ik het klikje hoor dat aangeeft dat de portieren ontgrendeld worden – zwaait mijn portier open. Ik keer me naar die kant, richt het pistool, maar een hand schiet naar binnen en maakt me het pistool afhandig.

Ik kijk omhoog in de grote, blauwe ogen van Wilde.

'Het is voorbij, Vicky.'

Wilde ging op de passagiersstoel zitten, Vicky zat versteend achter het stuur. Ze staarde voor zich uit door de voorruit. 'Je hebt me erin geluisd. Je hebt me alles over Jenn verteld om te kijken of ik in actie zou komen.'

Het leek Wilde overbodig om te reageren.

'Hoe wist je dat ik het was?'

'Dat wist ik niet zeker.'

'Je had me eerst de gelegenheid moeten geven haar dood te schieten, Wilde.'

Wilde reageerde opnieuw niet. Hij keek ook uit het raam. Rola stond met Jenn bij het hek dat het bouwterrein omsloot. Er waren twee van haar mensen geposteerd met radio's, maar ze waren overbodig gebleken.

'Wat heeft me verraden?' vroeg Vicky.

'Hetzelfde als altijd. De leugens.'

'Welke?'

Wilde staarde nog steeds door de voorruit. 'In de eerste plaats de leugen over je verwantschap met Peter. Jij bent niet zijn zus, je bent zijn moeder.'

Ze knikte traag. 'Hoe heb je dat ontdekt?'

'Op dezelfde manier als Peter. Via een DNA-site.'

'Het was niet mijn schuld,' zei ze met een klein stemmetje.

'Dat? Nee, Vicky, dat was niet jouw schuld.'

'Hij verkrachtte me.'

Wilde knikte. 'Jullie gezin woonde in de buurt van Memphis.'

'Ja.'

'Jij was de oudste,' zei Wilde. 'Daar heb ik niet meteen aan gedacht. Maar je vertelde dat je zusje Kelly van streek was vanwege die verhuizing omdat ze niet naar het feestje voor de elfde verjaardag van een vriendinnetje kon bij Chuck E. Cheese.'

'Dat was waar.'

'Ongetwijfeld. Maar dat zette me aan het denken. Kelly was elf. Jij was ouder. Hoeveel ouder?'

Vicky slikte. 'Drie jaar.'

Wilde knikte begripvol. 'Je was pas veertien.'

'Ja.'

'Ik vind het echt heel erg wat je is overkomen,' zei Wilde.

'Hij verkrachtte me voor de eerste keer toen ik twaalf was.'

'Pastoor Paul?'

Ze knikte. 'Ik vertelde het niet tegen mijn ouders. Ik bedoel, niet toen. Ze vereerden hem als een god. En toen ik het wel probeerde te vertellen, wilden ze niet luisteren. Toen ik ze vertelde dat ik zwanger was, maakten ze me uit voor hoer. Mijn eigen vader en moeder. Ze eisten van me dat ik zou vertellen met welke jongen ik had liggen donderjagen. Kun je je dat voorstellen, Wilde? Ik vertelde ze de waarheid. Ik vertelde ze wat pastoor Paul had gedaan. Mijn moeder sloeg me. In mijn gezicht. Ze zei dat ik een leugenaar was.'

Ze viel stil en sloot haar ogen.

'En wat gebeurde er toen?' vroeg Wilde.

'Kun je dat niet raden?'

'Jullie verhuisden.'

'Zoiets. Mijn ouders bedachten dat we de eer van het gezin alleen konden redden als we op het moment dat mijn zwangerschap zichtbaar werd, zouden zeggen dat mijn moeder en ik een bedevaart gingen maken. Moeder zou iedereen vertellen dat zij zwanger was. En als we dan weer terug waren in de geloofsgemeenschap, zouden we het kind opvoeden alsof het haar kind was.'

'En jij zou net doen of je de oudere zus van de baby was.'

'Ja.'

'En wat bracht jullie dan uiteindelijk naar Pennsylvania? Ik heb het nagetrokken. Je vader heeft daadwerkelijk bij Penn State gewerkt. Jullie zijn daar echt naartoe verhuisd.'

'Ze kwamen op andere gedachten. Mijn ouders.'

'Gingen ze jou geloven?'

'Dat hebben ze nooit toegegeven,' zei ze. 'Maar, ja.'

'Waarom?'

Haar ogen begonnen te glanzen. 'Kelly.'

'Je zusje?'

'Pastoor Paul begon interesse in haar te tonen.' Ze sloot een tijdlang haar ogen. 'Dat opende mijn ouders de ogen. Het waren geen slechte mensen, mijn ouders. Ze waren allebei opgegroeid in een milieu dat doordrenkt was van religie. Ze wisten niet beter. Het idee dat de man die ze letterlijk verafgoodden, hun dochters zou onteren...' Ze haalde diep adem. 'Ik neem aan dat je pastoor Paul hebt gevonden via het DNA van Peter.'

'Ja.'

'Hoe wist je dat ik Peters moeder was?'

'Op dezelfde manier als Peter. Door de match met Silas. Silas had het er steeds maar over dat het kwart van zijn DNA dat hij deelde met Peter, erop duidde dat hij een halfbroer was. Dat was een voorbarige conclusie. Maar dat kon niet meer het geval zijn. Halfbroers en halfzussen hebben slechts één ouder gemeen. Kon pastoor Paul de vader van jullie beiden zijn, die jullie had verwekt bij twee verschillende moeders die op geen enkele manier aan elkaar verwant waren? Dat was hoogst onwaarschijnlijk, vooral omdat Silas ook andere matches vond aan de kant van je vader. Het punt is dat een drieëntwintigprocentmatch niet alleen duidt op een halfbroer of -zus. Daarop werd ook gehint op DNAYourStory. Je zou ook een grootouder kunnen zijn. Of, zoals in zijn geval, een oom. Dat was het enige wat logisch was. Jij bent Peters moeder, wat Silas tot Peters oom maakt.'

Vicky knikte. 'Zal ik je iets geks vertellen?'

Wilde wachtte.

'Peter krijgen was het mooiste wat me ooit is overkomen. Die tijd van ellende, misbruik en wreedheid werd afgesloten met dat prachtige kleine baby'tje, een kindje van goud, te mooi voor deze wereld. Niets van wat ik je heb verteld, was een leugen. Peter was heel bijzonder.'

Wilde liet zich niet afleiden. 'Nam Peter contact op met Boomerang of deed jij dat?'

'Wij samen. Peter dacht toen nog altijd dat ik zijn zus was. Hij was kapot van wat er gebeurde met Jenn en Marnie en alles wat met *Love Is a Battlefield* te maken had. Bewijzen dat hij onschuldig was, werd een obsessie voor hem. Dus toen hij zag dat EkarwredDog beweerde dat hij nog meer foto's had, nog vreselijker foto's, wilde hij er meer van weten. Ik heb er bij hem op aangedrongen om ons te laten helpen door Boomerang. En toen kreeg ik een maand later of zo een mail van iemand van Boomerang dat onze zaak was afgewezen. Ik heb uit naam van Peter teruggeschreven hoe kapot ik hiervan was en dat we hun hulp domweg nodig hadden. Uiteindelijk maakte een lid van Boomerang zich bekend als Katherine Frole. Ze vertelde een heel verhaal over hoe fanatiek ze naar *Love Is a Battlefield* keek, dat ze had genoten van het seizoen met Peter, enzovoort. En ze zei dat ze nog steeds wilde helpen.'

'Heeft Katherine Frole je de naam van Henry McAndrews gegeven?'

'Ja. Met veel moeite kreeg ik die van haar los. Maar het was al te laat.'

'Hoe bedoel je, "te laat"?'

'Peter was al verdwenen.'

'Maar je bent toch naar Henry McAndrews gegaan.'

'Ja.'

'En je hebt hem doodgeschoten.'

Ze knikte. 'Ik dacht dat het daarmee afgelopen was.'

'Heb je, toen bekend werd dat McAndrews vermoord was, nadat ik het lichaam had gevonden, weer contact met Katherine Frole gehad?'

'Ja.'

'Ze vermoedde dat jij of Peter iets met de dood van McAndrews te maken had.'

'We maakten een afspraak in haar kantoor op een moment waarvan zij wist dat er niemand anders zou zijn. Ik zei dat Peter en ik alles zouden uitleggen.'

'Was je bang dat zij zou gaan praten?'

'Dat hield ik mezelf voor,' zei Vicky. 'En ik denk dat ze dat uiteindelijk ook zou hebben gedaan. Maar Katherine Frole had ook veel te verliezen. Ze was FBI-agent, maar ook lid van een illegale burgerwacht. Ik ga daar niet gedetailleerd op in, want het is niet echt belangrijk. Maar toen ik McAndrews had doodgeschoten, besefte ik – ik weet hoe dit klinkt – dat moorden me een goed gevoel gaf.' Ze glimlachte opnieuw, een glimlach die bij Wilde de nekharen overeind deed staan. 'Wijt het maar aan mijn jeugd, het trauma of de eindeloze verkrachtingen, al is dat natuurlijk wel heel erg cliché, toch? Misschien is het een enge ziekte of een andere gebeurtenis in mijn leven, of, en dat is veel waarschijnlijker, een of andere chemische onbalans in mijn hersenen. Wil je mijn eigen theorie daarover horen, Wilde?'

Wilde zei niets.

'Veel mensen zijn potentiële seriemoordenaars. Niet één op de miljoen, zoals ze in de boeken beweren. Ik zou eerder zeggen, één op de twintig, misschien wel één op de tien. Maar als je het nooit doet, als je nooit voor de eerste keer een moord pleegt, maak je nooit die verslavende euforie mee. Veel mensen zouden, om maar wat te noemen, heroïnejunkies kúnnen zijn, maar als ze het nooit proberen, als ze er nooit een hunkering naar ontwikkelen...'

'En dat verklaart Martin Spirow?'

Vicky knikte. 'Er zijn zo veel afschuwelijke mensen, Wilde. Heb je gezien wat Martin Spirow als commentaar onder het in memoriam van die arme vrouw schreef? Katherine Frole gaf me een lijst met namen van mensen die door Boomerang waren onderzocht. Dat was een lijst met meelijwekkende en afschuwelijke stumpers die het einde van de dag alleen maar konden halen door anoniem wrede, vuile, pijnlijke dingen te zeggen tegen mensen die ze niet eens kenden. Ik bedoel, stel het je eens voor, Martin Spirow werd op een ochtend wakker en zag een in diepe droefenis ondergedompelde familie rouwen om de dood van een jonge dochter, en wat doet hij? Hij schrijft: "Altijd jammer als zo'n geil poesje verloren gaat." Hoeveel verkeerde keuzes heeft iemand in zijn leven gemaakt om verzeild te raken in een situatie waarin je tot zoiets in staat bent?' Ze schudde vervuld van afkeer haar hoofd. 'Ik heb de mensheid een dienst bewezen.'

'En waar is Peter?' vroeg Wilde.

'Dat heb ik je verteld toen we elkaar voor het eerst spraken.' Ze glimlachte, deze keer melancholiek. 'Weet je, Wilde, je hebt het altijd geweten. Mijn zoon, mijn prachtige zoon, heeft al zijn zaken geregeld, een ticket gekocht en is naar dat eiland gevlogen. Hij passeerde de paspoortcontrole, checkte in bij dat hotel, en de volgende ochtend weer uit. Hij nam een taxi naar dat pad dat je op loopt naar die klippen. Hij liet een bericht voor mij achter in zo'n app die zichzelf automatisch vernietigt, twee minuten nadat je hem hebt geopend. Hij nam afscheid. Ik hoorde de branding op de achtergrond. En daarna is mijn zoon van de rotsen gesprongen.'

Wilde zei niets.

'Je weet hoe ze hem hebben gepest en hem het leven onmogelijk hebben gemaakt, hoe ze hem te schande hebben gemaakt, van zijn eer hebben beroofd, hoe niemand hem iets wilde vergeven wat hij niet had gedaan. Je weet hoe hij zijn vrouw is kwijtgeraakt, de vrouw die hij als de liefde van zijn leven beschouwde, hoe ze zijn carrière hebben kapotgemaakt, en, ja, zijn beroemdheid hebben bezoedeld. Dat alles, en niemand wilde hem geloven. Ga maar even in zijn schoenen staan. De hele wereld gelooft dat je je schoonzus hebt gedrogeerd en verkracht, en zelfs je vrouw neemt het niet voor je op. Alles wat je had, wordt je afgepakt. Maar dat is nog niet alles, Wilde. Voeg daar nog eens aan toe dat degene van wie Peter al het langst van allemaal had gehouden, degene die hem eigenlijk had grootgebracht en voor hem zorgde en, zoals Silas zei, hem belangrijker vond dan alles en iedereen, degene die hij meer dan wie ook op de wereld vertrouwde, dat diegene hem zijn hele leven had voorgelogen, dat ze in werkelijkheid niet zijn zus was, maar zijn moeder, dat hij het product was van verkrachting. Kun je je dat voorstellen, Wilde? Kun je het nog aan? Goed, want nu, na dat telefoongesprek met jou van vandaag, kan ik er nog wat aan toevoegen. Peter was heel gesloten op het laatst, plotseling heel bedroefd en stil. En ik weet nu waarom. Hij had het uitgevogeld. Hij had uitgevogeld dat Jenn de kwade genius was die achter alles zat. Hij hield van die vrouw, Wilde. Stel je de pijn eens voor. Die laatste klap. En nu mag jij mij vertellen wie hier werkelijk schuldig is. Marnie? Reality-tv? McAndrews? De wrede fans? Was het mijn schuld? Zeg het maar, Wilde. Wie heeft mijn jongen vermoord?'

Wilde had geen antwoord op die vraag. Hij draaide het raampje van de auto open en knikte naar Rola. Ze knikte terug en belde.

Vijf minuten later kwam de politie om Vicky te arresteren.

42

Een maand later, nadat Chris uit zijn leven was verdwenen, nadat Marnies lichaam in die garagebox was ontdekt, werd Wilde gebeld door Deputy U.S. Marshal George Kissell.

'Ze willen met je praten.'

Wilde greep de telefoon steviger vast. 'Wanneer?'

'Nu. Als je hier iemand iets over vertelt, zijn ze verdwenen. Als je er meer dan een uur over doet om hier te komen, zijn ze ook verdwenen. Ik stuur je nu de locatie op Google Maps.'

Wilde voelde het tempo van zijn hartslag omhooggaan. Hij keek op het scherm van zijn telefoon. De plaats van de ontmoeting was iets ten westen van East Shore Drive in de buurt van Greenwood Lake in New York. Wilde kon er lopend komen, maar dat zou hem drie, vier uur kosten.

Waarom daar?

'Alles goed?' vroeg Laila.

Ze zaten in de tv-kamer. Het was zondag, ze keken naar American football. Laila was een fanatiek aanhanger van de New York Giants en liet geen wedstrijd aan zich voorbijgaan. Hij had bijna gezegd: 'Ik geloof dat mijn vader me wil ontmoeten', maar in een opwelling van gezond verstand bedacht hij zich.

'Kan ik de auto lenen?'

'Je weet dat je dat niet hoeft te vragen.'

Wilde stond op. 'Bedankt.'

Laila bestudeerde zijn gezicht. 'Ga je het me straks vertellen?'

Hij boog zich naar haar toe en kuste haar. Hij gaf haar het eerlijke antwoord. 'Als ik dat kan.'

Hij startte de auto en reed naar het westen. Een paar weken geleden, toen alles voorbij was, had Silas hem opgezocht. 'Jij en ik,' zei hij, 'zijn nog steeds familie. Op grote afstand, ik weet het. Maar we hebben eigenlijk niemand anders.' Twee weken later zagen ze elkaar opnieuw. Silas had aangeboden om de fotoboeken van de familie, die een paar generaties ver teruggingen, door te nemen, maar dat wilde Wilde voorlopig niet. Misschien later, maar nu wilde hij zich op de toekomst richten, niet op het verleden. Hij had Silas gevraagd het te laten rusten en Silas had zijn wens gerespecteerd.

Het betekende niet dat Wilde het was vergeten.

De rit duurde een half uur. Hij parkeerde bij het kruispunt van East Shore Drive en Bluff Avenue. Er stonden meerdere zwarte auto's in de buurt. Toen Wilde uitstapte, deed Deputy U.S. Marshal George Kissell op zijn beurt hetzelfde.

'Mag ik je fouilleren?'

Wilde stak zijn handen omhoog. Kissell fouilleerde hem grondig. Daarna maakte hij een hoofdgebaar naar een huis op de hoek van de straat. Een huis zoals je er veel zag in New England, twee verdiepingen voor, alleen begane grond achter, schoorsteen midden op het asymmetrische dak, symmetrische raampartijen en een vlakke gevel. Een deel van de koloniale charme was verloren gegaan toen ze er een grijze aluminium gevelbekleding op hadden aangebracht die veel te zilverachtig glansde.

Wilde aarzelde. Plotseling voelde hij zich raar.

'De deur is niet op slot,' zei Kissell. 'We houden je permanent in de gaten. We schieten als je iets doet.'

Wilde keek Kissell alleen maar aan.

'Ik weet het, ik weet het, maar dit is allemaal buiten het protocol. Iedereen is nerveus.'

'Dank je,' zei Wilde.

In alle rust liep hij het pad naar de voordeur op. Hij wist niet waarom. Zijn hele leven had hij op dit moment gewacht. Bij de deur bleef hij even staan. Hij overwoog zich om te draaien en domweg te vertrekken. Hij had de antwoorden niet nodig. Niet meer. Hij had nooit beter in zijn vel gestoken, had nog nooit zo evenwichtig in het leven gestaan. Hij bouwde iets op met Laila. Hij had een seriemoordenaar een halt toegeroepen. Het hele leven was een kwestie van balanceren, had hij ontdekt, en op dit moment kostte het hem geen enkele moeite in evenwicht te blijven.

Hij pakte de deurkruk en deed de deur open.

Hij had verwacht Daniel Carter te zien, maar in plaats daarvan trof hij in de hal naast de trap diens vrouw Sofia aan. Ze keek Wilde aan met geheven hoofd en een vaste blik.

Even stonden beiden onhandig tegenover elkaar. Wilde zag dat Sofia's onderlip trilde.

'Is alles goed met...' Wilde wist niet eens hoe hij hem moest noemen, 'je man?'

'Ja.'

Een gevoel van opluchting ging door hem heen. Dat had hij niet verwacht.

'Maar heel weinig van wat mijn Danny jou heeft verteld was echter waar,' zei ze.

Wilde zei niets.

'Hij is jouw biologische vader. Dat is het belangrijkste wat jij moet weten. En hij is een goede man. De beste die ik ooit ben tegengekomen. Hij is aardig en sterk, een fantastische vader en echtgenoot, en ik hoop voor jouw bestwil dat je op hem lijkt.'

'Waar is hij?'

Sofia gaf geen antwoord. 'Je bent erachter gekomen dat we beschermde getuigen zijn.'

'Zijn jullie veilig?'

'We hebben een nieuwe identiteit.'

'En jullie dochters?'

'Die hebben we uiteindelijk de waarheid moeten vertellen. In ieder geval een deel ervan.'

'Zij wisten van niets?'

Sofia schudde haar hoofd. 'Wij zijn al Daniel en Sofia Carter geworden voor hun geboorte. Het zijn fantastische vrouwen, jouw zussen. Wij zijn echt gezegend. Ze wilden altijd van alles weten over onze families, maar natuurlijk konden Danny en ik daarover alleen maar liegen. We moesten net doen of we niets wisten. Dat hoort bij het programma. Dus weet je wat die fantastische zussen van je deden? Die meisjes die zo van hun vader hielden? Ze verrasten hem door zijn DNA op te sturen naar een database, zodat hij meer te weten kon komen over zijn achtergrond. Met een COVID-zelftest kregen ze het DNA dat ze naar de site stuurden. Heel slim, die meiden. Jouw zussen. Toen ze Danny als cadeautje het resultaat gaven, trokken we allebei bleek weg. Het was zo'n enorme inbreuk op dat schild rondom ons. Danny rende naar de computer om het account op te heffen. Maar, nou ja, het was al te laat.'

'Het spijt me,' zei Wilde. 'Het was niet mijn bedoeling om jullie in de problemen te brengen. Als ik had geweten dat mijn vader in getuigenbescherming...'

'Danny is niet de reden dat we onder het programma vallen,' zei Sofia. 'Dat ben ik.'

Wilde voelde iets ijselijks langs zijn rug naar beneden glijden.

'Maar voordat ik daarover vertel,' zei Sofia, 'wil ik je iets vragen. Mag dat?'

Wilde knikte dat ze haar gang kon gaan.

Sofia Carter was een kleine vrouw, mooi, hoge jukbeenderen en een standvastige blik in de ogen. Ze tilde haar kin iets op. 'Ik heb een oud krantenartikel over je gelezen. Daarin stond dat er soms oude herinneringen bij je opkomen van voor je tijd in de bossen…'

Haar stem stierf weg.

'Niet echt,' zei Wilde. Hij had een kurkdroge mond. 'Soms droom ik iets, in flarden.'

'Je ziet dingen als op snelle foto's.'

'Ja.'

'Bijvoorbeeld een rode balustrade, stond er in dat artikel. Een donkere kamer, het portret van een man met een snor.'

Wilde kon zich niet bewegen, maar hij begon het te voelen.

Sofia tilde een hand op en legde hem op de knop van de trapleuning naar de eerste verdieping. 'Dit was vroeger donkerrood,' zei ze. 'Bloedrood, eigenlijk. Het interieur van dit huis. Overal donker hout, de nieuwe eigenaars hebben alles wit geschilderd.' Ze wees naar links, waar een wandtapijt in geel en blauw hing. 'Daar hing een portret van een man met een snor.'

Het begon Wilde te duizelen. Hij deed even zijn ogen dicht en probeerde weer greep op de werkelijkheid te krijgen. Het gegil van de vrouw klonk in zijn hoofd, en de vertrouwde beelden – balustrade, muren, portret – alles kwam terug, als mitrailleurvuur, bliksemsnelle flitsen, stroboscooplampen. Hij deed zijn ogen open.

Het was hier geweest. In deze hal. Hij was terug.

'Het gillen,' zei hij moeizaam. 'Ik hoorde gillen.'

Hun blikken kruisten elkaar.

'Dat was ik,' zei ze.

'Dus jij bent…'

Ze deed geen moeite om te knikken. 'Ik ben je moeder, Wilde.'

Dat was het dan. Na al die jaren stond zijn moeder pal voor hem. Toen hij naar haar keek voelde hij zijn hart in zijn borstkas exploderen.

'Waar ik nu sta,' zei Sofia, haar stem klonk dof, 'stond ik ook toen ik jou voor het laatst zag.' Ze wees naar de halve deur van een trapkast. 'Ik deed dit kleine deurtje open en liet mijn kleine jongen beloven dat hij geen kik zou geven tot ik terugkwam. Toen heb ik dat deurtje dichtgedaan en je nooit weergezien.'

Wilde balanceerde op slappe benen.

'Ik kan je geen namen geven. Ik kan geen plaatsen noemen en geen details vertellen. Net als met je zussen. Dat hoort bij de deal die we hebben gesloten om deze ontmoeting mogelijk te maken. We hebben bovendien weinig tijd. Ik ben bang, want misschien zul je me gaan haten als ik je het verhaal vertel. Dat begrijp ik. Maar het wordt tijd dat je de waarheid te horen krijgt.'

Hij wachtte, bang om zich te bewegen, bang om ook maar trillingen in de lucht te veroorzaken. Het voelde allemaal aan als een droom. Zo'n droom waarin alles goed is, tot je halverwege ineens beseft dat het maar een droom is en je je uiterste best doet om niet wakker te worden.

'Toen ik een tiener was, raakte een afgrijselijke, gemene man in me geïnteresseerd. Hij was een werkelijk volstrekt gestoorde, beschadigde psychopaat uit een familie met louter beschadigde, criminele mensen. De smeerlap kreeg een obsessie voor me en als zo iemand besluit dat je van hem bent, berust je daarin of ga je dood. Andere mogelijkheden zijn er niet.'

Haar blik dwaalde naar de trap. Wilde verroerde nog altijd geen vin.

'Misschien vraag je je af waarom mijn vader en moeder me niet hielpen. Mijn vader was dood, en mijn moeder, nou goed, zij moedigde het aan. Ik wil niet praten over mijn familie of mijn jeugd. Ik wil er alleen over kwijt dat er niemand was die me kon helpen. Ik was een gevangene. Door die smeerlap leefde ik in een hel. Ik heb twee keer geprobeerd te ontsnappen. Dat maakte het erger. Ik was opgesloten in een groot landhuis met drie generaties van de familie van de smeerlap – zijn grootouders, zijn vader en zijn twee broers. De meest wettelozen onder de wettelozen. Criminele bovenklasse.'

Sofia keek nog steeds omhoog. 'Ze hadden een oven achter op het landgoed. Toen ik achttien werd, nam de smeerlap me mee en liet hij mij de as in de oven zien. Hij zei dat zijn grootvader zich daar van lijken ontdeed. Zijn grootvader was gestopt met het verbranden van lijken, omdat zijn grootmoeder had geklaagd over de stank. Maar de oven werkte nog altijd. En als ik ooit zou proberen bij hem weg te gaan, zou hij me in die oven vastketenen en hem op een lage stand zetten. Twee weken later zou hij dan terugkomen en dan zou er van mij ook alleen nog as over zijn.'

Sofia keek Wilde aan. Wilde deed zijn mond open om iets te zeggen – hij wist niet wat – maar ze schudde haar hoofd om hem tegen te houden. 'Ik wil dit graag kwijt, goed?'

Misschien knikte Wilde.

'Op een goede dag ontmoette ik je vader. Het is niet belangrijk hoe of waarom. Ik werd verliefd op hem. Ik was doodsbang. Voor mezelf. Voor hem. Maar...' nu glimlachte ze, 'ik was te zelfzuchtig om hem op te geven. Ik begon een dubbelleven. Mijn god, we waren zo jong allebei. Ik vertelde je vader niet wat er werkelijk aan de hand was. Dat had ik natuurlijk wel moeten doen. Maar hij moest sowieso met het leger naar Europa. Het was maar tijdelijk en daar had ik vrede mee. We hadden samen maar twee maanden. Dat was al meer dan ik mocht hopen. Daarna zou ik dan verder kunnen leven bij mijn smeerlap en me troosten met mijn herinneringen.' Ze glimlachte en schudde haar hoofd. 'Dat is het soort onzin dat je jezelf voorhoudt als je jong bent. Kun je raden wat er vervolgens gebeurde?'

'Je werd zwanger,' zei Wilde.

'Ja. Ik zei niets tegen je vader. Dat kun je begrijpen. Je vader had niet om dit alles gevraagd. Ik was bang dat hij erop zou staan om te doen wat gedaan moest worden, dat hij me zou willen trouwen. Maar dan zouden de smeerlap en zijn familie erachter komen wat er was gebeurd. Jouw vader was – is – een sterke man, maar totaal geen partij voor dergelijke criminelen. Niemand kan tegen ze op.'

'Dus deed je net of de smeerlap de vader was.'

Sofia Carter knikte. 'Ik zei tegen mezelf dat dat het beste was wat ik kon doen. Ik zou met je vader breken om hem te beschermen. Ik zou zijn kind krijgen en zeggen dat de smeerlap de vader was, en op die manier zou ik altijd iets hebben van je vader.' Ze schudde haar hoofd met een droevige glimlach om de lippen. 'Dat was de dwaze fantasie van een jong meisje. Idioot als ik er nu op terugkijk.'

'Wat gebeurde er?' vroeg Wilde.

'Ik probeerde het vol te houden, maar twee jaar later, toen je vader ontslagen werd uit het leger, kwam hij me opzoeken. Ik probeerde hem te ontlopen, maar het bloed kruipt waar het niet gaan kan. Ik heb hem verteld hoe het echt in elkaar stak. Deze keer de hele waarheid. Ik had verwacht dat het hem zou afschrikken als hij wist wie ik werkelijk was, wat ik had gedaan. Maar dat gebeurde niet. Hij wilde met mij vluchten. Hij wilde de confrontatie aangaan met de smeerlap. Maar we hadden geen schijn van kans. Dat snap je, hoop ik?'

Wilde knikte.

'De FBI probeerde steeds maar iemand uit de directe omgeving van de familie aan het praten te krijgen. Niemand deed ooit zijn mond open, want we wisten dat de familie het zou ontdekken. Dat betekende dan een heel langzame dood. Maar jouw vader en ik waren dolverliefd op elkaar, dus besloot ik het te wagen. Wat kon ik anders? Ik ging naar de FBI. Ze beloofden dat ze zouden zorgen voor een veilige plek voor je vader en mij als ik hun meer informatie kon geven. Ze stuurden me terug naar de smeerlap. Met een microfoon. Ik stal documenten. Ik zorgde voor meer informatie. Maar toen ging er iets fout. Vreselijk fout.'

'Ze kwamen erachter dat je de FBI hielp?"

'Nog erger,' zei Sofia. 'De smeerlap ontdekte dat hij niet jouw vader was.'

Het leek of er een deken van stilte neerdaalde in de hal. Ergens buiten klonk het geluid van een grasmaaier.

'Hoe?'

'Er zat een lek bij de FBI.'

'Wat heb je gedaan?'

'Ik werd gewaarschuwd, dus ik ben met jou in de auto gestapt en weggereden. Ik heb je vader gebeld. Een vriend van ons had een huis aan het meer dat we mochten gebruiken. Daar zou niemand ons vinden, dacht ik. Dus jij en ik zijn daarnaartoe gevlucht. Ik durfde de FBI niet te bellen. Daar zat het lek. Maar we hadden in die tijd George Kissell al wel leren kennen. Toen we bij dat huis waren, heb ik hem gebeld. Ik moest blijven waar ik was, me schuilhouden. Maar de smeerlap was er eerder dan George Kissell. Hij kwam met drie man. Ik zag ze aankomen en parkeren op dezelfde plek waar de auto van George nu staat. De smeerlap begon op de deur te bonzen met een mes in zijn hand. Hij begon te schreeuwen dat hij...'

Ze stopte. Haar borstkas zwoegde.

'... dat hij jou voor mijn ogen open zou snijden. Ik was zo bang, ik was doodsbenauwd. Dat kun je je niet voorstellen. Ik stond hier, op dezelfde plek waar ik nu sta...'

Ze keek wazig, alsof ze het verleden in keek en alles opnieuw voor zich zag.

'De smeerlap probeert binnen te komen, probeert de deur te forceren. Wat kan ik doen? Dus ik verstop jou onder de trap. Ik zeg dat je je stil moet houden. Maar dat is niet genoeg. De deur houdt het niet, de smeerlap stormt naar binnen. Het enige wat ik kan denken is dat ik hem bij jou uit de buurt moet houden. Ik gil zo hard als ik kan en ren de trap op. De smeerlap rent achter me aan. Dat is goed, denk ik. Hij is niet beneden. Hij is verder weg van mijn zoon. Ik ben bij een slaapkamerraam. Hij is vlak achter me. Ik spring naar buiten, in de heg. Ik wil ze van jou weglokken. In die kast ben je veilig. Dus ren ik de straat over, de bossen in. De smeerlap en zijn handlangers komen achter me aan. Dat is goed. Ze zullen jou niet vinden. Misschien denken ze dat je bij mij bent. Ik ren. Het is donker. Soms denk ik even dat ik ze kan ontlopen. Maar wat dan? Ik kan ze niet echt ontlopen, want dan geven ze het misschien op en keren ze terug naar het huis en vinden ze jou. Dus ik blijf rennen en soms maak ik zelfs extra lawaai, zodat ze het spoor niet kwijtraken. Het kan me amper iets schelen of ik gepakt word. Want als het me niets kan schelen, als ze me pakken, als ze me vermoorden, ben jij er nog altijd. Ik weet niet hoelang het duurt. Uren, maar dan… dan pakken ze me.'

Wilde realiseerde zich dat hij zijn adem inhield.

'De smeerlap begon me te slaan. Hij brak mijn kaak. Op sommige dagen kraakt hij nog steeds. Hij bleef maar slaan en vragen waar jij was. Ik zei dat ik je in de bossen was kwijtgeraakt. Ik zei dat hij naar jou moest blijven zoeken omdat je voor me uit rende. Ik deed alles, echt alles, om te voorkomen dat hij naar het huis terug zou gaan. Ik weet niet hoelang ze me daar in de bossen hielden. Ik verloor het bewustzijn. Op een gegeven moment kwam je vader samen met de Marshals. De smeerlap en zijn handlangers gingen ervandoor. Ik herinner me dat je vader zijn armen om me heen sloeg. De Marshals wilden me naar het ziekenhuis brengen, maar dat wilde ik niet, ik moest terug naar het huis, ik moest terug naar jou…'

Sofia Carter schudde haar hoofd. Tranen vloeiden over haar wangen.

'We hebben je gezocht, maar je was weg. De smeerlap stak de hele wereld in brand om ons terug te vinden. De Marshals drongen aan op ons vertrek. Na verloop van tijd heb ik toegegeven. We kregen een nieuwe identiteit en we verhuisden. Dat weet je. We kregen drie dochters. Dat is het rare van mensen. Je bent gedwongen om verder te leven. Wat moet je anders?'

De tranen stroomden nu vrijelijk.

'Maar ik had mijn zoon in de steek gelaten. Ik had moeten blijven. Ik had in die bossen naar je moeten blijven zoeken. Al had het weken, maanden of jaren geduurd. Mijn kleine jongen was alleen, verdwaald in het bos, en ik zocht niet langer naar hem. Ik had je moeten vinden. Ik had je moeten redden…'

Wilde kwam in beweging. Hij liep naar haar toe, schudde zijn hoofd en nam haar in zijn armen.

'Het is goed,' fluisterde hij.

Tussen wilde snikken door bleef ze herhalen: 'Ik had je moeten redden.'

'Het is goed,' zei Wilde. Hij drukte haar steviger tegen zich aan. 'Het is goed, mam.'

Toen Sofia het woord 'mam' hoorde, huilde ze nog harder.

43

Oren bemoeide zich met de barbecue, want zo'n soort man was hij nu eenmaal. Laila was in de keuken. Wilde en Hester zaten in luie houten tuinstoelen achter het huis. Vanuit de achtertuin van dat huis dat Hester en Ira veertig jaar geleden hadden gebouwd keken ze naar de bossen.

Hester dronk een glas chablis, Wilde een ale van de Ashbury Park Brewery.

'Dus nu weet je het,' zei Hester.

'Voor het grootste deel.'

'Hè?'

'Voor een deel van wat ze zei... Er zitten gaten in.'

'Zoals?'

Hij had nog een tijd doorgepraat met zijn moeder, maar plotseling had George Kissell daar gestaan met de mededeling dat de tijd op was. Het gevaar, zei hij, bestond nog altijd. Wilde wist niet zo precies hoeveel hij daarvan geloofde, en evenmin of hij kon geloven dat zijn ouders niets hadden gehoord toen dat kleine jongetje in de bossen was gevonden.

'Het maakt niet uit,' zei Wilde. 'We weten het belangrijkste.'

'Je moeder heeft je in de steek gelaten om je te redden,' zei Hester.

'Ja.'

'Dat is het enige wat echt belangrijk is.'

Wilde knikte en gaf haar een oude polaroidfoto. Hester pakte de foto aan, zette haar leesbril op en bestudeerde de foto. De kleuren waren in de loop der jaren flets geworden.

'Dat ziet eruit als de dansvloer bij een oude bruiloft.'

Wilde knikte. 'Silas vond dozen vol foto's die zijn moeder had opgeborgen in de kelder. Een heleboel hadden waterschade, maar ik heb ze allemaal bekeken. Deze komt uit het begin van de jaren zeventig.'

'Oké.'

'Zie je dat meisje achterin bij het drumstel?'

Hester kneep haar ogen half dicht. 'Er staan drie meisjes achterin bij het drumstel.'

'Die ene met die groene jurk en de paardenstaart.'

Hester zag wie hij bedoelde. 'Ja... hé, is dat...'

'Mam, yep.'

'Wist Silas wie zij was?'

Wilde schudde zijn hoofd. 'Hij kon zich haar niet herinneren. De trouwerij vond plaats voordat hij werd geboren.'

Hester gaf hem de foto terug. Ze sloot haar ogen en keerde haar gezicht naar de zon.

'Je brengt hier meer tijd door, hè?' vroeg ze.

Laila kwam naar buiten met een lege schaal. Oren begon een enorme hoeveelheid vlees te verhuizen van de grill naar de schaal.

'Ik hoop dat jullie honger hebben,' riep hij.

Hester deed haar ogen open en keek naar Oren en Laila. 'We hebben het allebei getroffen,' zei ze.

'Boven verwachting,' zei Wilde. 'Ik hou van haar.'

'Ik weet het.' Ze legde een hand op zijn arm. 'Het is goed. Hij zou er ook vrede mee hebben.'

Ze ontspanden zich. Wilde sloot zijn ogen en raapte al zijn moed bij elkaar.

'Er is iets wat ik je wil vragen,' zei hij.

Maar voordat hij verder kon gaan, hoorde hij achter zich Matthew. 'Yo, shit, man, Wilde, dit moet je zien.'

Matthew kwam in een draf naar hem toe. Sutton, naast hem, hield haar telefoon omhoog.

'Wat is er?' vroeg Hester.

'De fanpagina van *Love Is a Battlefield*,' zei Matthew. 'Het is de afgelopen tijd een gekkenhuis. Marnie is nu ineens de grote martelaar en heldin. Die garagebox waar ze haar hebben gevonden is een bedevaartoord geworden. Jenn werkt nog steeds aan haar verontschuldigingen, maar een heleboel fans verdedigen haar. Er zijn er die zeggen dat ze het spel alleen maar speelt zoals het gespeeld moet worden. Anderen zijn ervan overtuigd dat ze mishandeld is of zo, en dat het dus allemaal niet haar schuld is.'

'Maar dat is niet het grote nieuws,' zei Sutton. Ze klikte op een link en gaf Wilde haar telefoon.

Op het scherm verscheen een Instagram-pagina.

De pagina van Peter Bennett.

De laatste keer dat Wilde die pagina had gezien, was het laatste wat er stond de aankondiging van Peter dat hij van de rotsen zou springen.

Nu stond er een video met een tijdstempel van tweeëntwintig minuten geleden. De locatie van de opname werd niet preciezer omschreven dan met FRANS-POLYNESIË.

Sutton drukte op de knop AFSPELEN.

Peter Bennett kwam in beeld. Hij had een lange, onverzorgde baard. Hij glimlachte naar de camera.

'Ik leef, Battlers,' zei hij met een brede glimlach. 'En nu jullie de waarheid kennen, kom ik naar huis.'

Suttons telefoon rinkelde. De video verdween van het scherm. Ze pakte hem aan van Wilde en deed een paar passen opzij met de telefoon bij haar oor. 'Ik heb hem net gezien,' zei ze opgewonden naar degene aan de andere kant van de lijn. 'Ik weet het, ongelooflijk, hè? Hij lééft.'

Matthew keek omlaag naar Wilde. 'Wat denk jij?'

'Waarover?'

'Hadden de fanboards gelijk? Zat Peter er al die tijd achter?'

'Ik weet het niet,' sprak Wilde naar waarheid. 'Misschien.'

Matthew keek naar Hester. Hester haalde haar schouders op.

'Maar nu je hier toch bent,' zei Wilde. 'Ik wil jullie beiden iets vragen.'

Matthew kwam dichterbij staan. Hester ging rechtop zitten.

'Wat is er?' vroeg ze.

'Geven jullie me toestemming om Laila ten huwelijk te vragen?'

Zowel Hester als Matthew begon te lachen. 'Heb je daar toestemming van ons voor nodig?'

'En jullie zegen,' zei Wilde. 'Wat dat betreft ben ik best ouderwets.'

Dankwoord

Dit moet maar even snel, want u zit vast niet te wachten op een ellenlang dankwoord, en zoiets wil ik niet schrijven. Ik wil beginnen met Ben Sevier, die nu al meer dan tien boeken mijn redacteur is. Hij wordt bijgestaan door een team met Michael Pietsch, Wes Miller, Beth deGuzman, Karen Kosztolnyik, Autumn Oliver, Jonathan Valuckas, Matthew Ballast, Brian McLendon, Staci Burt, Andrew Duncan, Alexis Gilbert, Joseph Benincase, Albert Tang, Liz Connor, Flamur Tonuzi, Kristen Lemire, Mari Okuda, Rick Ball, Selina Walker (teamhoofd in het VK), Charlotte Bush, Lisa Erbach Vance (agent *extraordinaire*), Diane Discepolo, Charlotte Coben en Anne Armstrong-Coben.

Mijn heel speciale dank gaat naar de persoon die ik vergeet te bedanken maar die toch zeer vergevingsgezind is. Jij weet wie ik bedoel. Je bent een kei. Dank je dat je gewoon bent wie je bent.

Ik wil ook graag Timothy Best, Jeff Eydenberg, David Greiner, George Kissell, Nancy Urban en Marti Vandevoort bedanken. Zij (of de mensen in hun omgeving) hebben een gulle bijdrage gestort op de rekening van goede doelen die ik daarvoor had uitgekozen in ruil voor een rol in het boek. Mocht u in de toekomst ook op die manier willen bijdragen, dan kunt u voor meer informatie een e-mail sturen naar giving@harlancoben.com.